06/2500

Über 40 Jahre
Heyne Science Fiction
& Fantasy

2500 Bände
Das Gesamt-Programm

Fantasy

Herausgegeben von Friedel Wahren

Von **Barbara Büchner** erschienen in der Reihe
HEYNE SCIENCE FICTION & FANTASY:

In der Romanreihe zur Spieleserie
DAS SCHWARZE AUGE:

28. Band: Aus dunkler Tiefe · 06/6028
33. Band: Das Galgenschloß · 06/6033
36. Band: Schatten aus dem Abgrund · 06/6036
37. Band: Seelenwanderer · 06/6037
46. Band: Das Wirtshaus *Zum Lachenden Henker* · 06/6046 (in Vorb.)

Blaubarts Schloß · 06/9027

Barbara Büchner

Blaubarts Schloß

Roman

Originalausgabe

WILHELM HEYNE VERLAG
MÜNCHEN

HEYNE SCIENCE FICTION & FANTASY
06/9027

Umwelthinweis:
Dieses Buch wurde auf chlor- und säurefreiem Papier gedruckt

Redaktion: Angela Kuepper

http://www.heyne.de
Printed in Germany 1999
Umschlagbild: Arndt Drechsler
Umschlaggestaltung: Atelier Ingrid Schütz, München
Technische Betreuung: M. Spinola
Satz: Schaber Datentechnik, Wels
Druck und Bindung: Presse-Druck, Augsburg

ISBN 3-453-14937-8

INHALT

Als ich bemerkte, wie er mich so lüstern ansah, senkte ich die Augen, aber indem ich von ihm fortblickte, erhaschte ich mein eigenes Bild im Spiegel. Und plötzlich sah ich mich wie er, mein blasses Gesicht, die Art, wie meine Muskeln wie dünner Draht aus dem Hals ragten. Ich sah, wie gut mir dieses grausame Halsband stand. Und ich spürte zum erstenmal in meinem unschuldigen und behüteten Leben in mir selbst Potenzen der Verworfenheit, die mir den Atem nahmen.

ANGELA CARTER, ›Blaubarts Zimmer‹

»Ich habe genug getan, um zehntausendmal den Tod zu verdienen«, bekannte GILLES DE RAIS, Urvater des Blaubart, bei seinem Verhör, und keiner, der von seinen Taten weiß, wird sich diesem Urteil entziehen können.

Vermutlich im Jahre 1404 wurde Gilles de Laval, Baron von Rais, als Nachkomme eines bedeutenden französischen Adelsgeschlechts geboren. Mit elf Jahren verlor er seine Eltern; bald darauf wurde er durch Erbschaften zu einem der vermögendsten Untertanen seines Königs. Sein Reichtum und seine Lust am Kriegsspiel machten ihn zu einem bedeutenden Heerführer, der auf dem Höhepunkt seiner militärischen Karriere an der Seite der Jeanne d'Arc ihre Truppen zum Sieg führte. Nur wenige Jahre nach ihrem Tod auf dem Scheiterhaufen wurde Gilles de Rais angeklagt, mehr als zweihundert Knaben auf grausamste Weise geschändet und abgeschlachtet zu haben. Ein Blick in seine Prozeßakten offenbart die unvorstellbar grausamen Einzelheiten.

Als er nach einem dramatischen Inquisitionsprozeß zur Richtstätte geführt wurde, erfüllten ihm die Eltern der Ermordeten seine letzte Bitte – für sein Seelenheil zu beten. Die Bitte eines reuigen Sünders? Oder die letzte Niedertracht eines zynischen Teufels? Vielleicht wußte er selbst zwischen beidem nicht zu unterscheiden.

In seiner diabolischen Faszination wurde Gilles de Rais zur Quelle der Inspiration für Schriftsteller und Liedermacher, Maler und Phantasten …

Den längsten und
absonderlichsten Traum meines Lebens
hatte ich als kleines Mädchen
von neun oder zehn Jahren. Da Sie sich
so für Träume interessieren,
will ich ihn Ihnen erzählen …

Die Reise

Ich erinnere mich nur mehr sehr dunkel an die Reise zu Onkel Abelards Schloß.

Ich weiß noch, daß mir der Tag endlos lang erschien und daß ich – wie ich damals dachte – um den halben Erdball reiste. Die Landschaft, graue Marschen zu beiden Seiten der Eisenbahnstrecke, war beklemmend öde. Ich erblickte nur zweierlei, das man als Orientierungspunkte ansehen konnte, und beides erweckte ein Gefühl des Unbehagens in mir. Einer dieser Orientierungspunkte waren die steilwandigen, düsteren Hügel am Horizont, der andere waren Gebäude: An verschiedenen Stellen in der Ebene erhoben sich Türme, bedrohliche Türme von zylindrischer Form und beträchtlicher Höhe. Welchem Zweck sie dienten, war nicht ersichtlich; vielleicht waren es Silos, vielleicht Beobachtungsposten.

Im braunen Spiegel der Fensterscheibe erblickte ich, verzerrt wie das Gesicht einer Ertrunkenen unter Wasser, mein Gesicht mit den lebendigen dunklen Augen, die meine Mutter Rattenaugen nannte, und der Un-Frisur, die sie mir verpaßt hatten, weil ich ohnehin mit jeder Art Frisur gleich häßlich aussah – so war mein Haar wenigstens leicht zu pflegen. Auf einer Wange rann eine Träne herunter, aber ich wußte nicht recht, welcher Teil meiner selbst diese Träne weinte. Ich vermißte nichts von dem, was ich zurückließ. Ich freute mich auch nicht auf Carnanoth. Es würde nur ein weiterer Ort sein, an dem man mich nicht mochte.

Die Berge begannen bereits sichtbare Schatten zu werfen. Die Hügel im Westen erschienen verschwommen und drohend wie eine Gewitterwand. Von dort hinten kam eine finstere Kälte, die langsam den letzten Glanz des schwachen Sonnenlichts verzehrte.

Es war Abend geworden, als wir die Stadt erreichten, die letzte Station der Eisenbahnfahrt. Von dort sollte Onkel Abelards Wagen mich abholen.

Durch den eintönigen Rhythmus des rollenden Zuges ermüdet, war ich eingeschlafen. Ein plötzlicher Lichtschein weckte mich auf. Eine Stablampe leuchtete in mein Abteil, und eine Frau, die eine Hostessenuniform trug, kam herein. Vom Licht geblendet, konnte ich ihr Gesicht nur undeutlich erkennen.

»Da ist ja das kleine Mädchen!« sagte sie.

Ich wurde herausgehoben, über einen raucherfüllten Bahnsteig geführt und in einen Wagen gesetzt, den die Frau in Uniform steuerte.

Die Stadt, in der wir jetzt unterwegs waren, war von einer bleiernen Düsternis und Unfreundlichkeit. Die Häuser links und rechts wurden zusehends dunkler, je weiter wir stadteinwärts fuhren. Es sah aus, als hätte irgendein Fest stattgefunden; die Kugellampen entlang der Straße waren mit weißen Papiergirlanden geschmückt, und überall auf dem Asphalt lag weißes Konfetti, als hätte es geschneit. Einmal streifte das Scheinwerferlicht eine weiße Papiermaske mit zwei großen Augenlöchern und einer erstaunlich langen Nase. Sie lag entstellt auf dem regenfeuchten Asphalt.

Ich war vom langen Sitzen ganz steif und noch benommen vom Lärm und Gerüttel der Fahrt. Ich versuchte mich zu sammeln und zurechtzufinden, aber die Stadt war mir vollkommen fremd, und es begann wieder zu regnen: Wind, Regen und Zwielicht verhüllten die Straßen. Das ganze Stadtviertel entlang des Flusses lag versunken in einem Nebel aus Schatten und übelriechendem Dunst, der sich nie zu lichten schien. Auf den breiten, von plumpen Geländern gesäumten Steintreppen, die vom Straßenniveau zu den Portalen hinaufführten, häuften sich Schutt und Staub; die prächtig geschweiften und von Putten gekrönten Fenster waren dunkel und ohne Glas.

»Wo bringen Sie mich hin?« fragte ich die Frau.

Sie warf mir einen sehr kurzen Seitenblick zu. »Ins Hotel«, sagte sie. »Dort wirst du heute nacht schlafen. Morgen früh wirst du abgeholt.«

Ich mochte die Art nicht, wie sie mit mir redete (als hätte ich etwas angestellt und würde deshalb zu Onkel Abelard geschickt), und ich mochte auch ihr Gesicht nicht, also zog ich meinen Mantel fest um mich und sagte nichts mehr.

Das Hotel lag – nur durch die hohe Ufermauer von den Fluten getrennt – am Ufer eines finsteren, von uralten Lagerhäusern und Speichern gesäumten Flusses, der träge in ein nachtnebliges Zwielicht davonströmte. Ein Stück flußaufwärts überschattete eine hochgeschwungene Brücke aus schwarzem Stein seine Gewässer; ich sah die Reihe der Lampen auf ihrem Geländer schimmern.

Als der Wagen anhielt und ich aufgefordert wurde auszusteigen, konnte ich vor mir nur verschwommen eine vom Lampenlicht gefleckte Mauer und ein offenes Tor erkennen. Durch dieses Tor ging ich mit meiner Führerin. Vor mir lag ein Haus mit vielen Fenstern, in denen da und dort Licht brannte. Wir eilten über einen nassen Hof und wurden durch eine Pforte ins Haus eingelassen, in dem es nach frischem Braten und alten Mauern roch. Die Frau führte mich eine dunkle Treppe hinauf, in ein Zimmer, in dem ein Feuer im Kamin brannte. Dort drückte sie mir zu meiner Überraschung ein flaches Päckchen in die Hand, sagte: »Für dich« und ließ mich allein.

Als erstes wärmte ich meine erstarrten Finger, dann sah ich mich um. Ich machte kein Licht; der bläuliche Schimmer der Lampen draußen genügte, um mir das mit schweren Mahagonimöbeln eingerichtete Zimmer zu zeigen. Der Raum sah trostlos aus: Ein Teppich bedeckte den Boden, so abgetreten und verblichen, daß von der Farbe nur noch ein ödes Purpurbraun und vom persischen Muster kaum noch ein Schemen zu erkennen war. Das Bett sah nach einer klumpigen Matratze und griesgrauer Bettwäsche aus, und die Leinenroleaus in den beiden hohen Fenstern zerfielen beinahe vor Alter. Ich fühlte, wie mich jäh eine tiefe Depression zu überschwemmen drohte.

Um mich abzulenken, trat ich ans Fenster und betrachtete im graublauen Schein der Straßenlampen das Päckchen, das die Frau mir gegeben hatte. Ich hatte gedacht, es sei von ihr, aber auf dem mit winzigen goldenen Blättern besäten Papier, in das es eingewickelt war, stand in einer großen, kühnen, fließenden Schrift:

Für MERLE

Zum Lesen
in der ersten Nacht der Reise
zum Wächterhaus
von ihrem Onkel Abelard

Das merkwürdige daran war, daß ich gar nicht Merle heiße, aber alles andere stimmte; es war die erste Nacht meiner Reise zum Wächterhaus, und mein Onkel hieß Abelard. Gerade, als ich darüber nachdachte, wie ein Haus aussehen mochte, das ›Wächterhaus‹ genannt wurde – denn so hieß Onkel Abelards Schloß –, öffnete sich die Tür, und die Wirtin kam herein, dicht gefolgt von einer zweiten Frau, die ein Tablett mit Abendessen trug.

»Ein so kleines Mädchen hätte man aber nicht allein auf eine so weite Reise schicken sollen«, sagte die Wirtin und knipste die Lampe an, die über dem Tisch hing. Ein Kreis trüben rötlichgelben Lichts fiel genau auf die Mitte des Tischtuchs. »Du solltest gleich zu Bett gehen, du siehst sehr müde aus.«

Ich aß allein und schlüpfte sofort nach dem Essen ins Bett. Es gab hier im Haus niemanden, mit dem ich sprechen wollte; außerdem war ich neugierig, was für eine Art Buch Onkel Abelard mir geschickt hatte, und wollte lieber lesen.

Als ich das Papier abwickelte, hielt ich ein dünnes quadratisches Buch mit einem rot und blau gewürfelten Einband, den farbige Ornamente durchzogen, in den Händen, und in allen vier Ecken des Einbands waren goldene Blumen und schneeweiße Totenköpfchen gemalt. Ich blätterte es durch. Es war voll bunter Bilder, alle in schwarzen und silbernen und goldenen Rahmen, zumeist mehrere auf einer Seite. Sie waren wunderschön, aber auch schrecklich; das Rot darauf war blutig rot, und das Schwarz war schwarz wie die Nacht.

Ich schlug die erste Seite auf, und der erste Satz auf dieser ersten Seite lautete:

Merle blieb stehen, als sie mitten auf dem Waldweg einen Raben liegen sah.

Das brachte mich ganz durcheinander, und nachdem ich eine Weile nachgedacht und keine Antwort gefunden hatte, begann ich kurzerhand die Geschichte zu lesen.

Das böse Tier

Merle blieb stehen, als sie mitten auf dem Waldweg einen Raben liegen sah.

Es war ein so zerzauster alter Rabe, mit so steifen Federn und so trüben Augen, daß sie erst dachte, er sei tot; aber als sie sich zu ihm niederkauerte, verdrehte er den Kopf ein wenig, klappte den Schnabel auf und krächzte: »Wasser.« (Alle Raben können sprechen, sie tun es jedoch nur, wenn es unumgänglich ist.)

Merle, die ein gutes Kind war, stellte augenblicklich ihr Erdbeerkörbchen hin und lief um Wasser. Ganz in der Nähe gab es eine Quelle – daran konnte man sehen, wie schwach der arme Rabe war, daß er nicht einmal mehr diese Quelle erreicht hatte, die nur ein paar Schritte entfernt zwischen den hohen schwarzbärtigen Bäumen lag. Sie schöpfte hastig Wasser und ließ es dem Raben in den aufgerissenen Schnabel tropfen, und mit jedem Tropfen, den er trank, ging es ihm besser: Seine Augen bekamen wieder Glanz, seine Federn glätteten sich, er stellte sich auf die Füße, und zuletzt wurde er wieder ein großer tintenschwarzer Rabe mit klugen glänzenden Augen und einem langen scharfen Schnabel. Er trippelte auf dem Waldweg hin und her, putzte vorn und hinten sein Gefieder, und als er mit seinem Aussehen endlich zufrieden war, legte er den Kopf schief, guckte Merle an und krächzte: »Schönen Dank auch.«

»Nichts zu danken«, erwiderte sie höflich. »Wenn es Ihnen nur wieder gutgeht, Exzellenz.« (Raben sind eine eigene Sorte Vögel, und es ist sehr empfehlenswert, höflich zu ihnen zu sein.)

Dem Raben gefiel es denn auch, mit ›Exzellenz‹ angeredet zu werden. Er gab ein Krächzen von sich, als lachte er, dann rollte er seine dunklen, glänzenden Augen und sagte: »Gutes Kind, gutes Kind ... vielleicht darf man sich ein wenig aufsetzen? Ich bin noch etwas zittrig auf den Beinen.«

»Bitte sehr«, sagte Merle. Ihr wurde zwar ein wenig ängstlich bei der Vorstellung, wie der Rabe seine Krallen auf ihre zarte Schulter setzte und das schöne blaue Taftkleid, das die Mutter ihr angezogen hatte, damit beschmutzte oder gar zerriß, aber dann dachte sie daran, daß der Rabe nahe war und die Mutter fern, ja, daß sie sie wahrscheinlich niemals wiedersehen würde, und so sagte sie nur: »Ist es Ihnen hier angenehm?« und zog eine Schulter hoch, so daß er sich bequem draufsetzen konnte.

»Sehr angenehm, danke, mein Kind«, krächzte der Rabe. (Raben sind sehr höflich, solange sie einem wohlgesonnen sind.) Er setzte sich auf die Schulter, und Merle trug ihn weiter, den Weg zwischen den alten schwarzen Bäumen und den rotblühenden Rhododendren entlang. Eine Weile schwiegen sie beide, dann fragte der Rabe: »Wohin des Weges, wenn man fragen darf?«

»Zum Schloß hinauf«, antwortete Merle.

»Aha«, sagte der Rabe. »In Geschäften?«

»Bitte?«

»Ich meine«, erklärte er, »was hast du dort oben zu tun?«

»Ich soll dem Herrn die Erdbeeren bringen.« Sie hob das Körbchen hoch, das sie trug, und zog das weiße Spitzentüchlein beiseite. Darunter lagen zuhauf die dicksten, rötesten, süßesten Erdbeeren, die man im Wald um diese Jahreszeit finden konnte.

»Aha«, sagte der Rabe. »Deswegen bist du wohl auch so hübsch angezogen und frisiert?«

Sie nickte. Sie wollte ihm nicht sagen, daß sie lieber

nicht so hübsch angezogen und frisiert gewesen wäre. Die ganze Nacht über war ihr strähniges rostrotes Haar auf Papierchen gewickelt gewesen, so daß sie den Kopf voller Knubbel gehabt hatte und kaum schlafen konnte, und sie hätte sich viel wohler in ihrem alten schwarzen Hemdchen gefühlt als in dem steifen blauen Taftkleid mit der großen Schleife im Rücken, aber ihre Eltern hatten gesagt, der Herr im Schloß wollte nur schöne Kinder sehen, also mußte man sie so schön machen, wie es eben ging, besonders wenn ein Kind von Natur aus häßlich war …

»So ist das also – mhm-hm!« machte der Rabe.

Merle erschrak so, daß ihr ganz kalt wurde, denn sie war sicher, daß sie kein Wort gesagt hatte. Sie wandte ein wenig den Kopf, um ihn anzusehen, ob er jetzt böse auf sie war, aber er saß nur da, blickte umher, und gelegentlich fuhr er blitzschnell mit dem Schnabel in sein Gefieder, packte ein Federchen, das sich verdreht hatte, und glättete es. Raben sind, wie man weiß, sehr bedacht auf ihr Äußeres.

Schließlich nahm er das Gespräch wieder auf. »Da wird er dir wohl ein Geschenk geben, wenn du ihm so schöne Erdbeeren bringst?«

»O ja.« Merle, die die halbe Nacht an dieses Geschenk gedacht hatte, nickte eifrig. Nachdem sie jetzt wußte, daß es keinen Sinn hatte, dem Raben etwas verschweigen zu wollen, erzählte sie ihm alles. »Die Eltern sagten, er würde mir Brei mit Zimt und Honig zu essen geben, und Küßchen auf die Wangen, und ich dürfte wohl auch in seinem warmen Bett schlafen. – Was meinst du?«

»Oh – gewiß, gewiß«, stimmte der Rabe zu. »Aber haben sie dir auch gesagt, was er hernach tun wird?«

»Nein.«

Der Rabe flog auf, schüttelte seine Schwingen aus und ließ sich dann auf ihrer anderen Schulter nieder. »Nun«, sagte er und wiegte den Kopf hin und her, als webte er etwas in der leeren Luft, »hernach wird er Dinge tun, über die ich in Anbetracht deines zarten Alters nichts Näheres sagen möchte, und dann wird er dir mit seinem scharfen Messer die Augen ausstechen und das Herz herausschneiden; und was von dir noch übrig ist, wird er in einem Topf kochen, bis die Knochen nackt und weiß sind, wie er's mit allen Kindern gemacht hat, die auf sein Schloß gekommen sind. Geh lieber nicht hin!«

Merle schwieg. Sie hörte ihr Herz in den Ohren klopfen, als er das von dem scharfen Messer und dem Topf gesagt hatte, aber dann fielen ihr der Brei mit Zimt und Honig und auch die Küßchen auf die Wange ein, die sie doch so gern gehabt hätte.

»Wer weiß, ob's stimmt«, sagte sie.

Der Rabe neigte sich zu ihr und zwickte sie mit seinem harten Schnabel so fest ins Ohr, daß es blutig wurde. »Benimm dich!« krächzte er, »und widersprich mir nicht. Was deine Bemerkung angeht, ›Wer weiß, ob's stimmt‹: Deine Eltern wissen es ganz genau, und es wird ihnen nur recht sein, wenn du im Topf endest wie ein dummes Huhn … Aber wie's beliebt, lauf nur zu!« Damit flatterte er auf und tat, als wollte er davonfliegen.

»He, warte!« rief ihm Merle nach und begann zu laufen. »Warte doch!«

Raben sind sehr schnell beleidigt, und sie mußte eine ganze Weile laufen und rufen und ihm gut zureden, so daß sie richtig erhitzt und außer Atem war, bevor er sich endlich wieder herabließ, sich auf ihre Schulter zu setzen. Die ganze Zeit waren sie jedoch immerzu den Pfad weitergegangen, der sich durch den Wald – einen finsteren Wald, in dem glänzender Efeu und scheckige Stechpalmen wuchsen und zottige Lianen die Bäume umschlangen – hinaufwand zum Schloß, und Merle wurde klar, daß sie sich rasch entscheiden mußte. Sie seufzte schwer.

»Ich muß immerzu an den süßen Brei denken«, sagte sie.

»Denk an den Topf«, sagte der Rabe.

Als sie keine Antwort gab, fuhr er fort: »Du kannst mir glauben; ich habe schon viele Kindlein diesen Weg entlang und ins Schloß hineingehen sehen, aber keines ist jemals wieder herausgekommen. Er ist ein böses Tier, das Kinder frißt wie eine Katze die Vögelein, und wenn er dir deinen Brei gibt, dann nur damit du ihm danach besser mundest.«

»Sieht er denn auch recht greulich aus?« fragte Merle.

»Nein, gar nicht«, antwortete der Rabe. »Er sieht aus wie die Tollkirschen, saftig und süß und glänzend, doch innen ist er voll Gift und Verderben.«

»Ich kann's nicht glauben«, sagte sie. Natürlich wollte sie es nicht glauben, denn seit dem vergangenen Abend freute sie sich auf den Brei, und wer will schon schlecht von jemandem denken, der eine ganze Schüssel voll Brei mit Zimt und Honig für einen hat?

»Ich sehe schon, du bist so dumm wie die anderen«, sagte der Rabe. »Aber dumm hin oder her – du hast mir Wasser gegeben, und das soll belohnt werden. Hör zu.«

Sie horchte aufmerksam.

»Nimm mich mit ins Schloß, und dann tu, was du willst, aber sag ihm nur kein Wort davon, daß ich sprechen kann. Hörst du? Kein Sterbenswörtchen. Dann will ich zusehen, daß ich dich lebendig wieder herausbekomme. Wenn du's ihm aber sagst, werde ich morgen deine armen Knöchelchen ansehen.«

Merle war schwindlig vor Angst und Aufregung, als ein Diener sie den langen dunklen Gang zu den Herrschaftsgemächern entlangführte. Sie war froh, daß der Rabe mitgekommen war und noch immer auf ihrer Schulter saß, obwohl er sich jetzt wie ein stummes dummes Tier stellte und nur heiser krächzte, während er seine Füße putzte und in seinem Gefieder herumstocherte. Sie wußte einfach nicht, was sie denken sollte, und das schlimmste war der Gedanke, der Schloßherr könnte doch greulich aussehen – wie ein schwarzer Bär mit roten Augen oder wie eine große schwarze Katze mit fünf krummen Messerchen an jeder Pfote. Sie hatte so schreckliche Angst, daß sie sich mit der freien Hand die Augen zuhielt, als der Diener eine reichgeschnitzte Tür öffnete und sie hineinschob.

Durch die Finger hindurch sah sie, daß in dem Raum Kerzenlicht brannte und große Schatten sich bewegten. Und dann sagte eine Stimme: »Oh, sieh an, was wir zum Nachtisch haben!«

Da wurde ihr schwarz vor Augen.

Als sie wieder zu sich kam, saß sie ziemlich hoch oben (auf einer Tischkante, wie sie später feststellte), und jemand saß vor ihr und hielt sie mit beiden Händen fest, damit sie nicht herunterfiel. Sie öffnete vorsichtig ein Auge und schielte. Das erste, was sie sah, waren Augen: zwei große, länglich geschlitzte Augen unter schweren Lidern. Sie waren nicht rot, wie sie gefürchtet hatte, aber sie waren grüngelb wie brennender Schwefel, und sie waren heiß; sie glühten und lohten in den Höhlen wie zwei kleine Flammen. Plötzlich schlossen sich die Augen, und als sie wieder aufgeschlagen wurden, war nichts Wölfisches mehr daran – nur grün waren sie, einfach grün wie reife Trauben.

Der Schloßherr wandte sich zu dem Diener, der aufwartete, und sagte: »Ich muß wohl über Nacht alt und häßlich geworden sein, daß die Damen bei meinem Anblick in Ohnmacht fallen … Komm, gib ihr zu trinken, aber nichts zu Starkes, sonst zerspringt ihr das Herz. Gib Wasser hinein.«

Merle war tatsächlich zumute, als würde ihr Herz jeden Augenblick in Stücke springen, und sie trank ganz vorsichtig einen winzigen Schluck aus dem Becher, den er ihr reichte. Was darin war, schmeckte süß und maischig wie überreife Pflaumen und brannte in der Kehle. Sie trank einen Schluck und dann einen zweiten und noch einen.

»Seht nur an, wie es ihr schmeckt«, sagte der Schloßherr und lachte, und die beiden anderen Männer im Raum lachten mit. »Sicher will sie noch mehr davon haben.« Merle hätte gern noch etwas von dem süßen Gebräu gehabt, aber da hackte sie der Rabe – der auf dem Tisch herumspazierte – von hinten, und so sagte sie: »Nein danke, nichts mehr«, und gab den Becher zurück.

Als sie sich vorsichtig umblickte, sah sie, daß sie sich in einem langen Raum befand, an dessen beiden Enden Feuer in Kaminen mit steinernen Drachenköpfen brannten. Der Tisch, auf dem sie saß, war fast so lang wie der Raum; es hätten leicht zwanzig oder mehr Personen daran sitzen können, aber nur an einem Ende standen ein paar Sessel, und die drei Männer waren so dicht zusammengerückt, als sei ihnen kalt oder unheimlich. In einer Wand waren viele schmale Fenster nebeneinander, durch die man – wie ein in Streifen geschnittenes Bild – den schwarzen Wald und den grauen, dämmernden Abendhimmel und den goldenen Mond erblickte.

Jetzt hatte sie auch den Mut, den Schloßherrn anzusehen. Sie hatte schon gemerkt, daß er keineswegs wie ein Bär oder eine große Katze aussah. Er sah aus wie ein gewöhnlicher Mann – mit dem Unterschied, daß er viel schöner war als alle Männer, die sie kannte. Er war in dunkelroten und auberginefarbenen Damast gekleidet, mit vielen kleinen kirschroten Knöpfen an der Vorderseite seines Hemds, und sein schwarzes Haar war so glatt und glänzend wie die Mähne eines Rappen, der jeden Tag gebürstet wird, und wirkte so weich wie der Pelz junger Kätzchen. Er hatte ein schmales blauschwarzes Bärtchen wie ein Ziegenbock, was gut zu seinen Augen paßte, und sein Gesicht war so weiß und bleich wie die Gesichter von Menschen, die soeben gestorben sind. Sie war überzeugt, daß es sich kalt anfühlte, wenn man den Handrücken an die Wange legte. Seine Hände jedenfalls waren kalt, so sehr, daß sie die Kälte durch ihr Kleid hindurch spürte.

Er hatte das Erdbeerkörbchen auf dem Tisch abgestellt, und jetzt nahm er eine Erdbeere unter dem weißen Tüchlein hervor und schob sie sich in den Mund (seine Lippen waren so rot wie die Erdbeeren), und dann nahm er eine zweite und schob sie ihr in den Mund; es war ein gruseliges Gefühl, als seine schneekalten Finger sich zwischen ihre Lippen zwängten.

»Herzlichen Dank für die Beeren, mein liebes Kind. Wie heißt du?«

»Merle.«

»Was für ein hübscher Name. Und du bist gewiß ein gutes und frommes Kind?« Dabei nahm er von neuem eine Beere und steckte sie ihr in den Mund, wobei er mit der Spitze des Mittelfingers nachhalf, sie hineinzubefördern, und ihr hernach mit diesem Finger die Lippen abwischte.

»Nun – vielleicht nicht«, antwortete sie vorsichtig. Nach dem Erlebnis mit dem Raben war sie nicht mehr sicher, ob nicht vielleicht auch der Schloßherr alles wußte, was sie dachte. Vermutlich war es besser, ehrlich zu sein. »Jedenfalls nicht immer.«

Sie ärgerte sich, als sie sah, wie die beiden Diener – die hinten im Schatten standen – jeder die Hand an den Mund legten und ein Kichern erstickten, aber dann freute sie sich, denn der Schloßherr lachte sie nicht aus. Er stützte den Kopf auf eine Hand und lehnte sich so weit vor, daß er ganz nahe bei ihr war (sie hätte ihm einen Kuß auf die Wange geben können, wenn sie sich nur ganz wenig vorgebeugt hätte, und sie hätte es gern getan, denn er gefiel ihr mit jedem Augenblick besser).

»Oh«, sagte er, wobei er seinen kleinen Finger zwischen die Zähne steckte und sanft hineinbiß. »Das ist aber traurig zu hören. Da mußt du wohl häufig Schläge bekommen?«

Sie nickte nur.

»Was für ein bemerkenswertes Kind du bist«, meinte er. Er zog plötzlich eines seiner langen Beine hoch und streckte es an ihr vorbei auf dem Tisch aus – mitten zwischen den silbergefaßten Weinkaraffen und den Bechern und Kerzen – und dann das andere, und anschließend lehnte er sich in seinen geschnitzten Sessel zurück und verschränkte die Hände hinter dem Nacken, wobei er sie aufmerksam betrachtete. »Ich wette«, sagte er zuletzt, »du bist nicht immer so fein angezogen wie heute.«

»Nein, gnädiger Herr«, sagte sie.

»Und du hast gewiß Kletten in den Haaren und kohlschwarze Füße.«

»Ja«, sagte sie, jetzt überzeugt, daß er wirklich alles wußte, »und ich habe es gern so.«

Sie wartete ängstlich, ob er ihr das übelnehmen würde, aber er sagte: »Na, sieh einer an!« und lachte, und die beiden anderen lachten ebenfalls.

Dann fragte er ganz ernst: »Bist du denn gerne schmutzig?« Und als sie nickte (was sollte sie schon sagen?), beugte er sich weit vor und flüsterte: »Ich auch. Was sagst du? Sieht so aus, als hätten wir beide denselben exquisiten Geschmack. Wir sollten uns einmal gemeinsam schmutzig machen.« Sie verstand nicht ganz, warum er und seine beiden Diener so laut und wüst darüber lachten, daß sie zuletzt kaum noch Luft bekamen und ihnen die Augen tränten. Als er schließlich zu lachen aufhörte und sich die Seiten klopfte und das Wasser aus den Augen wischte, sagte er: »Aber hübsch eins nach dem anderen.«

Plötzlich sprang er auf und stand so hoch und dunkel

vor ihr, daß sie erschrak; dann aber lachte er erneut, als er in ihre sorgfältig geringelten Haarlocken faßte und mit den gespreizten Fingern hindurchfuhr, so daß die Locken, die ohnehin nur widerwillig hielten, schlaff wurden. Das tat er auf beiden Seiten, bis ihr Haar fast so strähnig war wie immer. Dann hörte er auf zu lachen. Mit einem harten Griff zog er sie an sich – ganz dicht an sich; sie spürte das glänzende dunkle Tuch seiner Kleider und sah die großen roten Tropfen, die darin eingewebt waren und wie Blumenkelche und Tränen und Blutstropfen aussahen. Sie spürte seine Rippen unter den Kleidern und atmete den sonderbaren Duft ein, der von seinem Körper und seinen Kleidern ausströmte, einen Duft, wie sie ihn bislang nur in Kirchen gerochen hatte, nach tropfendem heißem Wachs und Räucherwerk und erdigen kalten Gewölben. Seine Hände glitten über ihre Schultern nach hinten und begannen das blaue Taftkleid aufzuknöpfen.

Sie fühlte sich, als würde eine Schnur um ihren Hals zugezogen. Zwar war sie sehr froh, das Taftkleid loszuwerden, das so steif und heiß und unbehaglich um sie herumraschelte, aber als es plötzlich an ihr hinunterrutschte und auf den Tisch fiel, kam sie sich in ihrem Hemdchen sehr einsam vor, und trotz der Wärme der Kerzen und der beiden Feuer im Saal war ihr kalt. Sie blickte sich rasch nach dem Raben um, aber der suchte hinten das schwarze Wandgetäfel nach Holzwürmern ab und kümmerte sich nicht weiter um sie. Einen Moment lang wurde ihre Angst so groß, daß sie sich nicht anders zu helfen wußte, als beide Hände fest an das Tuch mit den blutigen Tropfen zu klammern; obwohl er es war, den sie fürchtete, war es besser, sich an ihm festzuhalten als an gar niemandem.

Sie spürte, wie er verharrte und einen schweren Atemzug tat. Dann strich seine Rechte ihren Rücken herauf, so kalt und glatt wie frischer Schnee, und tastete jeden Wirbel einzeln ab, bevor sie zuletzt auf dem Nacken zur Ruhe kam und sie wie ein Kätzchen hinter den Ohren kraulte. Seine Augen begannen zu glimmen, so hell und wild, daß er sie ein paarmal rasch auf und zu machte und mit der flachen Hand darüberfuhr, damit es wieder aufhörte. Er schluckte zweimal, bevor er sagte: »Jetzt siehst du hübsch aus.«

»Oh.« Sie war so verblüfft, daß jemand sie mit ihrem ungekämmten Haar und im Hemd hübsch fand, daß sie an sich herabblickte und ihre dünnen weißen Arme und Beine betrachtete. Damit brachte sie ihn wiederum zum Lachen. Er hob sie plötzlich hoch, so daß das Taftkleid auf den Boden fiel, wo er es mit einem Fußtritt ins Dunkel unter dem Tisch beförderte. Dann stellte er sie auf den Tisch, hob den Leuchter mit den zwei brennenden Kerzen hoch und betrachtete sie ernsthaft von allen Seiten. Merle stand ganz still, als er – ein großer schwarzer Schatten – um sie herumging und sie rundum beleuchtete und beguckte, und sie kam sich sehr knochig und x-beinig vor. Er fand sie aber immer noch hübsch. »Du bezauberst mich«, sagte er. »Willst du mir die Ehre geben und mit mir speisen?«

»Brei mit Zimt und Honig?« fragte sie.

»Was du wünschst. Aber du mußt hier auf dem Tisch sitzenbleiben, damit ich dich gut sehen kann.«

So aß sie mit dem bösen Tier zu Abend.

Es gab den Brei, nach dem sie so sehr verlangt hatte, und außerdem eine Menge anderer Leckerbissen, die der Schloßherr jedoch vorwiegend allein aß, weil Merle nach dem Brei so satt war wie ein genudeltes Gänschen und nichts mehr hinunterbrachte. Da er so viel größer war als sie, hatte er natürlich auch einen ganz anderen Appetit.

Sie saß, wie er es gewünscht hatte, zwischen den silbernen Platten und Schüsseln hinter seinem Teller auf dem Tisch und dachte daran, daß es abscheulich ungezogen war, gewissermaßen (auch wenn sie das Hemdchen anhatte) mit dem nackten Hintern mitten im Essen zu sitzen, und daß ihre Eltern es nie erlaubt hätten; aber dem Schloßherrn bereitete es Vergnügen. Er hatte überhaupt Spaß daran, sich schlecht zu benehmen und die ungezogensten Dinge zu tun, so daß sie im einen Augenblick lachte, im nächsten erschrak und dann wiederum lachte.

Es gab in Branntwein eingelegte Kirschen – sie kostete davon, aber sie waren so scharf, daß es wie Feuer in ihrem Mund brannte und sie spuckte und nieste und die Augen zusammenkniff; also aß er sie allein, und jeden Kern spuckte er über den Tisch, einen weiter als den andern. Es gab jedesmal ein Geräusch, ein kleines Plip!, wenn der Kern auf der schwarzen, polierten Tischplatte aufprallte wie ein winziger hölzerner Ball.

Die längste Zeit hatte niemand auf den Raben geachtet, der auf dem Tisch herumstolzierte und in die Ritzen pickte, aber als ihn einer der Kerne unvermutet traf, flatterte er auf, und der Schloßherr bemerkte ihn.

»Sieh an!« rief er. »Wem gehört denn dieser struppige alte Flederwisch? Dir vielleicht?«

»Ja«, sagte Merle. Und weil sie sich ärgerte, daß er so abschätzig über den klugen Raben sprach, fügte sie hinzu (was sehr unvorsichtig war): »Und er ist gar kein Flederwisch. Er ist sehr klug.«

Da wurden die grünen Augen des Schloßherrn plötzlich ganz schmal, er legte den Kopf schief und fragte: »Ach ja? Sehr klug? Dann kann er wohl sprechen?«

Merle erschrak fürchterlich, aber sie erwiderte rasch: »Ja, aber er sagt immer nur: ›Krah, krah, krah.‹« Und sie begann zu kichern wie ein albernes Kind.

»Sonst nichts?« fragte der Schloßherr argwöhnisch.

»Nein. Nur ›Krah‹.«

Er sah sie aus seinen grünen Augen von der Seite an,

aber Merle hatte immer gut lügen können, und so glaubte er ihr. Er sagte: »Das ist dein und sein Glück, denn ich kann sprechende Raben auf den Tod nicht ausstehen. – Raus mit dir, Flederwisch, oder ich schneid' dir den Kropf ab.« Er schnappte eins der abgenagten Bratenknöchelchen auf der Silberplatte und warf es nach dem Raben, der lärmend aufflatterte und zum Fenster hinausflog. Die anderen Knöchelchen warf er nach seinen Dienern und rief ihnen zu, sie sollten sich zum Teufel scheren. Merle kam aus dem Staunen nicht heraus, wie unmanierlich er sich benahm – und dabei war er so schön und vornehm!

»So«, sagte er zuletzt, als sie mit ihm allein war. »Jetzt sind wir ungestört.« Dann faßte er ihre bloßen Füße und stellte sie links und rechts von seinem Teller hin und fing an, Dummheiten zu treiben, für die jeder andere furchtbare Schläge bekommen hätte, aber da er erwachsen und so reich und mächtig war, konnte er es sich natürlich erlauben. Er legte auf jede ihrer bloßen Zehen eine in Branntwein getränkte Kirsche und gab acht, daß sie nicht hinunterrollten, und als er das bei allen zehn Zehen getan hatte, beugte er sich darüber und nahm die Kirschen eine nach der anderen mit den Lippen auf. Merle wurde ganz wunderlich zumute, als er das tat. Der Branntwein, der auf ihrer Haut verdunstete, war kalt, und die Lippen, die sie berührten, waren noch kälter, und oft erwischte er nicht nur die Kirsche, sondern gleich auch die Zehe dazu und nahm sie zwischen die Zähne, so daß es gerade nur ein bißchen weh tat – etwa so, als zwickte einen ein Krebs am Strand. Dann leckte er den rosaroten, duftenden Saft ab, und das war noch wunderlicher, denn er tat es so zierlich und adrett wie ein Kätzchen, aber ihr wurde ganz kalt und schwindlig dabei: Seine Zungenspitze kitzelte, wenn er damit zwischen die Zehen geriet, und sein Mund fühlte sich so absonderlich an, daß sie nicht wußte, ob er glühend heiß oder eisig kalt war. Sie bekam immer mehr Angst und hätte ihn gern gebeten, damit aufzuhören, aber sie ahnte, daß er sich nicht um diese Bitte kümmern würde.

Zuletzt schob er seinen Teller weg und legte den Kopf zwischen ihren Füßchen auf den Tisch und sagte: »Kratz mich hinter den Ohren – aber daß du mir's ja recht sorgfältig und ordentlich machst!«

Merle gab sich Mühe. Er hatte eine Menge Haar, durch das ihre Hand sich erst hindurchwühlen mußte, so daß sie schließlich bis zum Handgelenk darin steckte; weiches, schweres, schlüpfriges Haar, das ihre Haut knistern machte. Sie grub darin herum, bis sie die Stelle hinter den Ohren fand, wo er es am liebsten hatte (das merkte sie daran, wie er schnurrte und schwerer atmete), und dann kratzte sie ihn mal sanft und mal fest. Sie merkte bald, daß sie es gut machte, denn er hatte die Augen behaglich geschlossen, und seine Hände streckten und krümmten sich rhythmisch wie die Pfoten von Katzen, wenn sie sich wohl fühlen. Er wandte den Kopf einmal nach links, einmal nach rechts, damit beide Ohren gleichmäßig bedacht wurden, und einmal verdrehte er ihn richtig, weil er es auch im Genick haben wollte, dort, wo im Hinterkopf das Grübchen ist. Er war sehr anspruchsvoll – da wollte er es weich haben und dort etwas härter, und verschieden lange, und einmal mit einer und einmal mit beiden Händen. Es war wirklich nicht leicht, ihn zufriedenzustellen. »Fest!« befahl er, und dann: »Noch fester!«, und Merle scharrte so wild mit ihren kleinen dünnen Händen, daß er völlig zerrauft und zerwühlt wurde. Plötzlich bat er mit einer ganz leisen, weichen Stimme: »Mit den Nägelchen, bitte!«, und als sie gehorchte, stöhnte er so lange und laut, daß ihr noch unheimlicher wurde als zuvor, und er blieb danach eine ganze Weile still liegen.

Schließlich hob er den Kopf und putzte sein Bärtchen, indem er den kleinen Finger mehrmals hintereinander ableckte und damit darüberfuhr, und dazu sagte er: »Du bist so bleich, kleines Schätzchen.«

»Das kommt vom Kerzenlicht«, sagte Merle.

»Nicht von der Angst?« fragte er leise und legte seine Hände auf ihre Knie. Sie spürte an seinem Griff, wie stark er war; sie war ganz sicher, daß er ihr mit einem Griff den Hals umdrehen und all ihre Knochen brechen konnte. Dann strich er mit seinen Händen langsam an ihr entlang, so daß er sie erst an den Hüften und dann an den Schultern zu fassen bekam, und er selbst folgte seinen Händen, er streckte sich lang und länger und drängte sie immer weiter nach hinten, bis ihr Kopf auf dem Tisch lag. Seine weißen Hände legten sich wie die Pranken eines Raubtiers auf ihre Brust, als er so über sie gebeugt stand und sie anstarrte und anhauchte und ein Gesicht machte, als überlegte er, wo er zuerst hineinbeißen sollte.

Sie hatte gar keine Lust mehr auf die Küsse, auf die sie sich zuerst ebenso gefreut hatte wie auf den Brei, aber sie bekam sie, zwei auf jede Wange, und den letzten, den schlimmsten von allen, auf den Mund. Es war, als hätte ihr jemand fünf harte, eisige Schneebälle ins Gesicht geworfen, die dort haften blieben und immer kälter wurden, bis ihr Fleisch ganz taub und tot war.

Plötzlich hob er sie auf und hielt sie so, daß sie die Arme um seinen Hals legen mußte, wenn sie nicht hinunterfallen wollte, und schritt mit ihr aus dem Zimmer und den langen Gang hinunter, in dem es mehr Schatten als Licht gab. Die Kerze, die er in der Hand trug, warf wilde, gelbe Lichter auf die buckligen, weißgetünchten Mauern, an denen in Abständen unheimliche Dinge hingen: schwarze Helme mit eisernen Zähnen und alte, rostfleckige Waffen und hölzerne Hirschhäupter mit blinden, blauweißen Augen, von denen die Farbe abgeblättert war. Merle war überzeugt, daß er sie irgendwohin schleppen wollte, wo er sie in aller Ruhe und Bequemlichkeit auffressen konnte. Jetzt fiel ihr alles wieder ein, was der Rabe gesagt hatte, von dem scharfen Messer und dem Topf und den gekochten Beinchen, und ihr wurde schlimm zumute.

»Hast du Angst, kleines Schätzchen?« fragte das böse Tier.

»Nein«, erwiderte sie trotzig.

Er lachte leise. »Warte nur, das kommt schon noch …« Damit öffnete er eine der vielen Türen aus dunklem Holz, die in Nischen in den Mauern des Korridors lagen, und trat ein.

Als sie drinnen waren, schlug er schnell die Tür zu und drehte den Schlüssel um. Dann setzte er Merle auf dem Boden ab. Sie blickte sich angstvoll um. Das Zimmer, in dem sie standen, war niedrig, mit einer mehrfach gewölbten Decke. Nirgends war ein Fenster zu sehen, bloß eine einzige kleine, stark vergitterte Luke öffnete sich in einer der Wölbungen. Es gab nur ein Möbelstück: ein Bett, so groß, daß man beinahe darin wohnen konnte, mit einem glänzend schwarzen, durchbrochenen Betthaupt, das zu einer schwarzen Hecke aus Zweigen und Rosen und spitzen Dornen geschnitzt war, und ebenfalls durchbrochenen Seitenteilen, die am Kopfende so hoch wie das Betthaupt waren, zum Fußende hin aber in sanftem Schwung abflachten und dann völlig verschwanden. Auf jedem der beiden Knäufe am Fußende hockte ein holzgeschnitztes Tierchen, links ein Äffchen, rechts ein Kätzchen, beide hübsch glatt und glänzend. Das Bett war voll rosiger seidener Kissen und scharlachroter Decken, die bis auf den Boden herabhingen.

»Nun geh schlafen, mein Engelchen«, sagte das böse Tier. Dabei hob er Merle hoch und setzte sie mitten auf das seidene Bett. »Und sei nur brav und laß mir das Türchen im Winkel in Ruhe, das geht dich nämlich gar nichts an! Schlaf gut, Kleines.« Er beugte sich rasch herunter und küßte sie auf die Stirn, und dann verschwand er durch die Tür, die er gerade nur so weit aufmachte, daß er sich selbst hindurchzwängen konnte. Sie hörte den Schlüssel im Schloß knirschen.

Merle horchte an der Tür, und als draußen nichts zu hören war, wandte sie sich dem Türchen im Winkel zu. Es war ein Tapetentürchen, das man gar nicht sah, wenn man nicht darauf aufmerksam gemacht wurde.

Sie schlüpfte hin und versuchte die kleine Klinke niederzudrücken, und sofort ging es auf, so leicht und leise, daß es frisch geölt sein mußte. Die Kerze flackerte, als sie sie hochhob und in den schmalen kleinen Raum hinter dem Türchen hineinhielt, aus dem üble Luft entwich.

Danach wußte sie zweierlei: Das böse Tier hatte ihr mit Absicht befohlen, sie sollte das Türchen in Ruhe lassen, um sie neugierig zu machen – und der alte Rabe hatte recht gehabt mit allem, was er gesagt hatte.

Sie hatte gerade noch Zeit, die Kerze abzustellen, bevor das Zimmer vor ihren Augen verschwamm.

Sie erwachte davon, daß jemand ihr Haar strählte. Es fühlte sich an wie ein einzelner harter Finger. Einen Augenblick lang dachte sie, das böse Tier sei schon zurückgekehrt, aber dann spürte sie, daß es ein Rabenschnabel war.

Sie schlug die Augen auf. Die Kerze brannte niedrig, das Zimmer war von gespenstischen Schatten und Lichtern erfüllt, die schwarze Fratzengesichter und Silhouetten von Ungeheuern auf die Wand zeichneten. Es war sehr heiß. Sie lag auf dem Bett ausgestreckt, auf das sie gefallen war, und vor ihr saß auf einem seidenen Kissen der Rabe.

»Na«, krächzte er, als er entdeckte, daß sie wieder bei Bewußtsein war, »nun sitzen wir ja schön in der Bredouille, was?«

Merle seufzte schwach. Ihr war erbärmlich zittrig zumute, vor allem, als ihr wieder einfiel, was sie hinter dem Tapetentürchen gesehen hatte. »Du hast recht gehabt«, flüsterte sie.

»Gewiß, gewiß – ich habe eigentlich immer recht«, bestätigte der Rabe. »Und wenn du ihn jetzt sehen könntest, wärst du noch mehr davon überzeugt, denn eben jetzt machen seine Diener Feuer und setzen den Topf auf, und er selbst schleift sein Messer und leckt sich die Lippen dabei – na, nun fall bloß nicht wieder in Ohnmacht. Wir müssen jetzt unseren Verstand zusammennehmen.«

Merle dachte, daß es viel leichter wäre, nicht in Ohnmacht zu fallen, hätte er ihr nichts vom Messerschleifen und Lippenlecken erzählt und hätte sie nicht in die kleine Kammer geblickt, in der die Schädel von Kindern zuhauf lagen, wie braune Äpfel auf dem Speicher, und so grausig mit all ihren blanken Zähnen grinsten, als wollten sie sagen: »Gestern wir, heute du.«

»Wie bist du denn hereingekommen?« fragte sie.

Der Rabe deutete mit seinem Schnabel nach oben. »Durch die Luke. Aber schwätz jetzt nicht; er wird bald wiederkommen, und dann geht's schnell.«

Da war Merle zumute, als würde eine große kalte Hand durch ihre Rippen hindurchfahren und mit allen fünf Fingern ihr Herz packen und alles Blut herauspressen. Ihre Knie zitterten, und sie spürte, wie jedes einzelne Haar sie in die Kopfhaut stach, als wäre es trockenes Stroh. »Was soll ich nur tun?« rief sie.

»Hm – ja – hm«, machte der Rabe. »Dein Glück, daß ich mich das schon vor einer Weile gefragt habe, sonst könntest du jetzt gar nicht mehr tun, als hier zu hocken und zu warten, bis er dir die Kehle durchschneidet. Nun ja – ich hoffe sehr, es wird dir eine Lehre sein. Ein großes Glück, daß er nicht allzu klug ist; wir werden ihn schon drankriegen. Gib mir deine Hand.«

Sie streckte ängstlich die Hand aus. »So?«

»Ja. Ich werde dich hacken; laß dann drei Tropfen Blut in meinen Schnabel fallen.«

»Das tut weh«, sagte sie.

»Na«, krächzte er, »wenn du meinst, es tut nicht weh, die Kehle abgeschnitten zu kriegen, dann kannst du's ja abwarten. Also hopp oder topp.«

Sie sagte nichts mehr. Der Rabe hackte ihre Hand mit seinem starken, glänzenden Schnabel, und sie ließ drei Tropfen Blut in seinen Schnabel fallen.

»So«, sagte er. »Und jetzt verschwinde unterm Bett und rühr dich keinen Fingerbreit, was auch geschieht; ich komme dich dann holen.«

Sie kroch gehorsam unters Bett. Es war ganz finster darunter, weil das geschnitzte Bettgestell so tief reichte und die Decken darüber bis zum Boden hingen, und alles war voll Staub. Aber da waren auch noch andere Dinge, kleine längliche, trockene Dinge mit knubbeligen Enden, und kugelig runde Dinge, und weil sie ahnte, was es war, kroch sie lautlos und am ganzen Körper zitternd ganz in die Mitte und lag so still, wie sie nur konnte, um keines dieser Dinge zu berühren. Es roch auch unbehaglich, so trocken und beißend und dumpf wie in einem Beinhaus.

Dann kam das böse Tier zurück.

Sie hörte die Tür aufgehen und leise, weiche Schritte. Sie konnte nichts sehen, aber sie konnte sich sehr gut vorstellen, wie er da im Kerzenschein stand, mit dem langen, frischgeschliffenen Messer in der Hand, und sich darauf freute, ihr die Augen auszustechen und das Herz herauszuschneiden.

Er fauchte vor Enttäuschung, als er sie nicht finden konnte. Es war ganz deutlich zu hören.

Und dann kam plötzlich eine Hand unters Bett.

Er mußte doch klüger sein, als der Rabe gedacht

hatte. Denn als er den ganzen Haufen Decken und Kissen durchgewühlt und nichts darunter gefunden hatte, kam er leise zurückgeschlüpft und legte sich flach auf den Bauch und streckte die Finger unters Bett.

Merle sah sie kommen, fünf lange weiße Finger mit bunten Ringen daran, und dahinter ein Arm im damastenen Ärmel, der immer näher und näher an sie heran kroch und sich suchend nach allen Richtungen bewegte. Einmal rührte er an eins der kugeligen Dinger (die sie jetzt deutlicher sah, als ihr recht war) und stieß einen heiseren Freudenschrei aus, als er dachte, er hätte sie schon gepackt, aber dann fühlte er, was es war, und rollte es unters Bett zurück, daß es kreiselte und kugelte und eine Menge Lärm machte.

Er war schon ganz nahe dran, sie zu erwischen, als es mit einemmal hinter der Tapetentür rappelte, als hätte sich dort drinnen etwas bewegt. Der Arm verschwand blitzschnell. Sie hörte, wie er aufsprang, und unter dem Rand des Bettes hindurch sah sie, daß er auf den Zehenballen hockte und sich oben aufs Bett stützte. Er dachte wohl, sie hätte sich in dem Kämmerchen versteckt, denn sie hörte, wie das Tapetentürchen aufgerissen wurde und wie er hineinstürzte und zornig all die Totenköpfchen darin durcheinanderwarf, daß sie rollten und rumpelten wie Kegel, wenn die Kugel hineinfährt.

»Wo bist du, Kind?« rief er wütend. »Wo bist du nur?«

»Hier draußen, Herr, da wasch ich mich!« rief Merles Stimme draußen vor der Tür.

Hätte ihr der Rabe nicht so sehr eingeschärft, sich nicht zu bewegen, sie wäre vor Schreck unter dem Bett hervorgekrochen, denn es war ihre Stimme gewesen, und sie hatte doch nichts gesagt! So lag sie stocksteif und still und horchte darauf, wie das böse Tier zur Tür hinaussprang und seine glühenden grünen Augen links und rechts in den dunklen Gang wandte.

»Wo bist du?« schrie er so wild, daß es den ganzen Gang entlang hallte.

»Hier drunten, Herr, da kämm ich mich!« rief Merles Stimme zum zweitenmal.

Da packte er das Messer und rannte in die Richtung, aus der die Stimme kam. »Wo?« brüllte er.

»Hier drinnen, Herr, da schmück ich mich!« rief die Stimme zum drittenmal, und dann gab's einen wüsten Krach, als eine Tür ins Schloß fiel, und das Schreien und Rufen verstummte.

Merle machte die Augen erst wieder auf, als es vor ihr raschelte und der Rabe unters Bett gehüpft kam.

»Hinaus mit dir«, sagte er. »Er wird zwar nicht so schnell aus dem Zimmer herauskommen, in das ich ihn eingesperrt habe, und die Diener sitzen in der Küche und kochen Wasser und warten darauf, daß er herunterkommt, aber wir wollen doch lieber sehen, daß wir von hier verschwinden.«

Und Merle ließ sich das nicht zweimal sagen.

Träume

Nachdem ich das Buch ausgelesen und beiseite gelegt hatte, lag ich noch eine Weile im Dunkeln wach und sah alles lebhaft vor mir, den abscheulichen Schloßherrn und den klugen Raben, der Merles Stimme so täuschend nachgeahmt hatte. Unter diesen Gedanken schlief ich ein – und träumte ...

Ich träumte, ich sei den ganzen langen Weg zurückgefahren in mein Elternhaus und dort durch die Tür getreten. Ich hatte dieses Haus nie sehr gern gehabt, es war kalt und ungemütlich, und man konnte sich nicht richtig rühren darin – alle Türen und Treppen und Zimmer schienen immer gerade dort zu sein, wo man sie nicht brauchen konnte, alles war so verwinkelt und verdreht, und immer schien ein kalter Luftzug durch die Räume zu streifen, wie von schlecht geschlossenen Türen und Fenstern. Vielleicht lag es am Haus, vielleicht auch daran, daß ich dort nie glücklich gewesen war.

In diesem Traum betrat ich es in Angst. Ich war gekommen, um etwas aufzuräumen und wegzuräumen, bevor es entdeckt wurde, und ein würgendes Gefühl von Schuld und Bedrückung hielt mich umfangen. Alle Türen zu allen Zimmern waren verschlossen und versperrt, und obwohl ich nicht genau wußte, was es war, das darin verborgen lag, empfand ich Furcht und Widerwillen, die Türen zu öffnen.

Schließlich sperrte ich einen der Räume auf. Es war halb dunkel darin, ich konnte nichts weiter sehen als einen hohen Kamin, der eine Ecke des Zimmers abschnitt: Ein prachtvoller Kamin war es, mit schwarzen Greifen und fauchenden Drachen und Mohrenköpfen geschmückt und von gebrannten und glasierten Blumen gekrönt. Sein dunkles Feuerloch gähnte mich an wie ein offenes Maul. Da rappelte es mit einemmal, und aus der Asche kugelte etwas Schwarzes heraus und rollte über den Boden, ein ganzes Stück weit, ehe es liegenblieb und mir seine blanken Zähne zuwandte.

Ich fuhr aus dem Schlaf hoch, daß ich alle Decken vom Bett warf. Eine Weile saß ich mit klopfendem Herzen da und starrte auf die Fenster, die im Lampenlicht wie Eis glänzten. Dann überkam mich die Müdigkeit wieder – ich war noch sehr erschöpft von der Reise.

Und wieder träumte ich …

Ich meinte, mitten in der Nacht aus einem Grund, der mir verborgen blieb, aus dem Schlaf zu schrecken. Beklommen schlüpfte ich aus dem Bett und schlich auf nackten Füßen eine wurmstichige, walnußbraune Stiege hinunter, die vor einer Tür endete.

Rund um die Tür sah ich einen Lichtschein glänzen, und dieses geheimnisvolle Licht, so unerwartet mitten in der Nacht, zog mich magisch an. Ich fühlte mich wie die Kinder auf alten Postkarten – Kinder in cremefarbenen Kleidern und mit bebänderten Hüten –, die man am Weihnachtsabend durch die Türritze spähen sieht, in das Zimmer hinein, in dem der Lichterbaum mit seinen goldenen Äpfeln und Nüssen erstrahlt. Wie sie preßte ich meine kleinen Hände an den Türrahmen und ein Auge an den Spalt und lugte erwartungsvoll hinein – und mein Herz sprang vor Schreck.

Die Stube, die ich vor mir sah, war dunkel und ärmlich, mit einer hohen Großvateruhr darin, von der eine porzellanene Eule herabglotzte, und einem großen blauen Tisch im Winkel. An dem Tisch saßen Merles Eltern, und ihnen gegenüber saß der Schloßherr und warf eben eine Handvoll Goldfüchse über den Tisch, die auf der blauen Platte sprangen und klingelten und feurige Schweife hinter sich herzogen.

»Wo das herkommt, ist noch mehr davon«, rief er heiser. »Daran soll's nicht liegen, aber ist sie's auch wert? Sie ist doch wohl ein gutes und frommes Kind, will ich hoffen?« Dabei sah er so böse und lasterhaft aus, daß ich mich fragte, was er schon auf Güte und Frömmigkeit gab – weniger als nichts, wie er da saß mit seinen glänzend bunt beringten Fingern und seinen vor Wein und Heimtücke glitzernden Augen.

»Nun, gut und fromm – wie man's nimmt!« antwortete Merles Mutter mit schmalen Lippen und dem kleinen nervösen Lachen, das sie immer hören ließ, wenn sie sich über Merle geärgert hatte. »Nicht allzu sehr, fürchte ich. Wir hatten von Anfang an nichts als Ärger mit ihr.«

»Ach!« rief der Schloßherr, und seine katzengrünen Augen glommen, daß man es im Stockdunkeln hätte sehen können. »Da müßten Sie wohl strenger mit ihr sein, gute Frau. Man darf die Kinder nicht verwöhnen. Nur keine kostbaren Kleidchen und würzigen Leckereien, sonst werden sie aufsässig. Aber ich werde sie schon gründlich in die Kur nehmen.«

»Ganz recht, ganz recht«, stimmten Merles Eltern ihm zu. »Das wird sie lehren, wer der Herr im Haus ist.«

Ein Weilchen war es still, und ich hörte nur das winzige schabende Geräusch, das der Schloßherr machte, als er sich mit der Spitze seines scharfen Messers die langen weißen Fingernägel säuberte. Zuletzt sagte er: »Ich habe allerdings eine große Vorliebe für schöne Kinder. Ich darf doch annehmen, daß es sich um ein schönes kleines Mädchen handelt?«

»Ha, keine Rede davon!« widersprach Merles Vater und lachte derb. »Sie ist der reinste Wechselbalg, und recht zuwider dazu, man muß sich schämen, mit ihr auf der Straße gesehen zu werden.«

»Ja, wir würden am liebsten auf der anderen Straßenseite gehen, wenn wir mit ihr unterwegs sein müssen«, ergänzte Merles Mutter. »Sie ist, mit Verlaub, nicht nur recht häßlich, sondern auch nicht sehr helle. Aber nehmen Sie sie nur ruhig, sie ist doch besser als nichts.«

»Mhm«, machte der Schloßherr und schnippelte sich mit dem Messer die Nägel zurecht, so daß sie so spitz und scharf wie Katzenkrallen wurden. »Was solche Kinder brauchen, ist eine gebührende Züchtigung, sonst nimmt es ein böses Ende mit ihnen. Schicken Sie sie mir nur möglichst bald.«

»Es wird ihr nur guttun, einmal zu sehen, wie weit sie gehen kann«, sagte Merles Mutter.

»Sie wird schon noch sehen, wo sie einmal enden wird«, sagte Merles Vater.

Da stützte der Schloßherr den Ellbogen auf den Tisch und das Kinn anmutig aufs Handgelenk und beugte sich so weit vor, daß sie alle drei beinahe mit den Nasen zusammenstießen, und zischte mit blinkenden Zähnen: »Vielleicht im Topf ...?«

So starrten sie einander in die Augen, und im Raum schien es immer dunkler und dunkler zu werden, bis die Möbel und auch die drei Gestalten am Tisch ihren Umriß verloren – nur die drei Augenpaare glühten noch giftig im Dunkel ... und ich fuhr keuchend und naßgeschwitzt aus dem Schlaf hoch.

Der Rest der Nacht verging rasch. Nur einmal wachte ich auf und hörte, wie eine Schiffssirene auf dem Fluß heulte und der Regen wie Hagel an die Scheiben prasselte.

Auf dem Weg zum Schloß

Am Morgen holte mich nicht die uniformierte Frau ab, sondern der Chauffeur eines Mietwagens. Ich trat mit ihm vor das Hotel hinaus. Es hatte zu regnen aufgehört, aber hoch über uns jagten dunkle Wolken über den Himmel. Die Sonne tauchte auf und verschwand, und wenn sie auftauchte, schien sie jedesmal kleiner und trüber als zuvor, als würde hinter den Wolken etwas von ihrem Rand abgeschält. Ein eiskalter Wind fegte über uns hinweg. Die Wirtin, die uns vors Haus begleitet hatte, schirmte die Augen mit der Hand, besah sich den Horizont und sagte zu dem Mann: »Sie werden schlechtes Wetter für die Fahrt haben.«

Sie hatte recht. Eine Art Seufzen erfüllte die Straße, und hie und da ließ sich hoch oben am zinnfarbenen Himmel ein dumpfes Brausen vernehmen. Ein Sturm kündigte sich an.

Die Wirtin sagte (so leise, daß sie glaubte, ich könnte es nicht hören): »Wenn Sie mich fragen, dann ist Carnanoth kein geeigneter Ort für ein Kind.« Sie warf einen raschen Blick auf mich, aber als ich tat, als bestaunte ich den Wagen – einen sehr großen, imposanten Wagen – und interessierte mich nicht im geringsten für ihr Gespräch, fügte sie mit derselben gedämpften Stimme hinzu: »Ich würde nie zulassen, daß eines meiner Kinder dorthin gebracht wird. Man kann sagen, was man will, es ist genausowenig anständig wie das, was früher dort geschehen ist. Was nicht heißen soll, daß wir nicht alle miteinander sehr froh sind, Herrn Rabschake und Herrn Siebenschön und all die …« (statt dem folgenden

Wort fügte sie ein hastiges Kreuzzeichen ein) »vom Hals zu haben, aber ...« Sie unterbrach sich und wartete aufmerksam auf eine Antwort.

Der Chauffeur zuckte die Achseln und starrte mit gerunzelter Stirn auf die Straße vor dem Hotel. Auf den wackligen Ziegeltreppen mit ebenso wackligen Geländern, die zu den Türen hinaufführten, saßen dicke Katzen, so viele, als seien sie die eigentlichen Bewohner der Straße. Ihre runden, gelben und grünen Augen blinkten wie Juwelen im schwindenden Licht. Ich stellte mir vor, wie sie, sobald die Abenddämmerung perlfarben über die Stadt sank, gravitätisch die Stufen hinaufstiegen, die Häuser betraten und sich in altväterischen Zimmern voll wurmstichiger Möbel zu Tisch setzten, Fisch und Leber speisten und süße Sahne dazu tranken und sich zuletzt auf verstaubten Seidenkissen zur Ruhe legten, nachdem sie sich den Bart gewischt und die Pfoten geputzt und die Türen gegen streunende Hunde verriegelt hatten. Der Gedanke gefiel mir so gut, daß ich darüber ins Träumen geriet und heftig erschrak, als der Chauffeur meine Hand nahm und mich die Stufen hinunterzog, dem Wagen zu.

Wieder fuhren wir lange über Land. Ich versuchte mich mit dem Mann zu unterhalten, aber er sagte nur: »Ich muß auf die Straße aufpassen« und schwieg. Nach einer Weile deutete er auf den Rücksitz und sagte: »In dem Korb sind belegte Brote, falls du Hunger hast«, aber mehr bekam ich von ihm nicht zu hören. Dabei hätte ich ihn gerne nach Onkel Abelard gefragt – wie er aussähe und ob er nett wäre. Zu Hause hatten sie mir versichert, er wäre sehr nett, aber ich wußte längst, daß sie das nur gesagt hatten, damit ich ohne Widerstand zu ihm hinfuhr. Sie kannten ihn gar nicht wirklich und hatten nicht die geringste Ahnung, wie er mich aufnehmen würde. Es war ihnen sicher gleichgültig – so, wie es Merles Eltern gleichgültig gewesen war, ob ihr das böse Tier die Augen ausstach und das Herz herausschnitt und sie in den Topf warf.

Natürlich mußte ich auch daran denken, was die Wirtin über das Haus Carnanoth gesagt hatte: daß es kein geeigneter Ort für ein Kind sei. Das klang beunruhigend, aber andererseits auch sehr vielversprechend.

Ich hatte, als ich mein Elternhaus verließ, ein Paradies hinter mir gelassen – ein Kinderparadies, in dem noch nie eine Schlange gekrochen war, weil in dieser antiseptischen Welt alles Viehzeug verreckte, sei es nun eine Schlange oder ein Phönix. Es war kein Garten gewesen, denn Gärten sind Leben, sondern ein Palast: eine Anhäufung leerer, immer neue Räume gebärender Räume, die sich einer aus dem anderen hinausschoben und niemals vollkommen sichtbar wurden; sie blieben immer in einer Art Nebel befangen, denn Wirklichkeit war eins der Dinge, die dieses Paradies haßte. Es war eine Welt voll gedämpfter Geräusche, voll unausgesprochener Fragen und unausgelebter Gefühle, in der alles in schierer Erstarrung lag, wie späte Rosen beim ersten Frost.

Meine Uhr war stehengeblieben, weil ich in meiner Müdigkeit abends vergessen hatte, sie aufzuziehen, und ich achtete nicht auf die Zeit, bis ich der immer trüber werdenden Dämmerung gewahr wurde. Die Luft war kalt, und die Wolken hoch oben jagten in Wirbeln und Strudeln über den Himmel, als würden dort Kreisel mit breiten, flatternden Bändern gedreht. Das hohle Brausen in der Höhe schien allmählich näher und näher zu kommen.

Ich fühlte mich sehr einsam und allein gelassen. Der Chauffeur sprach nicht mit mir, Onkel Abelard kannte ich nicht, und falls sich herausstellen sollte, daß er niederträchtig und grausam zu Kindern war, würde mir niemand zu Hilfe kommen – wahrscheinlich nicht einmal Gott. Ich kannte Gott nicht sehr gut, aber ich hatte die geheime Angst, er sei so ähnlich wie jemand, den ich kannte, jemand, der kleine harte Augen und große Zähne hatte und bei jeder Gelegenheit sagte: »Mir könnte so etwas nie passieren.«

Gott war in meinem Paradies präsent gewesen, aber er hatte keine andere Rolle gespielt als die eines fernen Verwandten, dem alle Sonntage einmal ein Besuch abgestattet wurde; langweilige Besuche, bei denen viel von dem geredet wurde, das ich nicht verstand und auch nicht zu verstehen versuchte. Ich überstand sie, wie ich andere Verwandtenbesuche überstand, verkrochen in den Höhlungen meiner eigenen inneren Welt. Die lebendigen Götter dieses Paradieses waren meine Eltern gewesen, und sie wandelten nicht mit mir, sondern folgten mir lautlos in der Entfernung und beobachteten meine Schritte, zwei schleichende Schemen, die unversehens aufzutauchen pflegten und ihre langen Schatten hinter sich herschleppten.

Die Landschaft war auch nicht sehr ermutigend. Wir kamen immer wieder durch kleine Städte, die der Stadt, in der ich die Nacht verbracht hatte, zum Verwechseln ähnlich sahen. Gegen Abend erst erreichten wir eine eindeutig ländliche Gegend. Die schwarzen Häuser neben der Fahrbahn wichen immer weiter auseinander, bis sie einzeln in weitläufigen, wüsten Gärten standen.

»Wie lange fahren wir noch?« fragte ich.

»Ein Weilchen.«

Ich wußte nicht genau, wieviel ein Weilchen war, aber es kam mir sehr lang vor. Schließlich fuhren wir jenseits des letzten Hauses durch ein Tal, in dem freie Straßenstücke immer wieder mit Wäldchen und Gebüsch abwechselten. Entlang der Straße und überall zwischen den Büschen standen runde Tempel und Säulen und Mauerbögen.

»Ist das ein Friedhof hier?« fragte ich.

Der Fahrer nickte. Dann sah er mich plötzlich an. »Hast du Angst vor Friedhöfen?«

»Nicht sehr«, sagte ich. »Ich meine – wenn es Friedhöfe mit anständigen Toten sind. Nicht mit Werwölfen oder Vampiren oder solchem Gesindel.«

Er musterte mich schrägen Blickes, dann bemerkte er boshaft: »Nun, was hier liegt, sind keine anständigen Toten. Hier liegen Herrn Rabschakes Leute begraben.«

Dabei machte er eine Bewegung mit der freien Hand, die das ganze Tal vom einen bis zum anderen Ende umfaßte.

Noch während ich mich umblickte, fühlte ich plötzlich einen eiskalten Windstoß, und dann fing es an zu regnen. Dunkler und dunkler wurde es, und immer heftiger und schwerer fiel der Regen. An allen Ecken und Enden wurde der schwarze Himmel von grellen Blitzen zerrissen. In ihrem Licht konnte ich direkt vor mir eine dichte Baumgruppe erkennen, einen kleinen, künstlich anmutenden Wald aus Eiben und Zypressen, den der Fahrweg durchquerte. Im Schutze dieser Allee war es verhältnismäßig ruhig, und hoch über mir konnte ich das Brausen des Windes hören.

»Wer ist Herr Rabschake?« fragte ich.

Dem Fahrer tat es inzwischen leid, daß er überhaupt etwas geantwortet hatte. Er sagte nur: »Ach – einer von denen« und starrte dann auf die Straße, als müßte er sie mit den Augen festhalten. Der Wagen rollte eilig auf der nassen Fahrbahn dahin. Wo das Licht der Scheinwerfer die Dunkelheit aufstörte, erwachten seltsame architektonische und vegetabilische Details zum Leben – Formen, die ebensogut weiße Säulen wie weiße Baumstämme sein mochten, dunkles Geschlinge, das vielleicht ein verrostetes Gitter, vielleicht das Tentakelgeflecht der Fliegenwinde war. Ein hellfarbener Stein, der im ersten Augenblick einem großen Grabstein überzeugend ähnlich gesehen hatte, entpuppte sich beim

Vorüberfahren als gewöhnlicher Betonsockel. Durch das spaltbreit geöffnete Wagenfenster strömten Sumpfgerüche und jene üble Süßigkeit herein, die die großen, der Kalla ähnlichen Kelche der Fliegenwinde ausdünsteten.

Es gefiel mir, wie die Blitze am Himmel zuckten und der Sturm in den Pappeln und Zypressen der düsteren Landschaft brauste. Ich liebte Gewitter; sie erschienen mir wie der Widerschein und die Ahnung des Aufruhrs, den ich jenseits der Mauern des verwunschenen Schlosses brausen fühlte – ein Aufruhr von Leben, wie ich ihn in der Krankenhausstille meines bisherigen Lebens noch nicht vernommen hatte.

Der Wagen bremste; der Fahrer riß die Tür an seiner Seite auf, schnüffelte hinaus, als orientierte er sich am Geruch der Gegend, knallte die Tür wieder zu und fuhr dann – sehr vorsichtig jetzt – einen geschotterten Fahrweg entlang. Ich sah links und rechts traurige Tümpel, aus denen starre Pflanzenteile herausragten – wie die Hände Ertrunkener sahen sie aus –, und aufgequollenes, gedunsenes Gewächs, das sein braunes und rosafarbenes Blattwerk über den Boden schleppte, schwer von Nässe und Fäulnis. Die Ruine eines kleinen kapellenartigen Häuschens tauchte am Straßenrand auf und versank wieder.

Das Unwetter endete so unvermittelt, wie es losgebrochen war, und hinterließ eine von Wärme und Feuchtigkeit dampfende Landschaft, aus der da und dort feine Nebelschleier aufstiegen. Gelegentlich stahl sich ein Streifen Abendsonnenlicht durch das schwarze Gewölk und beleuchtete die Gegend um mich herum.

Der Chauffeur wies geradeaus die Straße entlang. »Da vorn ist Carnanoth – das Wächterhaus.«

Carnanoth

Der Chauffeur führte mich durch den riesigen Garten des Schlosses zum Haupthaus. Nach dem starken Gewitter war die Abendluft frisch und kühl. Der Garten gefiel mir – es war einer dieser wunderbaren alten Gärten, in denen alles wild wächst und man unter den Holunderbüschen zerbrochene steinerne Gartenfiguren oder das Grab eines Hundes entdecken kann … Aber ich wunderte mich, denn einige der nassen Bäume, an denen wir vorbeigingen, waren Granatapfelbäume und Orangenbäume und andere Bäume, für die es in diesen Breiten eigentlich zu kalt war. Überall führten schmale Wege zwischen Heckengängen in die bereits dunkelnden Tiefen des Gartens, und wo ich hinblickte, sah ich Terrassen mit säulengestützten Balustraden, gewundene Treppen, bläulichgrün lackierte Gartenbänke und steinerne Vasen und Postamente. Das Licht der Abendsonne schimmerte orange auf dunklem Pflanzengeschlinge mit steifem Laubwerk und düsteren Friedhofsgewächsen, und die plumpen Amphoren und Putten und Säulchen schienen allesamt angeknabbert, als seien die Mäuse darübergekommen. Eine Menge Blumen wuchsen im Garten, und so weit ich sah, waren sie alle von der Art, die ich mochte – leuchtende türkische Nelken, hohe orangefarbene Tigerlilien und violette Iris, die rund um die vielen Teiche wuchs. Die Blumen kamen mir jedoch ebenso eigentümlich vor wie die Bäume, denn ich sah rosablühende Magnolienbäume und rote Azaleen und große gefüllte Blumen, die wie weiß-rosa Pfingstrosen aussahen, und obwohl ich wirklich nichts von Gärtnerei verstand, glaubte ich zu wissen, daß sie nicht zur selben Zeit in Blüte stehen. Sie blühten jedoch und rochen so berauschend süß, daß ich mich am liebsten wie eine Biene in ihre üppigen Kelche gestürzt hätte.

Den Weg entlang saßen links und rechts auf steinernen Podesten Sphinxe jeder Art: ägyptische Sphinxe, die wie liegende Löwen mit Männerköpfen aussahen, griechische Sphinxe, die bis zur Brust schöne Frauen und hinten Löwinnen waren und ein Paar starke Flügel auf den Schultern trugen, und assyrische Sphinxe mit Bärten und Kronen und harten, grausamen Zügen.

Dahinter kam das Schloß in Sicht.

Wie das Wächterhaus eigentlich aussah, könnte ich bis heute nicht sagen. Es erschien mir gewaltig und majestätisch, aber ich denke, kleinen Kindern erscheinen alle Gebäude so. Der überwältigende Eindruck, den es auf mich machte, war der, daß es tatsächlich ein Schloß war, eine Zitadelle, in die man flüchten und in der man sich verteidigen konnte. Seine dunkel verputzten, von vielen Simsen und Fensterbögen und langen Reihen steinerner Kugeln unterbrochenen Mauern waren stark und sicher, wilder Wein wuchs darauf, und das Licht hinter den Fenstern leuchtete auf wie das Licht eines Leuchtturms. Es mischte sich kupfern und golden und schwefelfarben mit dem erlöschenden Sonnenlicht, so daß mir beides, das Schloß wie der von Sphinxen bewohnte Garten, vollkommen fremd erschienen – nicht nur meinem bisherigen Leben, sondern meiner ganzen Welt fremd.

Der Chauffeur des Mietwagens, der jetzt froh war, mich loszuwerden, lieferte mich an der Tür ab wie ein Postpaket. Ich fuhr zusammen, weil ich, bevor die Tür sich knarrend öffnete, keine Schritte gehört hatte. Ein hübsch in Blau und Gelb gekleideter Diener trat heraus und sagte: »Ach, da ist sie ja.« Es klang nicht gerade entzückt.

Er winkte mich in eine hohe, von Kerzen erleuchtete Halle mit massiven, deutlich sichtbaren Schiffsbalken an der Decke und dunklen, steifen, spärlich verteilten Möbeln einer vergangenen Epoche. Ein trüb orangefarbenes Feuer glomm im Kamin, der eine Ecke des Raumes abschnitt: ein prachtvoller Kamin, dessen Verzierungen allesamt aus schwarzem Stein geschnitten waren – Greifen und Drachen und zwei schwarze Mohrenknaben, die aus den Säulen hervor wuchsen und Körbchen mit Granatäpfeln in den Händen hielten. Ihre Augen waren aus Malachit. Vieles an dem Kamin war mit Gold überzogen gewesen, aber das Gold war jetzt abgeblättert und verblaßt.

Ich war nicht von allem, was ich rings um mich sah, begeistert, und ich empfand erneut Furcht. Vor allem erschrak ich, als ich das Porträt neben dem Treppenaufgang erblickte, denn aus irgendeinem Grund – vielleicht, weil es so groß und auffallend in seinem schwer geschnitzten schwarzen Rahmen da hing – dachte ich, daß es Onkel Abelard darstellte. Und wenn er so aussah, dann wollte ich mich lieber schnell umdrehen und versuchen, durch den dämmrigen Garten zu entkommen, noch bevor er mich entdeckt hatte.

Auf dem schon etwas nachgedunkelten großen Gemälde war vor dem Hintergrund eines altmodischen holländischen Schlafzimmers ein älterer, ziemlich beleibter Mensch zu sehen, ein Mann um die Sechzig, dessen feiste, gedunsene Züge alle Merkmale abgründiger Niedertracht aufwiesen. Er hatte ein volles, glänzendes Gesicht, stechende Augen und einen brutalen Mund. Es war jedoch nicht nur seine Häßlichkeit, die mich erschreckte, nicht nur die Tatsache, daß das gesamte hängebackige Altmännergesicht geprägt war von sinnlicher Lüsternheit und von einer Bosheit, die nachgerade diabolisch wirkte, sondern es war der Eindruck leichenhafter Erstarrung, den er machte. Alles Fleisch an seinem

Gesicht wies eine bläulich-bleifarbene Tönung auf, die Augäpfel waren von krankhaftem, schmutzigem Gelb, die Lippen waren von schwärzlicher Tönung und unterstrichen den Eindruck, daß ich das Porträt eines Leichnams anblickte.

Während ich es noch in atemlosem Schrecken anstarrte, hörte ich Schritte oben, wo die glänzend polierten und von einem geschnitzten Geländer begleiteten Stufen der Treppe im Dunkel verschwanden. Dann kam mein Onkel Abelard in die Halle herunter.

Er kam auf mich zu und nahm meine Rechte, indem er seine großen Hände von beiden Seiten darum legte. »Ich bin Abelard«, sagte er. »Willkommen in meinem Haus, Merle.«

»Ich heiße nicht Merle«, widersprach ich. »Ich heiße ...« Aber merkwürdig: Es wollte mir nicht einfallen, wie ich bis dahin geheißen hatte.

»Doch«, murmelte er. »Du heißt Merle, du weißt es nur noch nicht. – Komm, es ist gerade Zeit für eine Tasse heiße Schokolade.«

Er legte seine Hand auf meine Schulter und schob mich durch ein kleines Türchen in der getäfelten Wand. Dahinter lag ein Zimmer, schwarz und grün wie eine Weinlaube, sehr schmal, mit einem ungeheuer hohen Spiegel an der Stirnwand und einem Leuchter, der von der Decke herabhing. Der Ring des Leuchters bestand aus vier bronzenen Äffchen, die eins dem anderen einen Ball reichten; von den Streben zwischen den Bällen hingen die brennenden Lampen herab. Es gab noch viel mehr zu sehen, denn die Täfelung des Raumes war mit weißen Säulen und Palmen und Akanthusblättern bemalt, und die hohen Kommoden, die links und rechts standen und gerade genug Platz ließen, daß man sich an den Tisch dazwischen setzen konnte, waren so reich geschmückt, daß es aussah, als seien Blumen und Ranken aus ihrem Holz und Marmor gesproßt. Mich interessierte aber vor allem der Spiegel, und zwar deshalb, weil man nichts darin sah.

Seine hohe Fläche war grau und leer wie ein zugefrorener See.

»Der Spiegel«, sagte ich.

Onkel Abelard wandte den Kopf. »Ja? Was ist damit?«

»Man sieht ja gar nichts darin!«

»Nun, jetzt gerade nicht«, erwiderte er. »Er ist sehr eigenwillig … er bestimmt selbst, was er einem zeigen will und wann. Du mußt sorgsam damit umgehen, er ist eines meiner kostbarsten Besitztümer. Der König selbst hat ihn mir geschenkt. – Aber jetzt nimm Platz.«

Ich setzte mich auf einen der hohen steifen Sessel mit den grünen Sitzkissen. Onkel Abelard setzte sich mir gegenüber. Mitten auf dem Tisch stand eine silberne Platte mit einem Kerzenflämmchen darunter, um sie heiß zu halten, und auf der Platte stand die Kanne mit der Schokolade, die beim Schnabel dampfte und heraus duftete. Es gab auch zwei Tassen und Schüsselchen mit Schlagsahne und braunem Zucker.

Ich konnte Onkel Abelard jetzt in Ruhe betrachten. Er war erstaunlich groß und stark – so, wie die Figuren auf Denkmälern größer und stärker als gewöhnliche Menschen sind. Sogar wenn er saß, bemerkte man es; er brauchte zweimal soviel Platz wie ein anderer. Sein langes schwarzes und auberginefarbenes Gewand bauschte und faltete sich um ihn herum wie die Soutane eines Priesters. Sein schwarzes Haar war dick und schwer und lockig. Sein Gesicht hatte eine Farbe wie heller Kandiszucker und seine Augen eine wie dunkler Kandiszucker – goldgelb-braun –, und seine Hände waren wie die Pranken eines Löwen. Sie hantierten aber so geschickt mit dem zarten Silberservice, als wären sie die feinsten Damenhände.

»Hat man dir mein Buch ausgehändigt?« fragte er beiläufig.

»Ja.«

Er schenkte mir von der Schokolade ein, die in einem dicken braunen Strahl in meine Tasse floß und so wunderbar roch, daß mir die Zunge lang wurde. »Hat es dir gefallen?«

»Ich weiß nicht recht«, antwortete ich. Mir war so wirr und seltsam zumute: In dem Zimmer waren so viele kleine, schwarze Gesichter in den Ranken der Schnitzerei verborgen, und ich mußte immer wieder zu dem Spiegel hinüberblicken – vielleicht hatte er sich mittlerweile entschlossen, mir etwas zu zeigen? Es war unmöglich, sich unter diesen Umständen eine kluge und wohlerzogene Antwort auszudenken, also ließ ich einfach hören, was meinen Gedanken am nächsten kam. »Ich glaube, es hat mir böse gefallen.«

Er sagte nichts dazu, sondern nickte nur vor sich hin.

»Ich meine«, fuhr ich fort, um zumindest einigermaßen zu erklären, was ich empfand, »der Schloßherr war sehr böse, nicht?«

»Aber er hat dir gefallen.« Es war keine Frage, eher eine Feststellung. Ich mußte an den Raben in der Geschichte denken. Vielleicht war Onkel Abelard ein solcher Rabe und wußte immer, was ich insgeheim dachte.

»Ein ganz klein bißchen«, sagte ich deshalb vorsichtig. Mir war bewußt, wie unmoralisch es war, an jemand Gefallen zu finden, der Kinderknochen im Topf kochte. »Wahrscheinlich nur, weil er so schön war.«

»Und so grausam«, ergänzte Onkel Abelard leise. »Ich glaube, Merle hätte ihm gern geholfen, anderen Kindern das Herz herauszuschneiden.«

Ich starrte ihn an. Ich war so erschrocken über diese Bemerkung, daß mir ganz heiß und übel wurde; mir war zumute, als hätte jemand aus heiterem Himmel ein großes, muffiges schwarzes Tuch auf mich herabfallen lassen, das mich unter sich begrub wie ein Bahrtuch. Wie konnte man nur etwas so Entsetzliches sagen! Und all die winzigen schwarzen Gesichter im Schnitzwerk und auf den Gobelins hatten es gehört; alle funkelten mich aus ihren Perlaugen an und fletschten ihre winzigen Zähne und streckten Zünglein wie Eidechsen heraus!

Onkel Abelard stand auf und wandte sich an mich, als sei nichts geschehen: »Komm, ich zeige dir jetzt dein Zimmer.«

Als wir in die dämmrige Halle hinaustraten, kamen uns zwei in rotes und braunes Tuch gekleidete Diener entgegen, von denen der eine eine Lampe und der andere eine große geschweifte Schüssel trug. Was immer in der Schüssel war, erfüllte die Luft mit dem starken Duft von Vanille.

Sobald die beiden Männer Onkel Abelard sahen, verbeugten sie sich und blieben stehen; er bedeutete ihnen aber, sie sollten nur weitergehen. Sie traten durch eine der hohen Türen, die von der Halle abgingen. Ich sah, wie in dem Raum dahinter die schweren Schatten aufflogen, als sie die Lampe auf einen Tisch stellten.

»Was machen sie da?« fragte ich.

Ein wenig hatte ich Angst gehabt, Onkel Abelard würde wie die meisten Erwachsenen antworten: »Du mußt nicht alles wissen«, oder: »Das geht Kinder nichts an.« Er sagte jedoch: »Sie stellen die Milch auf. Wir haben hier auf Carnanoth späte hungrige Gäste.«

Ich lugte neugierig durch die Tür. Der achteckige Raum dahinter – in dem jetzt warmes Licht brannte – hatte eine mit Fresken versehene Kuppel und unterhalb dieser Kuppel eine Reihe von runden Medaillonfensterchen. Die fensterlosen Wände darunter waren ebenfalls bemalt, in Braun und Gelb und Purpur, und von hohen Reliefpfeilern begrenzt. Später erfuhr ich, daß es das Gartenzimmer genannt wurde, weil ein Türchen im Winkel unmittelbar in den Garten hinausführte. Quer über die Mitte des Raumes war ein sehr langer Tisch gestellt, der für eine ganze Kaffeegesellschaft gereicht hätte, aber nur ein einziger schwarzer, lederbezogener Sessel stand da und wirkte neben dem endlos langen Tisch sehr einsam.

Die Diener stellten die Milchschüssel an ein Ende des Tisches und die Lampe, die sie niedrig drehten, ans andere; dann öffneten sie das kleine grüne Türchen im Mauerwinkel, das in den Garten hinaus führte, und zuletzt schlossen und verriegelten sie die hohe Flügeltüre.

»Was hat das zu bedeuten?« fragte ich verwirrt.

Onkel Abelard sagte freundlich: »Darauf möchte ich dir jetzt noch keine Antwort geben. Später vielleicht … wenn du Carnanoth besser kennst.«

Das Tränentropfenzimmer

Wir stiegen die hohe Treppe an der Seite der Halle hinauf. Oben bog Onkel Abelard in einen Korridor ein, der nach links abzweigte. Er bewegte sich leichten Schrittes vor mir her, so weich und federnd leicht wie eine große Katze. Die Kerze in seiner Hand warf wilde, gelbe Lichter auf die buckligen, weißgetünchten Mauern, an denen in Abständen sonderbare Dinge hingen: Gobelins und Gemälde voll bleicher oder auch bunter Figuren, die Vögel im Laubwerk und feuerspeiende Drachen auf einsamen Vulkangipfeln zeigten und Schiffe, deren Segel wie tätowierte Menschenhaut aussahen.

Die Tür, die er zuletzt für mich öffnete (es gab viele Türen auf diesem Gang), war so niedrig, daß er sich tief bücken mußte, und sie führte in einen Raum, in dem nur eine einzelne schwache Lampe brannte. Das Fenster stand offen, und der kräftige Wind, der dem Unwetter gefolgt war, brauste herein, daß die Vorhänge flogen.

In dem Augenblick, in dem ich das Zimmer betrat, schien es mir entgegenzukommen und mich in die Arme zu schließen, mit einer so deutlich spürbaren Bewegung, daß ich erschrocken zurückwich. Ich hatte es nie sehr gemocht, wenn man mich unvermutet umarmte.

Ich spürte, wie das Zimmer sich zurückzog.

Es sah mich an.

Sah mich an, wie Hunde einen ansehen, wenn sie nicht recht wissen, ob sie aufs Bett springen dürfen.

»Na gut«, sagte ich. »Aber nicht zu heftig.«

Das Zimmer umarmte und küßte mich.

Es war ein ziemlich großes Zimmer mit einer sehr niedrigen, mehrfach gewölbten Decke und einem komplizierten Balkonfenster, dessen viele kleine Scheiben man – wie ich erst später herausfand – einzeln oder auch zu mehreren öffnen konnte: Es war sozusagen ein Fenster mit Fensterchen darin.

Es gab nur zwei wirklich wichtige Möbelstücke: eine Standuhr im Winkel, deren schwerfälliges Ticken das Zimmer mit Atem und Leben erfüllte, und ein Bett, so groß, daß man beinahe darin wohnen konnte, mit einem durchbrochenen schwarzglänzenden Betthaupt, das zu einer dichtgeflochtenen Dornröschenhecke aus Zweigen und Rosen und spitzen Dornen geschnitzt war, und ebenfalls durchbrochenen Seitenteilen, die am Kopfende so hoch wie das Betthaupt waren, zum Fußende hin aber in sanftem Schwung abflachten und dann völlig verschwanden. Auf jedem der beiden Knäufe am Fußende hockte ein aus Walnußholz geschnitztes Tier, links ein Äffchen, rechts eine Katze, beide so rund zusammengerollt wie japanische Netsukes. Die übrigen Möbelstücke waren klein und unauffällig und standen wahllos herum.

Was mir als erstes auffiel, war, daß nichts in diesem Zimmer wirklich gerade war; alles war ein bißchen schief und verdreht und uneben, so daß es eher gewachsen als gebaut erschien. Als ich die Füße auf den Holzboden setzte, fühlte ich, daß er sehr glatt und wie gewachst war, aber überall kleine Buckel und Dellen aufwies, die es sehr spaßig machten, darauf zu gehen.

Die Wand war so uneben wie der Boden und mit einer Tapete beklebt, auf der sich winzige tropische Blumen mit winzigen tropischen Vögelchen abwechselten – so klein, daß ich ein Auge zukneifen und mit dem anderen ganz nahe daran gehen mußte, um sie zu erkennen. Dabei mußte ich natürlich auch mit der Nase hin, und da stellte ich fest, daß die Tapete roch. Ich weiß bis heute nicht genau, wonach – es war ein trockener, krümeliger, süßer Geruch, wie ihn vielleicht sehr alte parfümierte Briefe an sich haben oder seit vielen Jahren getrocknete Blumen, oder sehr vornehme alte Damen.

Onkel Abelard lachte, als er sah, wie ich die Nase an die Tapete drückte. Einen Moment lang dachte ich, er lachte mich aus, weil ich an einer Tapete schnüffelte, aber sein Lachen bedeutete etwas anderes. Er fragte: »Was meinst du, wonach es riecht?«

»Ich weiß nicht. Einfach nur gut.«

»Das ist eine gescheite Antwort«, sagte er und lächelte mich an. Sein Lächeln war von der Art, bei der man die Augen zukneift. Mir gefiel es. Dann lenkte mich etwas ab: Ich entdeckte – nahe dem Fenster mit den kleinen Scheiben – ein Stück Wand, das nicht tapeziert war. Auf dieses Stückchen Wand war mit Kohle oder Ruß ein Regen von Tränentropfen gemalt. Sie waren so groß wie Birnen und auch geformt wie Birnen und in einer etwas naiven Art wie von einem Kind gemalt. Die Malerei war offenkundig sehr alt, und so roh sie auch wirkte, war sie doch seltsam lebendig, so sehr, daß mich fast Unbehagen überkam.

»Wer hat die Tränen gemalt?« fragte ich.

»Jemand, der viel zu beweinen hatte«, antwortete Onkel Abelard. »Wir nennen es deshalb das Tränentropfenzimmer.« Er legte meinen Koffer aufs Bett. »Willst du nicht allmählich auspacken?«

Ich hätte viel lieber noch weiter nachgefragt, was es mit den Tränen an der Wand auf sich hatte, aber ich sagte: »Ja, gerne.« Ich hatte beschlossen, in solchen Dingen gehorsam zu sein, um keinen Ärger aufkommen zu lassen.

Also packte ich beim matten, rosaroten Licht der Lampe aus, Röcke, Kleider, Hosen, und je mehr ich aus dem Koffer nahm und auf dem Bett ausbreitete, desto mehr beschlich mich das sonderbare Gefühl, daß die Sachen, die ich auspackte, nicht dieselben waren, die ich zu Hause eingepackt hatte. Ich wußte es nicht genau, denn sobald ich versuchte, mich an irgend etwas zu erinnern, das außerhalb des Wächterhauses geschehen war, verblaßte und erstarrte meine Erinnerung, als versuchte ich an Dinge zurückzudenken, die vor vielen, vielen Jahren geschehen waren. Es war also sehr gut möglich, daß es genau dieselben Sachen waren, die ich eingepackt hatte, aber wenn, dann gefielen sie mir jetzt viel besser.

Als ich fertig war, führte Onkel Abelard mich zum Spiegel und sagte: »Ich möchte dir etwas schenken.«

Er legte etwas um meinen dünnen Kinderhals, das sich schwer und kalt und zackig anfühlte. Im Spiegel sah ich, daß es ein schmales Halsband aus Granatsteinen war, dunkel blutrot und so fremd in Schnitt und Form, daß es mir häßlich erschien. Und dennoch wußte ich in dem Augenblick, als er es mir umlegte, daß ich seiner Bitte entsprechen und es fortan tragen würde. Ich fröstelte und erstarrte und fühlte etwas Kaltes in mir strömen, als pulste der Glanz der Steine in meinem Blut; jäh überfiel mich eine tiefe Traurigkeit, aber Onkel Abelard hatte seine Hände auf meinen Schultern liegen, und inmitten dieser Traurigkeit fühlte ich mich von ihm gehalten, wie auf einer Brücke über einem Abgrund.

»Hat man dir jemals von Morgans Halsband erzählt?« fragte er, während seine Löwenhände sanft die roten Steine liebkosten.

»Nein.«

Ich sah seine Gestalt hinter mir im Spiegel, so groß und düster in den faltigen Kleidern, spürte seine Fingerspitzen auf der klopfenden Ader an meinem Hals und roch ihn, einen schweren, zimtartigen Geruch …

»Zu Zeiten der alten irischen Könige hatte einer von ihnen einen Berater, Morgan, von dem man sagte, daß er niemals eine Lüge aussprach. Es lag allerdings nicht an seiner eigenen Tugend … er trug ein Halsband, wie du jetzt eines trägst, und sooft er lügen wollte, zog es sich zusammen und drohte ihn zu erdrosseln. So blieb ihm nichts anderes übrig, als stets die Wahrheit zu sagen.«

Mir kam es plötzlich vor, als sei das schwere blutigrote Geschmeide schon ein Stückchen enger geworden. Mein Atem stockte. »Und das hier?« fragte ich erschreckt.

»Das ist eng verwandt mit Morgans Halsband«, sagte er. »Es wird dich daran erinnern, wenn du dich selbst zu belügen versuchst. – Aber keine Angst, es wird dir nicht zu eng werden. Es steht dir gut.«

Ich starrte in den Spiegel, in dem alles verschwamm wie im Wasser. Es war nur selten vorgekommen, daß ich einen Satz wie ›Das steht dir gut‹ gehört hatte, und noch seltener, daß ich mit dieser Meinung übereingestimmt hatte. Aber jetzt mußte ich ihm recht geben. Der düstere Schmuck wirkte seltsam am Hals eines Kindes; ich sah damit aus wie die kleinen Infantinnen auf alten Gemälden – als hätte das Geschmeide mich auf eine Weise älter gemacht, die meine Jahre unberührt ließ.

Als ich mich schließlich umwandte, sagte Onkel Abelard: »Du mußt mich jetzt entschuldigen, ich habe noch einen Besuch zu machen, bevor es Zeit zum Schlafengehen ist.«

»Ich möchte gern mitkommen.« Sonst hatte ich nie Lust gehabt, Besuche zu machen, aber Leute, die Onkel Abelard kannte, wollte ich auch kennenlernen. Ich merkte daran, daß er mir sehr gut gefiel.

Zu meiner Überraschung seufzte er, als hätte er an etwas Trauriges gedacht. Einen Augenblick lang zögerte er, dann sagte er: »Nun gut, früher oder später mußt du sie wohl alle kennenlernen.«

Mir war nicht ganz wohl zumute, als er das so sagte, aber ich lief tapfer hinter ihm her und trug den Kuchen, den er als Geschenk zu dem Besuch mitbrachte; einen so prachtvoll verzierten und regenbogenfarbig glasierten Kuchen, daß ich gern davon genascht hätte, wäre ich von der Schokolade nicht so satt gewesen.

Ein sehr seltsamer alter Herr

Ich verlor rasch die Orientierung in dem großen Gebäude, um das nun die Nacht hereingebrochen war. Es ging Treppen hinauf und hinunter und Gänge entlang, in denen es mehr Schatten als Licht gab. Ich hatte keine Ahnung mehr, in welchem Flügel und welchem Stockwerk wir waren, hoch oben oder tief unten, als mein Onkel zuletzt vor einer Tür – die wie alle anderen tief in einer Nische lag – stehenblieb und sie aufschloß.

Dahinter lag ein großer behaglicher Raum, von dem einige Türen in Nebenräume abgingen. Ein Diener – ein blasser ältlicher Mann mit traurigen Augen – begrüßte uns sehr höflich und führte uns dann zu seinem Herrn, der in einem tiefen Lehnstuhl am Fenster saß.

»Guten Abend, Herr Siebenschön«, sagte mein Onkel.

Der Name paßte ausgezeichnet. Ich hatte noch nie im Leben einen so schönen und feinen alten Herrn gesehen. Er war groß, und sein Gesicht und sein langes Haar waren von derselben Farbe, gelblichweiß wie Elfenbein. Das Haar trug er aus der Stirn gekämmt und hinten im Nacken zu einem langen, dicken Zopf geflochten, der mit einer weißen Seidenschleife gebunden war. So schön sein Gesicht war, so schön war er auch gekleidet: in einen Anzug aus schwarzem Brokat, darunter ein Hemd mit Rüschen wie Milchschaum, und schwarze Strümpfe und schwarze Schuhe. Wenn er sich bewegte, raschelte der Brokat ganz leise, wie Wind, der durch Weidenblätter streift.

Ich bewunderte noch immer sein wunderschönes Gesicht, aber als er sich vorbeugte, merkte ich, daß er einen Atem wie ein Raubtier hatte, so stickig und übelriechend.

Onkel Abelard setzte sich zu ihm. Sie plauderten ein wenig, nur aus Höflichkeit, während der traurige Diener hinten in der dunklen Tiefe des Zimmers Kerzen anzündete und den Tisch für das Abendessen deckte, als der alte Herr meinen Onkel auf einmal fragte: »Sie haben nicht vielleicht etwas mitgebracht, mein Lieber – eine Kleinigkeit? Ein Geschenk? Eh?«

Onkel Abelard nickte. Er sagte nichts darüber, daß es ungezogen ist, ein Geschenk zu verlangen.

Er drehte sich zu mir um, damit ich ihm den Kuchen geben sollte. Aber der alte Herr mißverstand ihn und meinte etwas anderes, denn plötzlich rief er: »Ist es vielleicht das kleine Mädchen da?«, und dabei machte er Augen, so lang und schmal und glühend gelb, daß er wie ein großer weißer Wolf aussah. Er beugte sich vor, und eine lange weiße Zunge kam zwischen seinen Zähnen hervor.

»Es ist ein Kuchen«, sagte mein Onkel.

Darauf griff der alte Herr gierig nach dem Kuchen und begann auch gleich zu naschen, obwohl doch fürs Abendessen gedeckt war. Er pickte die Nüsse und die Schokoladensplitter und alle anderen Verzierungen vom Kuchen und aß sie zuerst. Dann brach er die vier Ecken ab (wo es am knusprigsten ist) und aß sie. Ich beneidete ihn, daß er so unmanierlich sein durfte, ohne zurechtgewiesen zu werden. Es schmeckte ihm sichtlich, aber dann schnüffelte er herum, als sei es gar nicht gut gewesen, und sagte zuletzt: »Nicht schlecht, nicht schlecht … Das kleine Mädchen wäre mir aber lieber gewesen.«

»Sie wissen genau, daß es mit Ihrem Werwolfsgehabe ein Ende hat, Herr Siebenschön«, antwortete Onkel Abelard kurz angebunden. »Je eher Sie sich an Kuchen gewöhnen, desto besser für Sie. – Ich wünsche Ihnen eine gute Nacht«, setzte er dann sehr höflich und förmlich hinzu.

Wir traten auf den Korridor hinaus. An den holzgetäfelten Wänden brannten in langer Reihe die Kerzen, jede von einer kupfernen Menschenhand gehalten.

Ich sah noch ganz deutlich vor mir, wie Herrn Siebenschöns lange weiße Zunge zwischen den spitzen weißen Zähnen hervorgekommen war. Ich fühlte förmlich, wie sie über meine Haut raspelte.

»Hätte er mich wirklich aufgefressen?« fragte ich – leise, weil ich nicht sicher war, ob der alte Herr nicht hinter der Tür lauschte und am Ende gar feine, hellhörige Wolfsohren hatte.

Onkel Abelard zögerte einen Moment, wie es Erwachsene tun, wenn sie nicht sicher sind, ob Kinder die Wahrheit vertragen. Dann nickte er. »Ich glaube schon«, gab er zu.

»Hat er … schon viele Kinder gefressen?«

»Nun – einige«, antwortete mein Onkel. »Aber jetzt komm. Ich erwarte morgen früh einen wichtigen Besuch, wir sollten also lieber bald schlafengehen.«

Eine Begegnung in der Nacht

Das Zimmer erwartete mich. Es schlug die Augen auf – es hatte im Halbdunkel gedöst, während ich unterwegs gewesen war – und rekelte sich, um mich zu begrüßen. Ich fühlte, wie schläfrig es war, also machte ich gar nicht erst Licht, sondern ging mit der Kerze zum Bett, zog mich rasch aus und schlüpfte zwischen die weißen und rosafarbenen Decken. Ich habe gern viele verschiedene Decken, und so war es hier: Es gab Unterdecken, dünn wie Laken, und mittlere Decken aus roten und purpurnen Flicken von Samt und Seide und Gobelin und Brokat und eine sehr schwere oberste Decke mit einem Futter aus rosiger Seide und einer Außenseite wie ein ziegelroter persischer Perserteppich. Kaum war ich hineingekrochen und hatte die Kerze ausgeblasen, als das ganze Zimmer sich um mich zusammenrollte und alles um mich herum einschlief.

Einen Augenblick, bevor ich im Schlaf versank, glaubte ich zwei kleine weiche Körper an meinem zu spüren; etwas wie eine Katze legte sich auf meinen Rücken, und etwas wie ein Äffchen schmiegte sich an meine Schulter und umfaßte meinen Nacken wie mit einer Menschenhand.

In jener Nacht träumte ich, daß ich wieder zu Hause war. Onkel Abelard war jedoch mit mir gekommen, denn in dem Traum ging ich mit ihm gemeinsam in den Zoo. Wir spazierten vorbei an verfallenen Raubtierkäfigen, in denen Spatzen ›wildes Tier‹ spielten. Das Sonnenlicht glänzte matt auf dem eingestürzten Dach des

Aquarienhauses, spielte auf ölig schimmerndem Muschelglas, blinkte auf den vergoldeten Knäufen der Raubvogelvoliére, in der die großen, aasfressenden Vögel auf künstlichen Ruinen hockten und mit den Schwingen schlugen.

Wir kamen zu einem Bärenzwinger, der auf einem Sockel aus gelbem Mauerwerk stand. Er war prächtig verziert, mit einem vergoldeten Knauf auf dem Dach, aber mir hatten die Bären immer leid getan, die in diesen zylindrischen Käfigen leben mußten, denn darin konnten sie nichts anderes tun, als sich immerzu um die eigene Achse zu drehen.

In dem Traum war es aber kein Bär, der in dem Käfig wohnte, sondern Herr Siebenschön – und wie wild und schrecklich er aussah! Er trug nicht seine kostbaren Kleider aus Damast und Spitzen, sondern ein langes, rauhwollenes grau-weißes Hemd, das bis zu seinen nackten Füßen herabhing, und sein Haar war nicht geflochten und gebunden, sondern hing offen in zottigen Strähnen auf die Schultern herab. Er lief hin und her und bleckte seine langen weißen Zähne gegen die Gitterstäbe.

Ich sah, daß der sandige Boden des Käfigs mit Knochen übersät war, grauen trockenen Knochen. Manche waren rund und kugelig und hatten noch die Zähne dran, und manche waren lang und dünn, und manche klein wie Fingerknöchelchen, und alle waren ganz ohne Zweifel Menschenknochen. Knochen von kleinen Menschen.

Ich war an einem frischen, regenfeuchten Abend eingeschlafen, aber ich erwachte keine zwei Stunden später in einer glühenden Nacht, wie sie oft schweren Stürmen vorausgeht. Die Luft war wie von Schwefeldämpfen erfüllt, ich konnte kaum atmen. Mücken schwirrten durch das Zimmer, große samtene Nachtfalter flatterten wirr herum und stießen mit einem dumpfen Laut an die bleigefaßten Scheiben des Balkonfensters. Draußen rollte der Donner. Wolken ballten sich zusammen. Der Mond war rot und groß, eine unreinlich angeschwollene glühende Kugel. Er warf sein blutiges Licht über eine Welt, die das bevorstehende Unwetter in bleierner Erstarrung erwartete; die Blätter an den Bäumen standen wie aus Zinn gegossen, die Äste streckten sich starr und steif in den Himmel.

Ich erkannte, daß das holzgeschnitzte Äffchen und die Katze auf den fußseitigen Knäufen des Bettes nicht länger stumme Figuren waren, sondern lebendige Tiere mit Augen wie Karneole und pechschwarzem, seidigschmiegsamem Fell. Sie saßen mit zusammengelegten Pfoten auf ihren hölzernen Kugeln und schauten mich an.

»Kommt!« rief ich leise.

Da sprangen sie herab und legten sich zu mir wie zuvor.

Ich fühlte mich heiß und matt und konnte nicht mehr einschlafen. Die Uhr tickte und tickte, während ich zum Fenster hinüberstarrte und hoffte, das Gewitter losbrechen zu hören. Das blutige Licht des Mondes wurde immer schwächer und erlosch schließlich ganz, und dennoch wurde es nicht völlig finster. Die Gegenstände im Raum, die Möbel, die Bettdecke, die Waschgarnitur auf der Kommode, alles schien schwach, aber deutlich erkennbar zu phosphoreszieren. Selbst in der leeren Luft flirrten Myriaden winzigkleiner Pünktchen einer Strahlung, die aus der Substanz der Gegenstände hervor züngelte, von ihnen abgegeben wurde, wie Mauern am Abend eines glutheißen Tages die Hitze abgeben.

Dann entdeckte ich, daß ich nicht allein war.

Ich sah die beiden, wie man die Dinge sieht, wenn man einen Spiegel gegen den anderen hält: deutlich, aber doch in einer ganz anderen Dimension. Kerzen brannten mit niedrigen lohgelben Flammen. Eine der beiden Personen war eine sehr schöne Frau (so schön, wie ich mir Schneewittchens Stiefmutter vorgestellt hatte), die in ein wollenes Laken gehüllt vor einem Frisiertisch saß. Hinter ihr zeichnete sich undeutlich die hohe, dunkle Gestalt eines Mannes ab, der hinter ihrem Sessel stand und ihre langen ebenholzschwarzen Haarflechten mit den Fingern zerteilte und strählte.

Die Frau saß mit halbgeschlossenen Augen da. Wohl vom Bad erwärmt, atmete sie hörbar wie eine Katze. Der Feuerschein spiegelte sich glühend in ihren smaragdgrünen Augen. Der Dunkle – er war in ein langes schwarzes Hemd gekleidet, dessen Saum er durch den Gürtel hochgerafft und dessen Ärmel er aufgeschürzt hatte – war ganz damit beschäftigt, ihr Nacken und Schultern mit einem duftenden Öl einzureiben. Seine Finger glitten mit sanften rhythmischen Bewegungen über das perlweiße Fleisch ihrer Schultern. Seine schwarzen Augen schienen ausdruckslos. Die Finger bewegten sich mit leisem Druck auf und ab, hinter den Ohrläppchen unter das Haar, wieder zurück auf die Schultern, wieder aufwärts zum Hals. Die Frau seufzte wohlig. Ihr Körper wand sich mit leisen Bewegungen, schob einmal die Schulter, einmal den Nacken unter seine Hände.

Schließlich bemerkte sie leise und spöttisch: »Weißt du, was er mich gestern fragte? Ob du verschnitten wärest wie die Sarazenenknechte, daß du in meinem Zimmer aus und ein gehen dürftest. Was hätte ich ihm antworten sollen?«

Der Schwarze schwieg. Seine Lider senkten sich weit über die Augen. Er hörte auf, sie zu massieren, und begann wieder die langen Haarflechten zu entwirren, die noch feucht vom Dampf des Bades auf ihre Schultern hingen. Die Zinken des Kammes glitten langsam und gleichmäßig durch sie hindurch, teilten und trennten, bis das Haar in schweren Strähnen auf ihre Schultern fiel. Er begann zu flechten. Seine Hände – Hände, so feinnervig wie die eines Gelehrten, so stark wie die eines Kriegers – legten Strähne auf Strähne, zogen sie zurecht, steckten sie mit den Nadeln fest.

Sie wandte sich halb um. »Du bist so still. Vergißt du deine Liebsten immer so schnell?«

Er schüttelte mit einer kaum sichtbaren Bewegung den Kopf und legte ihr die Hand auf den Mund. »Sei still. Die Menschen sind nicht dumm. Du wirst vorsichtig sein müssen. Er ist nur ein Mensch, aber er ist mächtig. Er kann dich leiden lassen.«

»Dich auch«, fügte sie hinzu.

»Ich weiß«, sagte er. »Welches Kleid willst du anziehen?«

Sie warf es ihm mit lässiger Gebärde zu und stand auf. Das wollene Laken glitt zu Boden. Der Körper mit den hoch über den Kopf gereckten Armen glänzte schlangenweiß im Dunkel. Sie lachte auf, hell und kalt. »Sei mein Spiegel, Marnion. Sag mir, ob ich schön bin.«

Die auberginefarbene Seide glitt über ihre Hüften hinauf, umhüllte ihre Arme, ihre bläuliche, steif aufgerichtete Brust mit den maulbeerfarbenen Höfen. Seine Hände glitten über Fleisch und Seide. Er hakte Verschlüsse fest, zog Spitzen und Rüschen zurecht. Dann kniete er nieder, wohl um ihre Strümpfe und Schuhe zu richten, und verschwand in den Schatten, und auch die schöne Frau verschwand wie ein Traumbild.

Ich meinte schon, es sei einer von den Träumen gewesen, in denen man meint, ganz wach zu sein, als er wieder auftauchte, diesmal allein. Ich sah ihn ganz deutlich, aber ich fühlte, daß er (obwohl er in meinem Zimmer war) in irgendeiner schwer zu erklärenden Weise in einem anderen Raum war als ich selbst und es zwischen ihm und mir – vorderhand – keinen Berührungspunkt gab.

Ich beobachtete ihn minutenlang.

Es war schwer zu sagen, wie alt er war, weil mir alle Erwachsenen so alt vorkamen – und er war sehr erwachsen. Er war von hoher Statur und sehnig, aber nicht stämmig gebaut. Sein Gang, wie er das Zimmer kreuzte und wieder kreuzte, war weich, lauernd und schleichend wie der Gang einer jagenden Katze; obwohl er wissen mußte, daß er allein war, blickte er sich ständig um, einmal über die eine und darauf wieder über die andere Schulter. Seine Haut war von einer beinernen Blässe, als hätte er lange an schwerem Fieber gelitten. Seine Augen und sein Haar waren dunkel, beide gleichermaßen von einem tintigen, zuweilen in grünlichen und bräunlichen Untertönen schillernden Schwarz; sein Haar war aus der Stirn gekämmt und hing im Nacken, von einem schwarzen Atlasband nachlässig zusammengefaßt, eine Spanne lang auf den Rücken hinab. Von seiner Kleidung konnte ich nichts weiter erkennen, als daß sie dunkel und unauffällig war – eine Art Soutane oder ein langes, reich gefaltetes dunkles Hemd. Die Ärmel hatte er aufgeschürzt, und als er so dicht an meinem Bett vorbei schritt, sah ich, daß seine Handgelenke von breiten roten Schwären gezeichnet waren, als hätte er lange Zeit hindurch Ketten getragen.

Plötzlich blieb er stehen, schlug beide Hände vors Gesicht und lehnte sich gegen die Wand, mit einer so erschreckenden Geste der Erschöpfung und Verzweiflung, daß ich unwillkürlich die Hand nach ihm ausstreckte – aber zwischen uns war so viel Nichts, als hätte ich sie nach einem Stern am Himmel ausgestreckt. Gleich darauf flammte draußen Wetterleuchten auf, und was immer ich gesehen hatte, verschwand.

»Wißt ihr, wer das war?« fragte ich die beiden Tiere, aber sie sahen mich nur aus ihren Karneolaugen an. Das

Kätzchen gähnte, daß ihm die Zunge heraushing, und das Äffchen rieb sich mit einer Hand sein rosagefüttertes Ohr mit dem langen Haarpinsel dran.

Draußen wetterleuchtete es wieder. Die schwere Stille unter dem Balkonfenster wurde von einem Laut durchbrochen, als jagte ein Windstoß einen Schwarm Blätter über das Gras – an den Bäumen oben rührte sich jedoch kein Blatt. Ich hörte Schritte im Garten und dann einen leisen Ruf – »Husch! Schsch!« – und ein Schnalzen, als peitschte jemand mit einer Haselrute, und wieder raschelte es eilig durchs Gras, wie die Flucht vieler winziger nackter Füße.

Ich hätte gern gewußt, wer oder was da unten herumgeisterte, aber ich hatte nicht den Mut, aufzustehen und aus dem Fenster zu blicken.

Der schwarze Gast

Als ich am Morgen erwachte, spürte ich das Granathalsband: Es hatte sich in der Nacht in meinen Nacken gedrückt und einen schmerzenden Halbkreis darin hinterlassen.

Ich hatte vergessen, Onkel Abelard zu fragen, wann und wo es hier Frühstück gab, also zog ich mich an und ging in die Halle hinunter. Die Tür zum Spiegelzimmer stand einladend offen, und drinnen auf dem langen Tisch warteten eine Kanne Kaffee und ein Teller mit Butterbroten – warteten auf mich, wie ich annahm.

Da war aber noch eine andere Tür, die offenstand. Ich trat leise hin und spähte in den Raum. Er lag verlassen im Licht der Morgensonne, die durch die staubigen Medaillonfensterchen oben hereindrang. Die Lampe und die Milchschüssel waren verschwunden, und der Ledersessel stand da wie am Abend zuvor … aber der lange Tisch war von Milch benäßt, als sei etwas in die große Schüssel gesprungen und dann spritzend und tropfend von einem Ende zum anderen gekrochen.

Ich zog mich rasch ins Spiegelzimmer zurück, wo ich mich hinsetzte und aß. Das Frühstück war gut, und der geheimnisvolle Spiegel an der Stirnwand sah jetzt, bei Tage, nicht viel anders aus als ein ganz gewöhnlicher blinder Spiegel, aber mir war doch ein wenig unheimlich. All die Dinge, die ich in der Nacht geträumt hatte, fielen mir ein, angefangen von den beiden Tieren (die am Morgen stumm und hölzern auf ihren Knäufen gehockt hatten) bis zu dem Geraschel und Gejage unter dem Fenster.

Ich frühstückte rasch das Allernotwendigste und lief dann zum Tor. Wenn Onkel Abelard Besuch erwartete, so dachte ich, dann war es wohl das Beste, mich draußen auf dem Hof und in der Nähe der Auffahrt aufzuhalten, wo ich alles beobachten, mich aber notfalls zurückziehen konnte.

Als ich den Pfad an der Hausmauer entlangging und glaubte, niemand könnte mich zwischen der Mauer und dem schwarzgrünen Lorbeer entdecken, wurde plötzlich von oben etwas auf mich herabgeworfen, so geschickt, daß ich es trotz meiner Verblüffung leicht mit der Hand auffangen konnte. Es war eine kleine Kugel aus Goldpapier.

Ich sprang einen Schritt zurück und sah hoch. Ein Stück über mir – höher, als ich hinaufreichen konnte – war ein Fensterchen in der Mauer, mit einem verschlungenen Gitter aus schwarzen eisernen Ranken und Blüten davor, und hinter diesem Gitter saß der seltsame alte Herr auf dem Fenstersims und aß Bonbons. Jedes Bonbon war in Goldpapier gewickelt, und da er gerade wieder eines in den Mund gesteckt hatte, rollte er das Papier zu einer Kugel zusammen und warf es mir ins Haar.

Ich erschrak, aber dann erinnerte ich mich daran, daß sich vor dem Fenster ein bauchiges Gitter befand, das er gewiß nicht herausreißen konnte.

»Guten Morgen, kleines Mädchen«, grüßte er mich – sehr höflich und freundlich. »Da, fang auf.« Dabei warf er mir ein Bonbon zu. »Sagst du auch hübsch danke?«

Ich dachte heimlich, daß er es gerade nötig hatte, darauf zu bestehen, daß ich höflich sei – nach dem, wie er sich am vergangenen Abend benommen hatte –, aber ich sagte wie gewünscht: »Danke schön.«

»So ist's recht.« Er lächelte mich an. Seine Zähne – besonders die an den Ecken – waren wirklich sehr lang; sie ragten unter den Lippen hervor, wenn er nicht aufpaßte. »Willst du mir nicht die Hand geben?«.

»Ich reiche ja nicht hinauf.« Ich war sehr froh darüber.

»Ich helfe dir.« Er steckte eilig das letzte Bonbon in den Mund, knüllte die Tüte zusammen, warf sie in den Garten hinunter und schob dann – wie ein listiger, kinderfressender Wolf – erst die Hand und dann den ganzen Arm durch das Gitter. Ich weiß nicht, ob er weit genug hinuntergereicht hätte, um mich zu ergreifen, denn in dem Augenblick gab es drinnen im Zimmer ein Klatschen, als schlüge jemand scharf mißbilligend die Hände zusammen. Der alte Herr fuhr zurück, zog seine Hand blitzschnell durch die Gitterranken und verschwand im dunklen Inneren des Zimmers. Drinnen gab er vor Zorn und Enttäuschung ein langes, durchdringendes Geheul von sich. Mir wurde ganz kalt. Ich wollte das Bonbon nicht mehr essen, das er mir geschenkt hatte, und ließ es in meiner Jackentasche verschwinden.

Ich hörte gerade noch, wie der Diener drinnen in seiner mißlaunigen Art sagte: »Ach, nun stellen Sie sich nicht so an, Sie müssen damit leben.« Schnell hatte ich den Pfad unter den Lorbeerbüschen hinter mir gelassen und war – entschlossen, nie wieder dorthin zurückzukehren – in den Hof gelangt.

Der Hof von Carnanoth war ein großes steinernes Geviert, höher als der Garten gelegen, mit einer halbhohen Brustwehr, auf der in Abständen zwischen Amphoren und Säulen die sonderbarsten Fabeltiere aus grauem Stein saßen – Tiere mit Adlerflügeln und Schwanenhälsen und Menschenköpfen und Pranken wie Löwen –, manche bereits so verwittert, daß sie Augen wie Eulen und nur noch brüchige Stümpfe von Pfoten hatten und man sie kaum noch erkennen konnte. Alle waren von schwärzlichen Flechten bedeckt. Das Wasser des nächtlichen Regens glitzerte in großen Pfützen zwischen den Steinen.

Auf der kurzen, breiten Steintreppe, die zum Hauptportal des Hauses hinaufführte, stand Onkel Abelard – viel prächtiger gekleidet als am Vorabend –, und bei ihm drei oder vier alte Herren, ebenso prächtig gekleidet, die seine Freunde zu sein schienen, denn sie steckten eng die Köpfe zusammen und lachten viel. Einer der Herren hatte seinen Kater mitgebracht, ein dickes honigfarbenes Tier, das auf dem steinernen Geländer der Treppe saß und so tat, als nähme es am Gespräch teil: Es drehte den Kopf hin und her, horchte aufmerksam, zuckte mit den großen Ohren und rollte die gelben Augen hin und her. Es wartete aber nur, bis Onkel Abelard mit dem Schälen einer Orange fertig war und es ein Stück Schale bekam, um damit zu spielen.

Ich hatte vergessen, Onkel Abelard zu fragen, wen er zu Besuch erwartete, aber es mußte jemand sein, auf dessen Erscheinen er sich freute, denn er blickte immer wieder die Auffahrt hinunter – die allerdings so bald in der düsteren Zypressenallee verschwand, daß man einen Wagen erst im letzten Augenblick erkennen konnte. Plötzlich stieß einer der Herren einen lauten Ruf aus und wies zur Allee hinunter: Ein Page kam den Gang zwischen den dunklen Bäumen heraufgerannt, so schnell, daß seine kleinen Füße die Blätter und Blüten auf dem Boden aufwirbelten, die der Regen in der Nacht abgeschlagen hatte.

»Nun, Frederic Flitzchen, was gibt's?« rief einer, und der Junge rannte noch schneller. Als er die Terrasse erreichte, war er von der Aufregung und vom raschen Laufen so kurzatmig, daß er kein Wort von seiner Botschaft mehr hervorbrachte, und die Herren konnten nicht aufhören, darüber zu lachen – sie klatschten in die Hände vor Vergnügen, und obwohl Onkel Abelard von dem Jungen gar nichts erfuhr, schenkte er ihm eine Münze und klopfte ihm auf die Schulter.

Da kam der Besuch auch schon in Sicht.

Ich hatte mich hinter einer der mannshohen steinernen Säulen, an denen die Waldrebe in einer Flut roter Blüten herabhing, versteckt, weil ich nicht sicher war, ob ich bleiben durfte – wenn es ein sehr wichtiger und offizieller Besuch war, waren Kinder vielleicht nicht erwünscht.

Plötzlich war alles voll Menschen, denn mittlerweile war auch eine ganze Anzahl von Onkel Abelards Dienern aus dem Haus gekommen und wartete.

Am Fuß der Stufen, die zur Terrasse empor führten, waren inmitten einer Schar von Knechten zwei Pferde stehengeblieben. Auf dem einen ritt ein stämmiger junger Mann, ganz in Rot gekleidet – seine weiche Jakobinermütze, sein weit schwingender Mantel, sogar seine Stiefel, alles war vom selben scharlachleuchtenden Rot.

Das zweite Pferd trug einen schwarz gekleideten Mann, der offenbar der Besucher war, denn der Rote sprang aus dem Sattel und ergriff sein Pferd am Zügel, und alle Augen wandten sich ihm zu. Auch die meinen, denn er sah befremdender aus als alle Menschen, die ich bislang gesehen hatte, fast noch befremdender als der schöne alte Wolf. Wie alt er war, war unmöglich zu sagen; seine Züge waren vornehm, aber sehr ungewöhnlich geformt. Sein strähniges tintenschwarzes Haar war so lang, daß einzelne schlaffe Locken bis weit über die Schultern herabhingen, und es war ungeflochten und ungebunden. Es umrahmte ein Gesicht, dessen ausgemergeltes Elfenbein eine schreckliche Ähnlichkeit mit einem Totenschädel hatte – aber in den dunklen (und erschreckend tiefen) Augenhöhlen brannte ein Blick wie Blutstein, ein metallischer Glanz von wenig Feuer, aber durchdringender Härte. Die Lippen waren dünn und so blutig rot, als hätte er eben in etwas Feuchtes gebissen.

Er war von Kopf bis Fuß in schmuckloses Schwarz gekleidet, in einen langen faltigen Rock, der einer Soutane ähnelte; darüber trug er einen schwarzseidenen Reisemantel, an dessen Kragen die Felle von Wieseln und Hermelinen und schwarzen Mäusen hingen, mit Schwanz und Kopf und allen vier Pfoten dran. Sie hatten rote Glasaugen und sahen aus, als lebten sie.

Onkel Abelard eilte diesem unheimlichen Gast bis zum Rand der Terrasse entgegen, verneigte sich kurz und sagte etwas, das ich auf die Entfernung nicht verstand, worauf der Fremde antwortete: »Nun, Exzellenz, dann habt die Güte, mir von dem Pferd herunterzuhelfen, auf das man mich so sehr gegen meinen Willen gesetzt hat.« Seine Stimme war viel kräftiger, als sein ausgetrocknetes Aussehen erwarten ließ, und sie hatte einen so krähenhaft krächzenden Unterton, daß ich mich an einen sprechenden Vogel erinnert fühlte.

Mein Onkel nickte, lächelte in sich hinein, als hätte er eine so wenig liebenswürdige Begrüßung erwartet, und wandte sich mit einer Handbewegung dem Rotmantel zu. Der half dem Besucher abzusteigen. Erst dachte ich, der hagere Mann sei verkrüppelt, daß er so viel Hilfe brauchte – aber dann schlug der Rote dessen Mantel zurück, und ich sah verblüfft, daß er die Hände ganz knapp vor dem Leib hielt: Um seine beiden Handgelenke und seine Mitte war eine dünne stählerne Kette geschlungen. So stand er da, eng und grausam gefesselt, und hatte seine langen Hände ineinandergelegt, als flehte oder betete er. Schreckliche Hände: Sie sahen aus wie Rechen, so dünn waren sie, und an jedem Finger glänzte vorn ein langer gebogener Nagel. An beiden Handgelenken waren rote Schwären.

Und als ich die sah, erkannte ich ihn plötzlich wieder – meinen nächtlichen Gast, den Mann, dessen Erscheinung ich gesehen oder geträumt hatte, bevor das Gewitter losgebrochen war! Ich mußte meinen Aufschrei mit der Hand ersticken, als die Erkenntnis mich überfiel.

Mittlerweile hatte der Rotmantel einen Brief hervorgeholt, den Onkel Abelard feierlich entfaltete – es schien ein offizielles Schreiben zu sein, so bunt und so prächtig gesiegelt war es – und laut seinen Freunden vorlas:

»Gruß vom Großmeister an den Herrn von Carnanoth, auch beste Empfehlungen an dessen Freunde.«

Der Herr mit der Katze bemerkte: »Ich finde, er überschlägt sich nicht gerade vor Höflichkeit. Ein paar zusätzliche Worte hätte er sich doch wohl abringen können, was meint ihr? Das lohnt ja das Papier nicht, auf dem's geschrieben steht.«

Ein zweiter fügte hinzu: »Um das, was du ihm für Marnion bezahlt hast, hätte man ein halbes Schloß kaufen können, und dann dieser unhöfliche Wisch …«

Mein Onkel winkte mit einer Handbewegung ab und wandte sich dem Gefangenen zu, der in hölzern aufrechter Haltung vor ihm stand. Die letzte Bemerkung in der Runde war ihm offenbar etwas peinlich, denn er sagte rasch: »Herr Marnion, es ist nicht unsere Absicht, Ihnen willkürlich Schaden zuzufügen. Seien Sie versichert …«

»Oh, sparen Sie sich die Leichenreden!« fiel ihm sein Gegenüber mürrisch ins Wort.

Mein Onkel seufzte, dann sagte er: »Wir sprechen später weiter« und gab dem Rotmantel ein Zeichen, der den Gefangenen mit einer merkwürdig anmutenden Höflichkeit am Ellbogen faßte und vor sich her auf das Haus zuschob.

Ich wagte mich nicht zu rühren – jetzt noch weniger als zuvor, denn was hier geschehen war, war zweifellos für Kinder nicht geeignet. Genau vor mir standen die drei Herren, die Freunde Onkel Abelards, und unterhielten sich, während der Profos – denn das war der stämmige Mann im roten Mantel – seine Knechte um sich sammelte und die Diener die beiden Pferde zum Stall führten.

Ich hörte, wie der Herr mit der Katze sagte: »Er muß

sich natürlich erst etwas beruhigen; verständlich, daß er das Schlimmste erwartet.«

»Diese Wesen sind aber auch unheilbar mißtrauisch«, sagte ein zweiter. »Das müßte ihm doch sein Verstand sagen, daß Abelard nicht ein Vermögen für ihn ausgeben würde, nur um ihn am nächsten Baum hängen zu lassen – und sein Verstand soll exzellent sein.«

»Hoffentlich ist die Kleine auch klug genug, davon zu profitieren«, bemerkte der dritte. »Ich bin ja etwas reserviert kleinen Mädchen gegenüber. Ob sie überhaupt die intellektuelle Kapazität hat?«

Während sie so redeten, entfernten sie sich langsam die Stufen hinunter und ließen mich grenzenlos erstaunt zurück. Gab es vielleicht noch ein zweites kleines Mädchen auf Carnanoth? Oder war etwa von meiner ›intellektuellen Kapazität‹ die Rede gewesen?

Inzwischen war es zu spät fürs Frühstück und zu früh fürs Mittagessen, so daß die Mahlzeit, die in einem kleinen Saal gerichtet wurde, eigentlich keinen Namen hatte. Ich lief den drei Herren hinterher und folgte ihnen in den Raum, an dessen beiden Enden Feuer in Kaminen mit steinernen Drachenköpfen brannten. Der Tisch darin war fast so lang wie der Raum selbst; es hätten leicht zwanzig oder mehr Leute daran sitzen können, aber nur an einem Ende standen ein paar Sessel, und die Männer waren so dicht zusammengerückt, als sei ihnen kalt oder unheimlich. In einer Wand waren viele schmale Fenster nebeneinander, durch die man – wie ein in Streifen geschnittenes Bild – den rot und weiß blühenden Garten sah, den die Morgensonne allmählich erwärmte.

Dann kam Onkel Abelard mit seinem Pagen und nahm am Kopfende des Tisches Platz. Der Junge lief herum und brachte allen, was sie von den hübsch aufgebauten und mit Blumen und Stechpalmenzweigen geschmückten Speisen wünschten. Ich war noch satt von den Butterbroten im Spiegelzimmer und freute mich mehr an dem Geschirr, das sehr seltsam geformt war – die Suppenterrinen sahen aus wie Schiffe und die Kännchen wie Drachen, und die Schüsselchen wie silberne Granatäpfel und Pomeranzen. Dann kam ein Diener herein und raunte Onkel Abelard etwas ins Ohr, woraufhin er sich erhob, seine Serviette auf den Tisch warf und sagte: »Schon gut – ich sehe ihn mir sofort an.« Zu seinen Freunden sagte er: »Es geht um Marnion – ich bin sofort wieder da.«

Bevor er noch den Raum verlassen hatte, war ich schon draußen und ein Stück weit den Gang hinunter – gerade so weit, daß ich ungesehen um die Biegung verschwinden und beobachten konnte, wohin er ging. Es war nicht schwer, ihm zu folgen; ich konnte sehr leise gehen, und er achtete gar nicht darauf, ob ihm jemand folgte – er achtete überhaupt nicht darauf, was um ihn herum vor sich ging. Zudem verließ er bei der ersten Abzweigung den Haupttrakt und bog in einen schwach beleuchteten Flur ein, von dem eine noch dunklere Treppe aufwärts führte, in einen Turm hinauf. Hoch oben im Treppenhaus brannte Licht, aber es fiel kaum ein verirrter Strahl auf die Stufen aus poliertem schwarzem Holz und das Geländer, das seltsam und reich mit Blumenranken, Früchten und Tieren geschnitzt war. Mir gruselte ein wenig, als meine Hand darüber hinglitt und ich die winzigen Hörner und Rachen und Hufe unter der Handfläche spürte.

Dann kam das Licht näher, und als ich hinter dem letzten Pfosten der Treppenspindel hervorspähte, sah ich am Ende des kurzen Flurs eine offene Tür. Sie war mit einem schweren Gitter versehen, das aber jetzt offenstand. Dahinter sah ich einen von Lampenlicht und Feuerschein erhellten weißgetäfelten Raum, leer bis auf den Kamin und ein aus frischem Stroh aufgeschüttetes

Lager an der gegenüberliegenden Wand. An der Mauer entlang lief in Kniehöhe ein steinernes Sims. Auf dem saß jetzt der schwarze Gefangene. Vor ihm stand, die Hände vor der Brust verschränkt, der Profos und schien auf jemanden zu warten. Als Onkel Abelard auftauchte, trat er beiseite, und ich mußte schnell schlucken, um mich nicht durch einen Aufschrei zu verraten.

Der Gefangene – Herr Marnion, wie ihn mein Onkel genannt hatte – war jetzt fast bis zur Mitte nackt; sein faltiges schwarzes Hemd war geöffnet und über Schultern und Leib heruntergeschlagen, so daß es ihm über die Hände und auf die Knie herabhing. Die schlaffen schwarzen Locken zeichneten sich wie einzelne Tuschestriche vom elfenbeingelben Grund seines Rückens ab. Und noch etwas zeichnete sich darauf ab: Wunden. Einzelne rotgesäumte Wunden, über Schultern und Rücken, Brust und Arme verstreut. Ich sah sie deutlich, als mein Onkel ihn aufforderte, aufzustehen und sich hin und her zu drehen, was er mit einem Ausdruck mürrischer Ergebenheit tat.

Die Wunden – scharlachfarben und purpurn schwellend wie fleischige Rosen – sahen gräßlich aus. Sahen aus, als hätte etwas Giftiges einen starken Stachel ins Fleisch gestochen und dann mit einem runden, scharfzahnigen Saugnapf nachgefaßt. Sie waren zudem entzündet und vereitert vor Vernachlässigung, und ich fragte mich plötzlich, ob er vielleicht gar nicht von Natur aus so hager war, sondern sein leichenhaftes Äußeres die Folge furchtbarer Qualen und Entbehrungen war.

Ich hörte die tiefe Stimme meines Onkels fragen: »Wer hat Ihnen das angetan?«

Herr Marnion lachte auf – ein kleines, böses, raschelndes Lachen. »Der, dem Sie mich abgekauft haben.«

»Wollen wir es nicht ›abgekauft‹ nennen«, sagte mein

Onkel, etwas unbehaglich berührt. »Die Zahlung von Lösegeldern ist durchaus üblich. Und Sie haben meine ernsthafte Zusicherung, daß man Sie rücksichtsvoll behandeln wird – mit allem Respekt, der Ihrer Person und Ihrem Rang gebührt.«

Herr Marnion blickte ihn an, mit einem Lächeln, das sich wie kalter Wind im Haar anfühlte. Dann zuckte er die Achseln, als wolle er sagen: ›Es lohnt doch nicht!‹ und wandte sich halb ab.

Ich sah, wie mein Onkel bedrückt den Kopf schüttelte, und hätte gern gewußt, woran er dachte, aber laut sagte er nur (wobei er sich an den Profos wandte): »Sehen Sie zu, daß etwas unternommen wird, ich möchte ihn so bald wie möglich in Ordnung haben.« Damit wandte er sich zum Gehen.

Es sprach, so fand ich, nicht gerade für Herrn Marnions Klugheit, daß er das letzte Wort haben mußte; nachdem von Leichenreden die Rede gewesen war, hatte ich angenommen, er würde sehr still sein und sich bemühen, gut Wetter zu machen. Statt dessen schnappte er: »Ich werde mein Bestes tun, Exzellenz, um bald gesund genug für Ihre Folterbank zu sein. Ich würde es mir nie verzeihen zu sterben, bevor Sie das Vergnügen mit mir gehabt haben. Ich werde …«

Onkel Abelard kümmerte sich nicht länger um ihn, aber der Profos sagte mit seiner tiefen Stimme: »Still jetzt« – und das wirkte; in dem erleuchteten Zimmer wurde es tatsächlich still.

Ich huschte die Stufen hinunter, so leise ich konnte.

Unten im halbdunklen Gang stieß ich auf den Pagen, der in einer der schattenerfüllten Nischen auf einer Truhe saß und döste. Er war ein sehr hübscher Junge, ein wenig älter als ich, mit blondem Haar, das unter seinem roten Samtmützchen gut zur Geltung kam, und zierlichen Händen und Füßen.

Ich blieb stehen. Soviel ich bislang gesehen hatte, gab es außer ihm und mir keine Kinder im Wächterhaus, und ich hatte mir vorgenommen, seine Bekanntschaft zu machen und vielleicht sogar Freundschaft mit ihm zu schließen.

Er machte ein Auge auf, dann beide, und kaum hatte er begriffen, daß ich ihn anreden wollte, sagte er auch schon: »Ich mag keine Mädchen.«

Mir fiel so schnell keine Antwort ein, also streckte ich ihm wortlos die Zunge heraus und hoffte, daß das fürs erste genügte.

»Soll ich dir was sagen, wovor dich in der Nacht gruselt?« fragte er. Dabei sperrte er seine blauen Augen auf wie ein Käuzchen.

Ich zog die Zunge zurück. »Mich gruselt nie«, sagte ich und spürte zugleich, wie mein Herz etwas schneller schlug.

»Ha! Und wenn lauter Totenköpfchen unter deinem Bett wären?«

Ich fühlte mich sehr unbehaglich an die Geschichte in Onkel Abelards Buch erinnert, vor allem an die Illustrationen. »Wäre mir ganz egal«, sagte ich, nahm mir aber vor, bei erster Gelegenheit nachzusehen, ob auch wirklich nur Staub unter meinem Bett lag.

Er schien etwas enttäuscht, und seine helle Stimme klang eindringlicher, als er fortfuhr: »Und wenn der Nachtwandler aus dem Keller rauskäme, hah?«

Meine Neugier errang einen raschen Sieg. »Wer ist das?«

Er lehnte sich zurück, betrachtete seine Fingernägel und sagte: »Ach, das erzähle ich dir lieber nicht, sonst stirbst du vor Angst.«

Natürlich wollte er mir die Geschichte erzählen, und ich wollte sie hören, aber erst nach einem komplizierten Hin und Her war es soweit.

Der Nachtwandler

Es war einmal ein armes Mädchen, das lebte davon, daß es landauf, landab wanderte und den Leuten Schwefelhölzchen verkaufte. So kam es eines Abends an ein großes Haus, und wie es an den hohen Mauern entlangging und nach der Eingangstür suchte, um dort zu klopfen und seine Hölzchen anzubieten, kam es in einen wüsten, finsteren Hof. Darin sprang ein blaues Licht umher.

Es fuhr hin und her wie die Flämmchen, die auf einem vergrabenen Schatz springen, aber dann kam es mit einemmal auf das Kind zugeflogen, verbeugte sich dreimal und eilte dann in den Winkel des Hofes, wo es am dunkelsten und unheimlichsten war. Das Mädchen (deren schlechteste Eigenschaft ihre Neugier war) folgte ihm. Das Flämmchen flog weiter, und das Mädchen folgte ihm durch eine kleine Pforte im Winkel hinein in das dunkle Gemäuer.

Nun ging es abwärts und abwärts über endlose Treppen und durch endlose Gänge, bis sie einen See in der schwarzen Tiefe erreichten. Dort führte eine Freitreppe aus dunkel geschecktem, mit Ornamenten versehenem Stein auf der einen Seite direkt ins Wasser – die Stufen waren überschwemmt wie die eines venezianischen Palazzos – und auf der anderen Seite hoch zu einer Art Arkadengang, von dem aus sie sich noch höher aufschwang und weitere Plattformen und Terrassen erklomm, bevor sie hoch über ihnen unter einem Mauerbogen verschwand.

»Nun hör zu, Kind«, sagte das Flämmchen plötzlich

mit einer feinen kleinen Stimme, »hier kannst du dein Glück machen, wenn du klug bist – aber hüte dich, denn es kann auch übel ausgehen.«

»Was muß ich tun?« fragte Merle.

»Geh hier weiter den Weg entlang, dann wirst du früher oder später auf den Nachtwandler stoßen, wie er unten am See seine Wäsche wäscht. Er ist blind, aber nimm dich in acht, er hat feine hellhörige Ohren, und er kann dich riechen. Wenn er dich entdeckt, wird er eine schwarze Kugel aus der Tasche nehmen und nach dir rollen; berührt sie dich, so mußt du sterben. Trifft er dich aber nicht, so kannst du ihn fragen, was du willst, und er muß dir auf alles Antwort geben.«

Sie dankte dem Flämmchen und ging weiter.

Es dauerte nicht lange, da sah sie den Nachtwandler, wie er unten am See kauerte und seine schwarzen Kleider wusch. Er war lang und dünn und so schrecklich blaß wie ein Toter, und seine dünnen Haarsträhnen hingen, wenn er sich bückte, fast bis auf den Boden herab. Er sah häßlich aus, denn er hatte Flügel und Füße wie ein Vogel, und er war wirklich blind, wie das Flämmchen gesagt hatte; seine Augen waren zwei große tiefe Löcher.

Als er sie roch, fuhr er blitzschnell mit der Hand in die Tasche und warf die schwarze Kugel nach ihr, die über die Steine fuhr wie eine Kegelkugel und einen wüsten Lärm machte. Aber Merle, die nur darauf gewartet hatte, sprang mit einem Satz beiseite, und die Kugel prallte hinter ihr an die Wand und zersprang in tausend Stücke.

Nun konnte sie hingehen und ihn fragen, und er mußte ihr auf alles Antwort geben.

»So war's«, sagte Frederic. »Und dein Gesicht möchte ich sehen, wenn du in der Nacht aufwachst, und da sitzt er genau neben dir auf'm Bett, mit Vogelfüßen und schwarzen Flügeln und allem!«

»Vielleicht war er kein schlechter Kerl«, widersprach ich und bemühte mich, die Vogelfüße zu vergessen.

Der Junge wollte mir eine Antwort geben, aber da rief ihn einer der Herren, die beim Kaffee saßen, und er mußte sich sputen.

Die Ahnengalerie

Ich streifte ein wenig im Schloß umher. Onkel Abelard hatte es erlaubt; er sagte, Carnanoth hätte keine großartigen Geheimnisse zu verbergen – dabei war das Haus förmlich vollgestopft damit ...

Erst gefiel es mir sehr gut, durch all die stillen und verlassenen Räume im oberen Stockwerk zu wandern, in denen überall leinene Jalousien heruntergelassen waren. Ein warmes, honigfarbenes Zwielicht herrschte darin, und es roch süß nach verwelkten Blumen und grünen Pfefferminzbonbons. Nach einer Weile jedoch gelangte ich in einen langen düsteren Raum, bei dem ich nicht recht entscheiden konnte, ob es ein sehr breiter Korridor oder ein sehr schmales Zimmer war, und dort begegnete mir etwas Häßliches.

Die Wand, die den Fenstern gegenüberlag, war ganz mit Bildern behängt, so dicht an dicht, als sollten sie verkauft werden; mannshohe Bilder in Rahmen, so groß und schwer, daß zwei Männer sie hätten tragen müssen, und kleine Bilder, die man fast in die Tasche stecken konnte. Ich sah altersschwarz gedunkelte Ölgemälde, Zeichnungen in roter und brauner Kohle, Federzeichnungen und sogar einen Scherenschnitt, aber kein einziges Foto. Ich suchte allerdings auch nicht sehr lang, denn eines der ersten Bilder, die mir ins Auge sprangen, versetzte mir einen Schock.

Es stellte ein kleines Mädchen dar. Ein so abstoßend häßliches kleines Mädchen, daß ich dachte, es müßte ein Wechselbalg sein, denn es war so dick und steif, als wäre es mit Stroh ausgestopft. Es hatte einen Kopf wie ein Halloween-Kürbis, rund und orangerot, zwei winzig kleine Schlitzaugen und Zähne, die wie Stacheln aus dem Mund standen. Es glotzte so böse aus seinem geschnitzten Rahmen heraus, daß ich erstarrte, als mein Blick darauf fiel … und dann drehte ich mich um und lief, so rasch ich konnte, aus dem unheimlichen Raum hinaus.

Dieses Mädchen sah genauso aus, wie ich immer befürchtet hatte, daß ich aussähe.

Ich spürte, wie mir die Tränen die Wangen hinunterliefen.

Wenigstens war der Page nicht mehr da, als ich auf den Treppenabsatz hinuntergelangte; es hätte alles doppelt so schlimm gemacht, hätte er mich gesehen, wie ich so verweint und kläglich daherkam. Ich schlüpfte ungesehen in ein Badezimmer und wusch mir dort in dem gewaltigen Becken, das auf einem Sockel aus dunklem Holz ruhte, mindestens fünfmal das Gesicht, bis es sich wieder normal anfühlte. Dann überlegte ich, was sich mit dem Tag noch anfangen ließe.

Der Kinderhirt

Es war langweilig, bei den alten Herren zu sitzen und ihnen zuzuhören, also lief ich in den Garten hinaus und folgte den Wegen zwischen den Sphinxen, von jener Erregung erfüllt, in die mich unbekannte Orte stets versetzen. Fürs erste, hatte ich beschlossen, wollte ich einfach sehen, wo der Weg mich hintrug, denn der Garten war so labyrinthisch angelegt, daß ich mich vermutlich nicht einmal mit einem Plan ausgekannt hätte – obendrein kann ich Pläne schlecht lesen.

Die Sonne war schon über ihren höchsten Punkt hinausgewandert und stand hinter dem Haus. Das Licht fiel in flachem Winkel in die Mulde, und die Stellen, an denen die Bäume dicht beisammenstanden, und die fernen Ecken waren von Schatten erfüllt. Der ganze Ort gewann durch dieses schräg einfallende Licht eine verwirrende Unwirklichkeit, wie die düsteren Landschaften auf alten Gemälden.

Ich blickte mich um und glaubte plötzlich, in einem Gebäude zu sein – einem Bauwerk aus unzähligen schwarzen Steinsäulen, die von einem feuchten Fliesenboden in die Höhe wuchsen und sich oben zu bizarrem steinernem Astwerk verzweigten. Fast im selben Augenblick wurde mir jedoch klar, daß ich einer Sinnestäuschung erlegen war. Was mir als Fliesen und Stufen und Sockel erschienen war, war nichts weiter als eine Anhäufung steinerner Überreste zwischen Sumpfgras und Lorbeerrosen – die Trümmer von Steinplatten, Urnen, Grabdeckeln und Säulen, die im letzten Stadium des Zerfalls auseinanderbröckelten, moosbewachsen, stockfleckig und teilweise unter dem öligen Laub der modrigen Vegetation verborgen.

Meine Füße glitten lautlos über große Platten desselben dunkelgrauen Steins, aus dem die Götter und Bestien im Garten gefertigt waren. Die Platten waren gemeißelt und behauen und mit ornamentalem Schmuck bedeckt, so daß sie eher Grabsteinen als Bodenfliesen ähnelten. Wunderliche und schreckenerregende Gesichter blickten zu mir herauf, Gesichter von Tintenfischen und Meeresspinnen und Quallen und Wesen, die mir völlig fremd waren (und von denen ich hoffte, daß sie mir den Rest meines Lebens auch fremd bleiben würden) – submarines Geschmeiß mit tentakelbekränzten Köpfen und gespenstischen Glotzaugen, krummen Schnäbeln in Oktopodengesichtern, Muränenschädeln auf halbmenschlichen Leibern ... und seltsamerweise waren all diese Ungeheuer, deren schattengraue Abbilder unter meinen Füßen vorüberglitten, in einer an Menschen erinnernden Art und Weise dargestellt: Tentakel trugen kostbare Armbänder, Juwelenketten ringelten sich um monströse Nacken, Krötenfinger umfaßten Pokale und Schwerter. Sie machten mir angst: Kreaturen, in denen kein Funken wirkliches Leben war, nur eine kalte Lust, eine Gier, die niemals satt wurde. Sie konnten fressen, bis sie zerbarsten, und wurden doch nicht satt. Sie waren Hunger, sie waren Durst, sie waren ewig unbefriedigte Gier, die von jedem Bissen hungriger und jedem Schluck durstiger wurde ...

Und sie lauerten auf Beute.

Genau in der Mitte der Mulde befand sich, rund wie ein Fischauge und von einem prachtvollen steinernen Rand umgeben, ein Wasserbecken. Es war so groß, daß man darauf hätte Boot fahren können, aber ganz seicht. In der Mitte stand ein Sockel, auf dem ein Sphinx ruhte (aus unerfindlichen Gründen fühlte ich, daß es ein ER war). Das gewaltige Flügelpaar hatte er ausgebreitet, die mächtigen steinernen Pranken ruhten auf seiner Beute – steinernen Händen und Füßen und Rümpfen und Köpfen, die über den Rand des Sockels hinausragten und herabhingen. Rund um den Sphinx war das seichte, trübe Wasser bedeckt von roten Wasserlinsen und rosa Seerosen, die auf ihren tückischen Blätterinseln schwammen. Das Gesicht des Sphinx war mir zugewandt, und eine kalte Beklemmung überkam mich, als ich seine großen, schrecklich aufgerissenen, goldglänzenden Augen auf mich gerichtet sah, mit einer starren, gespannten Aufmerksamkeit, als hätte die Gegenwart von etwas Lebendigem den Steinkoloß selbst zum Leben erweckt.

Ich wollte den unheimlichen Ort eben wieder verlassen, als ich ein Geräusch hörte: ein leise jagendes Rascheln, als fegte ein Reisigbesen durch Herbstblätter. Darauf folgte ein Laut, als klopfte jemand mit einem Stecken aufs Gebüsch, und eine rauhe Stimme rief: »Husch! Schsch!«

Einer unwillkürlichen Regung gehorchend, zog ich mich in die Büsche zurück und versteckte mich hinter einer der Urnen. Was ich gehört hatte, hatte nicht gerade gefährlich geklungen, aber das Wächterhaus war doch ein sehr fremdartiger Ort, und ich hielt es für klüger, alles erst einmal aus sicherer Entfernung zu beobachten.

Das Rascheln, das Klopfen und auch die leisen, antreibenden Zurufe kamen immer näher, und dann tauchte drüben auf der anderen Seite ein Hirt mit seiner Herde auf.

Da er die Sonne im Rücken hatte, sah ich erst nichts weiter als eine hochgewachsene schwarze Gestalt, die das Sonnenlicht feurig umlohte, aber dann stieg er den Abhang zwischen den Lorbeerrosen und Azaleen herunter und wurde Schritt um Schritt deutlicher sichtbar.

Er war dunkel und fremdartig gekleidet, in ein braunes und rostfarbenes, goldgesticktes Gewand mit langen Bändern daran, das einst reich und kostbar gewesen sein mußte, jetzt aber rundum brüchig und zerschlissen war und stellenweise richtiggehend zerlumpt. Sein schwarzes Haar war nicht weniger verwildert als seine Kleider; es hing lang auf seine Schultern herab und sah so verschlungen und verrottet aus wie die faulenden Schlingpflanzen am Rand des Sphinx-Teiches. Sein Gesicht, das einmal sehr schön gewesen sein mußte, war entsetzlich bleich und abgehärmt, und er schloß immer wieder die schwarz umschatteten Augen, als könnte er sich vor Müdigkeit kaum noch auf den Beinen halten.

Ich fragte mich, ob es so schwierig war, diese Herde von Kindern zusammenzuhalten, daß er so erschöpft war.

Denn Kinder waren es, die er hütete – eine ganze Schar von Kindern, die ihm raschelnd und wispernd nachliefen und nicht weniger gespenstisch aussahen als er selbst. Sie waren alle noch sehr jung, wenige waren älter als ich selbst und manche so klein, daß sie noch nicht einmal richtig laufen konnten und alle paar Schritte hinfielen, wenn sie sich nicht an den Kitteln der älteren festhielten. Doch sie sahen so aus, daß ich ihnen nicht gern begegnet wäre. Der Hirt trug eine lange Gerte mit einigen Blättern am Ende daran in der Hand, wie ein Gänsehirt, und sooft eins der Kinder aus dem Rudel ausbrach, lief er hin und schnickte mit der Gerte und rief heiser: »Husch!«, und die fortgelaufen waren, verkrochen sich hastig zwischen den anderen.

Unten in der Mulde angelangt, blieb er stehen und spähte argwöhnisch nach allen Seiten um sich, ob der Platz auch sicher und frei war. Die Kinder rotteten sich sofort alle um ihn zusammen; die am dichtesten bei ihm waren, hängten sich an seine Kleider und kletterten förmlich an ihm hinauf, und die anderen drängten nach, bis sie alle an ihm hingen wie die Bienen an der Königin und ich dachte, jetzt müßten sie ihn bald erstickt und erdrückt haben. Mein Herz klopfte laut, denn sie waren gar nicht die Art Kinder, die man gern um sich haben möchte; mir wurde kalt, als ich sah, wie sie die mageren Händchen in seinen Mantel und seine Ärmel krallten und Zünglein wie Eidechsen herausstreckten, und dabei gaben sie grausige Laute von sich, ein klägliches Gejammer und Greinen und eine Art pfeifendes Winseln, das mir durch Mark und Bein ging.

Auf einmal machte er eine wilde Bewegung, mit der er sie abschüttelte, daß sie rings um ihn auf die Steine fielen und alle zugleich zu jammern und zu schreien begannen; darauf hieb er mit der Rute nach ihnen und jagte sie quer durch die ganze Mulde. Ich fürchtete schon, sie kämen zu mir herüber, aber er trieb sie zum Wasser. Die Flut des großen Teiches, die so still unter den roten Wasserlinsen und den Seerosen gelegen hatte, blitzte und schäumte auf, als sie eins nach dem anderen über den Rand sprangen, im Becken umher planschten und wie kleine wilde Tiere das brackige Wasser tranken. Der Mann watete zwischen ihnen herum und scheuchte sie immer wieder zu einem Haufen zusammen. Zuletzt, als alle ihren Durst gestillt hatten, klatschte er in die Hände, rief: »Husch!« und stieg wieder an Land, und die ganze Schar der unholden Kinder kam ihm nachgelaufen und nachgestolpert. So verschwanden sie allmählich drüben zwischen den moderfeuchten Gebüschen.

Ich wartete lange – so lange, bis wirklich nirgends mehr ein Rascheln zu vernehmen war. Dann rannte ich davon, den weißen Weg entlang, und wagte mich nicht umzudrehen.

Das Geheul des Werwolfs

Ich lief, bis ich zu einer sehr hoch gelegenen Terrasse kam, die, von steinernen Fabeltieren begrenzt, still in der warmen Sonne lag. Es war einsam dort oben. Ich sah kein Lebewesen, nicht einmal einen Weberknecht. Ich zog die Schuhe und Strümpfe aus und ging barfuß über die alten, von trockenen roten und grauen Flechten bewachsenen Steine. Sie kratzten und kitzelten meine Fußsohlen. Am Rand der Terrasse spähte ich zwischen den Säulen der Balustrade hindurch, sah aber nicht viel mehr als dunkelgrüne Zypressen und einer der Hintertüren von Carnanoth, die sich zwischen dem Immergrün abzeichnete.

Es war sehr warm und windstill, und als ich mich hinsetzte, um mich vom Laufen auszuruhen, fühlte ich, wie müde ich war. Wahrscheinlich waren all die wilden Aufregungen der letzten Stunden doch etwas zuviel gewesen (so sehr ich sie insgeheim genossen hatte), denn mein Kopf war plötzlich so schwer wie eine Kanonenkugel, und meine Füße schienen in bleiernen Schuhen zu stecken. Ich schlief, an den sonnenwarmen Stein gelehnt, ein.

Und träumte.

Das Zimmer mit den Drachenkaminen zeigte sich im Dämmerlicht des Abends. Die Farben darin hatten ihre Frische eingebüßt und waren wie die Farben getrockneter Blumen und aufgespießter Schmetterlinge. Auf dem langen Tisch waren die Gläser umgestürzt und zerbrochen, das Brot vertrocknet, die Messer verrostet.

Auf dem steinernen Boden, halb unter dem Tisch, lag der Schloßherr hingestreckt, reglos, als sei er dort auf den Steinen gestorben. Wie ein Schlafender regte er sich plötzlich, hob den Kopf. Er war nicht allein. Er lockerte den Druck seiner Glieder, zog sich mit einer geschmeidigen Bewegung ein wenig von seinem Opfer zurück. Langsam, auf Knie und Ellbogen gestützt, beugte er sich vor, bis er ihren Nacken mit den Lippen berührte, drückte den Mund darauf, grub die Zähne sanft und bedachtsam zu beiden Seiten der zierlichen Nackenwirbel ein und biß besitzergreifend hinein – nicht hart, nicht um zu verletzen, nur um festzuhalten und etwas wie ein Siegel aufzudrücken. Er atmete tief und schwer, als er, die Augen halb geschlossen, blind und taub für alles rundum, in dieser Haltung minutenlang verharrte, von einem so tiefen, so ekstatischen Wohlgefühl durchschauert, wie er es niemals anderswo erlebt hatte. Das Wohlgefühl steigerte sich zu einem Höhepunkt und klang in einem schmerzlich pulsierenden Zucken aus.

Nach einer Weile kehrte er ins Bewußtsein zurück. Benommen starrte er einen Arm im weißen Ärmel an, eine schlaffe Hand, die auf den kalten Steinen des Fußbodens lag. Ohne recht zu wissen, was er tat, langte er danach, stieß die Hand an, so daß sie hin und her rollte; versetzte ihr, von diesem Schlenkern erregt, einen kräftigen Hieb, der sie ein Stück weiter über den Boden beförderte. Es hätte wohl Spaß machen sollen, statt dessen stieg Angst in ihm auf. Er zog sich, immer noch auf Händen und Knien, behutsam von dem reglosen Ding zurück.

Und dann, von jähem Entsetzen übermannt, brach er in widersprüchliche Bewegungen aus, wußte nicht, ob er Mensch oder Tier oder Werwolf war – stieß sie wie mit Pfoten an, rollte sie hin und her, ergriff sie mit Händen, hob sie halb auf. Sie rührte sich nicht. Er drehte sie herum. Ihre Augen waren geschlossen. Atmete sie? Er horchte, hörte aber nur seine eigenen schweren, fast röchelnden Atemzüge. Verwirrt gab er einen seltsam hohlen Jammerlaut von sich. Jede Sekunde wurde die Furcht, die ihn erfüllte, größer und dunkler, bis sie ihn plötzlich ins Bewußtsein seiner selbst zurückriß.

Er sprang hoch, stürzte zur Tür, schob hastig von innen den Riegel vor. Dann lief er zurück, hob den schlaffen Körper auf, trug ihn aufs Bett. Die Kerze flackerte, als er den Leuchter hochhob, in ihrem Licht mit brennenden Augen nach Blutspuren suchte. Das Hemd war weiß. Er riß es mit einer Hand zurück, starrte den Körper darunter mit Augen an, in denen jede Lust erloschen war, die nun in panischem Entsetzen nach einer Wunde suchten. Nichts. Die Haut hier war glatt und unversehrt. Er fuhr herum, sah angstvoll auf seine Hände nieder. Sie waren rein. Er drängte sich nah an die Kerze, drehte die Hände hin und her, spreizte die Finger, schob in seiner schulderfüllten Angst die weiten Ärmel bis zum Ellbogen hoch, aber soviel er auch suchte, nur blasse Haut kam zum Vorschein.

Er fuhr sich mit beiden Händen ins Gesicht, tastete über die fiebrig erhitzten Wangen, über den schmalen, blauschwarzen Bart, der Kinn und Oberlippe umschloß, immer gewärtig, dunkle Nässe darauf triefend zu finden, doch was er spürte, war nur sein kalter Schweiß auf der heißen Haut. Immer wieder fuhr er mit den Händen über den Mund, tastete Lippen und Zähne ab, zog die Hände zurück, blickte mit verstörten Augen die weißen Finger an, die weißen Handrücken, auf denen sich, wie auf den Händen einer Frau, kaum ein dunkles Haar zeigte. Schließlich ließ er, erschöpft vor Erleichterung, die Arme am Leib herabfallen und stand mit geschlossenen Augen da.

Langsam, mit den Schritten eines Betrunkenen, trat er ans Fenster, stützte schwer die Hände auf das dunkle

Mauerwerk und starrte hinaus in den sinkenden Abend. Lange stand er so da, den Blick stier auf die schwarze, zackige Silhouette der Wälder gerichtet, über der in metallischem, schwarzgefiedertem Türkis der letzte Widerschein des Tageslichts glühte. Dann legte er langsam den Kopf in den Nacken und heulte – stieß ein langes, ohrenzerreißendes Werwolfsgeheul aus, das von den Hofmauern widerhallte und wie das nächtliche Gekreisch kämpfender Tiere die Stille zerriß. Vögel flatterten erschrocken auf. Ein Hund heulte und begann dann wie rasend zu bellen.

Ich wachte auf, atemlos und noch erhitzt und zitternd vor Schrecken. Das Granathalsband grub seine harten Metallkanten wie Zähne in meinen Nacken. Unten im Garten sang eine Katze, daß es wie Messer durch die Luft schnitt.

Ein Gespräch mit Herrn Marnion

Am Morgen regnete es so stark, daß der Garten von Carnanoth unter grauen Schleiern verborgen lag und die Statuen wie dunkle Gespenster im Nebel aussahen. Der Regen schlug wie Gischt an die Scheiben.

Ich lief hinunter in die Halle. Die Tür des rätselhaften Gartenzimmers stand offen, und zwei Diener waren damit beschäftigt, den Tisch abzuwischen und den hohen, lederbezogenen Sessel aufzustellen, der umgestürzt auf dem Boden lag. Einer der beiden (sie hatten mich nicht bemerkt) sagte: »Man sollte meinen, sie würden wenigstens ein bißchen Manieren an den Tag legen, nach all der Gastfreundschaft, die man ihnen erweist – aber sieh dir das an!« Dabei hob er ein Eckchen des Teppichs hoch, der wie Herbstlaub gefärbt war, und zeigte dem anderen die Spuren triefendnasser Füße. »Man kann sich doch wohl die Füße abstreifen, bevor man ein Zimmer betritt, oder etwa nicht?«

Dann sah er mich, und sie warfen einander schräge Blicke zu und begannen, eifrig rund um den Tisch herum zu wischen. »Wenn Sie den gnädigen Herrn suchen, Fräulein, der ist in der Bibliothek«, rief mir einer der beiden zu.

Onkel Abelard saß tatsächlich in der Bibliothek beim Frühstück – weil es dort wärmer war – und begrüßte mich so freundlich wie an den vorhergehenden Morgen. Die Bibliothek wirkte wie ein hölzerner Wald mit Stämmen aus schlanken, rotbraunen Pfeilern und Laub aus Tausenden bunten Buchrücken, und es roch süß und muffig und papieren darin. Ich liebe Bücher und Bibliotheken und dachte sogleich an die vielen hundert verregneten Tage und kalten Winterabende, die man hier verbringen konnte, ohne daß einem je langweilig wurde.

Ein Stück vom Feuer entfernt, aber nahe genug, daß es noch wärmte, stand ein Tisch mit vier hölzernen Löwenfüßen und winzigen Löwenköpfen an den vier Ecken. An meinem Platz warteten bereits Kaffee und heißer Porridge (mit einer Kruste aus Zucker, einem Saum von kalter Milch und einem Klecks Brombeermarmelade in der Mitte), und ich begann eilig zu essen. Ich überlegte, ob ich Onkel Abelard nun doch nach den nassen Gästen im Gartenzimmer fragen sollte, aber ich ahnte, daß ich wiederum keine Antwort bekommen würde. Und es gab etwas, das mir noch wichtiger war – nämlich der mysteriöse schwarze Gast, der am Vortag aufs Schloß gebracht worden war. Den hätte ich gern kennengelernt (ich hoffte sehr, daß er nicht gehängt worden war), aber ich wußte nicht, wie Onkel Abelard diesen Wunsch aufnehmen würde. Also beschloß ich, es listig anzufangen.

Ich fragte: »Darf ich Herrn Siebenschön Kuchen bringen?«

Natürlich sagte Onkel Abelard nein. »Das ist zu gefährlich, und … man soll niemanden in Versuchung führen. Es täte mir um deinetwegen und um seinetwegen leid, wenn irgend etwas passierte.«

Ich schnitt ein enttäuschtes Gesicht. Nach einer Weile fragte ich: »Darf ich dann wenigstens dem anderen etwas bringen? Dem Schwarzen?«

Onkel Abelard zögerte. Er schien sich aber im Grunde zu freuen, daß ich diesen Vorschlag gemacht hatte, denn schließlich sagte er: »Also gut, wenn du es gern tun möchtest …« Er zog an der Klingelschnur, und als ein Page eintrat (es war wieder der kleine Frederic Flitzchen), trug er ihm auf: »Sag in der Küche Bescheid, wir möchten etwas zu essen für Herrn Marnion.«

Der Page kehrte bald darauf mit einem Tablett mit zwei zugedeckten Schüsseln zurück, das er auf einer Truhe abstellte. »Nun«, sagte mein Onkel, »dann nimm schon einmal die Kerze und lauf, damit er nicht warten muß. Ich habe noch zu tun.«

Ich nahm die Kerze von der Truhe, und als ich die Schüsseln so stehen sah, hob ich neugierig die Deckel ab und spähte hinein.

Meine eigene Stimme klang mir ganz fremd in den Ohren, als ich mich sagen hörte: »Oh, das ist gemein ... das ist gemein.« Und dann hörte ich diese Stimme schreien: »Soll er das essen? Gibst du ihm immer solches Zeug? Kein Hund würde es fressen ...«

Onkel Abelard ließ mich gewähren, dann hob er die Hand. »Laß mich reden, Merle. – Ich verstehe, daß du befremdet bist, aber das liegt daran, daß du die ... Verhältnisse hier nicht so genau kennst. Herr Marnion ist nicht ganz dasselbe wie du und ich. Oder sagen wir ... er ist nicht in ganz demselben Zustand. Es ist etwas schwierig zu erklären.«

»Niemand kann mir erklären, wie man es übers Herz bringen kann, einen Gefangenen mit solchem Kehricht zu füttern«, rief ich zornig.

»Wenn das so ist«, entgegnete mein Onkel ruhig, »wenn meine Erklärungen nicht fruchten, bitte ich dich, ihm dieses Essen zu bringen und abzuwarten, was er dazu sagt.«

Dem konnte ich nicht gut widersprechen. Also stieg ich die dunklen, polierten Treppen zum Zimmer des Gefangenen hinauf und trug vor mir ein Tablett, auf dem ein Kerzenleuchter stand und zwei Schüsseln voll Abfall, wie die Küche unten ihn wegwarf, und fragte mich, ob ich Onkel Abelard Glauben schenken sollte oder lieber meinem Verstand.

Herr Marnion zeigte fürs erste überhaupt kein Interesse, weder an den Schüsseln noch an mir, als ich an die geschlossene Gittertür herantrat. Er saß mit hochgezogenen Knien im Stroh, hatte die Linke flach und weiß auf dem Knie liegen und putzte sich die langen Nägel dieser Hand mit einem Stäbchen. Es sah merkwürdig aus, weil er lange Handschuhe aus Mäusefell trug, die nur die Kuppen seiner Finger freigaben. Sein absonderliches bleiches Gesicht lag halb im Schatten, so daß die Augenhöhlen von schauriger Schwärze erfüllt waren, wie die Augen eines Uhus. Einmal zog er einen seiner nackten Füße hoch und begutachtete die Zehennägel, ob er die auch putzen müßte, fand aber offenbar, daß sie geputzt genug waren, denn er schnippte nur da und dort ein Stäubchen fort und setzte den Fuß dann wieder in das hellgelbe, würzig riechende Stroh.

Dann stand er auf, trat im Feuerschein an die Wand und ließ die Augen über die Täfelung schweifen, als suchte er irgendeine geeignete Stelle – wofür geeignet, konnte ich mir allerdings nicht vorstellen. Da gab er mir plötzlich die Antwort.

Er legte seine knochigen Hände ganz flach auf die weiße Täfelung, trat einen Schritt zurück, drückte den Rücken durch, bis er aussah wie eine große aufgerichtete Katze, und dann fing er tatsächlich an, mit den Nägeln an der Täfelung zu scharren und zu reißen wie eine Katze. Dabei kniff er die Augen zu und streckte sich und machte genauso verdrehte Augen, wie es Katzen tun, wenn ihnen etwas großes Vergnügen bereitet. Fast eine Minute lang riß und kratzte er dort, so wütend, daß Splitter und Späne von der Täfelung flogen, dann hörte er abrupt auf, betrachtete aufmerksam erst die Nägel der einen, dann der anderen Hand, indem er sie mit gespreizten Fingern nahe vor die Augen hielt, und als er seine Morgentoilette zufriedenstellend beendet hatte, setzte er sich wieder still hin und unterhielt sich damit, daß er einzelne Strohhälmchen ins lodernde Kaminfeuer warf.

Nachdem ich ihn eine Weile angestarrt hatte, ließ ich ein schüchternes »Guten Morgen« hören.

Er wandte sich langsam um und blickte mich aus seinen unergründlichen dunklen Augen an. Dann beantwortete er meinen höflichen Gruß: »Guten Morgen, kleines Scheusal.«

»Wieso Scheusal?« fragte ich verdattert.

»Ach – das findest du schon noch heraus, wenn du dich eine Weile hier herumtreibst«, sagte er, ohne in seiner Beschäftigung innezuhalten. Er war inzwischen wieder dazu übergegangen, seine Nägel zu pflegen. »In Carnanoth findet man das sehr schnell heraus. Hier wird jeder zum Scheusal.«

»Mein Onkel Abelard aber nicht«, widersprach ich.

Er machte nur »Pah!«, in einem Ton, als wüßte er einiges, das ich nicht wußte, und ließe es mich auch nicht wissen. Er fuhr fort, jeden einzelnen Fingernagel sorgsam und ausgiebig mit der Zunge zu belecken. Zwischendurch hörte er auf, sah den Nagel an, hielt ihn ans Licht und leckte eifrig weiter. Es dauerte eine ganze Weile, bis er über die Schulter hinweg fragte: »Bist du am Ende immer noch da?«

»Mhm hm«, wagte ich zu sagen. (Schließlich war ein starkes Gitter zwischen uns). »Übrigens ... Ihr Frühstück auch.«

Er mußte doch Hunger gehabt haben, denn er kam ziemlich schnell herbei, als ich die Schüsseln unten zwischen den Gitterstäben durchschob. Mir wurde ganz schlecht vor Aufregung, als ich mir vorstellte, wie er hungrig nach Schüsseln griff, die voll Kehricht waren. Ich hatte mich aber umsonst gesorgt. Seine Augen funkelten freudig erregt, als er die Deckel abhob.

»Nun«, bemerkte er bissig, »was immer sie hier mit mir vorhaben, der Hungertod ist es ja wohl nicht ...«

Dabei schnappte er in die Schüssel, fischte einen der garstigen Brocken heraus, schob ihn sich zwischen die Zähne und begann zu kauen. An der Art, wie er es tat, merkte ich, daß es ihm schmeckte – sogar viel besser, als er mich merken lassen wollte.

Eine Weile kämpfte ich mit mir, dann sagte ich: »Das glaube ich nie, daß Onkel Abelard ein Scheusal ist.«

Herr Marnion ließ sich so lange Zeit mit der Antwort, daß ich schon fürchtete, er würde gar nichts sagen. Er nagte einen ganzen Rippenknochen ab, ehe er sich herabließ, mir halb über die Schulter hinweg einen Blick zuzuwerfen. »Ach!« sagte er. »Na, dann frag dich doch einmal, wen das häßliche Porträt da unten in der Halle wohl darstellt.«

»Was meinen Sie?« rief ich entsetzt.

Er wandte mir sein blasses Gesicht zu, lächelte mich zähnefletschend an und flüsterte: »Selber denken, Kätzchen – auch wenn's schwerfällt!«

»Nun?« fragte Onkel Abelard, als ich in die Bibliothek zurückkehrte. »War er zufrieden, und bist du zufrieden?«

Ich schämte mich, daß ich ihm mißtraut hatte, also sagte ich nur: »Ja, alles in Ordnung«, und tat, als interessierten mich die Bücher an den Wänden. Das heißt – zuerst tat ich nur so, dann interessierten sie mich wirklich, denn sie waren alle mit sonderbaren Schriftzeichen versehen und mit Bildern illustriert, die man lange nicht mehr aus dem Kopf bekam, ob sie nun schön oder schaurig waren. Meist waren sie beides.

Ich nahm ein schweres Buch heraus, das in bleiches, runzeliges Leder gebunden war (das Leder sah aus wie die Haut, die man beim Baden auf den Händen bekommt) und einen Titel aus verblaßter Goldschrift trug. In dem Buch stand:

»Die Bewohner Malaysias erzählen von einer Stadt im Herzen des Dschungels – einer Stadt mit Balken aus

Menschenknochen, Wänden aus Menschenhaut und Dachtraufen aus Menschenhaar – gebaut und bewohnt von Tigern.«

»Das ist schon alles, was in dem Buch steht!«, beklagte ich mich.

»Nun«, sagte Onkel Abelard, »meiner Meinung nach ist das durchaus genug für ein einziges Buch. – Wie findest du Herr Marnion eigentlich?«

Ich zögerte. Welchen Eindruck der schwarze Gast auf mich gemacht hatte, war nicht leicht in Worte zu fassen. »Ich würde nicht gerne mit ihm essen«, sagte ich schließlich, weil das der einzige Punkt war, in dem ich mir sicher war.

»Mhm.« Onkel Abelard rieb sich das breite, runde Kinn. »Ganz ehrlich gesagt: ich auch nicht. Dabei ist er hier im Hause noch relativ zivilisiert … ich meine, was er hier ißt, ist wenigstens nicht roh. Aber er ist ein Wesen von Rang und hoher Bildung; das ist ein Grund, warum man über wunderliches Verhalten und kleine Unsitten hinwegsehen sollte. Sie sind kein Zeichen niedriger Gesinnung … er kann nur seine Rabengewohnheiten so schlecht ablegen.«

»Ist er denn ein Rabe?« fragte ich erstaunt.

»Gelegentlich«, antwortete Onkel Abelard. »Zumeist ist er mehr oder weniger ein Mann. – Nun, Merle, wenn dich weiter nichts an ihm stört als seine Tischsitten … das ließe sich arrangieren. Ihr braucht nicht unbedingt zusammen essen.«

Ein ganz eigentümlicher Schauder lief mir über den Rücken. »Was sollen wir denn sonst zusammen tun?« fragte ich argwöhnisch.

Onkel Abelard ließ sich Zeit mit der Antwort. Vermutlich hatte er mir etwas Unangenehmes zu sagen. »Siehst du … du solltest während deines Aufenthaltes auf Carnanoth deine Ausbildung nicht vernachlässigen. Ohne Schnörkel gesagt: Du mußt lernen.«

»Was?«

»Oh … was eben für Kinder wichtig ist. Das können wir später im Detail klären … Herr Marnion ist ein ganz ausgezeichneter Erzieher. – Aber nun sei so freundlich und laß mich bis zum Abendessen in Ruhe, ich habe einige sehr dringende und wichtige Geschäfte für den König zu erledigen.«

Als wir uns – wieder in der Bibliothek – zum Abendessen setzten, hoffte ich insgeheim, er hätte die Sache vergessen, aber kaum waren wir mit dem Nachtisch fertig, rief er: »Frederic Flitzchen, was machst du? Schläfst du oder wachst du?«

Der Junge, der hinter dem Vorhang gedöst hatte, kam herbeigerannt.

»Such den Profos, mein Kleiner«, befahl Onkel Abelard, »und sag ihm, wir lassen Herrn Marnion bitten – sobald er sein Abendessen beendet hat.«

Mir war gar nicht wohl bei der Geschichte. Ich setzte mich zum Feuer und fühlte mich, wie man sich fühlt, wenn der Vorspann eines Horrorfilms läuft. Ich konnte mir unter einem Erzieher nichts weiter vorstellen, es sei denn einen Menschen, der dazu angestellt war, Kinder zu verprügeln und ohne Abendessen ins Bett zu schicken. Zu Hause war ich in eine Schule gegangen, und ohne Abendessen ins Bett geschickt hatten mich meine Eltern.

Dann trat der junge Profos ein, immer noch ganz in Rot (er war ein gutaussehender Mann, fand ich, obwohl er dunkle Sommersprossen auf der Nase hatte), und führte Herrn Marnion am Arm wie zuvor, nur daß er jetzt keine Fesseln mehr trug. Mein Onkel dankte ihm (mir war schon aufgefallen, wie höflich er zu allen Leuten in seinem Hause war) und bat ihn, vor der Tür zu warten, was vermutlich bedeutete, daß er dem Gefangenen nicht ganz traute.

»Nehmen Sie bitte Platz«, sagte er zu Herrn Marnion. Dann fragte er ihn, ob man ihn gut behandelt hätte, was mürrisch bejaht wurde, und schließlich rief er mich und stellte mich genau vor das unheimliche schwarze Geschöpf hin.

Er sagte: »Dieses kleine Mädchen hier ist der hauptsächliche Grund, warum ich Sie …«

»… gekauft habe«, ergänzte der Schwarze bitter.

»… ausgelöst habe«, korrigierte mein Onkel. »Und ich wünschte, Sie würden mir das nicht ewig nachtragen, auch wenn es Ihren empfindlichen Stolz verletzt hat. – Das ist Merle, die einige Zeit mein Gast sein wird und für die ich einen Hauslehrer suche … ein Kind von hoher Intelligenz und rascher Auffassungsgabe.«

Für jemanden, der die ganze Zeit erwartet hatte, demnächst gehängt zu werden, fand sich Herr Marnion bemerkenswert glatt in seine neue Rolle. Er warf einen flüchtigen Blick auf mich, betrachtete dann, beim kleinen Finger angefangen, der Reihe nach seine langen Nägel und sagte: »Mhm … und wie steht es mit Fleiß, Konzentrationsfähigkeit und der Bereitschaft, sich etwas sagen zu lassen?«

»Ich bin sicher, sie wird Sie auch da zufriedenstellen.«

Ich bemühte mich, zufriedenstellend auszusehen. Mir schwirrte der Kopf. Ich fühlte mich wie das kleine Mädchen in der Geschichte, als der Schloßherr mit dem Leuchter in der Hand um es herumgegangen war und es rundum beleuchtet und beschaut hatte, denn Onkel Abelard starrte mich von hinten an und der Schwarze von vorn, und beide schienen von mir zu erwarten, daß ich klug und wohlerzogen aussah.

Herr Marnion blickte mich an, als wollte er mich kaufen, aber möglichst wenig für mich bezahlen. Er stocherte mit dem Zeigefinger in seinem tintenschwarzen, offenen Haar herum, wie Raben sich putzen, und bemerkte dann: »Nun … üblicherweise übernehme ich die gesamte Betreuung des Zöglings. Wenn Sie nur jemanden suchen, der Nachhilfeunterricht gibt …«

»Nein, nein, wir verstehen uns schon. Die gesamte Betreuung.« Onkel Abelard erhob sich und nickte erst ihm und dann mir liebenswürdig lächelnd zu. »Ihr werdet sicher gut miteinander auskommen … und nun gute Nacht für heute.«

Ich wußte nicht, wie mir geschah, als Herr Marnion mich bei der Hand faßte und aus der Bibliothek hinaus auf den Gang führte. Der einzige Gedanke, den ich fassen konnte, war der, daß seine knochige Hand sich kühl und trocken wie Schlangenhaut anfühlte. Seine langen dunklen Kleider raschelten und rauschten, als er neben mir die hölzernen Treppenstufen hinaufstieg.

Ich warf ihm einen ängstlichen Seitenblick zu. Jetzt, wo er neben mir ging, sah er noch viel größer aus als zuvor, wo er im Stroh gesessen hatte. Es war allerdings auch kein Gitter zwischen uns. Eine Menge ängstlicher Gedanken jagten mir durch den Kopf, denn daß er meine gesamte Betreuung übernahm, hieß ja wohl, daß er mit mir machen konnte, was er wollte. Seine schmale, harte Hand fühlte sich an, als könnte er einen ordentlich damit verhauen.

Ich war nicht sicher gewesen, wie das Tränentropfenzimmer ihn aufnehmen würde. Es war mein Zimmer, und ich rechnete durchaus damit, daß es ihn ablehnte; daß es sich bei seinem Eintritt aufbäumen und ihn hinausweisen würde, wie ich es schon bei gewissen Zimmern erlebt hatte – bösen Zimmern zumeist, die nicht erlaubten, daß jemand sie betrat. Aber als er die Tür öffnete, empfing es ihn mit einer Art stiller Aufmerksamkeit. Es schien sich vor seinen Schritten zurückzuziehen, nicht furchtsam, sondern so, als wollte es immer genügend Distanz halten, um ihn beobachten zu können.

Hinter ihm schienen alle Dinge, an denen er vorbeiging, den Blick zu wenden und ihm nachzusehen. Er hatte die Kerze angezündet, und nun folgten ihm die Schatten, die schwarze Fratzengesichter und Silhouetten von Ungeheuern auf die Wand malten.

»Guten Abend, Zimmer«, sagte er, wobei er eine kleine steife Verbeugung machte.

Das Zimmer (das sich von diesem feierlichen Gruß sichtlich geschmeichelt fühlte) antwortete mit einem leisen, freundlichen Hauch, einem Erschauern, das durch alle Möbel und Wände und den Fußboden ging.

Er nahm ein Stückchen Seife vom Waschtisch, ging mit langen Schritten zum Spiegel und schrieb in großen klaren Buchstaben auf das Glas:

1. FASS MICH NICHT AN.
2. SEI NICHT ALBERN.
3. FRAG, SOVIEL DU KANNST.

»So!« bemerkte er, während er das Seifenstück zurücklegte und sich die Hände wusch. »Das werden von nun an die drei Grundpfeiler deiner Erziehung sein. Um es vorauszuschicken: Ich hasse alberne Kinder. Ich hoffe, du hast keine Neigung in dieser Richtung?«

»Nein, Exzellenz«, antwortete ich eingeschüchtert und fragte mich, was er unter ›alberne Kinder‹ verstand. »Gewiß nicht.«

»Gut«, sagte er. »Ich sehe, es ist Zeit zum Schlafengehen … du kannst dich waschen oder auch nicht, bevor du zu Bett gehst, auf solche Dinge lege ich keinen Wert.«

Das klang nicht schlecht, aber meine Beunruhigung kehrte zurück, als er – statt das Zimmer zu verlassen – vor den Spiegel trat und anfing, die Haarnadeln aus seinem Haar zu ziehen. Er hatte eine ganze Menge davon darin stecken, obwohl mir völlig rätselhaft war, was sie eigentlich in Ordnung hielten, denn seine langen, dünnen Flechten fielen ihm wirr über den Rücken und ins Gesicht. Als er damit fertig war, warf er sich eine Handvoll Wasser ins Gesicht, trocknete sich ab und begann dann geheimnisvolle verborgene Verschlüsse an seiner langen Soutane zu lösen.

»Wo werden Sie denn schlafen?« fragte ich, alarmiert von seinen Handlungen.

Er warf einen Blick aufs Bett. »Links, denke ich«, antwortete er. »Und jetzt beeil dich, denn ich zähle bis zehn, und dann blase ich die Kerze aus.«

Er tat es wirklich. Er zählte so schnell, daß ich mich gerade noch unter den Decken verkriechen konnte, bevor es puff! machte und die Kerze flackerte und erlosch.

Tiefe Dunkelheit senkte sich über das Tränentropfenzimmer. Gleich darauf hörte ich das schwere, steife Tuch der Soutane rascheln, als es über einen Sessel geworfen wurde, dann flatterte etwas auf. Ich spürte den Luftzug von Schwingen und hörte das leise Tripptripp von Vogelfüßen, die auf dem geschnitzten Betthaupt hin und her liefen.

»Schlaf nur zu«, sagte er. Dann, als sei ihm etwas im letzten Augenblick eingefallen, fügte er hastig hinzu: »Übrigens – Punkt eins der Regeln gilt unter allen Umständen. Auch jetzt.«

»Wie Sie wünschen, Exzellenz«, antwortete ich.

Er gab keine Antwort. Als ich vorsichtig den Blick wandte, sah ich, daß er bereits den Kopf unter den Flügel gesteckt hatte.

Die Stadt der Tiger

Ich war kaum eingeschlafen, als ich bemerkte, wie die beiden Tiere am Fußende des Bettes zum Leben erwachten. Es schimmerte wie schwaches rotgoldenes Licht um sie, als sie von ihren Knäufen herabsprangen und über die Decken hinweg zu mir schlüpften. Sie glitten an mich heran, eins links, eins rechts. Gleich darauf waren wir unterwegs wie die Hexen im Märchen.

Eine sehr kurze Zeit lang hatte ich das Gefühl, daß ich fremde und geheimnisvolle Räume passierte. Sie gingen mich nichts an, und ich kümmerte mich nicht um sie. Sie waren alle dunkel oder halb dunkel, und ich ließ sie so rasch hinter mir, daß nur der unbestimmteste Schatten einer Erinnerung zurückblieb.

Jenseits dieser Räume erstreckte sich eine unwirtliche Wüstengegend unter einem grau-violetten Himmel, wie man ihn im Dezember kurz vor schweren Schneefällen sieht: So weit das Auge reichte, sah ich nichts als endlose, niedrige Hügel, zwischen denen hier und da ein verkrüppelter Dornbusch sein von Stacheln starrendes Geäst ausstreckte. Die einzige Unterbrechung dieser Monotonie waren die Haufen von schwarzem Staub, die verstreut in der ganzen Gegend lagen und sich stellenweise zu hohen scharfkantigen Dünen erhoben. Kein lebendiges Wesen war zu erblicken, kein Laut durchbrach die fürchterliche Stille – starres, totes Schweigen herrschte ringsumher.

»Ist das ein Friedhof hier?« fragte ich.

Das Kätzchen neben mir sah mich aus runden Augen an. »Hast du Angst vor Friedhöfen?«

»Nicht sehr«, sagte ich. »Ich meine – wenn es Friedhöfe mit anständigen Toten sind. Nicht mit Werwölfen oder Vampiren oder solchem Gesindel.«

Es musterte mich aus geschlitzten Pupillen, dann bemerkte es (ein wenig boshaft, wie Katzen nun einmal sind): »Nun, was hier liegt, sind keine anständigen Toten. Hier liegen Herrn Rabschakes Leute begraben.«

»Wer ist Herr Rabschake?« fragte ich.

Das Kätzchen sagte nur: »Ach – einer von denen« und starrte dann auf die wüste Landschaft vor uns, als müßte es sie mit den Augen festhalten.

Hier und da glänzte etwas Weißes im Dämmerlicht und hob sich hell von der grauen Staubschicht ab. Ich erkannte, daß es Gebeine waren. Je weiter wir kamen, desto mehr wurden es; bald war das weite Rund der Hügel übersät mit weißen Knochen. Ich blickte auf den riesigsten Totenacker, den man sich vorstellen kann, ein Beinhaus mit den Überresten ungezählter Jahre, die hier so sorgsam gebleicht und getrocknet und konserviert ruhten wie in den Vitrinen eines Präparators. Die Grenzen dieses Schädelmeeres waren nicht auszumessen – bis über den Horizont hinaus war der dunkle Sand voll heller Trümmer.

Jenseits der Wüste erhob sich ein Haus: ein Bauwerk von so titanischer Größe und so bizarrer Form, daß ich es nur an seinen vielen Fensteröffnungen als Haus erkannte. Wir jagten immer näher darauf zu, und als ich schon fürchtete, wir würden an den Mauern zerschellen, tauchten wir durch eines der Fenster hinab in ein gewaltiges unterirdisches Gewölbe, durch dessen kalte Finsternis ich in großer Eile getragen wurde.

Ich fröstelte und fühlte, wie mich bleierne Schwäche durchdrang, als ich diese Krypta durchquerte, deren Bauweise von einem rätselhaften, vielleicht nicht-menschlichen Ursprung zeugte. Milchiges, schattenhaftes Zwielicht herrschte darin. Die Wände waren glatt, wie poliert, ohne irgendwelche in das dunkle Material geritzten Zeichen oder Ornamente. Der Boden war mit aschenähnlichem Staub und Sand bedeckt. Ich konnte Öffnungen erkennen, die sowohl aufwärts als auch abwärts führten. Ich sah, daß auf dem aschigen Boden keinerlei Fußspuren zurückblieben, und erst das machte mir bewußt, daß ich mich in der Luft bewegte. Einmal erschrak ich, als ich mich über einen Schlund hinweggleiten sah, der sich schwarz und gähnend unter mir öffnete, und einen kaltfeuchten Luftstrom daraus hervor wehen fühlte. In welche unheilvollen Tiefen er führen mochte, daran wagte ich nicht zu denken.

Zuletzt kamen wir an einen unterirdischen See, von einem gemauerten Gewölbe umfaßt, dessen Pfeiler sich beängstigend hoch aus der düsteren Flut erhoben. Aber was für ein See das war! Ein zitternder, schillernder, von Schwebschlamm schwarz und gelb gefleckter Fäkaliensee, dessen faulige Schönheit das ganze Gewölbe mit seinem Gestank erfüllte ... Er dehnte sich weit nach hinten in die unterirdische Finsternis. Unsichtbare Ströme unter der Wasseroberfläche bewegten die Flächen abscheulichster und unnatürlichster Farben, die irisierend darauf schwammen wie schwarze Entengrütze, wie die Blätter riesiger Seerosen ...

Als wir am Rand des Seebeckens standen, entdeckte ich Treppen, die zum Wasser hinunterführten – entdeckte zwei steinerne Medusenhäupter an der Mauer, aus deren runden Mäulern Wasser troff, entdeckte weit hinten im Dunkel weitere Treppenaufgänge und Pfeilergewölbe. In der Mitte dieses unflätigen Gewässers aber erhob sich ein Sockel, auf dem ein mächtiger Sphinx ruhte. Das schwarzgrüne Flügelpaar hatte er ausgebreitet, die Pranken ruhten auf seiner Beute – menschlichen Händen und Füßen und Rümpfen und Köpfen ... Von dem hellen Leib ging ein grünliches, zugleich mildes und gleißendes Licht aus, das ein wenig an Mondlicht erinnerte.

Das seltsame Tier begann sich zu regen. Es schob seine Hinterpranken hin und her, wie Katzen es tun, wenn sie sich nach dem Schlaf rekeln, faltete mit einem lauten Rauschen und Knacken (das in der unterirdischen Stille wie eine Sturmbö klang) das Flügelpaar über dem Rücken und streckte sich so weit vor, bis das menschliche Gesicht auf den tierischen Pranken lag.

»Guten Abend, schöne Kinder«, sagte das Ungeheuer. Es hatte eine weiche, dunkel lockende Stimme – die Stimme eines Mannes, obwohl sie fast lieblich klang.

Das Äffchen auf meiner Schulter wisperte mir erschrocken ins Ohr: »Sprich nicht mit ihm.«

»Warum?« fragte ich.

»Er webt ein Netz. Paß auf, daß du dich nicht darin verfängst. Er ist falsch. Falsch und heimtückisch«, war die Antwort, so leise gehaucht, daß ich sie kaum verstand.

Der Sphinx schien sie aber dennoch gehört zu haben, denn er legte den Kopf schief und rief zornig: »Was raunst und murmelst du da, dummes Ding?« Dann rief er nach mir: »Merle!« und noch einmal »Merle!«, und es klang so süß, so dunkel und traurig wie der Ton einer Oboe. »Willst du nicht herkommen und mit mir reden?«

»Worüber denn?« fragte ich vorsichtig.

»Über Dinge, die nur dich und mich etwas angehen«, antwortete er. »Komm.« Und jetzt schien er rundum in goldenen Glanz gehüllt wie das Licht, das sich kurz vor Gewittern ausbreitet.

Ich setzte zögernd den Fuß auf die erste der rotbunten Stufen, die ins Becken hinabführten.

»Wach auf, Kind«, sagte eine Stimme an meinem Ohr. Eine harte Hand schüttelte mich, bis ich blinzelnd die Augen aufschlug.

Ich blickte ins unruhige Licht einer Kerze.

Herr Marnion saß auf dem Bettrand, rüttelte mich mit

einer Hand und hielt mit der anderen die Kerze, mit der er mir ins Gesicht leuchtete. Sein vom Schlaf verwirrtes Haar hing fast bis auf mich herab. Er trug ein loses schwarzes Hemd mit langen Bändern daran, das wohl zugleich sein Unterhemd und sein Nachtgewand war. Die Decken um ihn herum waren zerwühlt; also hatte er in seiner menschlichen Gestalt auf dieser Seite des Bettes gelegen.

»Was hast du Böses geträumt?« fragte er.

Ich wußte nicht recht, ob es mich erleichterte oder mit Unbehagen erfüllte, daß er so geradeheraus nach dem Traum fragte. Einerseits wollte ich ihm gern davon erzählen, aber andererseits hatte ich ein wunderlich schlechtes Gewissen dabei, als sei es irgendwie ein Verrat oder Treuebruch an dem schönen Sphinx, Herrn Marnion einzuweihen. Ich hatte noch diese oboenhafte Stimme im Ohr, und vor meinen Augen flimmerte das wundersame Licht, das das Geschöpf um sich verbreitet hatte.

»Nichts Besonderes«, sagte ich.

Herr Marnion betrachtete mich lange aus seinen unheimlichen dunklen Augen, dann sagte er: »Ich denke, wir sollten noch einen vierten Punkt auf dem Spiegel notieren: Ich nehme Lügen sehr übel.«

Ich bekam Angst, aber ich wurde auch trotzig. »Ich will Ihnen nicht alles erzählen«, rutschte es mir heraus. Dann kniff ich schnell die Augen zu, weil ich überzeugt war, er würde mich anschreien oder sogar schlagen.

Zu meiner Verblüffung sagte er jedoch (und klang dabei ganz zufrieden): »Ach, das hört sich schon besser an. – Und warum möchtest du mir nicht alles erzählen? Was könnte ich falsch machen?«

Ich hatte noch nie erlebt, daß ein Erwachsener mich fragte: »Was könnte ich falsch machen?«, und vor lauter Verblüffung sagte ich ihm die Wahrheit darauf. »Sie könnten mich auslachen.«

Er setzte die Kerze auf dem Boden ab – nun warfen wir beide große drachenhafte Schatten auf die Wölbungen der Zimmerdecke – und zog die nackten Füße aufs Bett. Die Arme um die hochgezogenen Knie geschlungen, die Hände über den Füßen verschränkt, saß er da. »Aha«, sagte er schließlich. »Ja … ich verstehe, was du meinst. Ich werde keine abfälligen Bemerkungen machen.«

»Sicher nicht?«

»Üblicherweise«, bemerkte er, »genügt es, wenn ich etwas einmal sage, und ich bin zu alt, meine Gewohnheiten deinetwegen zu ändern. Richte dich danach. – Und nun zu deinem Traum.«

Ich erzählte ihm alles.

Er hörte sehr aufmerksam zu, das Kinn auf seine spitzen Knie gestützt, fuhr sich nur von Zeit zu Zeit mit dem Zeigefinger ins Haar oder kratzte sich zwischen den langen Zehen. Als ich zum Ende gekommen war, schwieg er noch eine ganze Weile und wartete ab, ob noch etwas nachkäme; erst dann sagte er: »Du warst in Gefahr. – Das Tierchen da« – dabei klopfte er dem hölzernen Äffchen auf den Kopf – »hatte ganz recht … er ist schlau und tückisch und hat viel Erfahrung darin, Kinder ins Verderben zu locken. Und natürlich hat er das hier gerochen.« Er wies mit einem ausgestreckten Finger auf das Granathalsband, das ich auch in dieser Nacht nicht abgelegt hatte.

»Das hat mir Onkel Abelard geschenkt«, bemerkte ich, weil ich mir einbildete, aus seinen Worten einen leisen Vorwurf herauszuhören.

Er schüttelte den Kopf. »Er hat es dir nur ausgehändigt … es hat immer schon dir gehört. Es ist dein Familienschmuck. – Aber komm mit. Es gibt etwas, das du sehen solltest, bevor wir weiterreden.«

Ich wollte aus dem Bett steigen und meine Kleider suchen, aber er sagte: »Ich werde dich tragen.« Er hob mich aus dem Bett und hielt mich so, daß ich die Arme um seinen Hals legen mußte, wenn ich nicht hinunterfallen wollte; dann schritt er rasch mit mir aus dem Zimmer und den langen Gang hinunter, den jetzt nur das Mondlicht erhellte. Es breitete sich überall, wo ein Fenster sich öffnete, in großen weißen Flecken über die wurmstichigen, von vielen Tritten abgeschliffenen Dielen aus.

Die Nacht war warm und hell. Als ich durch die Fenster hinausblickte, sah ich den Garten vom Mondlicht bereift unter mir liegen, voll steinerner Bestien, die alle auf ihren Sockeln schliefen. Das Wasser in den Teichen sah aus wie gefroren, so bleich glänzte es. Ich hielt mich an Herrn Marnion fest und dachte daran, daß er nicht angefaßt werden wollte, daß mir jedoch unter diesen Umständen gar nichts anderes übrigblieb. Sein Haar wehte mir ins Gesicht, sooft wir an einem Fenster vorbeikamen, denn draußen hatte sich ein unruhiger Wind erhoben. Die knochigen Hände hielten mich hart und sicher. Meine Nase wurde so nahe an sein Hemd gepreßt, daß ich nicht anders konnte, als ihn riechen: Er roch – wie eine Apotheke – nach vielen verschiedenen Dingen, bitteren und süßen, so daß ich nicht richtig wußte, ob ich es angenehm fand oder nicht – jedenfalls juckte es mich in der Nase.

»Halt dich ordentlich fest, daß du nicht runterfällst«, flüsterte er, gerade als ich dachte, nun hätte ich den besten Weg gefunden, seinem Punkt eins zu gehorchen und ihn loszulassen. Zuerst wußte ich nicht, was ich nun tun sollte; dann bekam ich Angst, ausgerechnet mitten auf einer der dunklen Treppen hinunterzufallen, und so schlang ich die Hände um seinen Hals und drückte mein Gesicht an seines und zitterte im stillen in der Erwartung, was da noch kommen mochte.

Er stieg nämlich am Ende des Ganges eine steile braune Treppe empor, deren uraltes Holz bei jedem

Schritt knisterte und krachte. Sie führte auf einen Speicher – einen langen düsteren Raum, dessen Decke aus den Sparren des Vordachs bestand. Es war sehr dunkel darin, aber er schritt so sicher aus, als könnte er im Finstern sehen (vielleicht konnte er es tatsächlich), und ohne ein einziges Mal zu stolpern, gelangten wir ans andere Ende. Dort waren mehrere tiefe runde Fenster in die Mauer eingelassen, die aber nicht ins Freie führten, sondern in einen schwach erleuchteten Raum.

Er setzte mich auf dem Boden ab, und dann wies er auf das Fensterloch und legte zugleich den Zeigefinger auf die Lippen. Ich schob mich vorsichtig hin und sah, was ich im Grunde schon erwartet hatte: Ich stand hinter einem der Fensterchen in der Kuppel des Gartenzimmers und blickte durch die kleine Öffnung in den Raum hinunter. Die Lampe brannte darin, und die Milchschüssel stand auf dem Tisch – anscheinend war es jede Nacht hier so Brauch –, aber niemand war zu sehen.

Ich wandte mich mit einem fragenden Blick Herrn Marnion zu, der aber nur seine warnende Geste, stillzuschweigen, wiederholte und selbst aufmerksam hinunterspähte. Seine Hand lag auf meiner Schulter, und die mageren Finger bewegten sich hin und her. Wahrscheinlich gab er nur einer inneren Unruhe Ausdruck damit, aber es fühlte sich wie ein Streicheln an.

Dann wurde sein Griff plötzlich hart, und als ich erschrocken aufblickte, wies er auf die Pforte und bedeutete mir noch einmal eindringlich, nur ja still zu sein.

Späte hungrige Gäste

Da hörte ich draußen auch schon das vertraute Jagen und Antreiben. Das grüne Türchen flog krachend gegen die Wand, und herein trat der Kinderhirt. Wie zuvor bei dem Wasserbecken mit dem Sphinx blieb er auch hier argwöhnisch stehen, hielt seine Kinderherde hinter sich, damit keines in Gefahr geriet, und spähte und witterte in dem schwach erleuchteten Raum umher. Ich bekam Angst, daß er uns sehen könnte, so scharf war sein Blick und so sorgsam schweifte dieser nach allen Richtungen, aber nachdem er sich lange umgesehen hatte, war er es plötzlich zufrieden und gab den Weg frei, und die ganze Kinderschar wirbelte in den Raum, als hätte sie ein Sturm hereingeweht. Das letzte schlug das Türchen hinter sich zu.

Sie mußten furchtbar hungrig sein, denn sie stürzten sich alle zugleich auf die Milchschüssel; die größeren sprangen und kletterten auf den Tisch, wobei sie ihre langen Hemdchen hochrafften, und die kleineren zogen sich an den Kanten hoch und schrien mit dünnen Stimmchen. Der Hirte hatte alle Hände voll zu tun, Ordnung in das gierige Rudel zu bringen. Er fegte sie mit beiden Händen vom Tisch weg und rief immer wieder sein leises, heiseres »Schsch!«, bis sie nach langem Schieben und Stoßen einigermaßen im Gänsemarsch angestellt standen. Dann schöpfte er mit dem großen Löffel und hielt ihn dem ersten in der Reihe hin.

Das Kindchen faßte den Löffel mit beiden Händen und schlabberte leise, als es daraus trank. Dann kam das nächste dran, und wieder das nächste … eine lange

Reihe, und immer wieder schöpfte der Hirte die warme süße Milch, reichte den Löffel, schob die zurück, die sich vordrängten, und jagte mit der Rute die fort, die schon gehabt hatten und sich eine zweite Portion zu erschleichen versuchten. Die Kleinsten hob er auf und setzte sie auf den Tischrand zum Trinken und hob sie hernach wieder hinunter.

Ich wunderte mich. Es war viel Milch in der großen Schüssel gewesen, aber die unheimlichen Kinder waren so zahlreich, daß ich mich dennoch fragte, wie es gereicht haben mochte. Der Löffel war immer noch halb voll, als der Hirte schließlich als letzter das trank, was die Kinder übriggelassen hatten.

Dann setzte er sich auf den einzelnen lederbezogenen Sessel, und die Kleinen umringten ihn von allen Seiten und drängelten sich an ihn und fingen an, ihm schönzutun; sie rieben sich an seinen Schultern und faßten ihm mit ihren weichen Händchen ins Haar und legten die mageren Arme um seinen Hals und schmiegten ihre grauen Gesichter an seines. Es sah aus, als hätten sie ihn lieb, aber ihre Augen krochen wie gelbe Wespen in den dunklen Höhlen herum, und sie zischten und winselten, daß es mir eiskalt über den Rücken rann. Eine Weile ließ er sich ihre Berührungen gefallen, aber dann wurde sein verhärmtes Gesicht plötzlich noch bleicher als zuvor, und er fuhr auf, als hätte ihn ein Skorpion gestochen.

»Weg da! Weg da!« keuchte er, außer sich vor Grauen und Abscheu. »Ich will euch nicht – ich kann euch nicht mehr sehen …« Er hob die Hand mit der Rute, als wollte er auf sie einschlagen, dann ließ er sie jählings fallen und vergrub das verstörte Gesicht in den Fingern der Linken.

Die Kleinen kümmerten sich nicht darum. Sie waren winselnd auseinandergefahren, als er ausgeholt hatte, aber im Augenblick darauf waren sie wieder da und preßten sich von allen Seiten an ihn, zwei und drei hintereinander. Diesmal stieß er sie nicht fort, sondern saß gebeugt da, die Ellbogen auf den Knien und das Gesicht in den Händen verborgen, und kümmerte sich nicht mehr um die rastlosen Fingerchen, die wie Maden seinen Nacken entlangkrochen und sich wie Würmer durch sein Haar wühlten.

Herr Marnion legte mir die Hand auf die Schulter. Im nächsten Augenblick hob er mich auf und trug mich wieder durch den dunklen Speicher zurück.

»Genug gesehen«, sagte er leise.

»Du hast eiskalte Füße.« Mit dieser Bemerkung wurde ich (nach einem langen Rückweg über mondbeschienene Gänge und finstere Treppen) wieder in das große Bett gepackt, und Herr Marnion schlüpfte auf der anderen Seite hinein und lehnte sich gegen das geschnitzte Betthaupt, während er seine Füße – die auch eiskalt waren – unter die Decken schob. Ich war ganz froh, daß er ein Mann blieb – es war irgendwie vertrauter (obwohl ich gern gesehen hätte, wie er sich in einen Raben verwandelte).

Nach einer Weile sagte er: »Du weißt natürlich, wer er ist.«

Ich wollte schon antworten: »Nein, woher sollte ich das wissen?«, besann mich aber noch rechtzeitig auf die Regeln und sagte: »Ich glaube … er ist der Schloßherr aus Onkel Abelards Buch, und die Kinder …« Ich konnte nicht weitersprechen, so grausig war die Erinnerung. Wie ein Vogel, den man losläßt, flog mein Blick zu dem Mauerwinkel hinüber – das schreckliche Türchen, der schmale schräge Raum dahinter, die Beinhausluft, die beim Öffnen entwichen war … Jetzt erkannte ich, daß sich an ebendieser Stelle das vergipste und nicht tapezierte Mauerstück befand, das mit den großen Tränen bemalt war.

»Die Kinder«, setzte Herr Marnion fort, wo ich mich

unterbrochen hatte, »die sind der Brei mit Zimt und Honig, den er unbedingt haben wollte … der süße Brei und die Küsse auf die Wangen. Jetzt hat er sie, und jetzt schmecken sie ihm nicht mehr, aber es gibt nichts anderes zu essen, und er bekommt Küsse, ob er will oder nicht.«

»Ich wollte sie auch nicht mehr«, sagte ich. »Ich meine, als ich – als Merle – als ich Angst bekam. Da waren sie wie eisige Schneebälle, die einem jemand ins Gesicht wirft. – Hat er die Tränen auf die Mauer gemalt?«

»Ja. Als er keine eigenen Tränen mehr hatte, die er weinen konnte, als seine Augen trocken wurden und sein Herz leer, da malte er die Tränen an die Wand.«

Ich seufzte. Ich dachte an das traurige, verhärmte Gesicht des Hirten und die fahlen Gesichter der kleinen Unholde, die sich wie Kätzchen fauchend an ihn krallten.

»Der Teufel nimmt nichts zurück, weißt du«, sagte Herr Marnion. »Was er einem gibt, muß man für immer behalten. Merk dir das.«

»Kann er denn niemals erlöst werden?« fragte ich.

»O doch«, antwortete mein Erzieher. »So gut wie alle anderen Menschen.«

»Aber er weiß wohl nicht, wie er's machen muß?«

»Freilich weiß er es. Als er verurteilt wurde, wurde ihm gleichzeitig auch gesagt, wie er Gnade finden könnte.«

»Aber …«, rief ich und konnte dann kaum weitersprechen.

Herr Marnion beantwortete die Frage, die ich nicht gestellt hatte. »Weil er immer noch den Brei haben will, der ihm nicht schmeckt, und die Küsse, vor denen ihn schaudert. Die Pforten der Hölle sind von innen verschlossen, merk dir das, Kätzchen.«

Ich fand, daß er manchmal sehr seltsame Dinge sagte.

»Und merk dir noch eines«, fuhr er fort. »Wer ihn anfaßt, bleibt an ihm hängen, ebenso wie an seinem Kindergesindel. Du darfst nie mit ihm sprechen!«

»Gewiß nicht, Exzellenz«, sagte ich und war erleichtert, daß ich ihm nichts von meiner ersten Begegnung mit der Herde erzählt hatte.

»Nie – mit – ihm – sprechen!« wiederholte Herr Marnion mit großem Nachdruck. »Und jetzt wollen wir schlafen gehen, solange es sich noch lohnt.«

Wovor es dich gruselt in der Nacht

Ich hatte aber noch etwas zu erledigen, bevor an Schlafengehen zu denken war. »Ich muß nur noch schnell … schnell unters Bett schauen«, sagte ich.

»Ach ja? Und warum?«

Es war schrecklich, wie schnell und selbstverständlich mir Lügen einfielen, sobald ich etwas gefragt wurde. Ich mußte mich richtiggehend zwingen, die Wahrheit zu sagen. Nur der Gedanke, daß der Rabe vermutlich alles wußte, half mir dabei. »Wegen der … Totenköpfchen. Ich möchte mich nur vergewissern, daß keine mehr … Sie wissen schon.« Und dann, als mir die heftige Abneigung meines Erziehers gegen Albernheiten einfiel, fügte ich schüchtern hinzu: »Ich hoffe, das ist nicht albern.«

Er gab keine Antwort darauf, sondern kletterte auf seiner Seite aus dem Bett und nahm die Kerze mit. »Dann wollen wir einmal nachsehen.«

Er kroch auf der einen Seite unters Bett und ich auf der anderen. Das geschnitzte und geflochtene Bettgestell war so hoch, daß wir sehr bequem darunterkriechen konnten. Die herabhängenden Decken schlossen sich hinter uns wie Zeltvorhänge. Ich paßte ganz drunter, aber Herr Marnion mußte zur Hälfte draußen bleiben, weil er so groß war.

Die Kerze beleuchtete den Raum unter dem Bett. Staub lag da – weißer flauschiger Staub wie Löwenzahnsamen. Er flog auf, als ich hineinblies. Und es waren auch zwei weiße Totenköpfchen und eine ganze Anzahl kleiner Knochen da.

Die Totenköpfe standen auf ihren Kinnladen und lächelten uns hohläugig an, als wir da auf dem Bauch lagen und sie anstarrten.

Beide waren schneeweiß gewaschen und gebleicht und trugen zierlich gemalte Blumenkränze auf Stirn und Schläfen. Es waren die Köpfe von kleinen Kindern, und obwohl ich sie gar nicht gekannt hatte, war ich sicher, daß es Bruder und Schwester gewesen waren.

»Nun?« fragte mein Erzieher und nieste, weil ihn der Staub kitzelte. »Jetzt hast du Antwort auf deine Frage.«

»Ja«, sagte ich, sah die beiden traurigen Köpfchen an und schluckte.

»Und was willst du nun tun?« wurde ich gefragt.

»Vielleicht … gar nichts«, sagte ich. Ich wußte nicht mehr, was ich eigentlich vorgehabt hatte zu tun, falls Frederic recht behalten sollte, aber jetzt erschien es mir herzlos, die armen kleinen Dinger von ihrem ruhigen, dunklen Ort wegzuholen. »Sie tun ja niemand etwas. Sie sind sicher harmlos.«

»Wie du meinst«, sagte Herr Marnion und schob sich langsam rückwärts unter dem Bett hinaus, wobei er die Kerze mit sich zog, so daß die Schatten immer länger und der Lichtschein immer kürzer wurden. Ich tat dasselbe auf meiner Seite, aber bevor ich mit dem Kopf unter den langen Bettdecken hervorkam, sagte ich noch rasch: »Gute Nacht, Köpfchen.«

»Stört es dich, wenn ich ein Mann bleibe?« fragte Herr Marnion, während er die Kerze zum Mund hob, um sie auszublasen. »Dieses ewige Hin und Her ist ziemlich strapaziös, und ich bin noch etwas geschwächt.«

»Wie Sie wünschen, Exzellenz«, antwortete ich und setzte höflich hinzu: »Es wäre mir angenehm, wenn Sie ein Mann blieben.«

»Ist recht«, sagte er, blies sorgsam die Kerze aus, stellte sie neben das Bett auf den Boden und streckte sich dann mit viel Gekrache und Deckengeraschel auf seiner Seite aus.

Im Dunkeln fiel es mir leichter, ihn etwas zu fragen. »Herr Marnion ... sind Sie vielleicht ein Engel?«

»Was? Wie?« fragte er scharf. Dann lachte er – dieses trockene raschelnde Lachen, das sich wie Winterwind in den Bäumen anhörte. »Nein, gewiß nicht. Übrigens auch kein Teufel. Ich bin ... Ach, ich würde sagen, am besten, du bildest dir selbst ein Urteil, was ich bin, ohne auf andere Meinungen zu hören.«

Nachdem Herr Marnion mich so streng ermahnt hatte, ihn unter keinen Umständen anzufassen, wagte ich natürlich nicht zu kuscheln (was ich sehr gern getan hätte). Statt dessen versuchte ich, ihn noch ein bißchen wachzuhalten.

»Darf ich Sie noch schnell etwas fragen?«

»Meinetwegen.«

Ich wußte nicht recht, wie ich die Frage formulieren sollte. »Ist es sehr dumm, Angst zu haben?« fragte ich schließlich.

»Das kommt wohl darauf an, wovor«, antwortete er.

Das wußte ich natürlich. Ich wollte etwas anderes erfahren. »Angenommen«, sagte ich, »nur einmal angenommen, jemand hätte Vogelfüße und lange schwarze Flügel, wäre das ein ausreichender Grund, sich vor ihm zu fürchten?«

Ich hörte das leise Geräusch, das er machte, als er sein Haar putzte. »Mhm«, sagte er dann. »Das allein wohl nicht. Man müßte Näheres über die Person wissen, um eine Entscheidung zu treffen. – Ist es jemand, den du kennst?«

»Nein.«

»Oder dessen Bekanntschaft du gern machen würdest?«

Darauf wußte ich nun nicht sofort eine Antwort zu geben. Zwar war es mir durch den Kopf gegangen, daß der Nachtwandler eine sehr ausgefallene Persönlichkeit sein mußte – ich hätte ihn gern gefragt, warum er seine schwarzen Kleider im See wusch und warum er mit der Kugel warf –, aber natürlich fürchtete ich mich auch vor ihm.

»Da bin ich mir noch nicht so sicher«, antwortete ich vorsichtig.

»Mhm«, machte er. »Nun, wenn du den Betreffenden nicht kennst und vielleicht auch gar nicht kennenlernen möchtest, warum fragst du dann nach ihm?«

Im Dunkeln war es viel leichter, miteinander zu reden, fand ich. Ich lag so bequem in meinen Kissen, von den beiden hölzernen Tieren am Fuß des Bettes bewacht, hatte die Decken gemütlich um mich gezogen und fühlte mich rundherum wohl. (Ich hätte mich noch viel wohler gefühlt, hätte ich mich, wie sonst üblich, abends gewaschen – aber ich hatte seine Großzügigkeit ausnützen wollen.)

Ich sagte: »Es ist eigentlich nur wegen Frederic Flitzchen ... dem Pagen. Weil er ein so widerlicher kleiner Klugscheißer ist.«

Herr Marnion sagte nichts davon, daß ich keine häßlichen Wörter gebrauchen sollte. Er fragte: »Wie äußert sich das?«

Ich gab ihm unser Gespräch wieder. Er hörte aufmerksam zu – das merkte ich daran, wie still er lag – und sagte lange, nachdem ich geendet hatte: »Wir könnten die Sache ja theoretisch durchdenken ... Versuche dir vorzustellen, ich finge mitten in der Nacht an, meine Kleider zu waschen. Würdest du dich gestört fühlen? Ich meine, gruselig gestört?«

»Ich glaube nicht.«

»Und falls ich dabei lange Flügel bekäme?«

»Ich glaube ... auch nicht.«

»Und Vogelfüße?«

»Die hatten Sie ja heute schon«, sagte ich und begann

zu kichern. Hauptsächlich deshalb, weil ich mich in dieser Nacht schon so viel gefürchtet hatte und jetzt unbedingt lachen mußte.

Herr Marnion rief: »Albernes Kind!« und schlug mit dem Deckenzipfel nach mir, wobei er mich ziemlich fest erwischte. Ich mußte aber weiterlachen, wie es häufig ist, wenn man müde und wirklich erschöpft ist. Sooft ich aufhören wollte (und ich bemühte mich wirklich), fielen mir die Vogelfüße ein, und ich mußte von neuem so laut lachen, daß ich förmlich im Bett hüpfte. Eine Weile hörte er mir zu, dann sagte er: »Ach, steck die Nase in die Kissen und schlaf ein ...«, und damit drehte er sich weg und schlief selbst ein, während ich mich in den Schlaf lachte.

Dreimal Frühstück

Ich erwachte sehr früh am Morgen, als Herr Marnion noch schlief. Er hatte sich so tief unter all den bunten Decken vergraben, daß der einzige Beweis für seine Anwesenheit eine lange tintenschwarze Haarsträhne auf dem Kissen war. Mir kam es gerade recht, daß er noch schlief, denn kurz vor dem Einschlafen war mir etwas eingefallen.

Ich lief lautlos in die Halle hinunter. Durch die großen Glasscheiben der Fenster sah ich wie durch Kirchenfenster blaßgoldenes Licht dringen, noch nicht das Sonnenlicht selbst, sondern seinen Widerschein am östlichen Himmel. Die Tür des Gartenzimmers stand bereits offen, und drinnen herrschte die übliche Unordnung, der lange Tisch war vollgespritzt mit Milchflecken, wo die Kleinen ihre wilde Mahlzeit gehabt hatten, der Löffel lag auf dem Boden – und als ich in die Tür trat und hineinspähte, sah ich noch etwas auf dem Boden liegen: ein langes graues Bändchen, wie einige der Kinder sie an ihren Häubchen getragen hatten. Einen Moment lang erwog ich, es aufzuheben, aber dann graute mir doch zu sehr davor. Ich mußte an die Legenden denken, nach denen die Toten alles zurückhaben wollen, was man ihnen nimmt, und wenn ich mir vorstellte, daß eines dieser grausigen, grauen Kinder nachts an mein Bett getapst käme und sein Haubenband zurückverlangte … Ich trat rasch von der Tür zurück.

Zur Küche gelangte man über eine düstere schwarze Treppe, die in mehreren eckigen Windungen in die Gewölbe des Souterrains führte. Es war so kühl dort unten wie in einer Milchkammer, der Herd war kalt, und kein Mensch war zu sehen. Ich mußte eine Weile in den zahlreichen halbdunklen Räumen herumkramen, bis ich in einem Geschirrschrank fand, was ich suchte – eine porzellanene Terrine, kobaltblau mit goldenen Blumen, mit einem Deckel und einer dazugehörigen Untertasse. Die nahm ich mit, als ich durch das Hintertürchen in den Garten trat.

Die Büsche und der lange wilde Rasen waren naß vom Tau und noch sehr kühl von der Nacht, und ich brauchte nur ein paar Schritte weit zu gehen, um alles zu finden, was ich brauchte. Als die Sonne ihren obersten Rand wie einen goldenen Sichelmond über den Horizont schob, lief ich schon wieder die Treppen hinauf.

Herr Marnion schlief noch, aber ich merkte ihm an, daß er bald aufwachen würde. Sein langer, hagerer Körper war voller Bewegung: Er schüttelte Schultern und Arme, wie Vögel ihre Flügel zurecht schütteln, und die Zehen an seinen nackten Füßen (die unten aus den Decken guckten) spreizten und krümmten sich, als wollte er etwas damit greifen. Dann nieste er und schlug die Augen auf.

»Guten Morgen, Exzellenz«, sagte ich rasch, damit der Tag einen guten Anfang hatte.

Er gähnte fürchterlich hinter den gefalteten Händen. »Guten Morgen, Mädchen«, sagte er dann. »Guten Morgen, Zimmer.«

Durch das Zimmer ging es wie ein Hauch, wie Wind, der aus einem blühenden Rosengarten hereinweht.

»Ich habe Ihnen etwas gebracht«, sagte ich eilig, weil ich es nicht mehr erwarten konnte, ihn zu überraschen. Als er mich neugierig ansah, lief ich um das Bett herum und stellte die Terrine vor ihn auf die gewebten und gestickten Decken. »Ich dachte, Sie würden gern im Bett frühstücken.«

»Warum?« fragte er.

»Vornehme Leute frühstücken immer im Bett.«

»Ach ja«, sagte er rasch. »So ist es.«

Er hob mit spitzen Fingern den Deckel ab.

Ich fühlte, wie ein Schauer des Vergnügens mich durchrann, als seine dunklen Augen erfreut aufleuchteten. »Wie aufmerksam von dir«, sagte er. »Ich schätze Aufmerksamkeiten.« Dann fischte er eine lange Nacktschnecke aus der Terrine – eine orange-braun gestreifte –, hielt sie ins Licht und sagte: »Diese Sorte solltest du nicht mehr nehmen, sie haben einen etwas bitteren Beigeschmack … es gibt zwar Raben, die sie gerade deswegen schätzen, aber ich bin eigentlich kein Gourmet. Ich bin mehr fürs Einfache. Diese hier.« Er zeigte mir eine von den braunen. Das fette Gewürm krümmte sich zwischen seinen langen Fingernägeln. »Sie sind nahrhaft und wohlschmeckend, und sie werden einem eigentlich nie zuwider.«

Ich hatte das Gefühl, daß meine Augen groß und rund wie Untertassen waren, als ich da stand und ihn anstarrte und mich fragte, was mit mir passieren würde, wenn er die Schnecken vor meinen Augen fraß. Wahrscheinlich würde ich steif werden und umfallen. Er ließ es aber nicht so weit kommen. Er sagte: »Ich werde im Bett frühstücken, und du gehst inzwischen hinunter ins Spiegelzimmer. Die Höflichkeit erfordert, daß du mit deinem Onkel frühstückst. Wir treffen uns um neun Uhr am Haupteingang zu einer kleinen Besichtigung und einem anschließenden Spaziergang.«

Onkel Abelard kam ins Spiegelzimmer, kaum daß ich mich zum Frühstück gesetzt hatte. Er trug wieder sein schönes auberginefarbenes Gewand und sah so dunkel und freundlich aus wie am Vortag. »Guten Morgen, liebe Merle«, sagte er. (Seine Stimme war so tief, daß sie einen melodisch brummenden Nachhall hatte, wie eine Maultrommel.) »Hattest du eine angenehme Nacht?«

»Ja, danke«, sagte ich, entschlossen, sehr höflich zu meinem Onkel zu sein. »Ganz reizend. Aber ein bißchen aufregend.«

»Angenehm aufregend?«

»Im großen und ganzen, ja. – Übrigens ... es liegen zwei Totenköpfchen unterm Bett.«

Er sah auf. »Ich ... werde sie wegschaffen lassen.«

»Nein, nein«, widersprach ich hastig. »Sie sind ... völlig harmlos ... von sehr kleinen Kindern. Ich wollte ganz im Gegenteil sagen – man sollte sie beim Saubermachen schonend behandeln. Nicht abrupt mit dem Besen unters Bett fahren oder dergleichen.«

»Dafür soll gesorgt werden.«

Wir tranken, nachdem wir uns vorerst nichts weiter zu sagen hatten, in einvernehmlichem Schweigen unser Frühstücksgetränk. Ich hatte an dem Tag eine Malzmilch und mein Onkel eine Kanne mit so dunkelbraunem Tee, daß er mehr wie lichter Kaffee aussah. »Siehst du ...«, bemerkte Onkel Abelard schließlich mit leichtem Zögern, »ich nehme zwar an, daß du ein wohlerzogenes und vernünftiges Kind bist, also faß es nicht als Vorwurf auf, wenn ich dir etwas einschärfe ... aber ich möchte dich noch einmal darauf hinweisen, daß Herr Marnion nicht irgend jemand ist. Ich würde natürlich darauf bestehen, daß du selbst einem ganz gewöhnlichen Erzieher mit Respekt und Rücksichtnahme begegnest, aber ihm ... nun, ihm solltest du mit doppeltem Respekt begegnen. Du selbst profitierst am meisten davon.«

»Ja, Onkel Abelard«, sagte ich und nahm mir noch einen Orangenkeks.

»Bist du denn bisher gut mit ihm ausgekommen?«

»Ja.«

Mein Onkel betrachtete mich eingehend. »Hat er dir eigentlich nichts davon gesagt, daß man sich am Morgen wäscht? Du kommst mir eher ungewaschen vor.«

»Er sagte: ›Du kannst dich waschen oder auch nicht, auf solche Dinge lege ich keinen Wert.‹ Und er selbst hat sich nur ganz wenig naß gemacht und gleich wieder abgetrocknet.«

»Tja.« Onkel Abelard wirkte sehr nachdenklich, als er seinen dunkelbraunen Tee trank. Schließlich sagte er: »Er ist in dieser Hinsicht etwas eigen, das muß man schon zugeben … Es wäre natürlich zu erwägen, daß du dich aus eigenem Antrieb wäschst. Das wäre auf jeden Fall ein Zeichen von Reife und Selbständigkeit, statt daß du hier herumläufst wie die Spinnenprinzessin.«

»Wie wer?« fragte ich.

»Ach …« Onkel Abelard lächelte. »Ich mußte an ein Märchen denken … es war irgendeine Geschichte von einem kleinen Mädchen, das sich so lange nicht wusch, bis ihm die Spinnen Netze in den Haaren webten und ihm ein Rübchen auf der Nase wuchs, so schmutzig war es. Ich wäre bestürzt, dich mit einem Rübchen auf der Nase hier sitzen zu sehen.«

Wir lachten beide. Dann bemerkte er hastig: »Aber versuche diskret darüber hinwegzusehen, wenn Herr Marnion etwas … eigen ist. Du mußt ihn dennoch wertschätzen. – Was ist denn für heute an Unterricht vorgesehen?«

»Eine kleine Besichtigung und anschließend ein Spaziergang«, zitierte ich.

Er sah zufrieden aus. »Ich bin überzeugt, du wirst den Tag genießen – und um einiges klüger schlafengehen, als du aufgestanden bist. Laß dir in der Küche unten einige belegte Brote für deinen Spaziergang einpacken. Und jetzt mußt du mich entschuldigen, ich muß mich um meine Geschäfte kümmern.«

Zum zweitenmal an diesem Morgen lief ich in die Küche hinunter, in der es jetzt schon ganz anders zuging als bei meinem ersten Besuch. Im Herd knackte ein

Feuerchen, auf den schwarzen Platten oben sangen verschiedene Wasserkessel, es roch nach Kaffee und Schokolade und Tee und frisch gebackenen Sandkeksen und Schinken mit Ei. Dieser Geruch kam aus einer Pfanne, die in einem kleinen dunklen Nebenzimmer auf dem Tisch stand. Hinter der Pfanne saß der Profos, und während er frühstückte, erzählte er einem unsichtbaren Zuhörer eine Geschichte, die mich sehr interessierte.

»Es war ein haarsträubender Auftrag«, sagte er. »Zehn Tage zu Pferd … gut, daran bin ich gewöhnt, das war noch das mindeste. Aber schlepp du einmal ein Vermögen in blankem Gold durch die wildeste und wüsteste Gegend, nichts als Raubritter und Werwölfe auf allen Burgen, an denen du vorbeikommst, und Herbergswirte, die dich in der Nacht mit dem Betthimmel ersticken oder durch eine Falltür in den Keller befördern wollen, und überall Wegelagerer und Strauchritter … Und ich muß dir ehrlich sagen, als sie da mit ihm aus dem Nebel auftauchten, wurde mir ganz flau im Magen. Er war natürlich in einem katastrophalen Zustand, mehr tot als lebendig, aber wenn du bedenkst, wer er einmal war … und die Gabe verliert sich ja nicht. Zauberer bleibt Zauberer.«

»Verstehe«, sagte der Zuhörer.

Der Profos brach energisch große Stücke von einem frischen Brötchen ab und tunkte damit das Knusprige vom Speck aus der Pfanne. »Und«, fuhr er fort, »bei mir lag schließlich die volle Verantwortung, du weißt, was das bedeutet. All das Gold, das der Herr für ihn bezahlt hatte! Ich sage dir, ich habe noch nie im Leben soviel Gold auf einmal gesehen. Und dann warf ich einen Blick auf das arme Gerippe und war überzeugt, wir würden ihn am Wegrand einscharren müssen, bevor die Sonne das nächstemal unterging. Er konnte kaum noch laufen, so wund und erschöpft war er, und sie schleiften ihn förmlich zwischen zwei Pferden vorwärts. Sie hatten ihm nicht mal zu essen oder zu trinken gegeben, er war halb verhungert und verdurstet. Während all die Formalitäten erledigt wurden, sah ich zu ihm hinüber, und da kauerte er auf der Erde und versuchte aus einer halb zugefrorenen Pfütze zu trinken. Ich frage dich – ist das etwa ein solides Geschäftsgebaren, einen Gefangenen in einem Zustand abzuliefern, in dem er aus Eiswasserpfützen trinkt?«

»Skandalös«, bestätigte der Zuhörer.

»Ich gab ihm eins mit dem Peitschengriff auf die Finger«, fuhr der Erzähler fort. »Man muß ihnen von allem Anfang an Respekt abverlangen … aber dann ließ ich ihm natürlich ein Glas heißes Wasser mit Brandy reichen. Nichts bringt einen besser auf die Beine als heißes Wasser mit Brandy. – Ist noch Kaffee da?« Nachdem er seinen Kaffee getrunken hatte, fuhr er fort: »Die erste Untersuchung war niederschmetternd … es ist mir unbegreiflich, daß er überhaupt am Leben blieb, bei dem Zustand, in dem er sich befand. Man muß schon sagen, er ist hart gestraft worden für den einen Fehltritt.«

»Vier Jahre, heißt's, war er im Kerker – für eine einzige Nacht mit ihr«, fügte der Zuhörer schaudernd hinzu.

»Tja, da siehst du, was das für Leute sind, all diese großen Magier und Meister«, sagte der Profos. »Da schwatzen sie Tag und Nacht von Erleuchtung und Aufstieg in höhere Sphären, und dann lassen sie ein armes Aas vier Jahre lang im Kerker verrotten, bloß weil er sich einmal verguckt hat. Na – jedenfalls war keine Rede davon, daß man ihn auf eigenen Beinen laufen lassen konnte, er wäre nach ein paar Schritten liegengeblieben. Ich war froh, daß wir ein Pferd für ihn dabeihatten.«

Er machte eine nachdenkliche Pause, dann fuhr er fort: »Weißt du … wie ich dir gesagt habe, Zauberer bleibt Zauberer. Du kannst es dir vielleicht nicht vorstellen, aber er saß auf diesem Pferd wie ein Fürst. Seine nackten Füße waren schwarz vor Blut und Dreck, sein Haar war völlig verfilzt, und das schwarze Hemd, das er trug, starrte vor Schmutz, als wär es mit Pech getränkt ... aber er ritt wie ein Fürst, den Kopf hoch erhoben, den Blick geradeaus, und drei Tage lang sagte er weder bitte noch danke noch sonst ein Wort. Erst zuletzt ... als wir schon fast hier angekommen waren ... da sagte er plötzlich etwas zu mir ... so plötzlich, daß ich richtiggehend zusammenfuhr. Er sagte: ›Sie sind ein barmherziger Mann.‹«

Als stimmte ihn die Erinnerung an diesen Dank verlegen, beeilte er sich zu erklären: »Ich hatte ihm ein paar kleine Vergünstigungen zukommen lassen – ein heißes Bad, als wir durch einen Ort kamen, in dem es wenigstens ein Badehaus gab, und ein frisches Hemd, bei dem Lumpen guckten ja die Rippen heraus, und ... na ja, ein paar Extrabissen zwischendurch, damit er bei Kräften blieb. Sollte ich ihn vielleicht tot und kalt hier abliefern?«

»Nicht bei dem irren Geld, das der Herr für ihn ausgegeben hat«, stimmte der Zuhörer zu.

»Eben. Also ... was sollte ich ihm darauf sagen? Ich sagte einfach: ›Ich bin der Knecht eines barmherzigen Herrn.‹ Er sah zu mir auf – er saß auf einem Schütt Stroh in meinem Zimmer in der Herberge und wärmte sich seine langen mageren Klauen am Feuer – und sagte: ›Das wird schon nicht unbelohnt bleiben, Profos.‹ Ich antwortete ihm ziemlich grob, ich wäre nicht auf Dank von seinesgleichen angewiesen. – Versteh mich recht ... er ist ja wohl keiner von denen, aber ganz werd' ich das kalte Gefühl nie los.«

»Hast du keine Angst gehabt, daß er sich plötzlich in einen Raben verwandelt und dir davonfliegt?« fragte der Zuhörer.

»Nein«, sagte der Profos. »Da gibt's einen simplen

Trick, wie man sie dran hindern kann, sich zu verwandeln. Du nimmst einfach …«

Zu meinem Ärger erfuhr ich nicht, wie der Trick funktionierte, denn ausgerechnet da kam ein Küchenmädchen vorbei und fragte, was ich wollte. Sie machte mir ein Picknickkörbchen – ein weißes Weidenkörbchen mit Weißbrot darin und kaltem Huhn und frischen Erbsen und einem Gläschen mit scharfer Sauce und einer heißen Folienkartoffel. Für nachher waren zwei kleine Kuchen darin: Mohn mit Johannisbeermarmelade und Biskuit mit Aprikosen. Ich bat sie, auch ein Picknick für Herrn Marnion zu richten – ich konnte doch nicht gut mein Huhn essen, während er ohne Essen danebensaß. Sie ging hinaus und kam mit einem kleinen irdenen Topf zurück, über den oben ein Stück Küchenpergament gespannt und der rundum zugebunden war. Auf dem Pergament stand:

»NUR für Herrn Marnion.«

Ich nahm Topf und Körbchen und lief die Stufen hinauf in die Halle, denn mittlerweile war es auf allen Uhren im Haus neun geworden, und ich wußte, daß mein Erzieher schon auf mich wartete.

Das Fresko in der Kuppel

»Wir beginnen mit der Besichtigung des Gartenzimmers ... vor allem der Deckengemälde«, sagte Herr Marnion.

Das Zimmer war jetzt aufgeräumt, der Tisch abgewischt, der Ledersessel stand wieder da, wo er hingehörte. Durch die Medaillonfenster fiel auf einer Seite das Sonnenlicht herein und beleuchtete die bemalte Decke.

Bislang hatte ich mich noch gar nicht darum gekümmert, was auf den Fresken in der Kuppel des Gartenzimmers eigentlich zu sehen war. Jetzt erkannte ich voll Staunen, daß sich dort oben die Illustrationen aus Onkel Abelards Buch wiederfand: all die goldenen Blumen und weißen Knöchelchen und purpurnen Flammen. Es sah sehr schrecklich und doch auch wunderschön aus, und das Sonderbarste daran war, daß die Bilder sich veränderten wie die Figuren in einem Kaleidoskop, als Herr Marnion mich langsam im Kreis durch das Zimmer führte. Wenn ich mich umwandte, sahen sie oft ganz anders aus als zuvor, und wenn ich die Bilder erreichte, die vor mir lagen, hatten sie sich gewandelt und eine andere Gestalt angenommen.

Bei den meisten Bildern wußte ich, warum sie schrecklich waren. Aber es gab auch andere, bei denen man sich selber ausdenken konnte, warum sie schrecklich waren: Da war eins, das eine ärmliche Stube im Sonnenschein zeigte, und keinen Menschen darin, nur ein umgestürztes Stühlchen, und auf dem Boden lag ein einzelner Kinderpantoffel.

Es waren hier auch Dinge gemalt, die ich nicht in dem Buch gesehen hatte – wie die beiden blumenbekränzten Totenköpfchen unter dem Bett. Auf dem Fresko hielten zwei Kinder sie in Händen, zwei schöne blasse Kinder, ein Junge und ein Mädchen, beide so schneeweiß und kupfergoldenhaarig, daß sie in ihren roten und blauen Kleidern wie junge Elfen aussahen. Sie standen steif und still, und jedes hielt in seinen zur Schale gewölbten Händen einen weißen Totenkopf.

Ich spürte, wie mir die Tränen aufstiegen, als ich diese beiden lieben Kinder sah. »Er war ein böser, herzloser Mann«, sagte ich zu Herrn Marnion. »Und wenn er nachher noch so viel geweint hat, er hätte es verdient, daß ihm das Herz herausgeschnitten und die Augen ausgestochen würden.«

Mein Erzieher blieb stehen und wies in die Mitte der Kuppel hinauf. Dort war ein Ring von Flammen gemalt, so grell und gelb und rot, daß ich meinte, sie prasseln zu hören, und mitten darin stand mit betend erhobenen Händen und geschlossenen Augen ein Mann im langen weißen Totenhemd.

»Zufrieden?« fragte Herr Marnion.

»Nun ja«, sagte ich etwas betroffen. Die Flammen sahen grausam aus, und im flirrenden, tanzenden Sonnenlicht in der Kuppel kam es mir vor, als loderten sie immer höher und heißer um den Körper herum, den nur sein Hemd schützte, und das würden sie wie Papier gefressen haben, sobald sie es erfaßten.

Dann fiel mir etwas Sonderbares auf. Das furchtbare Bild mit den Feuerflammen war nicht das höchste in der Kuppel. Darüber war ein großer leerer Raum, als sei der Maler abberufen worden, bevor er sein Gemälde beendet hatte. Nackt und weiß starrte der rohe Verputz zwischen all den farbigen, glühenden Bildern hervor.

»Es ist nicht fertig«, sagte ich.

Herr Marnion nickte. »Es ist auch noch nicht zu Ende

mit ihm … man wird erst sehen, wie es endet. Aber Merle, ich warne dich noch einmal, sprich nicht mit ihm! Wenn du das Unglück hast, ihm zu begegnen, dann schweig und geh, und er kann dir nichts anhaben, aber sprich ein Wort mit ihm, und du bist in seiner Gewalt.«

»Was würde er denn mit mir machen?« fragte ich, obwohl ich mir zumindest einen Teil davon denken konnte.

»Dinge, die du zweifellos nicht als erfreulich empfinden würdest«, antwortete er leise. »Aber nun genug davon … es ist nicht ratsam, allzulang bei einem Sujet zu verweilen. Ernstes und Heiteres müssen miteinander abwechseln, damit keine Langeweile entsteht. Wir machen unseren Spaziergang.«

Ein Nachmittag im Park

Nach einem langen Spaziergang durch den Park des Wächterhauses fanden wir eine Stelle, wo sich der moosdurchwachsene wilde Rasen weich und sonnenwarm entlang einer grauen baufälligen Mauer erstreckte, die mit roter Waldrebe dicht überwachsen war. Von den vielen Sandsteinfiguren, die einmal in einer langen Reihe vor der Mauer gestanden hatten, waren nur Füße und Hufe auf ihren Sockeln übriggeblieben. An die sonnendurchwärmten Sockel konnte man sich bequem anlehnen, und so machten wir es uns behaglich, streckten die Beine aus und aßen unser Picknick. Ich bot Herrn Marnion an, mit ihm zu teilen, was in meinem Körbchen war, aber er wollte nur vom Huhn, der Rest schmeckte ihm nicht.

Er aß recht seltsam: Er faßte die weißen Hühnerstückchen mit den Zähnen, dann warf er rasch den Kopf hin und her, als müßte er es totschütteln (obwohl es längst tot und gekocht und gebraten war), dann erst kaute er es. Beinahe hätte ich gelacht, aber noch rechtzeitig fiel mir ein, wie Onkel Abelard mich ermahnt und was der Profos seinem Zuhörer erzählt hatte, und so schluckte ich das Lachen hinunter.

Als er zu Ende gegessen hatte, putzte er sich alle Nägel mit einem Hölzchen, leckte sie ab und polierte sie.

»Warum machen Sie das?« fragte ich.

Er nahm einen Finger aus dem Mund und blickte mich an. »Es ist eine Frage der Kultur und der guten Erziehung«, antwortete er.

Ich betrachtete meine eigenen Fingernägel. Sie waren weiß und kurz. Ich leckte probeweise daran. Sie schmeckten nach gar nichts.

»Du lutschst ja dran«, wies mich mein Erzieher zurecht. »Sieh her. So macht man es.«

Ich beobachtete ihn sorgfältig, und dann saßen wir nebeneinander im Gras, inmitten all der roten und orangen und dottergelben kleinen Blumen, und putzten uns fein säuberlich die Klauen. Ich machte es so gut, daß Herr Marnion sagte: »Du wärst eine ganz ordentliche kleine Räbin.«

Ich wollte ihm etwas Nettes tun, zum Zeichen, daß ich ihn liebgewonnen hatte, und so fragte ich ihn, ob er gern in den Haaren gekrault werden wollte.

»Wozu?« fragte er.

»Weil es angenehm ist«, erwiderte ich. »Haben Sie es noch nie versucht?«

»Ich kämme sie von Zeit zu Zeit«, sagte er. »Ich finde allerdings nichts Besonderes daran.«

»Das ist auch längst nicht so vergnüglich. Es muß unbedingt jemand anderer machen, damit es angenehm ist.«

Er sah mich so zweifelnd an, daß ich hinzufügte: »Das böse Tier mochte es auch gern.«

»Ach, da wäre ich also in bester Gesellschaft!« Er sah mich aus schrägen Augen an. »Sehr interessant, daß du meinst, was ihm Spaß macht, müßte mir auch Spaß machen … Allerdings … was gewisse … äh … einfältige Vergnügungen angeht, war er durchaus ein Connaisseur. Nun, es kann nicht schaden, es auszuprobieren. Man sollte immer offen für Neues sein. Mach also einen Versuch. Wenn es mir aber mißfällt, hörst du augenblicklich auf damit, das sage ich dir gleich.«

Ich verkniff mir die Antwort. Wenn es etwas gab, das ich wirklich fabelhaft konnte, dann war es Haarekraulen, und ich wollte mich nicht entmutigen lassen von seinen mürrischen Reden. Ich trat hinter ihn. Er saß, die langen Beine gekreuzt wie ein Türke, im Rasen und beschäftigte sich müßig damit, in die schwarzseidenen Bänder an seinem Hemd Knoten zu knüpfen. Erst machte ich meine Hände gelenkig, indem ich sie warmrieb und die Finger zur Faust machte und wieder spreizte; währendessen überlegte ich, wie ich es bei ihm anfangen sollte.

Haarekraulen ist eine sehr individuelle Angelegenheit, und jeder hat seine eigenen Vorlieben dabei – das böse Tier beispielsweise hatte es am liebsten mit beiden Händen hinter den Ohren gehabt, und mit den Fingerspitzen ganz hinten, wo der Nacken ein Grübchen hat. Herr Marnion hatte noch keine Erfahrung, also fing ich ganz traditionell damit an, daß ich vom Genick her alle zehn Finger langsam unter sein Haar schob und sie rhythmisch hin- und herbewegte, an den Ohren vorbei zu den Schläfen hinauf und bis an die Stirn und dann wieder ganz gemächlich zurück. Sein Haar war schwer und fühlte sich an, als sei es naß, obwohl es ganz trocken war. Ich kratzte eine Runde zum Aufwärmen und fing dann an, die langen Flechten über die Finger zu ziehen, wie man Flachs über einen Kamm zieht, aber sehr vorsichtig, denn sie waren ziemlich verfilzt und voller Haarnadeln, und ein einziges Rupfen kann alles verderben. Es gelang mir recht gut; er schimpfte kein einziges Mal, und er verlangte auch nicht, daß ich aufhörte. Als alle Strähnen durchgekämmt waren, zog ich sie hinten zusammen, so daß sie über seinen Rücken herabhingen.

Jetzt machte ich mich an die Ohren – das ist der heikelste, aber auch der wichtigste Teil der gesamten Prozedur; wenn man einmal die Ohren richtig im Griff hat, ist alles andere ein Kinderspiel. Hier muß man sehr zart vorgehen, nur mit den Fingerspitzen, ohne jede Grobheit, also rieb ich ganz sanft und dann mit steigendem

Druck, immer kreisförmig hinter den Ohrmuscheln hoch, dann kurz auf und ab. Ich merkte, daß es Herrn Marnion gefiel, obwohl er sich natürlich längst nicht so wüst und ungebärdig anstellte wie das böse Tier mit seinem Schnauben und Stöhnen.

Dann setzte ich die Nägel ein und zog links und rechts je fünf Ackerfurchen durch sein Haar, bis hinunter zum Genick – dort schließt man die Prozedur mit einem kurzen Druck der Daumen ab – und kratzte ihn ganz ordentlich, damit etwas Schwung in die Sache kam.

»Wozu, sagtest du, ist das gut?« fragte Herr Marnion, als ich mit einigen beruhigenden Strichen über den ganzen Kopf mein Werk beendete.

»Es ist angenehm.« Und weil ich ihn schon gut genug kannte, um zu ahnen, daß das kein ausreichendes Argument für ihn war, setzte ich hinzu: »Außerdem werden die Haare voller und gesünder davon, und es verbessert die Konzentrationsfähigkeit.«

»Ach ja«, meinte er.

Ich bemerkte, daß er immer noch anders atmete als zuvor.

Als wir schließlich gemächlich weiterspazierten, zwischen den lichten Bäumen und hellen Statuen des Parks dahin, die doch zuweilen so tot und traurig aussahen – da begann ich mir meine Gedanken über Herrn Marnion zu machen, gute und schlechte. Die guten Gedanken waren, daß er wirklich sehr klug und ein guter Lehrer war und viel kinderfreundlicher als andere Erwachsene. Außerdem war ich gewaltig stolz auf ihn, seitdem ich die Geschichte des Profoses mit angehört hatte: Es erforderte doch etwas, so mit hoch erhobenem Kopf dahinzureiten, wenn man blutige Füße und nur ein schmutziges Hemd am Leib hatte und eben noch vor Durst fast gestorben war. Es bewegte mich so sehr, daß ich das Anrührverbot vergaß und seine schmale Hand faßte und drückte.

Er sah auf mich herunter. »Woran denkst du denn?«

»Ach, nichts«, sagte ich.

»Es ist sehr schwierig, an überhaupt nichts zu denken«, sagte er. »Merle, ich gewinne den Eindruck, daß du zuweilen lügst.«

Ich gab keine Antwort, und er drang nicht weiter in mich. Seltsamerweise war ich meinerseits gerade zu den schlechten Gedanken, die ich über ihn hegte, gekommen und insbesondere zu der Erkenntnis, daß er – wie die meisten Erwachsenen – auch nicht ganz wahrhaftig war. Es war nicht leicht zu entdecken gewesen, aber ich wußte, daß er am Morgen ein bißchen gelogen hatte. Nicht wirklich mit Worten, aber er hatte so getan, als wüßte er etwas, das er gar nicht wußte. Er hatte nämlich nicht gewußt, daß vornehme Leute im Bett frühstücken. Ich hatte es ihm gesagt. Und doch hatte er so getan, als wüßte er es längst.

Und gestern abend hatte er auch gelogen, als er gesagt hatte, er wollte nie angefaßt werden. Er wollte schon. Aber er war wie die Leute, die »Nein danke, wirklich nicht!« sagen, wenn sie doch noch ein Stück Kuchen wollen.

Ich sah ein, daß ich Verständnis für seine Schwächen haben mußte und mit List an ihn herankommen würde. Also sagte ich nichts davon, daß es mir sehr recht gewesen wäre, wieder von ihm auf den Armen getragen zu werden. Ich fing einfach ein wenig zu hinken an.

Nach einer Weile bemerkte er es. »Du bist ja gar nicht gut zu Fuß«, sagte er.

»Üblicherweise schon, aber mir tun die Schuhe weh.«

»Zieh sie aus.«

»Mir tun auch die Füße weh.«

»Mhm«, machte er. Dann sagte er: »Ein Glück, daß du leicht wie ein Strohwisch bist; mir graut bei dem Gedanken, ein dickes Kind durch die Gegend zu schleppen. – Hoppauf.« Er hielt mir die verschränkten Hände hin, so daß ich auf ihn aufsteigen konnte wie auf ein Pferd – ein hohes, klappriges Pferd –, und setzte mich auf seine Schultern. Er zog mir die Schuhe aus und steckte sie in die Tasche, und dann schritt er weiter und hielt meine Knöchel mit den Händen fest, damit ich nicht herunterfiel.

Mir war nicht ganz geheuer, so hoch in der Luft, und seine knochigen Schultern waren, als säße man oben auf einem Galgen, aber es gefiel mir, wie der Wind sein Haar nach hinten wehte wie eine Tiermähne. Es wehte rund um mich und umkleidete mich, wie die arme Königstochter im Märchen von ihrem Haar umkleidet wurde, als sie keinen Fetzen Gewand mehr besaß.

Nachdem wir eine Weile unter den Bäumen unterwegs gewesen waren, sagte Herr Marnion: »Hat man dir eigentlich schon erzählt, wie dein Onkel Abelard in den Besitz dieses Tales kam?«

»Nein.«

»Mhm«, machte er. »Nun, dann hör zu, und merk dir, was ich sage, es kann später sehr lehrreich für dich sein. – Wie du wahrscheinlich weißt, ist es der König, der die Besitztümer verteilt; das heißt, er beruft Statthalter, die er da und dort einsetzt … nicht unbedingt immer dort, wo sie gerade sein möchten, aber das ist seit langem bekannt und läßt sich nicht ändern. Dein Onkel Abelard wurde hierher berufen, als man diese Gegend noch das Schwarze Tal nannte, und ich glaube, es gibt keine Gegend in der Welt, die diesen Namen mit mehr Berechtigung getragen hätte. Es war der ödeste, wüsteste Landstrich, den man sich denken kann, und es war durch und durch vom ärgsten Gesindel bevölkert – wie die Spinnen hinter einem alten Kasten hockten sie dicht an dicht einer am andern, nichts als Hexenmeister, Werwölfe, Wüstlinge, Raubritter und Leuteschinder, und hatten ihre Netze kreuz und quer über das Land gewoben, so daß keine ehrliche Seele mehr gewagt hätte, da hindurchzuziehen.

Dein Onkel hatte natürlich gewußt, daß es schlimm war – das heißt, er hatte allerhand Gerüchte gehört –, aber wie schlimm es war, das ging ihm erst auf, als er hierherkam und anfangen mußte, das ganze Hexengesindel Schritt für Schritt zurückzutreiben. Natürlich setzten sie sich zur Wehr; schließlich waren sie alteingesessene Bewohner des Landes und hatten die besten Verbindungen, und hätte der König nicht Truppen geschickt, so hätte dein Onkel nicht so viel …« – er hielt Daumen und Zeigefinger knapp auseinander – »vom Schwarzen Tal erobert. Aber als das Land von ihm befreit wurde, begann es sich zu verändern. Wo die Truppen des Königs hinkamen, wurde das Land heil … wurde der Boden grün, und Bäume begannen zu wachsen und Quellen aus der Erde zu springen … nun, das alles hier entstand.« Er blieb stehen und streckte eine Hand ins Laubwerk eines Baumes, zwischen dessen tiefdunkelgrünen Blättern rote Früchte schimmerten. Eine pflückte er für sich selbst, die zweite für mich. Sie schmeckte recht angenehm, ungefähr so wie ein mehliger Apfel.

»Was wurde aus den Hexenmeistern und Werwölfen?«

»Oh – dies und das«, sagte er. »Einige wurden totgeschlagen und ihre Schlösser verbrannt, aber andere unterwarfen sich und blieben am Leben wie Herr Siebenschön …«

»Der alte weiße Wolf?«

»Ja. Du hättest ihn sehen sollen«, fuhr Herr Marnion fort, »wie er auf der Höhe seiner Macht aussah, schön wie ein Erzengel und schlecht wie die Sünde selbst … ob du es glaubst oder nicht, es war sein Diener, der ihn zur Vernunft brachte.«

Ich sah den blassen, traurigen Mann vor mir und fragte erstaunt: »Und wie?«

»Nun ... du mußt dir vorstellen, die Truppen des Königs lagerten rund um sein Schloß und hatten es bereits von aller Welt abgeschnitten. Es war nur noch eine Frage der Zeit, bis er aufgeben mußte – aber wie du deinen Onkel kennst, ist er ein Mann, der die Dinge gern gütlich regelt, wie es der König ja auch angeordnet hatte, und so schickte er einen Boten in das belagerte Schloß und ließ Herrn Siebenschön Gnade in Aussicht stellen: Wenn er nur allein und unbewaffnet herauskommen wollte, so sollte er sein Leben behalten. Nun, siehst du ... Herr Siebenschön war ein Mann, der kein Erbarmen mit anderen kannte und daher auch für sich selbst keines erwartete; er glaubte kein Wort von dem Angebot, sondern dachte, dein Onkel wollte ihn nur aus seiner Burg herauslocken, um ihn dann augenblicklich an den Schweif seines Pferdes zu binden und rund ums Lager zu Tode schleifen zu lassen. Er jagte den Boten fort. Dein Onkel schickte ihm die Botschaft ein zweites und zuletzt ein drittes Mal und stellte ihm ein Ultimatum bis zum nächsten Sonnenaufgang. Und dann geschah, was keiner mehr erwartet hatte: Einen Augenblick, bevor die Sonne aufging, öffnete sich ein Seitentor der Burg, und heraus kam Herr Siebenschön mit offenem Haar, barfuß und im Hemd, und warf sich vor deinem Onkel nieder. Sein Diener, der bei ihm war, tat dasselbe. Es war dieser Diener gewesen, der von der ersten Botschaft an Tag und Nacht auf ihn eingeredet und ihn gedrängt hatte, das Angebot anzunehmen, weil es ernst gemeint sei.«

Danach schritt er schweigend weiter, und ich fürchtete schon, die Geschichte sei zu Ende, also fragte ich: »Was wurde aus dem Schloßherrn? Sie wissen schon, welchem.«

Er nickte. »Das ist eine recht traurige Geschichte ...

ich sagte dir ja schon, zuletzt schien es ihn zu reuen, was er alles Böses getan hatte, und er weinte und klagte viel vor Gott, aber er war um nichts gescheiter als Herr Siebenschön, und er hatte keinen klugen Diener, der ihn zu Verstand gebracht hätte. Als die Truppen sein Schloß belagerten und der Bote zu ihm geschickt wurde, konnte er an nichts anderes denken, als daß sie nun kämen, um ihn ins Feuer zu werfen; er hörte gar nicht zu, was man ihm sagte, sondern jagte mich ... jagte den Boten mit einer Wut fort, daß er ihn um ein Haar ums Leben gebracht hätte, und danach war er gar nicht mehr ansprechbar. Wie von Sinnen vor Angst, irrte er vom Keller bis zum Dachboden durch seine Burg, die er nicht mehr verlassen konnte, schwatzte mit sich selbst und mit den armen Schädelchen und Knöchelchen, die er überall aufgehäuft hatte, schlug zu Bruch, was ihm in den Weg kam ... zuletzt riß er einen brennenden Ast aus dem Kamin und legte Feuer an die Möbel und Vorhänge, und henkte sich selbst am Lüsterhaken seines Zimmers, während alles um ihn herum in hellen Flammen stand. So bereitete er sich selbst den Tod, den er am meisten gefürchtet hatte – er verbrannte, und die Überreste der armen Kinder mit ihm.«

Im Bad

Wir waren kaum nach Hause gekommen, als der Profos an die Tür meines Zimmers klopfte und Herrn Marnion daran erinnerte, daß seine Wunden gebadet und versorgt werden müßten – was meinem Erzieher gar nicht recht war.

»Es wird schon von selbst heilen«, meinte er.

»Bedaure«, widersprach der Profos. »Ich habe eindeutige Anweisungen.« Etwas weniger formell setzte er hinzu: »Jetzt machen Sie mir nicht das Leben schwer, Herr Marnion, das bißchen Baden und Salben kann Ihnen doch nicht so zuwider sein. Sie kriegen noch Rotlauf oder Starrkrampf oder etwas ähnlich Abscheuliches, wenn Sie sich so vernachlässigen.«

»Es ist mir zuwider, von Apothekerhänden berührt zu werden«, sagte mein Erzieher. »Und darauf wird's doch herauslaufen, nicht? Ein Haufen wildfremder Leute, die mich von allen Seiten begaffen und anfassen. – Nein, tut mir leid. Es wird nicht gebadet.«

Ich fand die Gelegenheit günstig. »Bitte um Verzeihung, Exzellenz«, mischte ich mich ein. »Aber wären Ihnen meine Hände auch unangenehm?«

»Wie?« fragte er. »Du?«

»Ja«, drängte ich eifrig. »Ich mache es Ihnen gewiß recht … ich habe Erfahrung. Ich habe sogar schon einmal meine Katze gebadet.«

Die beiden Männer sahen einander an, und dann sagte Herr Marnion (der natürlich wußte, daß er dem Bad so oder so nicht entgehen würde): »Also meinetwegen – immer noch besser Kinderhände als sonst irgendwelche … Sie können schon einmal das Wasser heißmachen lassen. Aber die Salbe suche ich mir selbst aus – wer weiß, mit welchem Krötenfett Sie mir den Rücken einreiben wollten.«

Ich fand, daß er sich sehr umständlich anstellte wegen einer so belanglosen und doch recht angenehmen Sache wie einem Bad. Er sah sogar meine Fingernägel nach, ob sie nicht vielleicht so lang wären, daß ich ihn beim Waschen kratzte. Dann mußte ich ihn in die Apotheke begleiten, und dort kramte er endlos lange in den Schubladen herum, bis er etwas fand, das ihm für seinen wunden Rücken das Richtige schien.

Die Apotheke war ein fensterloser, tief gewölbter Raum, dessen Wände rundum mit Schränken voll kleiner Laden zugestellt waren. Das Holz dieser Schränke schimmerte fuchsrot und nußbraun und honiggelb, je nachdem, wo man gerade stand, und jede Lade hatte einen gedrechselten Knopf, der einen winzigen Löwenkopf darstellte. Es roch wunderlich nach herben Essenzen und stickig-süßlichen Kräutern wie Thymian und Salbei, nach schwarzen Lakritzen und schweren duftenden Ölen. Es war, als hätte der Geruch, den Herr Marnion an sich trug, sich plötzlich verhundertfacht und den Raum gesättigt.

»Ich hoffe«, sagte Herr Marnion, »du hast das nötige Fingerspitzengefühl.«

»Gewiß, Exzellenz.«

Wir standen im Bad. Es war schöner, als ich je eines gesehen hatte: ein warm beheizter Raum, gewölbt wie ein Kapellchen, aus nacktem glattem Marmor, rosa und purpurrot, der gewissermaßen das Ufer eines kleinen Beckens bildete. Aus der Wand sprangen zwei Fischhäupter vor, ein goldenes und ein silbernes, die warmes und kaltes Wasser in das Becken spien, wenn man den

Hahn darunter aufdrehte. Im Augenblick war es gerade knöcheltief gefüllt, mit heißem Wasser, das eine leichte milchig-blaue Färbung hatte und zartbitter roch.

Herr Marnion ließ seine Kutte fallen – sie rauschte wie ein schwarzer Wasserfall an ihm herab – und dann das lange Hemd, das er in der Nacht getragen hatte. Darunter trug er ein weißes Hemd ohne Ärmel, und das zog er nicht aus. »Ich denke nicht daran, hier nackt wie ein gerupftes Huhn herumzulaufen«, sagte er. »Ich weiß, es ist eine weit verbreitete Gewohnheit, aber es ist wahrhaftig nicht distinguiert.«

»Was heißt distinguiert?« fragte ich.

Zu meiner leisen Enttäuschung hieß es nichts anderes als »wohlerzogen, vornehm zurückhaltend«. Aber ich gehorchte ihm und ließ auch mein eigenes Hemdchen an.

Er stieg sehr bedächtig ins Wasser, auf eine Weise, die deutlich erkennen ließ, daß er Bädern mit sehr viel Mißtrauen und wenig Vergnügen begegnete. Unten schaufelte er das Wasser mit den Füßen hin und her, daß es milchige kleine Wellen schlug, dann drehte er den Warmwasserfisch auf und wusch sich die Hände und das Gesicht, und zuletzt nahm er eine nach der anderen seine langen Haarflechten und hielt sie gerade so lange in den Wasserstrahl, daß sie naß wurden.

Ich war überzeugt, er hätte das Bad damit als beendet betrachtet, wäre der Profos nicht gewesen.

Wie die Dinge lagen, setzte er sich auf das glatte rosa Marmorsims, das das Becken umgab, hielt die Füße ins Wasser und zog den Hemdsaum hoch, damit er nicht naß wurde, obwohl das Hemd oben schon klatschnaß war von seinem triefenden Haar.

»Soll ich Ihnen die Haare waschen?« fragte ich.

»Ich habe sie soeben gewaschen.«

Ich mußte eine ganze Weile reden und reden, bis er zuließ, daß ich sie ihm wusch, und auch dann durfte ich sie nur unten einschäumen, wo sie über den Rücken hingen, und mußte sofort ein Töpfchen Wasser nehmen und sie wieder abspülen.

Zuletzt schlug er sein nasses weißes Hemd bis zu den Hüften herunter, und ich durfte ihm vorsichtig den Rücken waschen und abtrocknen und die Salbe auf die häßlichen Verletzungen auftragen. Ich merkte, daß sie ihm weh taten; er sagte zwar nichts, aber seine Muskeln zogen sich scharf zusammen, als ich sie berührte, obwohl ich es besonders zart, mit den äußersten Fingerspitzen, getan hatte. Der Profos hatte einen Stapel weißer Tüchlein bereitlegen lassen; mit denen tupfte ich die Wunden trocken und gab etwas Salbe darauf und verteilte sie. Herr Marnion saß ganz still da, vornübergebeugt und mit dem Kopf zwischen den Händen. Er atmete genauso, wie er es beim Haarekämmen getan hatte. Zuletzt sagte er: »Nun, ich hatte doch recht; Kinderhände sind nur halb so gräßlich wie irgendwelche anderen Hände. – Warte draußen auf mich.« Das sagte er, weil er sein Hemd wechseln wollte und ich ihm nicht dabei zusehen sollte.

So trat ich hinaus auf den Gang und wartete. Dort gab es einen Spiegel, so groß wie eine ganze Wand und voll seltsamer milchiger und nebliger, gelblicher Flecken, als zögen Wolken im Glas hin und her. Ich sah mich darin in voller Lebensgröße gespiegelt, vom Scheitel bis zu meinen zierlichen Füßen. Meine Hände und Füße zählten zu den wenigen Dingen an mir, die ich wirklich gern mochte, weil sie so klein und wohlgeformt und zart und kräftig zugleich waren und so winzige helle Nägelchen hatten. In meinem nassen weißen Hemdchen hatte ich in dem gelblichen Glas eine ganz seltsame Farbe, wie eine Figur aus sehr altem Elfenbein, und das dunkel blutrote Halsband brannte um meine Kehle in einem Feuer, das mich erschreckte. Es schien das einzig Lebendige an mir zu sein. Einen Augenblick lang schauderte mir so sehr davor, daß ich mit beiden Händen nach der Schließe tastete und es abnehmen wollte, aber da spürte ich, wie es sich an meinen Hals schmiegte, kalt und glatt und schwer, und fühlte, wie sehr ich es vermissen würde … und meine Hände sanken wieder.

Bluthunger

Ich konnte kaum glauben, daß der Tag schon verstrichen und die Zeit gekommen war, wieder zu Bett zu gehen, aber als wir aus dem Bad kamen, brannten überall im Schloß die Lampen, und draußen war der Himmel kobaltblau und voller Sterne.

»Ich hoffe, der Tag war befriedigend für dich«, sagte Herr Marnion, während er vor dem großen Spiegel im Tränentropfenzimmer saß und sein halbtrockenes Haar kämmte. Er selbst sah sehr zufrieden aus, denn zuvor war der Profos dagewesen und hatte ihm – mit Onkel Abelards Komplimenten – neue Kleider gebracht: eine Soutane aus schwarzgrüner Seide, die wie Rabengefieder schillerte, graue Strümpfe und weiche Schuhe und einen schwarzen Mantel, auf dessen schwerem Samt eine grün-goldene Stickerei wie Moos wuchs und sich in goldenen Blumen verlor. Der Mantel war so schön, daß wir ihn auf dem Bett ausgebreitet und bewundert hatten. Das heißt: Ich bewunderte ihn. Herr Marnion tat sehr genügsam und gleichgültig, aber ich wußte, daß er innerlich beinahe zersprang vor Freude, besonders als er sagte: »Das sind meine Farben – Schwarz und Grün.« Die grün-goldenen Blumen auf dem Mantel waren Mistelzweige und Kleeblätter, und er sagte: »Das sind meine Blumen.«

Ich dachte, daß es sehr aufmerksam von Onkel Abelard war, Herrn Marnion einen Mantel in seinen eigenen Farben zu schenken und mit seinen eigenen Blumen. Natürlich war der Mantel zu kostbar, um an gewöhnlichen Tagen getragen zu werden; für die hatte er seinen

Umhang mit den rotäugigen Mäusen und Wieseln. Den prächtigen Mantel hängten wir in den Schrank in der Ecke des Zimmers, in dem es nach Lavendel und Muskatnüssen roch.

Diesmal hatte ich keine Angst mehr, als er die Kerze ausblies und ins Bett kam. Ich vertraute ihm.

»Gute Nacht, Exzellenz«, sagte ich höflich. Und dann fügte ich hinzu: »Ich danke Ihnen für den erfreulichen Tag.« Das war mir einfach so eingefallen.

Er hörte es gern. »Gute Nacht, Mädchen«, erwiderte er. »Und ... nun, ebenfalls danke.«

Wir drehten uns jeder auf eine Seite des Bettes und schliefen ein.

Es war mitten in der Nacht und stockfinster, als ich von einem Gerumpel geweckt wurde. Was es war, wußte ich nicht, es schien von draußen, vom Korridor zu kommen. Ich schlug die Augen auf – und merkte sofort, daß dasselbe passiert war wie schon einmal: Das Zimmer hatte sich irgendwie geteilt. Ich war da und doch nicht da. Nebliges, unbestimmtes Licht fiel durch das Balkonfenster.

Es dauerte nicht lange, bis ich bemerkte, daß dieselbe gespenstische Lumineszenz wie damals das ganze Zimmer zu durchdringen begann. Sie glomm als blasse, unwirkliche Nebelschicht auf den Bodenbrettern, so daß die Klauenfüße des Waschtischs darin versanken, und schimmerte wie Rauhreif auf den Rahmen der Fenster, auf deren Scheiben sie sich wie leuchtende Eisblumen zeigte. Sie funkelte in mikroskopisch kleinen, feuerglühenden Fünkchen um die Standuhr, deren schwerfälliges Ticken ich deutlich hörte. Es war sehr kalt geworden im Zimmer.

Das Gerumpel draußen ging weiter, bis es auch Herrn Marnion aufweckte. Er rappelte sich auf seinem Lager hoch, warf das lange Haar aus den Augen. Er horchte einen Moment, dann streckte er die Hand aus dem Bett, kramte im Dunkeln nach seinen Schuhen und schleuderte einen davon schwungvoll gegen die Tür. »Leg dich hin!« schrie er.

Damit erreichte er allerdings nur, daß das rumpelnde Etwas auf dem Korridor draußen jetzt wußte, daß er wach war. Es kam prompt hereingestolpert, halb angezogen, mit Haaren wie Seetang und totenbleichen Zügen. Es sah so wild und abscheulich aus, daß ich erst gar nicht wußte, ob es ein Mensch war oder ein in menschliche Kleider gestecktes Tier, denn einmal lief es auf zwei Beinen und einmal auf allen vieren. »Herr Marnion«, stammelte es, »Herr Marnion ... ich bin froh, daß du wach bist.«

Herr Marnion setzte sich in seinen Decken auf. »Die Freude wird dir gleich vergehen«, fauchte er. »Zum Henker, kannst du nicht schlafen wie andere Leute? Richtest du untertags nicht genug Unheil an, daß du noch in der Nacht herumpoltern mußt?« Er beugte sich aus dem Bett und suchte mit langen Spinnenfingern nach dem zweiten Schuh. »Raus!«

»Ich hab' geschlafen«, verteidigte sich der andere. »Ich hab' geträumt – so wüst geträumt ...« Er torkelte einen Schritt vor, fing sich gerade noch unten am reichgeschnitzten Bettpfosten. Ich hörte, wie die Tiere auf den Knäufen sich aufgestört regten. Das Kätzchen fauchte ihn an, und das Äffchen schnatterte mit den Zähnen.

Herr Marnion sprang zornig aus dem Bett. Dann bückte er sich über den halb Liegenden, halb Knienden. Zog ihn hoch. Schleifte ihn zum Waschtisch, duckte ihn über die Schüssel, warf ihm mit der hohlen Hand das kalte Wasser ins Gesicht. Schließlich stieß er ihn gegen die Wand und zündete die Kerze an. »So«, sagte er, während er das Licht hochhielt, »bist du jetzt wieder bei Sinnen?«

Das Wesen stand sehr still und steif und hielt das Gesicht ergeben hoch, daß er es betrachten konnte. Eine glitzernde Träne rollte über seine Wange.

»Darf ich Wasser trinken?« flehte es.

»Bedien dich.« Herr Marnion schlurfte mürrisch zum Bett zurück.

Ich hörte ein Plätschern und Schlabbern hinter mir, als trinke ein Tier, dann ein leises Schnauben. Als ich das Wesen anblickte, merkte ich, daß sein Haar ums Gesicht ganz naß war; es schöpfte nicht mit den Händen Wasser wie ein Mensch, sondern tauchte das Gesicht ein, wie ein Tier.

Es sah unheimlich aus, aber es tat mir doch leid, als ich sah, wie es sich auf dem nackten Dielenboden zusammenkauerte, wie es erbärmlich fröstelnd die Arme um die eigenen Schultern schlang und sein langes schwarzes Gewand über die bloßen Füße zu ziehen versuchte. Herr Marnion tat es offenbar auch leid, denn in einer Art mürrischen Mitleids sagte er: »Aufs Bett mit dir.«

Das Wesen sprang aufs Bett und lagerte sich schüchtern und bescheiden am Fußende zwischen den Fellen und schweren Gobelindecken.

»Was mußt du mich mitten in der Nacht aus dem Bett jagen?« knurrte der Schwarze.

Der andere schielte ihn demütig von unten an. »Ich hatte so schrecklichen Hunger«, klagte er.

Herr Marnion beugte sich vor, bis ihre Nasenspitzen beinahe zusammenstießen. »Hunger hatte mein Liebling. Ach nein!« Er zögerte einen Moment, dann schritt er zu der Wasserschüssel hinüber und schöpfte mit dem Becher. »Da, trink. Das muß fürs erste helfen. Ich hab' keinen Vorrat im Haus. Und glaub nicht, daß du mich aussaugen kannst.«

Das Wesen trank das Wasser und starrte ihn aus seinen halberloschenen Augen an. »Ein paar Tropfen nur, Herr Marnion. Ich bin ganz krank vor Hunger.«

»Fällt mir nicht ein.«

Das Wesen angelte mit einer entsetzlich skeletthaften Hand nach ihm. »Bitte … du siehst so gut aus, es kann dir doch nichts ausmachen. Du bist so kräftig. Du bist reich, du kannst jeden Tag essen, wenn du willst. Ein paar Tropfen … mehr nicht. Bevor ich hier vor Hunger sterbe.«

»Du wärst der erste, der hier stirbt«, brummte Herr Marnion. »Wenn man dich läßt, kannst du wahrscheinlich den Hals nicht vollkriegen, was?«

»Nur ein paar Tropfen«, wiederholte das Wesen heiser. Seine Augen begannen in schwefelgrünem Feuer zu glimmen. Es rückte vorsichtig näher an Herrn Marnion heran, mit offenem Mund atmend. »Du siehst so gut aus«, wisperte es gierig. »So satt … so stark …«

Herr Marnion setzte sich neben ihm auf den Bettrand. Ich beobachtete, wie die langen Krallen sich in seinem Gewand verhakten, als das Wesen an ihn heran kroch, sich an seine Seite schmiegte. Er wehrte das Scheusal nicht ab, als es sich dichter und dichter an ihn drückte. Er schloß einen Moment lang die Augen, von einem sichtbaren Zittern durchdrungen. Lippen tasteten an seiner Schulter entlang, küßten gierig die schwarze Seide seiner Kleider, wühlten sich in sein Haar. Ich sah, wie der kalte bleiche Körper neben ihm bei jedem Herzschlag bebte. Eine Hand kroch an seiner Brust herauf, hakte zitternd die Spange an seiner Kehle auf.

»Versuch dich zu beherrschen«, murmelte Herr Marnion, während er mit einer Hand sein langes schwarzes Haar zurückstrich und den entblößten Hals zur Seite bog.

Das Wesen fiel ihn an wie ein Tier. Seine Krallen gruben sich in die Kleider, als es sich auf ihn stürzte, ihn rücklings aufs Bett drängte. Lippen preßten sich saugend auf seinen Hals. Zähne schnappten messerscharf ins Fleisch. Herr Marnion lag still, mit geschlossenen

Augen. Ich bekam Angst um ihn, aber nach einer Weile sagte er barsch: »Runter jetzt. Den Rest brauch' ich selbst.«

Das Wesen ließ sich mit Worten allein nicht verjagen, es klammerte sich mit Zähnen und Krallen an ihm fest wie ein ausgehungerter Blutegel, und es brauchte einige Grobheit, bis es ihn von sich gelöst hatte und neben sich aufs Bett stieß. Dort blieb es rücklings liegen, die Augen halb geschlossen, die Lippen triefend von rotem Blut.

Herr Marnion stand auf. Er tupfte die Wunde am Hals, die sich bereits wieder zu schließen begann, mit einem reinen weißen Tuch trocken und schlug den Kragen darüber.

»Wasch dich wenigstens«, knurrte er die Gestalt auf dem Bett an. Dann merkte er wohl, daß er nicht gehört wurde. Das Wesen, bis über die Ohren voll mit warmem Blut, lag in dumpfer Zufriedenheit mit auf der Brust gefalteten Händen da und leckte sich mit der Zungenspitze die Lippen.

»Weg da!« Herr Marnion, der aus dem eiskalten Zimmer ins Bett zurückwollte, schlug mit einem Deckenzipfel nach ihm. »Ans Fußende, hab' ich gesagt.« Er kroch hinein, warf alle Decken über sich und wedelte mit der Hand darunter hervor. »Ganz runter ans Fußende, oder du gehst wieder – Platz!«

»Bitte, Herr Marnion«, murmelte das Scheusal kläglich. »Mir ist so schrecklich kalt.«

Ein unliebenswürdiges Murren war die Antwort, aber es bekam keinen zweiten Schlag, als es sich lautlos streckte – obwohl Herr Marnion genau gesehen hatte, was es tat. Den Bauch flach an die Decken gepreßt, auf die Unterarme und Ellbogen gestützt, glitt es so unauffällig wie möglich weiter. Kam in Kniehöhe des Schwarzen, der sich mit dem Rücken zu ihm in seine Decken gerollt hatte – kam in Hüfthöhe – kam in Schulterhöhe.

Den Atem anhaltend, schob es sich, ganz flach, seitlich an ihn heran. Nichts geschah.

Es ließ sich seitlich über die Schulter abrollen und geriet genau in die Grube in den Decken, die Herr Marnion für sich eingedrückt hatte.

Ohne sich umzuwenden, murmelte der Schwarze: »Wehe dir, du faßt mich an, ich hack' dir die Hand ab.«

Das Wesen kümmerte sich nicht um diese Drohung. Es drückte den Bauch an seinen Rücken und das Gesicht in sein Haar und machte kein Hehl mehr daraus, daß sein rhythmisches rauhes Atmen einen hohen Grad von Glückseligkeit verriet.

»Hör auf zu schnüffeln«, brummte Herr Marnion.

Das Wesen hörte ihn nicht mehr. Es schlief fest und tief, eine weiße Pfote auf seinem Arm, und schnaubte und zuckte im Schlaf wie ein Hund, der von der Jagd träumt.

In den Fängen des Bösen

Am Morgen war ich sehr erleichtert, daß von dem bluthungrigen Wesen keine Spur zu sehen war. Vielleicht war es weggegangen, bevor ich aufgewacht war, vielleicht war es auch nur ein Traum oder eine Vision gewesen.

Herr Marnion wachte bald nach mir auf, machte aber keine Anstalten, aufzustehen. »Ich frühstücke im Bett«, sagte er, als er meine Verwunderung bemerkte. »Alle vornehmen Leute tun das, wie du eines Tages feststellen wirst.«

»Soll ich Ihnen Schnecken holen?« bot ich an.

»Nein, danke«, sagte er. »Ich habe bereits bestellt.«

Was damit gemeint war, entdeckte ich etwas später, als es an der Tür klopfte und ein Mann hereinkam. Ich erkannte in ihm den Diener des alten weißen Wolfs. Er trug ein Tablett in der Hand, das er mit einer leisen Verbeugung vor Herrn Marnion auf der Bettdecke abstellte. »Zu Ihren Diensten, Exzellenz«, sagte er, als er sich mit einer weiteren Verbeugung zurückzog.

Ich lief dem Diener nach. »Guten Morgen«, sagte ich. »Wie geht es Ihrem Herrn?«

»Danke der Nachfrage«, antwortete er. »Etwas bissig, aber sonst zufriedenstellend. Aber sagen Sie, kleines Fräulein, wie lebt es sich denn mit Herrn Marnion? Man hört ja, er soll ein Vermögen gekostet haben …?«

»Kann schon sein«, erwiderte ich und tat, als sei es gar nichts Besonderes für mich, einen Erzieher zu haben, der ein Vermögen gekostet hatte. Dabei gab es mir jedesmal einen Stich, wenn jemand davon sprach. Es erinnerte mich immer wieder an eine bestimmte Nippfigur, die so teuer gewesen war, daß ich zuletzt Angst gehabt hatte, schon allein meine Gedanken könnten sie herunterwerfen und in Scherben zerspringen lassen. »Er ist ja auch hoch qualifiziert«, fügte ich hinzu. Ich war nicht ganz sicher, was das eigentlich bedeutete, aber ich hatte es einen von Onkel Abelards Freunden sagen gehört und wußte, daß es für Herrn Marnion sehr schmeichelhaft war.

»Natürlich, natürlich«, stimmte der Diener zu. (Ich hatte den Eindruck, daß auch er nicht ganz genau wußte, was mit »hoch qualifiziert« gemeint war.) »Ich dachte bloß … haben Sie da nicht mächtig Angst, wenn Sie so Tag und Nacht mit ihm zusammen sind?«

»Warum denn?« gab ich schnippisch zurück. »Schließlich frißt er keine kleinen Mädchen.«

Es war natürlich unhöflich, so etwas gerade zu Herrn Siebenschöns Diener zu sagen, und der Mann zog auch prompt die Augenbrauen zusammen und machte finstere Augen, als er sagte: »Das sicher nicht, aber verhext werden ist ja wohl auch nicht angenehm. Er ist vielleicht keiner von denen, aber Zauberer bleibt Zauberer, und falls Sie ihn mal richtig ärgern … na, dann möchte ich nicht in Ihrer Haut stecken. Einen guten Tag für heute, ich muß mich um meinen Herrn kümmern.«

Ich traf Onkel Abelard an diesem Morgen nicht im Spiegelzimmer an, und so trank ich allein meinen Kakao und ging danach ein bißchen im Garten spazieren, denn bis neun Uhr war noch viel Zeit. Ich schlug eine neue Richtung ein, um einmal auszukundschaften, wie es dort weiterging. Eine asphaltierte Straße führte, den Park in zwei Hälften teilend, hinter dem Hause nordwärts, und als ich eine Weile gegangen war, bog links ein enger, von alten Bäumen überschatteter Weg ab.

Ich trat ein paar Schritte vor und spähte in diese Allee

hinein. Sie führte, von wildem Gebüsch gesäumt, auf ein steinernes Mal zu, von dem ich bei der Entfernung nur die Form, nicht aber die Bestimmung erkennen konnte. Es mochte ein Kriegerdenkmal sein, eine Sonnenuhr oder einfach ein trigonometrisches Zeichen. Ich konnte nur einen hohen, schmalen Obelisken ausmachen, der auf einem würfelförmigen Steinblock aufgerichtet stand. Flache Stufen aus weißem Stein führten zu dem Würfel hinauf, auf dessen Vorderseite die Andeutung eines Halbreliefs erkennbar war.

Das Zeichen – anders und genauer konnte ich es nicht benennen – machte einen sonderbaren Eindruck auf mich, und zwar aus einem recht ungewöhnlichen Grund. Es stand frei inmitten eines Rondeaus aus hellblättrigen Bäumen, mitten im scharfen, intensiven Licht der Morgensonne, aber das Glänzen, das von ihm ausging, schien ein ganz anderes zu sein. Starke Scheinwerfer, deren Licht in tiefer Nacht in das Wasser eines schwarzgrünen Beckens fällt, mochten eine ähnliche Wirkung erzielen. Aber jetzt war Tag, und die Sonne schien.

Ich ging rund um das Zeichen herum, und als ich an die Rückseite kam, wo es schattig war, saß dort der Kinderhirt auf den Stufen und schnitzte sich mit seinem langen Messer eine neue Haselrute.

»Hallo, gutes Kind«, sagte er, mit einer Stimme so leise und heiser, als rauschte der Wind im Efeu. Seine schwefelgrünen Augen flammten gespenstisch in den dunklen Höhlen.

Ich war so erschrocken, daß mir eiskalt und übel wurde. Dann fiel mir ein, was Herr Marnion gesagt hatte: daß der Hirt mir nichts anhaben konnte, solange ich ihm keine Antwort gab. Das ermutigte mich.

Ich vergaß darüber, daß Herr Marnion gesagt hatte: »Schweig und geh!«

Ich blieb stehen und starrte den Mann an.

Wie er da saß, in seine zerschlissenen schwarzbraunen Kleider gehüllt, an denen überall die langen Bänder herabhingen, machte er einen recht friedlichen Eindruck. Er hatte ein Bein auf das Knie des anderen gelegt (auf die Art sah ich, daß seine weichen Stiefel Löcher in den Sohlen hatten) und machte nicht die geringsten Anstalten, aufzuspringen und mich zu fangen, sondern schnitzte ruhig an seiner Rute weiter, bis sie ganz glatt und gerade war und ein scharfes Pfeifen von sich gab, als er damit durch die Luft hieb.

»Nun«, sagte er zuletzt, nachdem ich ihn lange Zeit so aufmerksam betrachtet hatte, »sieht ganz so aus, als hätte dein Erzieher dich ein bißchen angeschwindelt, nicht wahr?«

Ich sah ihn stumm und fragend an.

»Ich meine«, fuhr er fort, »wir gucken uns jetzt schon gute zehn Minuten an, und ich habe dir bislang weder die Ohren abgebissen noch die Augen ausgekratzt. Obwohl ich feststellen muß, daß du ein sehr unfreundliches und unhöfliches Kind bist, dem eine Tracht Prügel nur gut täte. Ich würde liebend gern an dir ausprobieren, ob das Ding hier auch richtig beißt.«

Er peitschte mit der Haselrute durch die Luft, und ich mußte mich sehr zurückhalten, nicht den Mund aufzumachen und ihm zu sagen, daß er derjenige war, der hier Hiebe verdient hatte. Schließlich hatte er so viel Böses getan, daß es für eine Tracht Prügel an jedem Tag der nächsten hundert Jahre gereicht hätte.

Als ich wiederum schwieg, zuckte er die Achseln, stand auf und begann langsam davonzuschlendern – betont langsam. Über die Schulter sagte er: »Ich könnte dir ja etwas zeigen, aber …« Er drehte sich wieder um und kam mit so raschen Schritten zurück, daß ich mich erschrocken halb zur Flucht wandte, aber dann machte er sich klein, indem er sich vor mir auf ein Knie niederließ, und streckte die Hand nach mir aus. Seine schwarzbraunen Kleider bauschten und falteten sich um ihn herum, so daß es aussah, als hätte er seltsam geformte Flügel. Das schwache Sonnenlicht glitzerte auf den winzigen goldenen Binsen, die darin eingestickt waren. Er lächelte mich an. Es war ein richtiges Gespensterlächeln, so klamm und tückisch wie Novembernebel, und meine Hände und Füße fühlten sich plötzlich ganz kalt an.

»Ich sehe schon, du bist ein albernes Kind«, flüsterte er. »Aber bitte, das ist nur dein eigener Schaden, wenn du unbedingt stumm und dumm rumlaufen willst. Aber siehst du …« Er ließ sich im Gras bei den Blumen nieder und sah mich eine Weile ganz lieblich an. »Ich hab' nun einmal einen Narren gefressen an dir … Ich möchte dir gern eines meiner Geheimnisse zeigen.«

Ich schüttelte sehr entschieden den Kopf.

»Hast du Angst, kleines Schätzchen?« spottete er, wobei er einen Zeigefinger gegen mich ausstreckte und mit dem anderen darüber fegte. »Sieh an, da hat Frederic Flitzchen doch recht, daß du ein Angsthase bist. Der hat keine Angst vor mir. Deshalb kennt er auch all meine Geheimnisse.«

Ich schluckte das »Was soll das heißen?« gerade noch hinunter.

»Er kommt jeden Tag zu mir«, fuhr der Kinderhirt fort, »und ich erzähle ihm die wunderbarsten und aufregendsten Dinge … deshalb ist er natürlich auch weitaus klüger als du.«

Ich schwieg, obwohl ich innerlich beinahe vor Ärger barst. Daß er mir ins Gesicht lügen könnte, darauf kam ich gar nicht – obwohl ich schon damals durchaus wußte, daß Erwachsene, wenn es zu ihrem Vorteil ist, lügen können wie die Schlangen.

»Na schön«, sagte er, als er merkte, daß er so kein Wort aus mir herausbekam. »Gegen Dummheit ist nun einmal kein Kräutlein gewachsen … Aber hör mal, ich wüßte da einen Ausweg.«

Ich legte aufmerksam den Kopf schief.

Er preßte seine langen weißen Finger an die Schläfen und stellte sich, als dächte er angestrengt nach, dann sagte er: »Wie ich Herrn Marnion kenne, hat er dich gewarnt, mit mir zu sprechen, nicht wahr? Komm mit mir. Du kannst meinetwegen gern stumm bleiben. So habe ich keine Gewalt über dich, und du kannst trotzdem mein Geheimnis erfahren.« Er lächelte mich an, und es war immer noch ein Gespensterlächeln, kalt wie frischer Schnee, aber zugleich so süß, daß ich unwillkürlich zurücklächelte.

Es war nicht dumm, dachte ich, was er da gesagt hatte. Wenn ich nur eisern schwieg (und daß ich das zustande brachte, hatte ich ja hinreichend bewiesen), dann war er machtlos, und ich konnte mir sein Geheimnis ansehen und unbeschadet wieder gehen – und der hochmütige Frederic Flitzchen würde keine Gelegenheit haben, mich auszulachen. Das nagte am meisten an mir: daß der Page mit der roten Mütze alle Geheimnisse dieses mysteriösen Hauses kannte, während ich (wie hatte der Hirte es genannt? Stumm und dumm!) daneben stand und nicht mitreden konnte.

Das war schon immer so gewesen. Es machte mir nichts aus, wenn man mich ein böses kleines Mädchen nannte. Es machte mir nur ein wenig aus, wenn man mich ein häßliches kleines Mädchen nannte. Aber ein dummes kleines Mädchen genannt zu werden, das machte mir sehr viel aus; das fraß an mir wie die Steinpest an alten Gemäuern. Und als ich den Hirten so ansah, der vor mir im blumenübersäten Gras kniete und mir lächelnd die Hand entgegenhielt, veränderte sich die Welt um mich mit einemmal auf seltsame Weise – als ziehe eine Wolke über die Sonne –, und ohne es zu merken, hatte ich den Schritt bereits getan, der mich in seine Hände auslieferte.

Wie eigentümlich plötzlich alles war!

»Komm!« flüsterte er, so rauh und hastig, als hätte er auf einmal Angst bekommen. Er faßte hart meine Hand und zerrte mich hinter sich her.

Er führte mich in einen alten, völlig verwilderten und von Sauerampfer, Efeu und Huflattich überwucherten Hof, und dort durch ein Mauerpförtchen in die Gewölbe hinunter, die ich schon kannte. Als wir an den Sphinx-Teich kamen, blieb er auf den dunklen Stufen am Ufer stehen und wies mit einer Hand auf die düstere Flut, auf der das milchige Zwielicht dieser unterirdischen Räume wie Meeresleuchten glänzte. Seine Linke lag auf meiner Schulter, kalt und schwer, und ich fühlte, wie eine Art Lähmung davon ausging; mir wurde wunderlich kühl und leer im Kopf. Ich mußte mich an ihn lehnen und fühlte, wie er meine Wange mit den Fingern streichelte, zart und sanft. Das tat gut, aber es machte mich noch müder und schläfriger. Es war, als würde ich leise und behutsam in ein Spinnennetz eingewoben ... und so war es ja auch.

Als er die Hand über das Wasser ausstreckte, begann es durchsichtig zu werden: nicht für den Grund des Beckens, sondern für eine andere Welt, die irgendwo draußen, außerhalb lag. Einige Male sah ich am Horizont – sofern man von einem Horizont reden kann – dieser düsteren außerirdischen Welt große stachelige Gebilde vorbeiziehen, aus denen ich nicht klug wurde. Sie waren von kristalliner Form und glänzten und glitzerten, wenn sie in den Lichtnebel eines der grünlichen Sterne gerieten, so daß ich annahm, sie seien aus hellem Stein oder aus Metall. Ich glaubte so etwas wie Türme und Aufbauten, Stufen und Spitzen an ihnen zu erkennen, die fast den Eindruck dichtgedrängter Gebäude erweckten. Der Gedanke kam mir, daß es Raumschiffe – oder eher: im All treibende Raum-Städte – sein mochten.

Dann verschwammen die Sterne und Städte. Sie vermischten sich, und aus der Wassertiefe kamen in pulsierenden Stößen, als würden sie von einem Seebeben emporgeschleudert, die unglaublichsten Kreaturen. Die meisten waren nichts weiter als tintige, gallertige Monstrositäten von primitiver Form, Quallenwesen, die eklig, aber harmlos auf mich wirkten; ich fand sie sogar erheiternd, wie sie in schwabbligen Schwärmen im Wasser tanzten wie Mücken in der Luft. Es gab sie in widerwärtiger Hülle und Fülle. Sie hatten keine wirklich konstante Gestalt, ich sah, daß sie einander überlappten, daß sie zähflüssig wie heller Schleim und in der Lage waren, einander zu durchdringen und danach unversehrt in ihre eigene Form zurückzukehren. Diese Quallen hielten niemals still, sondern schienen ständig mit irgendeiner mysteriösen Absicht umherzufließen, fast als suchten sie etwas – vielleicht einen Ausweg aus dem Wasser – oder jemanden.

Der Hirte packte mich plötzlich mit einem groben Griff an der Schulter, so daß ich aufsah. Er bedeutete mir schweigend: Komm!

Als wir die feuchten Stufen hinaufstiegen, sah ich etwas, das mir erst vollkommen unbegreiflich war: Durch den Spalt der steinernen Außentüre drang fahlblaues Licht. Meinem Zeitgefühl nach mußte es jedoch etwa neun Uhr morgens sein. Ich trat hinaus, und wirklich: Der Garten lag in einer hellen blassen Dämmerung vor uns, einem Licht, wie man es häufig nach schwerem Regen sieht. Aber es war kein Morgenlicht, das ihn erhellte, sondern die letzten Strahlen der untergehenden Sonne.

Ich schwieg über dieses Phänomen; aber der Hirte spürte, was ich dachte; er sagte: »Da drüben ist die Zeit anders. Wenn die beiden Orte zusammenstoßen, verfließen sie.« Er zeigte mir, was er meinte, als wir an einem Rinnsal vorbeikamen. Er legte einen Stein ins Wasser und ließ mich beobachten, wie das bis dahin ruhige Geplätscher plötzlich kleine Wellen schlug und strudelte und sich teilte. Dann fragte er plötzlich ganz leise, fast in mein Ohr: »Willst du noch einmal hinübersehen?«

Ich sagte: »Wie haben Sie das gemacht?« Ich wollte nicht darüber sprechen, was ich erlebt und gefühlt hatte. »Wie machen Sie es?« fragte ich noch einmal.

Und nun hatte ich mit ihm gesprochen.

In dem Augenblick, als ich es bemerkte, wurde mir siedendheiß, und ich wollte zusehen, daß ich wegkam, aber zu spät – der Hirte fuhr mit der Hand aus und packte mich am Kleid. »Hiergeblieben«, sagte er, so sanft und leise wie zuvor, aber mit einer Stimme, daß es mir durchs Herz schnitt wie ein Messer. Und dann, als ich ihn entsetzt anstarrte, begann er zu lachen, ein heulendes Lachen, und plötzlich stürzte er sich auf mich, die Arme weit ausgebreitet und zähnefletschend vor Hohn und innerer Wut.

Ich nutzte die Sekunde, als er mich losließ – ich rannte, so schnell ich konnte, und es gelang mir tatsächlich, einen Vorsprung zu gewinnen.

Ich wollte zum Schloß zurück... aber wo war das Schloß? Jenseits der Grenzen des Parks erhob sich ein Gebäude: ein Bauwerk von so titanischer Größe und so bizarrer Form, daß ich es nur an seinen vielen Fensteröffnungen als ein Haus erkannte. Die Fenster jedoch waren längst zu leeren Höhlen geworden, die Mauern nackt bis auf den Stein, aus dem sie erbaut waren, selbst der Mörtel in den Fugen war zu Staub zerfallen... Ich sah rund um mich das verwaschene Weiß der Landschaft und begriff, daß die Welt selbst sich erschreckend verändert hatte. Ich stand in der Knochenwüste, in die mein Traum mich schon einmal geführt hatte.

Mir wurde abwechselnd heiß und kalt. Meine Füße wurden bleischwer. Ich stand da und starrte, obwohl ich weitaus lieber fortgerannt wäre.

Wie furchtbar die Welt sich verändert hatte! Die sinkende Sonne zeigte sich nicht mehr als der gewohnte goldene Ball, sondern als eine zu dreifacher Größe geschwollene Riesenkugel von einer Farbe, die zwischen tiefer Bronze und unreinem Kupfer glomm und an manchen Stellen mit blutroten Streifen bebändert war, an anderen von schwarzen Strichen und Schlieren durchkreuzt. Ich konnte zusehen, wie das sterbende Licht immer weiter erlosch: Es dunkelte vor meinen Augen zu düsterer Bronze und wechselte dann in ein tiefes, finsteres Purpur mit einer häßlichen Beimischung von feurig glühendem Orange. Aus dem dunklen Land hinter mir drang gelegentlich ein leises Knacken und Bersten – es mußten Teile von Knochen sein, die da zersprangen und zerbröselten, denn alles andere war längst zu Staub zerfallen.

Ich spürte, wie ich angefaßt wurde, und dann lag ich auf dem Rücken in dem grausigen grauen Staub, und der Hirt kniete auf allen vieren über mir, daß seine Haare und Kleider und all die langen Bänder auf mich herabhingen, und fletschte mir triumphal die Zähne ins Gesicht. Ich bemerkte jetzt den Geruch, der von dem Mann ausging, einen ekelhaft dumpfen, kränklich-süßlichen Geruch, als hätte er sich kurz zuvor erbrochen; aber da war noch etwas – ein beißender Dunst wie von Räucherwerk und parfümierten Kerzen, und darunter etwas Schweres, Stickiges, den Atem Abdrückendes.

»Mein Schatz!« zischte er. »Lämmchen! Engelchen! Liebchen!«, und bei jedem Wort biß er mich irgendwo in meine Arme und Beine – noch nicht richtig fest, so daß es geblutet hätte, eher so, als wollte er sich selber Appetit machen. Er war ganz außer sich vor boshafter Freude; er knirschte mit den Zähnen und funkelte mit den Augen und stieß mich hart an, daß ich umher rollte, warf mich einmal auf den Bauch und dann wieder auf den Rücken (es tat weh auf dem schlackigen Grund)

und beschaute mich von allen Seiten, wie er es seinerzeit auf dem Eßtisch in dem Zimmer mit den Drachenkaminen getan hatte. Dabei riß er mich einmal an der Hand und einmal an einem Fuß, und während er das tat, rief er: »Das kleine Herz zuerst, das ist das Wichtigste ... Und das fürs Mittagessen heute und das fürs Abendessen morgen, und was wir nicht gleich fressen können, das pökeln wir ein. – Ei, was bist du doch für ein süßes, dummes, albernes Schätzchen!« Und er biß mich kräftig in den Schenkel, genau unterm Hinterteil, wo's am fettesten ist.

Es dauerte eine lange und schreckliche Zeit, bis er mich genug gebissen und angefaucht und betrachtet hatte, eine Zeit, in der ich nur noch wünschte, ich hätte auf Herrn Marnion gehört. Aber jetzt war es zu spät.

Wie ich ihn da so über mir knien sah, spürte ich deutlicher als je zuvor, daß er wie ein großes böses Tier war. Er roch auch so ... als wäre dieses Tier durch ein unbewohntes Schloß gestrichen, wie ein einsamer Wolf im Mondlicht, und hätte, auf verlassene Tische springend, von zerbrochenen Platten gefressen und aus umgestürzten Pokalen getrunken, und sich zuletzt in all den abgenagten Bratenknochen und den vertrockneten Brotrinden und den verblaßten Blumen ein Lager gerichtet und sich darin gewälzt, satt von Wein und Blut.

Zuletzt sprang er auf, schlug mir mit der Gerte über die Waden, daß ich dachte, eine Feuerzunge sei darüber gefahren, und rief: »Auf, auf, lieg da nicht faul herum!« Dann wandte er sich um und schrie über die finstere Wüste hinweg: »Husch! Husch, hierher!«, und das Kindergesindel kam von allen Seiten angerannt, wispernd und winselnd wie zuvor, und drängte sich an ihn. »Da seht mal, meine süßen Kleinen«, sagte er, mit der Gerte auf mich deutend. »Die Dummen sind noch nicht alle geworden ... Und jetzt vorwärts, husch, schsch!«

Durchs wüste Land

Den ganzen Tag (und der Tag hier war schrecklich lang) jagte er uns hin und her durch das trostlose Land, und wehe, eines von uns blieb zurück – dann schlug er blitzschnell zu und lachte, wenn das Kind, das den Hieb bekommen hatte, vor Schreck und Schmerz mit beiden Füßen zugleich aufsprang. Zuerst dachte ich natürlich, es machte ihm Spaß, aber als die Zeit verging und ich immer wieder Gelegenheit hatte, ihn zu beobachten, fiel mir etwas auf: Er war so müde, daß er sich wohl hundertmal lieber irgendwo in einen Winkel hingelegt und sich ausgeschlafen hätte, anstatt da herumzuhetzen, nur um uns zu prügeln. Er war weiß wie die Wand und seine Augen so hohl, daß sie wie schwarze Löcher aussahen, und seine Lider waren wie welkes, rotes Herbstlaub. Zuweilen blieb er irgendwo stehen und schloß die Augen, als schlafe er im Stehen ein, aber dann riß es ihn jedesmal, als hätte jemand ihn auf die Beine geschlagen, und er fuhr zusammen und starrte wild nach allen Seiten, und dann zischte er »Husch!« und schlug uns doppelt und dreifach so hart wie zuvor.

Ich versuchte, mit den anderen Kindern ins Gespräch zu kommen, aber ich merkte rasch, daß sie richtige Gespensterkinder waren, unzugänglich und unfreundlich, und daß ich keine Hilfe von ihnen zu erwarten hatte. Sooft ich sie anzureden versuchte, bleckten sie nur ihre spitzen Zähnchen und streckten ihre Eidechsenzungen heraus. Mir kam es bald so vor, als wollten sie im Grunde gar nichts an ihrer Situation ändern. Also taten sie mir auch nicht leid, wenn sie Hiebe bekamen.

Nicht allzu sehr jedenfalls.

Als wir weiterzogen, bemerkte ich allmählich, daß die Knochenwüste nicht so unterschiedslos war, wie ich anfangs gedacht hatte. Die immer diesige Luft wurde zuweilen neblig wie Novembernebel, der ferne Himmel dunkler, und oft war es windig. Auch das Licht wechselte, erst war es so hell wie an einem bewölkten Wintertag, dann wurde es dunkel, die Temperatur sank, und der Himmel nahm einen mysteriösen und beunruhigenden Glanz an, einen Streifen von hartem Türkis knapp über dem Horizont. Ich bemerkte, daß der Hirte dieses Phänomen mit sichtlicher Unruhe beobachtete. Sein Blick hing am Himmel, als er uns vorauseilte, und wandte sich nur ab, um in den riesigen Geröllhaufen an den Flanken der Berge nach einem Unterschlupf zu suchen.

Wir waren eben in ein breites, seichtes Tal zwischen zwei Bergketten eingetreten, als er uns plötzlich stehenbleiben hieß. Die Gespensterkinder drängelten sich sofort an ihn und krochen, so viele darunter nur Platz fanden, unter seinen langen Mantel. Ich blieb abseits stehen.

Er rief: »Hierher, dummes Kind!« und zerrte mich an den Kleidern an sich heran. »Oder willst du, daß sie dich holen?«

Wie zur Bestätigung seiner Worte kam ein langer, hohl hallender Ton aus den Hügeln herunter, der uns alle erschreckte. Der Hirte machte eine nervöse Bewegung, als wollte er noch etwas sagen, zögerte und schwieg dann. Ohne ein weiteres Wort eilte er uns voraus, den geröllbedeckten flachen Hang hinauf. Sein Mantel und sein Haar wehten waagrecht im Wind, wenn eine Bö durch das Tal brauste.

Er beeilte sich so sehr, daß ihm die Kinder kaum nachkamen, obwohl sie auf ihren leichten Füßchen mehr flogen als liefen. Mir taten die Seiten weh, als ich ihnen hinterher stolperte. Oben, wo die Geröllhalde in die hohe schwarze Klippe einer Felswand überging, blieb er stehen und blickte um sich. Eine Windbö blies ihm das schwarze Tuch vom Kopf und das lange Haar aus der Stirn. Sein Gesicht war verkrampft, als müßte er eine furchtbare Angst niederzwingen.

Es stürmte jetzt so heftig, daß es ihm den Mantel über den Kopf warf; er mußte ihn um die Arme wickeln, um nicht wie in einem Segel darin gefangen zu sein. Die Kinder wehte es hin und her wie blasse Binsen im Sturm, ihre Hemdchen und Hauben blähten sich, und ihr fahles Haar züngelte um die grauen Gesichter.

Ich blieb keuchend stehen und blickte mich um. Ein bleiern düsteres Zwielicht herrschte, in das der grüne Schein am Horizont sein gespenstisches Licht mischte. Bizarre Felsblöcke, einer so schwarz wie der andere, türmten sich rings um uns auf. Da überfiel mich eine jähe und völlig fremdartige Angst. Ich glaubte mich beobachtet – von etwas, das sich über mir befand, in sehr viel größerer Höhe, als sie irgendein Vogel erreichen kann. Es war fast, als beobachtete mich ein Stern. Was immer es war, es beobachtete mich in ausgesprochen feindseliger Absicht, und ich mußte einen jähen Impuls unterdrücken, einfach draufloszustürzen und die finstere Halde hinunterzufliehen.

Statt dessen drängte ich mich jetzt ebenfalls an den Hirten, denn so böse und niederträchtig er auch war, er war schließlich ein Erwachsener, und er war hier zu Hause und kannte sich besser aus als ich – also beschloß ich, mich seinem Schutz anzuvertrauen, bis ich ihm bei günstiger Gelegenheit entkommen konnte.

Er reagierte nicht, als ich ihn ansprach – vielleicht hatte er mich nicht gehört, denn in eben dem Augenblick kam das hohle, trostlose Heulen wieder aus den Bergen herab, so durchdringend, daß ich bis ins Mark erschauderte. Zwischen den einzelnen Tönen, die wie das lang hallende Echo eines Horns aus den schwarzen Klüften schallten, herrschte eine bösartig lauernde Stille.

Die anderen Kinder wollten mich wegdrängen, aber ich bemerkte (mit großer Erleichterung), daß ich viel stärker war als sie; ich konnte sie wegschieben, wie man Hemden an der Wäscheleine beiseite schiebt. Es lag wohl daran, daß ich nicht tot war. Ich konnte aber nicht verhindern, daß sie sich an mich heranquetschten und -drückten, und das war ein so grauenerregendes Gefühl wie in einem Alptraum, der mich zuweilen heimsuchte, einem Alptraum, in dem ich mich in einem Kleiderschrank versteckte (und darin verlorenging), einem stockfinsteren Schrank voll alter Pelzmäntel. Ich bekam kaum noch Luft – es kam mir fast so vor, als würden die kalten, klammen Kinder auch nach Naphthalin riechen, wie die Mäntel in jenem Alptraumschrank – und rempelte sie nach allen Seiten weg. Sie rächten sich, indem sie sich mit ihren spitzen Krallen in meine Kleider hängten und mich kratzten wie Kätzchen. Es tat nicht sehr weh, aber ich begann einzusehen, daß wir niemals gut Freund sein würden.

Da kam das Heulen wieder, und diesmal war es so nahe, daß es mir in den Ohren gellte. Der Hirte, der einen Augenblick so schreckerstarrt gewesen war wie wir alle, riß sich zusammen. Er schrie sein gebieterisches »Husch!«, und wir jagten weiter den geröllübersäten schwarzen Hang hinauf, sprangen über Steine, rutschten aus, rappelten uns wieder auf. Etwas schien auf uns zu lasten, als wir der Bergwand zustürmten, schien uns von allen Seiten zu umfangen.

Wir rannten wortlos, keuchend; der Hirte sprang auf seinen gestiefelten Füßen über die Steine wie ein Hirsch, die Kinder jagten hinter ihm her wie ein Schwarm

Vögel, so leichtfüßig über den Boden wirbelnd, als berührten ihre Füßchen ihn kaum. Ich folgte mit schwereren Schritten, aber in einem Tempo, das ich mir selbst nicht zugetraut hätte.

Ich hatte nicht gewußt, wo er in dieser Steinwüste einen Unterschlupf zu finden hoffte, aber mit einemmal erkannte ich einen schrägen Spalt in den Steinen, der sich schwärzer als das schwarze Gestein vor uns öffnete. Vor der Höhle blieben wir einen Augenblick stehen, sahen uns mit gehetzten Augen um. Nichts Befremdendes war zu erkennen, kein Raubtier auf der Erde, kein Vogel in der Luft. Nur das grüne Licht am Horizont und ein Kollern von Steinen hoch oben in den Felswänden, als bewegten sich dort Dinge, die dem Auge verborgen blieben.

Der Hirte packte uns eins nach dem anderen mit beiden Händen und schob uns durch den schmalen Spalt der Höhlenöffnung.

Drinnen herrschte dasselbe wunderlich milchige Zwielicht wie in der Krypta von Carnanoth, und obwohl kein Licht brannte, konnte ich alles deutlich erkennen – den rohen, dunklen Stein der Höhle, die Kinder, den Hirten, der nachzählte, ob er keines verloren hatte … ich hatte schon beobachtet, daß er geradezu panische Angst hatte, eins zu verlieren. Alle nasenlang hatte er uns einzeln an sich vorbeilaufen lassen und dabei Namen um Namen vor sich hingemurmelt (ich hätte mir niemals all diese vielen Kinder merken können, aber er konnte es). Er hatte große Mühe mit seiner Zählerei, denn im Raum herrschte solches Zwielicht, daß die Kinder alle gleich aussahen, und sie blieben nicht ordentlich in einer Reihe stehen, sondern rempelten einander an und versuchten dauernd, an ihn heranzukommen und an ihm hochzukriechen, so daß er sie mit Händen und Füßen von sich fortstieß und immer zorniger anschrie. Dann kreischten sie auf wie Kätzchen, denen man auf den Schwanz tritt, und rissen ihre Münder weit auf und spuckten und fauchten, und die dünnen purpurroten Zungen standen wie Stachel heraus.

Plötzlich wuchs ihm die ganze Sache über den Kopf. Er ließ seine Gerte fallen, rang die Hände, hob den Blick zum Himmel und schrie in heller Verzweiflung: »Barmherzigkeit! Bin ich denn ein so heilloser Sünder?«

Das brachte die Kinder so in Wut, daß sie alle zugleich losheulten, und was viel schlimmer war als ihr Gewinsel und Geschrei: Sie rafften ihre Kittelchen hoch und rissen ihre Hemdchen auf, und drunter waren sie voll dunkler Flecken und Striemen. »Wer ist denn schuld?« wimmerten sie. »Wer ist denn schuld daran?« Eines von den Kleinen – es trug ein langes, farbloses Kittelchen, das es hinter sich herschleppte – baute sich vor ihm auf und jammerte: »Brot gewollt, Schläge bekommen!«, und ein anderes schlängelte sich aus dem Haufen herbei und weinte auf: »Wer ist denn schuld dran, daß wir nimmer sind?« Und so greinend und schluchzend drangen sie auf den Hirten ein, krallten sich in seine Kleider, schmiegten sich dann doch an ihn, krochen unter seinen Mantel und sogar unter sein Oberhemd und drückten sich in seine Arme, bis er sich nicht mehr erwehren konnte und keuchend und zitternd an die Felswand gelehnt stand. Sein Gesicht hob sich papieren weiß von den katzengoldglimmernden Felsen ab.

Nach einer Weile stöhnte er wie jemand, der sich eine längst zu schwere Last von neuem auf die Schultern lädt, schob die Kinder fort und versuchte sie wieder zu zählen. Ich sah, daß er Hilfe dringend nötig hatte, und da kam mir ein Gedanke, wie ich mir selbst einen Vorteil verschaffen könnte. Ich hob die Gerte auf, die er aus der Hand hatte fallen lassen, und schnickte dem Nächstbesten aus dem Haufen über die Waden – nicht allzu grob, nur gerade so, daß sie wegflitzten und sich in die Reihe stellten. So kamen wir schließlich mit dem Zählen zu Ende, denn ich ging hinten an der Schar entlang und paßte auf, daß sie sich alle im Gänsemarsch aufstellten, und der Hirte nahm sich eins nach dem andern vor, hob jedem von ihnen mit der Hand das Kinn auf, blickte ihm ins Gesicht und murmelte einen Namen. Das Kind mit dem langen Hemdchen war immer noch so zornig, daß es ihn in die Hand zu beißen versuchte, als es gezählt wurde; es rief: »Hunger gehabt, Brot gewollt, totgeschlagen worden!« und schnappte mit seinen spitzen Zähnchen so schnell nach ihm, daß er gerade noch die Hand zurückreißen konnte. Es erwischte nur noch den Ärmel, daß der dunkelbraune Samt knirschend riß und der Saum herabhing.

Ich wurde prompt belohnt für meine Hilfe, denn als er mich zählte, murmelte er etwas, das wie ›gutes Kind, gute Ware‹ klang. Dann kniff er mich rundum, wie ein Metzger ein Ferkelchen prüft, murmelte »Festes Fleisch!« und beschnüffelte mich von allen Seiten, wie es zudringliche Hunde tun. Zuletzt zwickte er mich grob in die Ohren, lächelte mich mit seinem Gespensterlächeln an und zischte: »Süßer Brei mit Zimt und Honig, was? Ja, Schnecken, Dummkopf!« Aber als er sich dann hinsetzte und an die Wand der Höhle lehnte, durfte ich zu seinen Füßen sitzen, auf seinem weichen Mantel, den er unter sich ausgebreitet hatte.

Die Kinder waren ruhiger geworden, sie hockten alle im Halbdunkel nebeneinander und quengelten nur noch leise vor sich hin. Mir kam es so vor, daß sie aufmerksam auf etwas warteten, und ich behielt recht, denn plötzlich sagte der Hirte: »Nun, wer ist dran? Fangt schon an mit euren Geschichten!« Sofort drängelte sich ein Kind zwischen den anderen hervor und setzte sich in den freien Platz in der Mitte, dem Hirten gegenüber, so daß es ihm ins Gesicht sehen konnte. Es raffte sein Hemdchen um die nackten Füße, schlang die kleinen Hände um die Knöchel und begann zu erzählen.

Erst horchte ich aufmerksam, aber mir wurde sehr rasch klar, was für eine Art Geschichte das dünne Stimmchen da erzählte, und ich wollte nicht länger zuhören. Ich rollte mich auf dem Mantel zusammen und legte die Hände über die Ohren und blickte nur noch einmal zu dem Hirten auf, der unbeweglich dasaß, den Kopf auf eine Hand gestützt, und mit geschlossenen Augen und qualvoll zuckenden Lippen zuhörte. Dann schlief ich ein.

Ein Traum auf dem Mantel des Hirten

Es war dasselbe achteckige Gartenzimmer, das ich kannte, aber es war verändert. Eine einzelne Kerze erhellte einen nun karg, aber sehr vornehm ausgestatteten Raum, den ein Bett dominierte – ein Bett mit einem hohen spitzgiebeligen Himmel aus schwarz- und goldgesticktem Gobelin, dessen Muster goldene Wiedehopfe in grotesk gewundenen Bäumen zeigte. Der Schloßherr stand an einen der Ebenholzpfosten dieses Bettes gelehnt und trank einen Becher aus, den Herr Marnion ihm gereicht hatte. Er war prachtvoll gekleidet, in ein dunkles Gewand, auf das mit rotem Seidenfaden Lilien und Akanthusblätter gestickt waren, und dazwischen prangten kleine halbkugelige goldene Früchte, so daß man meinte, sie von seinen Ärmeln und seiner Brust pflücken zu können. Die schwarzbraune Seide schimmerte bei jeder Bewegung, und die Ärmel und der Kragen waren mit feinem glattem Pelz wie dem eines Otters besetzt. Seine Kleider waren herrlich, aber er selbst sah erbärmlich elend aus. Seine Hände zitterten so heftig, daß die Flüssigkeit aus dem Gefäß schwappte und ihm über die Finger rann. Er leckte sie gierig von den Händen ab, um keinen Tropfen zu verlieren.

Sein Blick war wirr und betäubt; er wußte offenbar kaum, wo er sich befand, noch mit wem er es zu tun hatte. Selbst in dem trüben Halblicht war zu erkennen, wie verwüstet er war, als er sich zum Bett schleppte wie ein alter Mann und darauf niederkauerte, am ganzen Leib zitternd – die farbenprächtigen Kleider in Unordnung, als hätte er sich ausgezogen und halb wieder angezogen, ohne recht zu wissen, was er tat, das lange Haar zerwühlt und feucht – er mußte sich hastig und achtlos gewaschen haben, denn überall auf seinen Kleidern waren dunkle Wasserflecken, und sein schmaler Bart glänzte vor Nässe. Sein Gesicht war grau wie Asche, die Augen unter den gedunsenen Lidern starrten fiebrig und verwirrt.

»Welche Antwort soll ich nun meinem Herrn überbringen?« fragte Herr Marnion. Er stand in seiner menschlichen Gestalt am anderen Ende des Raumes, in sein langes schwarzes Hemd und seinen Umhang mit den Wieselpelzen gekleidet, und an den Händen trug er seine Handschuhe aus Mäusefell.

Der andere murmelte ein paar unverständliche Worte als Antwort und fügte etwas hinzu, das sich wie ›verfluchter Rabe‹ anhörte.

»Sie werden sich schon etwas beeilen müssen«, sagte Herr Marnion. »Ein Tag noch, und die Wahl zwischen Tod und Leben, die Ihnen jetzt noch freisteht, ist für ewig dahin.«

Noch immer zögerte der Schloßherr.

»Ich habe keinen Auftrag und auch gar keine Neigung dazu, mich in lange Verhandlungen einzulassen«, stellte Herr Marnion fest.

»Was geht mich das alles eigentlich an?« erkundigte der Schloßherr sich, plötzlich grob werdend, wie betrunkene und verängstigte Menschen es so an sich haben, daß sie unvermutet aufsässig werden. Er war betrunken, und er hatte Angst, so entsetzliche Angst, daß er kaum wagte, dem Boten ins Gesicht zu sehen. »Wie kommen Sie überhaupt hierher und stellen mir ein recht freches und unzumutbares Ansinnen ...«

»Warten Sie nur ab, und hören Sie, was ich alles weiß und was Sie vielleicht noch nicht wissen«, entgegnete Herr Marnion. »So allmählich wird Sie schon interessieren, was ich Ihnen zu sagen habe. Zum ersten vielleicht, daß hier in der Gegend höchst unheilvolle Gerüchte kursieren, was Sie betrifft …«

»Davon habe ich noch nie etwas gehört«, warf der Schloßherr mit einer Stimme ein, die sich größte Mühe gab, ungläubig zu erscheinen, aber viel eher nach Schrecken und Überraschung klang.

»Gewisse Gerüchte«, fuhr Herr Marnion fort und schien die Unterbrechung gar nicht bemerkt zu haben, »die sich insbesondere auf das Verschwinden eines kleinen Mädchens namens Merle beziehen …«

Er hielt inne, abwartend, welche Reaktion diese Bemerkung auslösen mochte. Der Schloßherr zeigte auch alle Anzeichen eines schlechten Gewissens; er biß sich auf die Lippen, und seine Augen hafteten fest am Boden. Nachdem der Bote diese Wirkung seiner Bemerkung festgestellt hatte – mit deutlicher Befriedigung festgestellt hatte –, fing er sofort wieder zu sprechen an. »Wobei hier nur die Rede von einem von zahlreichen Kindern ist … Wir könnten ja eine Hausdurchsuchung in Ihrem Schloß vornehmen, dann würden wir der Sache vermutlich sehr schnell auf den Grund kommen …«

»Was? Wo?« schrie der Schloßherr auf.

»Sehen Sie?« fiel Herr Marnion ein. »Habe ich Ihnen nicht im voraus gesagt, daß ich früher oder später imstande sein würde, Ihre Aufmerksamkeit zu erregen? Sie geben ja selbst zu, daß Sie der Gedanke an eine Hausdurchsuchung mit großer Besorgnis erfüllt, vor allem jetzt, wo es Ihnen nicht mehr so leichtfallen dürfte, alles Beweismaterial beiseite zu schaffen … aber noch wollen wir nicht zu diesem gewaltsamen Mittel greifen.«

»Und warum nicht?« fragte der Schloßherr hastig.

»Das wissen Sie selbst recht gut. Sie kennen die Prinzipien des Königs wie jeder andere auch, so weit entfernt von seinem Reich Sie auch wohnen.« (Als er vom König und seinem Reich sprach, machte Herr Marnion eine kleine Verbeugung, nicht viel mehr als ein feierliches Kopfnicken, und der verstörte Schloßherr tat es ihm unwillkürlich gleich.) »Es wird der allergrößte Wert darauf gelegt, daß Sie, solange es noch irgend möglich ist, ohne äußeren Zwang kommen; es liegt ihm viel mehr daran, daß Sie frei und freiwillig auf ihn zutreten, als daß Sie in Ketten vorgeführt werden.« Er machte einen Schritt auf den anderen zu. »Haben Sie denn gar keine Lehre daraus gezogen, was Herrn Siebenschön widerfahren ist – der doch, mit Verlaub gesagt, ein ebensolcher Malefikant war wie Sie?«

»Sie erzählen Geschichten von ermüdender Länge«, bemerkte der Schloßherr, der auf seinem Sitz fortwährend in größter Unruhe die Haltung wechselte, als würde es immer heißer und heißer um ihn.

»Es ist eine wahre Geschichte, die von Kummer, Gram, schweren Sünden und bitterem Leid handelt«, entgegnete Herr Marnion. »Und solche Geschichten sind meistens lang … Ich bin überzeugt, an der Ihrigen wird man auch eine ganze Weile erzählen. Vorderhand will ich Sie aber – obwohl ich es schon kommen sehe, daß es Zeitverschwendung ist – noch einiges mehr davon wissen lassen, wie es Ihren Gesinnungsgenossen ergangen ist.«

Der Schloßherr zog seinen Mantel eng um sich und murmelte: »Tun Sie, was Sie nicht lassen können.« Er lauschte diesem Teil von Herrn Marnions Bericht jedoch mit angehaltenem Atem, und sein Gesicht konnte den Ausdruck gespanntester Gier nicht verbergen, auch wenn er dem Sprecher nicht in die Augen sah. Als Herr Marnion innehielt, wechselte er mit der Miene eines Menschen, dem eben eine große, plötzliche Erleichterung zuteil geworden ist, seine Stellung und trocknete sich den Schweiß von Gesicht und Händen.

»Sie können mich nicht zwingen!« rief er aus, fast jubelnd inmitten seines Entsetzens. »Sie sagten es ja gerade selbst, er kann meine Burg nicht bezwingen –« Er holte jetzt tiefer und freier Atem und blickte mit triumphierendem Lächeln um sich.

»Freuen Sie sich nur nicht zu früh darüber!« sprach Herr Marnion langsam weiter und sah dem anderen eindringlich ins Gesicht. »Ich sehe, Sie haben noch gar nichts verstanden. Was kann Ihnen denn Schlimmeres zum Schicksal werden, als in diesem steinernen Sarg eingemauert verrotten zu müssen? Wollen Sie das wirklich, unendliche Zeit lang hier auf Bergen von Gebeinen zu hocken …«

Der Schloßherr blickte ihn entsetzt an, dann schüttelte er in hilfloser Verzweiflung den Kopf.

»Gewiß«, fuhr Herr Marnion nach einer kurzen Pause fort, »wäre der Tod ein milderes Schicksal – aber wer sagt überhaupt, daß es Tod heißt? Sie werden wohl nicht so weitermachen können wie bisher, in diesem Sinne werden Sie also in sich selbst sterben müssen, aber in einer ganz anderen Weise werden Sie aus dem Tod lebendig werden, in dem Sie jetzt nach Ihrem eigenen Willen verharren. Sie sind zur Zeit tot, viel töter können Sie gar nicht mehr werden, also kommen Sie – nehmen Sie das Angebot an, stehen Sie durch, was durchgestanden werden muß, und fangen Sie endlich wie ein Mensch zu leben an.«

Der Schloßherr hatte, während er dieser Rede zuhörte, still dagesessen und mit der Hand sein Gesicht beschattet. Nun hob er den Kopf. »Gibt es denn«, fragte er mit stockender Zunge, »gibt es denn keinen Mittelweg?«

»Nein. Keinen. Aber ich möchte Ihnen meinerseits noch etwas sagen.«

Der Schloßherr sah ihm mit ängstlich lauerndem Blick ins Gesicht, als er jedoch in seinen Zügen nur Strenge und unbeugsame Entschlossenheit las, senkte er achselzuckend den Kopf. »Fangen Sie an«, sagte er und wandte sein kreidebleiches Gesicht ab. »Sagen Sie mir, was Sie auszurichten haben. Aber machen Sie schnell! Halten Sie mich nicht ewig hier fest.«

Herr Marnion betrachtete ihn mit düsteren Blicken. Dann machte er einen Schritt vorwärts und setzte sich ihm gegenüber in den geschwungenen hölzernen Sessel. »Sehen Sie«, begann er – und nun nahm seine unmelodische Stimme einen überraschenden Tonfall von freundlicher Eindringlichkeit an –, »ist es nicht so, daß Gott Sie jetzt gerade fühlen läßt, daß Sie ein Sünder in seinen Augen sind? Und daß er Ihnen damit die Gnade gewährt, dies zu bedenken und sich abzukehren von Ihrem abscheulichen Weg?«

»Wer sagt, daß ich Gnade nötig habe?« fiel ihm der andere böse ins Wort. Die Ehrfurcht und Demut, die er an den Tag gelegt hatte, verschwanden. Er sprang auf und faßte Herrn Marnion grob an der Schulter. »Hüten Sie sich, mich unbedacht zu erbittern, mein Freund.« Plötzlich streckte er die andere Hand aus, faßte den anderen in seinem langen Haar und fuhr mit den Fingern durch, halb liebkosend, halb daran zerrend. Dabei glitt sein Ärmel ganz nah an Herrn Marnions Wange vorbei.

Eine böse Stille legte sich über den Raum.

»Und wenn es mir gefiele«, fragte der Schloßherr leise, »Sie für Ihre Unverschämtheit zu bestrafen?« Seine Zungenspitze leckte wie in Vorfreude über die Lippen. »Wenn ich nun Befehl gäbe, Sie da unten im Hof hängen zu lassen?«

»So hätten Sie Ihren Sünden eine weitere hinzugefügt, und ich meine, Sie haben Gottes Zorn schon lang genug herausgefordert.« Herr Marnion war blaß geworden. Er faßte sein Gegenüber mit der Linken am Handgelenk und hob mit der Rechten den Ärmel, dessen Saum zuvor seine Wange berührt hatte, zum Kerzenlicht. »Sie haben Blut an den Kleidern.«

Der andere folgte erschrocken seinem Blick, starrte den breiten nassen Fleck an, der sich in das Gewebe hineinzog. Mit einer merkwürdig kindlichen Geste schlug er den sauberen Teil des Ärmels darüber, barg die Hand unter der anderen und machte zwei Schritte zurück, auf die Tür zu. Aber bevor er sie erreichen konnte, war ihm Herr Marnion gefolgt und hatte ihn an den Kleidern gepackt. »Hiergeblieben.«

»Was wollen Sie? Was haben Sie vor?« Es klang aufsässig, aber doch angstvoll.

»Da es mir nicht gelingt«, sagte Herr Marnion, »Sie mit gutem Zureden zur Vernunft zu bewegen, muß ich meine beiden Zeugen hereinrufen.«

Die beiden schneeweißen Kinder

»Was? Wer? Welche Zeugen?« rief der Schloßherr in hellem Schrecken. Herr Marnion beachtete ihn nicht weiter, sondern öffnete das schmale Türchen im Winkel, und sofort, als hätten sie draußen gewartet, traten zwei Kinder ein. Es waren die beiden Kinder, denen die schneeweißen Totenköpfe gehörten. Sie trugen ihre roten und blauen Kleider und kamen auf nackten Füßen herein. Auf ihrem roten Haar schimmerte das Licht wie Herbstsonne auf dem Laub. Sie sahen so lieb aus, und doch so fern und streng, als seien sie nur einen Schritt weit in unsere Welt eingetreten und sehnten sich insgeheim danach, sie bald wieder verlassen zu dürfen.

»Kommt herein, Kinder, und sagt ihm guten Tag«, befahl Herr Marnion.

Sie kamen leise herein, Hand in Hand. Als sie den Schloßherrn sahen (der bis in den hintersten Winkel zurückgewichen war und sich dort wand wie eine Katze am Kamin), blickten sie ihn aus hell leuchtenden Augen an, dann sagte das schöne Mädchen: »Sieh an, der Bösewicht, der uns totgeschlagen hat!«, und der schöne Knabe sagte: »Sieh an, der Lump, der uns aufgefressen hat!«

»Nun, nun«, sagte Herr Marnion und rieb sich zufrieden die knochigen Hände in den Mäusefellhandschuhen, »das ist aber eine schwere Anklage, die ihr gegen den guten Mann vorbringt … Wie soll denn das zugegangen sein? Erzählt doch, wie's war, wenn ich euch glauben soll.«

Die Kinder begannen nun abwechselnd zu sprechen, aber ihre Stimmen klangen so harmonisch zusammen, daß sie einander wie die Glöckchen eines Glockenspiels ergänzten und ihre Erzählung eine einzige Melodie war.

»Er sagte, er wollte uns Äpfel schenken; damit lockte er uns arme Kinder in sein Schloß«, sagten die beiden Stimmen und klangen zusammen wie eine. »Er führte uns zu der Truhe da hin« (dabei wies der Junge auf eine große schwarzeichene Truhe neben dem Bett, mit einem mächtig eisenbebänderten Deckel) »und sagte uns, wir sollten uns soviel Äpfel daraus nehmen, wie wir nur wollten. Aber als wir's taten, da schlug er schnell den Deckel zu und hackte uns damit die Köpfe ab, erst mir und dann dem Schwesterchen, wie er's bei anderen auch schon getan hatte.«

»Und was hat er dann mit euch getan?« fragte Herr Marnion.

»Ach«, sagte das schöne Mädchen, »dann hat er unsere armen Knochen im Topf gekocht, bis sie weiß waren, und sie zu den anderen geworfen.«

»Und was wollt ihr nun, daß mit ihm geschehen soll?«

Da sagten sie beide zusammen: »Daß er schlafen darf bis zum Jüngsten Tag und unser lieber Herr ihn dann erweckt und mit sich in sein Reich nimmt.«

Herr Marnion legte ihnen beiden die Hände auf die Schultern, so zart, als wagte selbst er nicht, sie anzurühren. »Geht, liebe Kinder, bis wir uns wiedersehen«, sagte er und geleitete sie zur Tür, während der Schloßherr im Zimmer auf und nieder schritt und von Wut und Furcht hin und her gezerrt die Fäuste ballte. Als der Bote zurückkehrte, wollte er etwas sagen, aber Herr Marnion fiel ihm ins Wort: »Ihre Zeit ist abgelaufen. Da nicht mit Ihnen zu handeln ist, müssen Zeugen und Indizien her« – und dabei packte er die Truhe am Henkel und stieß sie mit furchtbarer Kraft um ... und als der Deckel aufsprang, rollte alles heraus, was drin gewesen war, und kollerte zu Dutzenden schneeweiß und blutrot über den Fußboden.

Das Schlimmste, das du je gedacht hast

Ich fuhr so laut schreiend aus dem Schlaf hoch, daß ich die Kinderschar aufstörte, wie ein ins Wasser fallender Stein die Glätte der Oberfläche aufreißt, sie flatterten und raschelten wie in einem brennenden Taubenschlag und verkrochen sich allesamt vor Schreck winselnd hinter dem Hirten, und es gab einigen Wirbel und ziemlich viel Schläge, bis sich alles wieder beruhigt hatte.

Zuletzt sagte der Hirte: »Jetzt wird geschlafen«, und obwohl die Kleinen offenkundig nie schliefen (und wohl gar nicht schlafen konnten, so tot, wie sie waren), legten sie sich gehorsam nieder und machten die Augen zu. Es sah aus, als sei der ganze dunkle Felsenboden der Höhle besät mit schmalen grauen Bündelchen, aus denen unten nackte Füße heraussahen und oben Köpfchen, an denen das Haar wie silberne Spinnweben hing.

Der Kinderhirt schlief nicht. Er setzte sich nur an die Wand, zog sein langes Messer aus dem Gürtel, wetzte es an einem Stein und fing dann an, an einem Stöckchen zu schnitzen. Ich sah ihm stumm zu, bis er mich fragte: »Weißt du, was ich da mache?«

»Nein«, antwortete ich, obwohl ich es mir denken konnte.

»Das wird deins«, sagte er. »Ich sehe, du bist ein kluges und geschicktes Kind … gut so, denn sonst ist ohnehin nichts dran an dir. Deine Eltern haben dir wohl nicht genug zu essen gegeben, was?« Dabei zwickte er mich so unverschämt in den Hintern, daß es mir den

Atem verschlug. »Und, ehrlich gesagt – ich mache mir auch gar nicht viel aus kleinen Mädchen.«

Das ärgerte mich so, daß ich erwiderte: »Erst haben Sie aber ganz schön Appetit gehabt, als ich Ihnen die Erdbeeren gebracht habe.«

Er machte den kleinen Finger naß und putzte sein blauschwarzes Bärtchen damit, erst am Kinn und dann auf der Oberlippe. »Mag sein«, gab er zu. »Aber damals hatte ich wirklich schon lang nichts mehr gehabt. Wie sagt man doch … In der Not frißt der Teufel Fliegen.« Als er mit dem Bartputzen fertig war, schnitzte er weiter an seinem (meinem) Stöckchen. Allmählich wurde es weiß und glatt und geschmeidig und pfiff, wenn er probeweise damit durch die Luft hieb. Als rede er gar nicht mit mir, bemerkte er: »Niemand mag kleine Mädchen. Sie haben einen Beigeschmack.«

Ich starrte ihn an.

»Ja«, bekräftigte er und sah mich so boshaft aus seinen schwefelgrünen Augen an, daß ich ihn am liebsten zerrissen hätte, »sie schmecken nach Fisch. Und es nützt gar nichts, wenn man sie beizt und pökelt und in Milch legt. Sie schmecken trotzdem danach. – Kannst du eigentlich singen?« wechselte er dann abrupt das Thema.

»Nein.« Ich war so empört, daß ich auch nein gesagt hätte, hätte ich singen können wie eine Lerche, aber ich brachte tatsächlich nie mehr als ein brüchiges Kicksen heraus.

»Mhm«, machte er mißmutig. »Kannst du eigentlich irgendwas? Oder läufst du nur so herum und wartest darauf, daß du älter wirst?«

»Ich kann eine Menge«, fiel ich ihm zornig ins Wort. »Und Sie werden schon sehen – ich bin Ihnen einmal entwischt, und ich entkomme Ihnen ein zweites Mal.«

»Ts, ts«, machte er, legte den Kopf schief und zog die schmalen Augenbrauen hoch, bis sie zwei scharfe Winkel bildeten. »Was du nicht sagst. Versuch's doch einmal, damit ich was zu lachen habe, hier ist's ohnehin trübsinnig genug. Na, hoppauf, lauf. Ich gebe dir sogar zehn Schritte Vorsprung.«

»Jetzt nicht.«

Er lächelte hämisch. »Ach nein. Wann denn? Du sagst es mir aber vorher, ja? Gib mir doch eine winzige Chance.«

»Ich werde Sie überlisten«, sagte ich.

Er glaubte mir kein Wort davon. »Was bist du doch für ein unterhaltsamer kleiner Leckerbissen«, bemerkte er, während er an der Rute schnippelte, daß die Spänchen flogen. »Ich will dir mal was sagen: Wenn man eine Menge heißen Branntwein zum Braten trinkt, schmeckt man den Fischgeschmack nicht so. Und ich habe noch einige Fäßchen im Keller.« Nach einer Weile fügte er boshaft hinzu: »Kleine Jungen – solche wie Frederic Flitzchen – haben einen sehr angenehmen, mildpikanten Geschmack. Ausgesprochen delikat.«

Später war mir natürlich klar, daß er das alles nur sagte, um mich zu ärgern (und daß es einfach erlogen war, daß kleine Mädchen nach Fisch schmecken), aber als ich es hörte, wurde ich zu zornig, um lang darüber nachzudenken, und es fuhr aus mir heraus: »Na, dann schlachten Sie doch ihn, wenn's beliebt.«

Da beugte er sich zu mir, so nahe an mein Ohr, daß ich seine feuchte, spitze Zunge spürte, als er sprach, und flüsterte: »Und würdest du mir auch helfen, kleine Merle, ihm das Herz herauszuschneiden?«

Plötzlich war es mir, als säßen wir auf dem tiefsten Grund eines stillen schwarzen Sees, so einsam war es rundum, und so kalt und klamm war mir zumute. Der Kinderhirt steckte sein Messer in die Scheide zurück und reichte mir die zierliche weiße Rute, die er für mich geschnitzt hatte, und dabei sah er mich an, und seine

Augen glühten, daß ich meinte, ich müßte die Flammen hervorzüngeln sehen.

Seine Zähne knirschten, als er sprach. »Siehst du?« zischte er. »Ich weiß alles, was du sagst und was du tust, und sogar, was du träumst – da …« Dabei machte er eine Faust, als wollte er mit dem Knöchel an eine Tür pochen, und klopfte damit an mein Herz, daß meine Rippen dröhnten und mir der Schrecken siedendheiß und eiskalt zugleich durch die Glieder fuhr.

Die Heimstatt des Hirten

Ich weiß nicht mehr, ob ich in Ohnmacht fiel und träumte oder ob er mich tatsächlich aufhob und an einen anderen Ort trug… Nach einer Weile war mir zumute, als wäre er aufgestanden, hätte mich hochgehoben und sei mit mir auf den Armen immer tiefer in die Höhle hineingegangen. Sie reichte sehr weit in den Berg hinein, denn obwohl er lange Schritte machte, war er eine ganze Weile unterwegs.

Den Kopf an seiner Schulter vergraben, schielte ich vorsichtig an seinem Nacken und seinem Haar vorbei in das dämmrige Halbdunkel, das die Höhle erfüllte wie das Licht der ersten Tagesstunden. Erstaunt bemerkte ich, daß sich nun in einer Seite der Felswand Fenster öffneten, hohe, schmale gotische Fenster, an deren Streben steinerne Tiere emporkletterten (häßliche steinerne Tiere). Als ich den Blick zur anderen Seite wandte, wurde mein Erstaunen – und Unbehagen – noch größer, denn jetzt sah ich, daß wir gar nicht (mehr) in einer Berghöhle in der Knochenwüste waren, sondern in der Bildergalerie in Onkel Abelards Schloß; ich sah deutlich die schweren, mit Blumen und Schnecken und Weinlaub geschnitzten Rahmen und die dunklen Gesichter, die von dieser Wand auf uns herabblickten… und wie entsetzlich häßlich sie waren!

Am jenseitigen Ende der Galerie stieß der Hirte mit der Schulter eine Tür auf und stieg eine Wendeltreppe hinunter, die bis in die tiefsten Tiefen der Krypta zu führen schien. Wir waren, wie es mir vorkam, stundenlang unterwegs, und mit jedem Schritt, den er tat, wuchs ein Gefühl von Entfremdung in mir, als begäben wir uns langsam in eine völlig andere Welt.

In die kamen wir dann zuletzt auch.

Ob der Ort eine Halle oder Höhle von ungeheurem Ausmaß war oder ob er überhaupt ein Dach hatte, war unmöglich zu sagen. Mauern hatte er jedenfalls – hohe Mauern, auf denen die letzten Überreste bunter Fresken verbleichten, und Torbögen und Stiegen aus poliertem Stein, und runde und achteckige Fenster, die wie Brillanten geschliffen waren und im Sonnenlicht wunderbar ausgesehen hätten; aber an diesem Ort gab es kein Sonnenlicht, und sie waren so grau wie verstaubte Spiegel. Überall lagen Berge von rotem Mauerschutt und Glas herum, und der Kinderhirt trat auf den Zehenspitzen auf wie eine Katze im Schnee, als er mich darüber hinwegtrug.

»Wir werden im Gartensaal speisen«, sagte er plötzlich. Offenbar hatte er also die ganze Zeit gewußt, daß ich wach war. »Dort ist es um diese Jahreszeit am angenehmsten. Hier, mein Liebling, nun kannst du auf eigenen Beinen laufen.« Damit setzte er mich auf dem Boden ab, hielt aber meine Hand fest in der seinen, damit ich ihm nicht davonlaufen konnte.

Ich hätte es allerdings auch nicht gewagt, denn diese labyrinthische Ruine sah so fremd und bedrohlich aus, daß ich lieber dicht an seiner Seite blieb. Die Mauern waren so hoch, daß mir beim Hinaufsehen übel wurde. Wenn ich den Kopf in den Nacken legte, sah ich nichts als stumpfes schwarzes Dunkel über mir, in dem es da und dort weiß flimmerte, wie Schnee in einer Winternacht. (Es war wirklich Schnee, stellte ich später fest.)

Wir durchquerten viele Räume, manche mit Dach, manche ohne, in denen unsere Schritte auf verschiedenste Weise hallten – klong klong, klipp klapp, wie ein Glockenspiel klang es. Zuletzt kamen wir aus all den

Arkaden und Treppenaufgängen hinaus in einen Raum, dem die vorderste Wand fehlte: Wo sie hätte stehen sollen, waren nur Stufen, und diese Stufen führten ins Meer hinab. Es war von schöner Bernsteinfarbe, aber es sah doch unheimlich aus, wie es so träge ebbte und flutete und wie ein riesiges formloses Tier an den Stufen leckte, von denen es die untersten schon ganz benetzt hatte.

»Nun, zu Tisch!« rief der Kinderhirt und deutete auf die Tafel, die mitten in diesem Raum stand – so lang und leer, daß man darauf hätte Schlittschuh laufen können. Er schob zwei Sessel zurecht, beide mit hohen geschnitzten Lehnen; auf den einen setzte er mich und auf den anderen sich selber. Dann hob er die Hand in die Luft und schnalzte laut mit den Fingern. Sofort entstand in dem glatten Meeresspiegel eine Bewegung, als schwimme etwas darunter, und im nächsten Augenblick glitt etwas aus dem Wasser an Land und die Stufen herauf: ein Salamander, halb so groß wie ich, gelb und schwarz gescheckt und mit goldenen Kugelaugen. Er schüttelte das Wasser von sich ab, richtete sich auf seinen Hinterpratzen auf und watschelte auf den Tisch zu. Während ich ihn noch anstarrte und nicht wußte, ob ich wachte oder träumte, tauchte hinter ihm schon der nächste auf, und wieder der nächste, bis sieben oder acht von ihnen da standen.

Der Kinderhirt war sehr unhöflich zu ihnen. »Was steht ihr da und gafft, dummes Volk?« schrie er sie an. »Worauf wartet ihr? Vorwärts, vorwärts, Bedienung! Muß man hier alles selber machen?«

Da flitzten sie nach allen Seiten davon, in die dunklen Löcher und Gänge in den Mauern hinein, aber gleich darauf kamen sie wieder. Die beiden ersten trugen jetzt brennende Kerzen auf ihren Köpfen, so daß wir Licht zum Essen hatten; sie sprangen links und rechts auf die Enden des langen Tisches und setzten sich dort hin, so still, daß die Kerzen nicht einmal flackerten. Der nächste brachte eine Schüssel mit Wasser.

»Erst werden die Hände gewaschen«, befahl der Kinderhirt. »Und dann will ich sehen, ob sie auch sauber sind.«

Ich wusch mir also die Hände und zeigte sie ihm, und er beguckte sie, beschnüffelte sie gründlich und sagte dann: »Nun, für dieses Mal mag's angehen.« Mittlerweile waren die Salamander eifrig damit beschäftigt, den Tisch zu decken; sie schleppten ein langes schneeweißes Tischtuch an und Geschirr und Servietten, und dann stürzten sie alle zusammen hinaus und kamen mit dem Essen wieder.

»Etwas Suppe gefällig?« fragte der Salamander, der bei Tisch bediente. Ich dachte insgeheim, was für ein Glück es war, daß es mir vor Olmen und Molchen und solchem Viehzeug nicht ekelte, denn sonderbar sah es schon aus, wie er die silberne Suppenterrine in seinen feuchten, schwarzglänzenden Pratzen hielt.

»Was ist es denn?« fragte ich vorsichtig. Ich merkte gleich, daß ich gut daran getan hatte, zuerst zu fragen, denn als er den Deckel von der Terrine abnahm, da brodelte und rauchte die Suppe darin, daß mir angst und bange wurde, und ich sagte rasch: »Keine Suppe, nein danke.«

Der Kinderhirt aß auch keine.

Dann kam die Vorspeise, und die war fast noch schlimmer als die Suppe, und dann der Braten (noch schlimmer) und die Nachspeise, und mir blieb nichts übrig, als jedesmal »Nein danke, nichts davon« zu sagen, denn in den Schüsseln glomm es wie glühende Kohlen und zischte wie siedendes Blei.

»Was ist denn das für ein Höllenfraß!« schrie der Kinderhirt wütend, aber da sagte der Salamander, der gerade servierte, zu ihm: »Euer Gnaden bekommen, was Euer Gnaden bestellt haben, so ist das hier« – und einen Augenblick lang kicherten all die Olme zugleich, daß es sich anhörte, als tropfte Wasser in einem alten Gewölbe. Sie waren aber sofort still, als der Kinderhirt mit der Serviette nach ihnen schlug.

Er war ziemlich übellaunig, als wir zum Kaffee kamen (der in den Tassen kochte) und zum Konfekt (das wie Koks in einem Hüttenofen aussah). Ich konnte ihn verstehen; ich fragte mich selbst, was für ein Leben das sei, und so sagte ich vorsichtig: »Meinen Sie nicht, daß es vielleicht doch gescheiter wäre, sich erlösen zu lassen?«

»Wie? Was?« rief er und fuhr hoch, daß er dem Salamander, der gerade mit dem Likör kam, die Karaffe aus der Hand schlug. Sie fiel zu Boden, und etwas Helles floß heraus und fraß sich in den Stein.

»Herr Marnion sagte, Sie könnten erlöst werden«, fügte ich mit etwas zittriger Stimme hinzu, denn er blickte mich furchtbar böse an, und ich bekam Angst, er könnte gehen und mich hier bei den Salamandern zurücklassen. »Und ich meinte – ich dachte –, auch wenn es Ihnen vielleicht nicht angenehm ist, so wäre es doch besser, als hier zu hocken, Kinder zu hüten und siedenden Kaffee zu trinken, oder nicht?«

Einen Augenblick legte er den Kopf auf die Seite und schien nachzudenken und mir rechtzugeben – das merkte ich daran, daß das sengende Feuer in seinen Augen erlosch und sie ein paar Sekunden lang nur grün wie reife Trauben waren ... aber dann lohte es wieder auf, und er lachte heiser und sagte: »Du mit deiner Kinderlogik.«

»Es ist aber doch wahr, oder?« beharrte ich.

»Na, wenn schon!« rief er zornig. »Wenn schon! Das ist alles nicht so einfach, wie du glaubst. Und überhaupt« – dabei fuhr er mit dem silbernen Schäufelchen in die Konfektschale und klatschte mir einen ganzen Berg von dem lodernden Zeug auf den Teller –, »iß erst einmal ordentlich auf, bevor du Erwachsene belehrst. Und kämm dich« (dabei riß er mich am Haar), »und zieh dich ordentlich an« (dabei zerrte er mich an den Kleidern), »und wasch dir die Zähne.«

»Die Hände«, korrigierte ich ihn.

»Du mußt nicht immer alles besser wissen«, sagte er. »Altkluge Kinder machen einen sehr unangenehmen Eindruck.«

Mit einemmal wurde er aber ganz freundlich ... »Tja, Liebchen«, sagte er, während er den Arm um meine Schulter legte und mich an sich zog, mitten in seinen grausig süßen, schwülen Geruch hinein, »wie man sich bettet, so liegt man, so ist es nun einmal.« Er hielt mich so fest, daß ich nicht anders konnte, als mich an ihn zu schmiegen und seine sonderbar pelzige, samtige Haut auf der meinen zu spüren. Dann fragte er den Salamander: »Ist alles vorbereitet?«, und der antwortete: »Alles nach Wunsch, Euer Gnaden.«

»Wird wohl was Rechtes sein«, murrte der Kinderhirt, aber er stand auf, hob mich hoch und rief den Salamandern zu: »Worauf wartet ihr? Hier braucht euch keiner mehr, vorwärts, beleuchtet das Schlafzimmer!«

Da sprangen die beiden mit den Lichtern vom Tisch und liefen uns so geschickt voraus, daß die Kerzen nicht ausgingen, und leuchteten uns einen langen düsteren Weg durch enge Treppenhäuser in einen großen ruinenhaften Raum.

Wie es dort aussah! Ich hatte mir natürlich schon gedacht, daß es nicht besonders gemütlich sein würde, das Essen war mir eine Warnung gewesen, und überhaupt war von dem Kinderhirten im Hinblick auf Behaglichkeit nicht viel zu erwarten, aber sein Schlafzimmer war eine Katastrophe.

Auf der Suche nach Erlösung

Er trug mich zu seinem Himmelbett. Dort hingen die schwarzen goldgewirkten Vorhänge herab wie ein Trauerbaldachin, und sie rochen nach heißem Wachs und Weihrauch und kalten erdigen Stollen. Rund um das Bett lag alles so wüst durcheinander, daß er es mit dem gestiefelten Fuß beiseite stieß, um nicht hineinzutreten – Weinflaschen und Strümpfe und Knochen und Juwelen und eine Menge undefinierbares Zeug. Er warf mich wie einen Sack aufs Bett, das unter mir quietschte und wippte und hüpfte. Wenigstens war es weich – aber dann merkte ich, daß es auf eine unbehagliche Art weich war, wie etwas, das sich auflöst, und all die dicken Kissen und samtenen Decken waren so modrig und glitschig wie Herbstlaub im Regen.

»Mehr Licht!« rief der Kinderhirt den Salamandern zu. »Soll ich im Finstern zu Bett gehen? Braucht ihr alle Prügel, oder wird's auch so?«

Die Salamander (jetzt waren es vier, die eine Kerze auf dem Kopf trugen) sprangen eilig auf die vier Bettpfosten, und da der Kerzenschein überall durch den zerrissenen und zerschlissenen Betthimmel fiel, konnte ich recht gut sehen.

»Dummes Gesindel!« rief der Hirte und drohte ihnen noch einmal mit der Faust, bevor er sich aufs Bett fallen ließ, daß die Sparren krachten.

Eine Weile lag er so da und stierte mich aus seinen brennenden Augen an. Dann lachte er, aus tiefster Kehle und ohne eine Miene in seinem bleichen Gesicht zu verziehen, und fragte mit wispernder Stimme: »Weißt du, was die Leute tun, wenn sie heiraten?«

»Nun – so ungefähr«, antwortete ich beklommen.

»Sie zeigen sich einander nackt«, flüsterte er.

Er drehte mich (wobei er mich sehr fest hielt) auf den Rücken und streckte seine kalte Hand nach meiner Kehle aus, daß ich im ersten Entsetzen meinte, er wollte mich erwürgen, aber er griff nach dem Halsband und fuhr mit der Fingerspitze über die Reihe geschliffener roter Steine. »Wie wunderbar es dir steht«, sagte er leise. »Wie ein Schnitt in der Kehle.« Er gab wieder dieses dunkle, kehlige Lachen von sich, bei dem sein Gesicht so unbeweglich blieb. Dann fragte er: »Willst du mein Halsband sehen?«

»Ja«, flüsterte ich, obwohl mir so graute, daß meine Hände und Füße wie Eisstücke waren und meine Stimme klang, als käme sie aus einem Flaschenhals. Ich sah ihn erwartungsvoll an, denn ich dachte, er würde etwas aus einer Tasche herausnehmen, aber er rollte sich schwer auf den Rücken, die Hände unter der Brust eingewinkelt, wie Katzen liegen, und drehte den Kopf zur Seite, daß sein welliges schwarzes Haar sich über die Kissen ergoß. »Mach meine Kleider am Hals auf«, flüsterte er.

Ich kniete neben ihm und wußte nicht, was ich tun sollte. Meine Hände waren wie aus Holz, und um meine Stirn schien ein eiserner Reifen zu liegen.

»Mach schon«, drängte er wispernd.

Ich raffte meinen Mut zusammen und beugte mich über ihn. Seine Kleider waren so zerschlissen und zerfallen, daß ich in dem nebligen Zwielicht und dem dunklen Pelz und Tuch nicht recht erkennen konnte, wo die Knöpfe und Schlingen waren, ich mußte mit den Fingern danach suchen, und das war, als wühlte ich meine Hände in einen Haufen vermoderndes Winterlaub. Ich mußte tief graben, bis ich plötzlich auf sein

Fleisch stieß. Es war kalt und glatt und sonderbar seidig, wie das Fleisch einer lebenden Schlange. Allmählich fand ich dann auch alle Knöpfe und Bändchen und Schlingen.

Als ich den Kragen auseinanderzog, drehte er den Kopf beiseite und bog ihn nach hinten wie ein besiegtes Tier, das seine Kehle darbietet. Es schimmerte weiß aus den dunklen Lumpen. Ich sah – und mir stockte der Atem –, was er ›mein Halsband‹ genannt hatte.

Er blickte mich unter halbgeschlossenen rötlichen Lidern hervor an. »Gefällt es dir?« fragte er.

»Es sieht grausam aus«, sagte ich leise.

»Deshalb dachte ich ja, daß es dir gefiele.« Er streifte mit beiden Händen das goldgestickte bräunliche Tuch und den schmalen Kragen vollends beiseite und drehte Kopf und Schultern hin und her und reckte den Hals, so daß ich die gräßliche rotviolette Furche in seiner weißen Haut von allen Seiten sah, die purpurne Strieme, die sich zwei Finger breit rings um seine Kehle und seinen stämmigen Nacken zog.

Dann beugte er sich über mich und entblößte meinen Hals und betastete das Halsband mit den Fingern und hauchte: »Merle, mein Kind, sieh mich an: Nun siehst du mich nackt. Und ich sehe dich nackt. – Jetzt sind wir verheiratet.«

Er schob seinen Arm unter meinen Nacken, so daß ich weich und warm an seiner Seite lag, und während er mit seinen langen kalten Fingern voller Gier das Granathalsband liebkoste, murmelte er mir ins Ohr: »Ich will dir etwas erzählen, Liebchen ... aber komm näher zu mir.« Er schlug seinen weiten Mantel über uns, der schwer war von Samt und Pelzwerk und der üppigen Stickerei, die wie verblühende braune Blumen darauf wuchs, und gesättigt mit den Gerüchen des verlassenen und gemiedenen Schlosses. Als sein Körper sich an den meinen schmiegte, spürte ich eine seltsame Hitze davon ausgehen; mir wurde nicht warm, aber meine Haut brannte, als hielte ich die Hände an ein Feuer, und es schien nach Brand zu riechen, ganz fern und so federleicht, wie im Herbst Ascheflöckchen von den niederbrennenden Feldern fliegen. Die kalten Finger und die Lippen, die feuerheiß und schneekalt zugleich waren, berührten mich an Schulter und Nacken, bis mir alle Haare zu Berge standen.

»Wie schön du bist, mein süßes Lamm. – Halt still.« Das sagte er sehr scharf und leise, denn ich wollte nur noch zurückzucken, als er sich tief über mich beugte und die Lippen öffnete, als wollte er mich beißen, aber wieder tat er mir nichts, sondern leckte mit der Zungenspitze über die Steine des Halsbands und ihre altersdunkle, silberne Fassung. Es kam mir seltsam vor, daß er das tat, aber ich wagte nichts zu sagen.

Dann wisperte er: »Faß mich an.« Er nahm meine Hand und führte sie sanft, aber mit unerbittlichem Druck aufwärts, bis meine Finger seine Kehle berührten. Ich fühlte die Strieme rauh und runzlig in der glatten Haut. Er legte seine freie Hand auf meinen Rücken und drückte mich gegen seine Brust.

Nach einer ganzen Weile raunte er mir so leise, daß ich es kaum verstand, ins Ohr: »Was ist das Schlimmste, das du je gedacht hast?«

Ich fühlte, wie ich zitterte – ich war so hilflos eingeklemmt zwischen seiner Hand und seiner Brust, und alles roch nach ihm, als läge ich in einem Berg modernder Blumen begraben. Was er mich fragte, ging mir durch und durch, wie ein Schluck eiskaltes Wasser durch die Kehle, und ich konnte nicht anders (so behext hatte er mich), ich gab ihm Antwort. Ich wisperte, daß ich einmal etwas gedacht hatte, das ich niemandem sagen wollte.

Als er aber hörte, was es war, machte er nur »Bah!« und schnalzte mit den Fingern. »Was soll das schon sein! Da mußt du mir etwas Besseres erzählen.«

Ich versuchte es noch einmal, aber wieder war er nicht zufrieden. »Dummes Zeug!« stieß er hervor. Dann fuhr er mir mit der Hand ins Haar und brachte sein Gesicht so nah an meines, daß ich sofort an die fünf eisigen Schneebälle dachte, und knirschte: »Vermaledeites Kind! Hast du nie etwas gedacht, das du keinem außer dem Teufel sagen kannst?«

Da wurde mir ganz kühl und leer zumute. Meine Stimme zitterte nicht mehr, als ich sagte: »Doch, das habe ich.«

Er hielt mitten in der Bewegung inne; seine Hand und sein Gesicht erstarrten gleichzeitig, als sei er in Stein verwandelt worden. Bleich bis in die Lippen, hauchte er: »Sag es mir.«

»Es war ein Traum.«

»Erzähl ihn mir.« Ich fühlte deutlich, wie seine Finger sich verkrampften. Er öffnete halb den Mund, als wollte er meine Worte einatmen oder einsaugen. Seine Augen glosten unter halbgeschlossenen Lidern. Es war, als sei ein Licht in ihm angegangen, wie ein Feuer in der Nacht auflodert; so schneeig bleich er auch war, er schien jetzt viel lebendiger – in einer Weise viel wirklicher – als zuvor. Ich spürte, wie durstig er nach meinen Worten war – wie Männer nach Wein durstig sind.

Ich beugte mich ganz nah zu ihm und erzählte:

»Ich träumte, ich sei den ganzen langen Weg zurückgefahren in mein Elternhaus und dort durch die Tür getreten. In diesem Traum betrat ich es in Angst. Ich war gekommen, um etwas aufzuräumen und wegzuräumen, bevor es entdeckt wurde, und ein würgendes Gefühl von Schuld und Bedrückung hielt mich umfangen. Alle Türen zu allen Zimmern waren verschlossen und versperrt, und obwohl ich nicht genau wußte, was es war, das darin verborgen lag, empfand ich Furcht und Widerwillen, die Türen zu öffnen.

Schließlich sperrte ich einen der Räume auf. Es war halb dunkel darin, ich konnte nichts weiter sehen als einen hohen Kamin, der eine Ecke des Zimmers abschnitt: Ein prachtvoller Kamin war es, mit schwarzen Greifen und fauchenden Drachen und Mohrenköpfen geschmückt und von gebrannten und glasierten Blumen gekrönt. Sein dunkles Feuerloch gähnte mich an wie ein offenes Maul. Da rappelte es mit einemmal, und aus der Asche kugelte etwas Schwarzes heraus und rollte über den Boden, ein ganzes Stück weit, ehe es liegenblieb und mir seine blanken Zähne zuwandte.«

Er stöhnte leise. Seine Finger wühlten in meinem Haar, umfaßten meinen Nacken, als wollten sie ihn zwischen sich zerdrücken. »Gutes Kind«, murmelte er vor sich hin, »gutes Kind …« Er meinte wohl nicht mich, denn er sah mich nicht an, und ich merkte, daß er meine Gegenwart nur sehr undeutlich wahrnahm.

Als er sich eine ganze Weile nicht rührte, sagte ich: »Sie wollten mir auch etwas erzählen.«

Er gab keine Antwort.

»Sie wollten mir das Schlimmste sagen, das Sie je gedacht haben.«

Da bäumte er sich auf und stieg über mich, die Hände neben meinen Schultern, und fletschte die Zähne und atmete mir ins Gesicht, und dann beugte er den Kopf ganz nah zu meinem Ohr und flüsterte mir zu, was das Schlimmste war, das er jemals gedacht hatte.

Es war tatsächlich etwas, das man niemandem außer dem Teufel erzählen kann.

Mag sein, daß ich aus einem Traum erwachte oder daß er mich heimlich aufgehoben und zurückgebracht hatte … jedenfalls wachte ich in der Höhle auf. Mein Kopf schmerzte gräßlich, und mir war so übel, daß ich zitterte. Mir war zumute, als hätte mich jemand am Schopf gepackt und in ein Faß voll Katzenpisse und Schleim und Schwefel getaucht. Ich spreizte alle viere von mir ab, um mich selbst nicht zu berühren. Aber es nützte nichts, denn das Schlimmste haftete nicht außen an mir, sondern innen (ganz innen) in meinem Kopf, und dort lag es wie ein schwarzes Ei, und als es ausgereift war, schlüpfte etwas heraus, das keine Fliege und kein Vogel war, und dieses Etwas flog in mir herum und kreischte und schüttelte seine Schwingen.

Mir war so elend, daß ich kaum aufstehen konnte, aber der Hirte lachte nur rauh und sagte: »Wer sich mit Hunden schlafen legt, der steht mit Flöhen auf …«

Die Katze im Sack

In seiner Welt stimmte die Zeit nicht mit der üblichen Zeit überein, aber es gab so etwas wie Abend und Nacht: die sterbende Sonne sank ein Stück tiefer, und ihre glosenden Feuer erloschen für eine Weile hinter dem Horizont. So trieb er uns gegen Abend in eine Gegend, die weniger öde und verheert war als die Knochenwüste. Auf eine melancholische Weise war sie sogar schön.

Die Sonne war bereits völlig untergegangen, als wir diese Gegend erreichten, und zu meiner Überraschung war der Nachthimmel nicht bleiern wie der Himmel des Tages, sondern von einem klaren, perlblassen Grau, in dem die Sterne schwebten wie Seifenblasen. Über dem ganzen Landstrich lag etwas Losgelöstes, als sei das Gewebe des Irdischen dort feiner als anderswo. In dem milden Zwielicht, das unter dem Sternhimmel herrschte, war die zugleich zarte und üppige Vegetation nur undeutlich zu erkennen: Ich sah vage Umrisse von flauschigen, feingefiederten Büschen und zierlichen Bäumen, deren Laub in absonderlichen Schattierungen von Braun und Blau und Purpur gefärbt war. Dazwischen breiteten sich immer wieder die hellen Spiegel von Wasserflächen aus, aber ich konnte nicht erkennen, ob es ein See war, dessen Fläche von zahllosen Inselchen unterbrochen war, oder ein sehr langsam zwischen unregelmäßigen Ufern sich windender Fluß. Das Wasser war glasig klar, nur getrübt von einem kaum sichtbaren Nebel oder silbern fluoreszierenden Dampf, der reglos über seinem Spiegel schwebte. Als wir näher kamen, konnte ich unter der schimmernden Schicht bis auf den Grund sehen, wo der Sand glomm wie falsches Gold.

Neugierig wollte ich mich näher darüber beugen – und bekam prompt nicht nur einen neuerlichen Schlag auf die Waden, sondern wurde auch von einer harten Hand im Genick gepackt und gebeutelt, daß mir die Zähne zusammenschlugen. »Wirst du wohl folgen lernen!« knirschte er mir ins Ohr, und dann hakte er die Finger in meinen Kragen und zog mich hoch, daß ich um mich zu schlagen begann, weil meine Füße in der Luft hingen und mir mein eigener Kragen die Kehle drosselte. Im nächsten Augenblick ließ er mich los, und da es völlig unerwartet kam, fiel ich der Länge nach in ein ganzes Beet purpurner Lilien, die am Ufer wuchsen. Ich wollte mich aufrappeln, aber der Kinderhirt stellte seinen Fuß auf mein Hinterteil und drückte mich so stark hinunter, daß ich fast unterging in den langblättrigen Lilien und wuchernden Ranken und schon das kalte Wasser im Mund schmeckte. Dabei lachte er so niederträchtig, daß ich innerlich beinahe barst vor Zorn.

Obwohl er nur ganz leicht mit der Fußspitze trat, spürte ich doch, wie stark er war und daß er mich mühelos unter Wasser drücken und mir vermutlich mit einem Tritt das Kreuz brechen konnte. Es hatte gar keinen Sinn, zu zappeln und womöglich zu schreien – dabei wäre ich wohl nur ertrunken. Also mußte ich mir wiederum mit einem Trick helfen.

Ich hielt den Atem an und fiel in mich zusammen, als wäre ich soeben gestorben.

Der Hirte war tatsächlich nicht sehr klug. Er zog hastig seinen Fuß zurück, bückte sich, packte mich an einem Fußknöchel und zerrte mich aufs Trockene, daß mein Gesicht und meine Hände und Arme durch die roten Lilien schleiften. Dann hielt er mich (immer noch am Fußknöchel) in die Höhe und betrachtete mich von allen Seiten, wahrscheinlich, um herauszufinden, woran ich so unvermutet gestorben wäre. Die Kinder hatten sich alle um ihn versammelt und gafften mich an. Es war nicht sehr angenehm, da so verkehrt herum an einem Bein in die Höhe gehalten zu werden, während all die Gespenstergesichter mich mit offenen Mäulern anstarrten. Vor allem hatte ich Angst, der Hirte würde mich wiederum einfach fallen lassen, denn diesmal wäre ich auf dem Kopf gelandet.

Er ließ mich aber sanft auf den Boden gleiten. Dann breitete er seinen Mantel aus und machte ein Bündel daraus, mit mir als Inhalt, das er sich über die Schulter warf, und gleich darauf war die Herde wiederum unterwegs.

Nach all dem Gejagt- und Geprügeltwerden war es recht angenehm, getragen und nicht mehr geschlagen zu werden, obwohl ich mir düstere Gedanken darüber machte, was er wohl mit mir vorhatte, nachdem er mich nun offenbar für tot hielt. Vielleicht wollte er mich irgendwo in einen leeren Brunnen werfen oder an einer verschwiegenen Stelle im See versenken? Und dann kam mir ein neuer, noch viel schlimmerer Gedanke: daß er nämlich von allem Anfang an vorgehabt hatte, mir den Hals umzudrehen, und jetzt recht zufrieden war, daß ich ihm die Mühe erspart hatte und er nur mehr ans Zurichten und Abkochen denken mußte. Mir fiel wieder ein, was er von dem Herzen gesagt hatte – daß es doch das Leckerste sei –, und stellte mir vor, wie er am Feuer saß und es am Ende seiner Haselrute in der Asche briet.

Mir wurde schlecht.

In der Tiefe

Ich sah natürlich nicht, wohin er mich schleppte, noch was überhaupt um mich herum vorging; ich hörte nur die vertrauten Geräusche der Herde – bis plötzlich ein unvertrautes Geräusch lauter wurde: ein tiefes, lang nachhallendes Dröhnen, als würde die tiefste Saite eines Kontrabasses gezupft oder eine Glocke angeschlagen. Es war noch nicht verhallt, als rund um mich ohrenbetäubender Lärm ausbrach; die Kinder randalierten, daß die Luft von ihrem Geschrei widerhallte, und der Kinderhirt brüllte sie mit fürchterlicher Stimme an. »Weg da!« donnerte er. »Weg da… meine Stunde! Meine Ruhe! Laßt los!«

Aber die hohen Stimmen der Kinder übertönten die seine, als sie alle zugleich kreischten: »Keine Ruhe! Allzeit verdammt! Allzeit verdammt!«

Ich wurde zu Boden geworfen, und aus dem Lärm schloß ich, daß rund um mich eine richtige Prügelei im Gang war; Füße sprangen über mich hinweg, als die Kinder von allen Seiten auf den Hirten losgingen und sich an ihn zu klammern versuchten… dann wurde es ganz plötzlich still; der Mantelsack, in dem ich steckte, wurde gepackt und ein Stück weit über den Boden geschleift, so daß ich darin herumkugelte und mir überall blaue Flecken stieß. Ich hätte beinahe geschrien, aber da hörte die Tortur wieder auf, der Sack blieb liegen, und in der Stille hörte ich, wie der Kinderhirt mit der Faust an etwas Hartes schlug und »Mach auf! Mach auf!« schrie.

Ich manövrierte vorsichtig zwischen den dunklen,

übel riechenden Falten herum, bis ich hinauslugen konnte.

Die Kinder lagen und saßen rundum, so schlaff und schläfrig, als läge ein Bann über ihnen; sie achteten gar nicht auf den Hirten, sondern starrten verträumt in den bleiernen Himmel oder tändelten mit ihren Haubenbändern herum. Unmittelbar vor mir lag ein steinernes Rund (ausgetrocknet und von graphitschwarzem Sand halb verweht), das mich an den Sphinx-Teich im Garten von Carnanoth erinnerte. Der Hirte schnappte seinen Mantelsack wieder und schleifte ihn durch den Staub auf das Postament in der Mitte zu. »Laß mich hinein!« schrie er, mit beiden Händen an dem Stein rüttelnd, obwohl der so groß und schwer war, daß nicht einmal fünf Männer ihn hätten zur Seite rücken können.

Der Sphinx lachte – es klang, als blase jemand ein Waldhorn – und zog seine Pranken ein Stück zurück. Ich wußte nicht, wie es geschah, aber plötzlich war da eine Öffnung im Sockel, wie eine Grabtür, und durch die schlurfte der Hirt hinein, so schnell er nur konnte. Sein Bündel warf er achtlos hin, so achtlos, daß mir alle Knochen krachten und ich steif und voll blauer Flecken herauskroch, nachdem ich mich vergewissert hatte, daß er nicht mehr zu sehen war.

Er war verschwunden, aber der Sphinx war da und blickte mich aus seinen furchtbaren Goldaugen an, daß ich sofort begriff: Hier konnte ich nicht fliehen; er würde ihn augenblicklich alarmieren. Sollte ich mich einfach wieder im Mantel verstecken? Es mochte das Klügste sein, denn höchstwahrscheinlich würde der nächste Ort, den der Hirt aufsuchte, das Gartenzimmer in Carnanoth sein, und dort standen meine Chancen, gerettet zu werden, am besten. Andererseits wollte ich natürlich wissen, was er da unten in der Tiefe zu suchen hatte.

Der Sphinx beäugte mich aufmerksam, als ich mich

auf das Türchen zubewegte, aber er sprach nicht und regte sich so wenig, als wäre er wirklich aus Marmor.

Als ich durch die Öffnung spähte, sah ich eine Treppe dahinter – oder besser, die Überreste einer Treppe, so brüchig war das niedrige Gewölbe, und an so vielen Stellen waren die Stufen abgebröckelt und die Mauern durchlöchert. Nirgends war eine Lampe zu sehen – und dennoch war es nicht finster. Ein kaltes milchiges Licht erfüllte den Stollengang, als sickerte Mondlicht durch die Mauern. Ich schlüpfte, so leise meine kleinen Füße nur auftreten konnten, durch das Türchen und hinter dem Hirten her. Er bemerkte mich nicht. Er hätte mich aber wohl auch nicht bemerkt, wäre ich wie ein Pferd trampelnd hinter ihm hergelaufen, so wild und aufgeregt war er – er stolperte die Treppe hinunter, daß er mehr fiel als lief; ein paarmal trat er tatsächlich daneben und kollerte einige Stufen hinunter, bevor er sich wieder fing.

Zuletzt gelangte er in einen Raum, den ich für eine niedrige Felsenhöhle hielt, bis ich im Zwielicht sah, daß die Wölbungen und Pfeiler behauen waren – freilich so grobschlächtig und vor so langer Zeit, daß das meiste davon verwittert war. Vier Reihen übermannshoher Säulen trugen das grobgemauerte Gewölbe, von dem fast überall der Putz herabgefallen war, so daß die nackten weißlichen Steine hervorsahen. Die Sockel und Kapitelle waren mit Gestalten und Gesichtern verziert. Vielleicht waren sie einmal schön anzusehen gewesen, aber durch die lange Verwitterung hatten sie Augen wie Eulen und Nasen wie Totenschädel bekommen und wirkten so unheimlich, daß ich den Blick zu Boden wandte. Im übrigen war der Raum völlig leer, bis auf ein paar rostige Eisengestelle, die einmal Kerzenleuchter gewesen sein mußten.

Ich wunderte mich schon, was der Hirte hier unten wollte, warum er so begierig gewesen war, diesen leeren unterirdischen Raum aufsuchen zu dürfen, als er plötzlich die Hand in die Luft streckte, und als er sie zurückzog, hielt er eine lange blaue Flamme zwischen den Fingern. Mit der ging er nun, wie mit einer Lampe, an den Mauern der Krypta entlang und leuchtete da und dort hin … und nun erkannte ich, daß es ein Beinhaus war, das er aufgesucht hatte.

An den Wänden waren vom sandigen Fußboden bis zur Deckenwölbung Knochen und Totenköpfe aufgeschichtet, und nicht nur das: Sie waren auf eine unbeschreiblich seltsame Art arrangiert, bildeten, an den Mauern befestigt, bleiche Rosetten und Friese, Fächer und Schnörkel und andere plastische Ornamente, bekränzten mit filigranen Wirbelchen und Fingerknöchelchen die groben Basreliefsäulen an den altertümlichen Mauern. Auf den Simsen, die da und dort an den Wänden entlangliefen, standen sie aufgereiht, als warteten sie einer hinter dem anderen auf den Jüngsten Tag. Manche waren weiß, manche gelblich wie Elfenbein, andere braun wie die Erde; viele waren nackt, aber noch mehr waren mit blassen Blumen und Kreuzen und Kränzen bemalt.

Ich verkroch mich im finstersten Winkel hinter der hintersten Säule und beobachtete den Hirten.

Er schritt langsam und nachsinnend an den so wunderlich geschmückten Wänden entlang. Dann schien ihm jählings einzufallen, daß er belauscht werden mochte; er fuhr herum, witterte nach allen Seiten mit hocherhobenem Kopf in die Luft und ließ seine schwefligen Augen von einer Seite der Krypta zur anderen wandern, ob irgendwo ein Schatten sich bewegte. Ich hielt die Luft an und regte mich nicht, bis er aufhörte herumzuspähen. Er hätte mich vermutlich ganz leicht schnappen können, so fein und scharf, wie seine Sinne waren, doch er war zu beschäftigt damit, diese Unmengen Knochen zu betrachten, daß er nicht wirklich achtgab.

Mit einemmal streckte er die Hand aus und löste etwas aus den hochgetürmten Pyramiden: ein kleines Köpfchen, das an einer Seite abgebrochen war. Das hielt er vor sich hin, ging ganz nah mit dem blauen Licht heran und murmelte etwas, als zauberte er. Und etwas dergleichen tat er tatsächlich, denn da stieg es wie fahler Rauch auf, und über dem Schädel bildete sich ein Schemen – die nebelhafte Gestalt eines Knaben. Einen Atemzug lang hing sie in der kalkigen Beinhausluft, dann verblaßte und verflog sie. Der Hirte stieß einen heiseren Aufschrei aus, warf die Überreste zu Boden und stieß sie mit dem Fuß fort. Dann begann er an einer anderen Stelle zu suchen.

In der folgenden Stunde tat er nichts anderes, als daß er überall in den Knochen kramte und da und dort einen hervorzog, ihn mit dem blauen Licht anleuchtete und sich offenbar erinnern wollte, wer es einst gewesen war. Jedesmal, wenn er seinen ›Zauberspruch‹ aufsagte, bildete sich ein rauchiger Schemen, manchmal so dünn und schwach, daß kaum mehr als ein Umriß zu erkennen war, manchmal dicht und opak, einmal sogar so fest, daß es wie eine weiße Wachsfigur vor ihm stand. Aber ob sie deutlich oder verschwommen waren, er kannte sie alle, und jedesmal, wenn eines erschien, stöhnte er auf, erst nur leise, aber als es mehr und mehr wurden, nahmen auch seine Qualen zu, und zuletzt schrie er ein ums anderemal auf, als würde er mit Geißeln geschlagen.

Ich sah, daß sich allmählich auch um seine eigene Gestalt ein feiner Schleier bildete, konnte jedoch nicht erkennen, was es war – bis ich auf einmal sah, daß der Schleier aus seinen Ärmeln und seinem Kragen und unter dem Saum seines Gewandes hervorfloß, so zart wie der Rauch von Herbstfeuern auf abgeernteten Feldern … und es war tatsächlich Rauch. Er wurde dichter: Aus dem nebelhaften weißen Schleier wurde ein bitteres Grau und dann ein düsteres fettiges Schwarz, und dann, ganz unvermutet, blakte es spitz und rot darin auf, und der Hirte schrie. Es rauchte und loderte nun aus all seinen dunklen Kleidern, daß ich jeden Augenblick erwartete, sie in Flammen aufgehen zu sehen – aber sie brannten nicht, nicht einmal die langen dünnen Bänder daran. Kein Härchen der Pelzverbrämung kräuselte sich, kein Seidenband lohte auf, obwohl die Flammenzungen lang wie Schwerter aus den Ärmeln schlugen und das bleiche Gesicht des Hirten als züngelndes Bündel umhüllten und er bei jedem Schritt in ein Büschel rotgoldener Flämmchen trat.

Nun begann auch das Licht in seiner Hand sich zu verändern: Aus seinem kalten Blau wurde ein düsteres Blutrot und aus diesem Rot ein Orange, und zugleich wurde es immer heller und heißer, bis er eine lohende Flamme in seiner bloßen Hand hielt. Sie schmerzte ihn; seine Finger zogen sich zusammen und wurden schwarz, über sein bleiches Gesicht liefen Tränen, aber er hörte nicht auf; immer begieriger bemüht, seine eigene Qual zu vergrößern, wühlte er in den Knochenhaufen und zerrte, schluchzend und zitternd und vom Scheitel bis zu den Zehen in die gespenstische Lohe gehüllt, immer neue Gebeine hervor.

Ich weiß nicht, was aus ihm geworden wäre, hätte die Zeit seiner Qual nicht ein barmherziges Ende gesetzt. Durch das zwielichterhellte Gewölbe dröhnte es wie ein Stundenschlag, und zugleich erlosch die Flamme. Er schrie auf, enttäuscht und erleichtert zugleich, und stürmte die dunkle Treppe hinauf.

Ich folgte ihm, so schnell mich meine Füße trugen.

Ein nächtlicher Disput

Ich dachte, jetzt würde er mich ertappen, aber ich hatte Glück. Als wir oben ankamen, waren die Kinder bereits aufgewacht und machten einen solchen Radau, daß er keinen zweiten Blick hinter sich oder auf seinen Mantel warf, sondern zu ihnen stürzte und sie alle durchprügelte und zusammentrieb, und ich hatte reichlich Zeit, in den Mantelsack zu kriechen und mich wieder tot zu stellen.

Es kam dann, wie ich es mir vorgestellt hatte: Die Herde setzte sich wiederum in Bewegung, und aus dem Klang von Schritten auf Kies und Stein schloß ich, daß wir uns dem Haus näherten. Tatsächlich wurde bald darauf das Türchen geöffnet, der Sack mit mir darin fiel auf hölzerne Dielen. Dann hörte ich, wie der Hirte überrascht und erschreckt aufschrie – und als ich mich schnell zu einer Öffnung des Bündels drehte und hinauslugte, bot sich mir ein Anblick, bei dem mir vor Freude fast das Herz stockte: In dem lederbezogenen Stuhl saß Onkel Abelard, und am anderen Ende des Tisches stand Herr Marnion und hatte die Hand auf dem Deckel der Milchschüssel.

Er hatte sich verändert: Seine Augen hatten einen beunruhigenden Glanz angenommen – ein schwarzes Feuer, das darin blakte und loderte. Er war prächtig in Schwarz und Grün gekleidet, und sein langes schwarzes Haar fiel weit über die Schultern herab. Als hätte er ihn nur für diese Gelegenheit beiseite gelegt, hatte er sich in seinen schweren zobelbesetzten Mantel gehüllt, der im Lampenlicht glimmerte wie der Ornat eines Priesters, und er trug einen Kranz aus Mistelblättern auf dem pechschwarzen Haar.

Aber auch Onkel Abelard sah anders aus als zuvor. Sein Gesicht war ernst, war wie eine der großen dunklen Masken, die in Museen hängen, und seine goldbraunen Augen schienen von innen her zu leuchten und zu glühen. Er war in Aubergine und Purpur und Violett gekleidet, in lange Kleider, die vom Hals bis zum Boden reichten.

»Einen guten Abend, Euer Gnaden«, sagte Onkel Abelard, und dann: »Nein, nein – dort führt kein Weg hinaus, Sie müssen schon hierbleiben.« (Der Hirte hatte versucht, mit einem Satz das Türchen zu erreichen.) »Aber wir wollen Sie nicht lange aufhalten, geben Sie nur das kleine Mädchen zurück, und Sie können weiter unbehelligt bleiben.«

»Welches kleine Mädchen denn?« fragte der Kinderhirt. »Ich weiß von nichts.« Dabei schlängelte er sich am Tisch vorbei und gab dem Bündel auf dem Boden einen verstohlenen Tritt, mit dem er es unter den Tisch beförderte. Der Tritt traf mich glücklicherweise in den Hintern, aber es war trotzdem ein Gefühl, als bohrte sich eine glühende Schlange blitzschnell durch mein Fleisch. »Ist denn hier eines abgängig?« fragte er unschuldig, und ich dachte, daß er wirklich der verlogenste Mensch war, den ich je kennengelernt hatte.

»Und ob«, sagte Herr Marnion. »Weg da, Kinder.« (Die Kleinen, die jetzt ungeduldig wurden, begannen auf den Tisch zu klettern und wollten an die Milchschüssel.) Er zog ein Papier aus seinen Kleidern und reichte es dem Kinderhirten. »Da haben Sie das Bild und das Signalement der Vermißten … es ist übrigens eine hohe Belohnung auf den Kopf des Schurken ausgesetzt, der sie entführt hat.«

Ich seufzte leise. Ich schämte mich bei dem Gedanken, daß Onkel Abelard wieder viel Geld ausgeben wollte, um ein ungehorsames Kind zurückzukaufen.

»Sie wissen wirklich nicht, was aus ihr geworden ist?« fragte Herr Marnion noch einmal, als der andere aufmerksam den Steckbrief las und dann den Kopf schüttelte.

»Nun, was wohl?« antwortete der Kinderhirt. »Vermutlich hat sie ein Tiger gefressen, oder der Wind hat sie von der Brücke geweht – ungehorsamen Kindern stößt ja so leicht etwas zu.« Dann setzte er boshaft hinzu: »Mir scheint, mein Herr, Sie haben Ihre Aufsichtspflicht verletzt – wäre es denn nicht Ihre Sache gewesen, die Kleine im Auge zu behalten? Sie mußten doch wissen, daß es sich um ein unzuverlässiges und unfolgsames Kind handelt. – Weg da, laßt mich los!« (Die Kinder quäkten und quengelten immer lauter, als Herr Marnion sie nicht an die Schüssel ließ, und zogen und zerrten an den Kleidern des Hirten und verlangten, daß er sie fütterte.) Zu Herrn Marnion gewandt, sagte er: »Jetzt gehen Sie schon da weg und lassen Sie die Kinder ihre Milch trinken, Sie sehen doch …«

»Keine Merle, keine Milch«, antwortete mein Erzieher.

Da schrie der Kinderhirt, und der Klang seiner Stimme ließ erkennen, daß er es mit der Angst zu tun bekam: »Was für ein Unsinn! Sie halten uns da mit allerlei unnützen Fragen auf, während die armen Kleinen hungrig auf ihr Abendessen warten …«

Die Kinder hörten nur ›hungrig‹ und schrien im Chor. Ein paar drängten sich an Herrn Marnion heran und versuchten mit ihren kraftlosen Gespensterhändchen, seine Hand von der Milchschüssel zu ziehen, und ein paar bemühten sich, ihn mit ihren schwachen Gespensterarmen wegzuschieben. Natürlich rührte er sich nicht. Dem Hirten stand der Schweiß auf der Stirn, er ging vor und zurück, rieb sich die Hände, putzte wie eine nervöse Katze sein Bärtchen und wandte sich dann mit einemmal an Onkel Abelard.

»Wie können Sie das zulassen!« rief er. »Da sagen Sie, Sie seien ein Mann des Königs, und dann sehen Sie ungerührt zu, wie arme ehrbare Kinder hungern müssen, weil man irgendein entlaufenes Mädchen sucht – hören Sie nicht, wie sie jammern?« Die Kleinen jammerten jetzt in der Tat ganz schrecklich, vor allem jedoch, weil er sie unter seiner Rede trat und stieß und kniff, daß sie aufheulten. Er sah Onkel Abelard hoffnungsvoll an, aber der entgegnete hart: »Keine Merle, keine Milch.«

Die Kinder kreischten.

»So ist das«, sagte der Kinderhirt, der ganz blaß geworden war. »Nun, Sie erstaunen mich wirklich.« Er wich an den Tisch zurück, und ich bemerkte, daß er zitterte und seine grünen Augen nach allen Richtungen krochen. Plötzlich langte er mitten in die Herde, fischte ein Kind heraus (das entsetzlich zu schreien begann) und übergab es Herrn Marnion. »Da, nehmen Sie das«, sagte er. »Ist doch eins wie's andere.«

Herr Marnion schüttelte den Kopf und hielt den Knauf des Deckels fest.

Die Stimme des Hirten klang nun ganz anders als zuvor, nicht mehr so aufsässig, sondern voll Angst. »Lassen Sie sie essen«, stieß er heiser hervor. »Danach können wir alles besprechen ... erst müssen sie ihre Milch haben. Sie wissen doch, was passiert, wenn sie hungrig bleiben.«

»Keine Merle, keine Milch«, sagte Herr Marnion.

Die hungrigen Kinder weinten laut und krallten sich in seine, in Onkel Abelards und in die Kleider des Hirten. Sie taten mir schrecklich leid. Zugleich bemerkte ich etwas, das mir gar nicht gefiel. Da ich unter dem Tisch lag, hatte ich vor allem die Füße der Kinder im Blickfeld und die Säume ihrer Hemdchen, und nun sah ich, daß sie blutig waren – nicht die braunen Flecken von altem eingetrocknetem Blut, sondern frisch und leuchtend und feucht wie Rosen im Morgentau.

»Da! Da!« schrie der Kinderhirt auf. Und dann gellend: »Weg da – schsch! – weg von mir – kommt mir nicht so nahe ...«

Aus den Hemdchen, die am Tisch vorbei glitten, tropfte es rot, und die Füßchen hinterließen feuchtschimmernde Spuren. Die Kinder weinten vor Hunger. Der Kinderhirt raste wie ein Wolf in der Fallgrube.

»Nein«, heulte er. »Nein – weg – weg von mir – oh, die Augen, die Augen! Deck diese Augen zu!«

Und dann wurde mit einemmal der Mantel gepackt und hochgezerrt und mit einem wütenden Ruck ausgeleert, daß ich kopfüber, kopfunter über den Holzboden kugelte und zu Füßen von Herrn Marnion liegenblieb, schwindlig vom Rollen und schwitzend vor Angst und mit einem Gefühl, als hätte mir jemand einen Knoten in alle vier Glieder gemacht.

»Da haben Sie Ihr garstiges Balg, zum Kuckuck damit!« schrie der Kinderhirt mit gräßlicher Stimme.

Ich war fest überzeugt, daß Herr Marnion mich verprügeln würde, sobald wir das Gartenzimmer verlassen hatten (schließlich war ich sehr ungehorsam gewesen), aber als er mich hochhob und an seine Schulter legte, war der Gedanke daran gar nicht schlimm. Ich wußte so sicher, daß er mich liebte.

Die Augen fest geschlossen, schmiegte ich mich in seine Arme und sog den Duft seines Mantels und des Kranzes aus Mistelblättern auf seinem Haar ein, einen Duft nach Wald und Farn und feuchtem Moos. Die Mauer, die meine Gedanken umgab, hielt alles fern von mir: das gedämpfte Getöse, mit dem die Kinder sich auf die Milchschüssel stürzten, die Flüche des Hirten und das Pfeifen der Hiebe, mit denen er vergeblich Ordnung zu schaffen suchte. Die Kinder waren so wütend vor Hunger, daß sie nicht auf den Löffel warteten, sondern die Mündchen in die Schüssel tauchten und mit den Händchen schöpften, so daß bald alles mit Vanillemilch bekleckert war. Die Größeren knieten auf dem Tisch und steckten die Köpfe in die Milchschüssel, die Kleinen krochen auf Tisch und Boden herum und leckten den Löffel ab und das Verschüttete auf. Sie waren alle böse auf den Hirten – seinetwegen hatten sie warten müssen – und fauchten, sooft er eines anfassen wollte. Da gab er es auf.

Er sah herüber, und plötzlich machte er Augen wie eine Katze, wenn es donnert. »Sieh dir das an!« zischte er. »Was ist denn das? Lebt's wirklich?« Dabei kniff er mich mit seinen langen Fingern in die Waden, und als ich aufschrie, wiederholte er verdutzt: »'s lebt wirklich.«

»Wie kommt es denn, daß Sie denken, es wäre tot?« fragte Herr Marnion und sah ihn recht unfreundlich an.

»Ach ... nun ja ...«, machte der Kinderhirt, verschränkte die Hände hinter dem Rücken und wandte den Blick in die Kuppel des Gartenzimmers. Was er dort sah, schien ihm aber auch nicht recht zu gefallen, denn er blickte hastig wieder beiseite und tat, als erregten die Löcher in seinen Stiefelsohlen seine Aufmerksamkeit.

Es blieb ihm erspart, seine Bemerkung erklären zu müssen – was ihn sehr erleichterte –, denn da sagte Onkel Abelard ganz freundlich, als wäre nie von gestohlenen Kindern und Belohnungen auf den Kopf eines Schurken die Rede gewesen: »Nun, mein Freund, der Anlaß ist unerfreulich, aber es ist mir dennoch sehr recht, daß wir Sie wieder einmal ...«

»... vor die Flinte kriegen«, murrte der Kinderhirt.

Onkel Abelard ließ sich die Laune nicht nehmen. »Wann dürfen wir denn mit Ihnen rechnen?« fragte er. »Es wäre allmählich an der Zeit, daß es Ihnen langweilig wird, Ihre Kinder zu hüten. Warum nicht gleich heute abend? Der König ...«

Der Hirt sah ihn scheel an und murmelte drohend: »Ach, Sie wollen wohl die Belohnung kassieren? Aber versuchen Sie's doch und schleppen Sie mich vor den König, das kostet vielleicht mich den Kopf, aber Sie und der schwarze Federvogel da«, (dabei deutete er auf Herrn Marnion), »werden auch nichts zu lachen haben.«

»Ach, mein Freund«, sagte Onkel Abelard und lächelte, »wenn das möglich wäre, jemanden vor den König zu schleppen, ich hätte es längst getan, nicht um Sie gestraft zu sehen, sondern weil es mir im Herzen weh tut, wie Sie leiden ... aber Sie wissen es so gut wie ich, daß jeder nur aus eigenen Stücken vor sein Angesicht treten kann. Ich kann Sie lediglich führen und stützen und Ihnen beistehen, wenn es schwer wird für Sie. Nun kommen Sie, reden Sie kein leeres Zeug – wir warten alle mit offenen Armen auf Sie.«

Der Kinderhirt seufzte schwer, und einen Augenblick ließ sich etwas in seinem schrecklich bleichen Gesicht erkennen, das an den Mann erinnerte, der er einmal gewesen war; ein Mann, der mit seinen Kameraden scherzte und seinem Pferd den Hals klopfte und sich aus vollem Herzen freute, wenn seine Gäste sich gut unterhielten. Als ich ihn anblickte, glaubte ich flüchtig im Hintergrund Gläserklirren und Gesang und vielstimmiges Gelächter zu hören und bunte Schatten zu sehen, die sich zur Musik drehten, aber es waren Erinnerungen, die weit zurücklagen, und sofort breitete sich, wie eine Welle über den Sand, die Finsternis wieder darüber hin. Ich hörte nur mehr das gierige Lärmen der Kinder und sah, wie sie sich grau wie Nebelschwaden unter dem Tisch balgten (jetzt waren sie satt und wollten, daß er sich hinsetzte und sie ihm lästig sein konnten).

»Ich kann nicht«, stammelte er leise, müde und sehnsüchtig.

»Mein armer Freund«, sagte Onkel Abelard, »Sie könnten wohl, Sie wollen nur nicht. Bedenken Sie sich …« Er hob langsam seine große braune Hand und richtete sie auf das unvollendete Deckenfresko. »Es liegt an Ihnen, wie dieses letzte Bild aussehen soll.«

Die Beichte

Der Hirte folgte mit den Augen der Bewegung seiner Hand und stöhnte, daß es einem das Herz brechen konnte. Mit einemmal sagte er sehr rasch und leise: »Ich möchte beichten.« Und bevor Onkel Abelard Gelegenheit hatte, ihm irgendeine Antwort oder Erklärung zu geben, war er neben seinem Sessel auf die Knie gefallen, die Stirn auf die Armlehne gestützt, und lag schwer atmend auf den Knien. Seine Stimme brach immer wieder, als er die formelhaften Worte hervorstieß: »Ich bekenne vor Gott, daß ich folgende Sünden begangen habe ...« Er zögerte einen Augenblick, als müßte er seine Kräfte für dieses Bekenntnis sammeln, dann fuhr er leise fort: »Vater, ich habe ihr Schmerzen zugefügt ... mit Absicht.«

»Wollten Sie sie töten?«

»Nein«, flüsterte der Beichtende. »Diesmal nicht.«

»Wann denn?«

Der Hirte hob plötzlich den Kopf. Ich sah, daß ihm der Schweiß über die Schläfen lief; der Blick seiner schwefelgrünen Augen war so abwesend, daß er durch sein Gegenüber und die Zimmerwand hindurchzustarren schien in eine wüste, nebelhafte Ferne. Dann fuhr er heftig zusammen. »Das gehört nicht hierher«, murmelte er, mit dem Handrücken über die Stirn wischend. »Ich habe mich geirrt ... ich wollte etwas anderes sagen. Verzeihen Sie.« Und dann packte er plötzlich mit beiden Händen – sehr kräftigen Händen – Onkel Abelards Arm und schrie auf, am ganzen Leib zitternd: »Um Gottes Barmherzigkeit willen, verzeihen Sie mir!«

Nach diesem gellenden Aufschrei sackte er in sich zusammen und vergrub das Gesicht in den Händen. Sein langes schwarzes Haar fiel, so feucht vom Schweiß, als sei er durch den Regen gelaufen, über die Finger und verhüllte ihr krampfhaftes Zucken.

»Sprechen Sie zu Ende«, sagte Onkel Abelard, wohl überzeugt, daß da noch etwas nachkommen mußte. »Ich höre Ihnen zu.«

Der Hirte zog die Hände vom Gesicht und ließ seinen wilden grünen Blick langsam über die Saalwände schweifen. »Sie haben kein Kruzifix da«, murmelte er. Die Tatsache schien ihn zu beunruhigen, denn er atmete immer heftiger, und dann streckte er die Hand aus und zerrte den anderen an den Kleidern. »Haben Sie es weggenommen?« rief er. »O Gott, Barmherzigkeit! Haben Sie es ganz weggenommen? Habe ich gar keine Hoffnung mehr?«

»Sprechen Sie erst zu Ende, dann will ich Ihnen antworten«, sagte Onkel Abelard in sanftem Ton.

Die Gedanken des Hirten hakten sich an dem letzten Wort fest. »Ende«, murmelte er. »Danach sehne ich mich … daß es einmal ein Ende nimmt. Ich habe getan, was ich konnte … gebetet … geweint … ganze Nächte hindurch. Ich habe viel für die Kirche gestiftet. Ich habe gebüßt … ich habe die ganze Strafe auf mich genommen und durchlitten … aber es hilft nichts; es hilft nichts.« Er preßte eine Hand auf die Brust und krallte die Finger durch seine dunkelbunten Kleider hindurch, daß ich zu spüren glaubte, wie die Nägel schmerzhaft ins Fleisch drangen. Die Augen weit offen und verdreht, ächzte er: »Ich müßte *mein eigenes* Herz herausschneiden – mein eigenes …«

Ich schreckte zusammen, als er sich aufbäumte und sich mit einer Wut an die Brust schlug, daß seine Rippen knirschten. »Da!« heulte er auf, »da sitzt es, im Herzen, und schlägt und pocht und geht um und um, und es ist keine Ruhe und kein Frieden, im Leben und im Tod nicht …« Er sprang auf die Füße, packte Onkel Abelard an beiden Schultern und beugte sein Gesicht mit den lohenden Augen so nahe zu ihm, daß ihre Schatten zu einem verschmolzen. »Das Herz muß hinaus«, schrie er, kreidebleich und mit schaumbedeckten Lippen. »Dieses Herz, Vater, dieses schwarze, faule, verrottete Herz, das muß hinaus, eh irgend etwas gut werden kann …«

Onkel Abelard blickte ihn an. Er war ganz ruhig, obwohl die Hände, die ihn hielten, sich grausam in seine Schultern gruben und das bleiche Gesicht vor ihm von höllischer Wut und Qual verzerrt war. Er sprach leise. »Wollen Sie es denn herausgeben?« fragte er.

Der Hirte starrte ihn an. Wie ein Riß in einer Nebelwand tauchte ein unerwartet klarer Ausdruck in seinen Augen auf. Er lockerte seinen mörderischen Griff.

»Herausgeben?« fragte er. Dann ließ er los und kauerte sich an der Seite des anderen neben dem Sessel auf die Fersen nieder, den Blick aufmerksam erhoben, stoßweise atmend, als wartete er mit neu erwachter Hoffnung gierig auf etwas, das ihm Trost gab.

Onkel Abelard sagte: »Ich will nicht über Einzelheiten sprechen … ich will es dabei belassen, daß Sie schwer gesündigt haben.«

Der Hirte beugte in stummer Zustimmung den Kopf.

»Und Sie haben diese Sünden zu büßen versucht?«

»Ja. Aber es … gelang mir nicht.«

»Es gelingt niemandem.« Er zögerte einen Moment, rieb sich, nachdenkend, die Stirn unter den schweren, pechschwarzen Haarlocken. Dann sagte er: »Sie fragten, warum ich kein Kruzifix hier habe. Mein Freund, das Kreuz, vor dem ich knie, ist leer – so leer wie das Grab am Ostermorgen. Verstehen Sie mich?«

Der andere machte eine zaghafte, stumme Bewegung, die bedeutete: Nicht ganz.

»Ich will es Ihnen erklären. Sie glauben an die Kreuzigung, aber nicht an die Auferstehung. Sie lassen sich mitnehmen in das Leiden, aber Sie lassen sich nicht mitnehmen in den Tod und den Sieg über den Tod. Ihr Karfreitag wird nie zum Ostersonntag. Sie haben viel gelitten …«

»O Gott«, stieß der Kniende hervor. »Und so lange! So lange!« Dann blickte er auf, einen angstvoll bittenden Ausdruck in den seltsamen Augen. »Es war alles, was ich zuletzt noch tun konnte.«

»Es war alles, was Sie tun konnten. Was kann Gott tun? Haben Sie sich das nie gefragt?«

Der Hirte hatte es sich tatsächlich noch nie gefragt; er sah ihn erstaunt an und hob die Schultern. »Ich weiß nicht.« Seine Wut und Erregung waren jetzt völlig erloschen; er kauerte still neben dem Sessel und wartete mit einer fast kindlichen Aufmerksamkeit darauf, was ihm gesagt würde.

Onkel Abelard fuhr fort: »Sie sagten zuvor, das Herz müßte hinaus ... so ist es. Und das ist es, was Gott tut – daß er Ihnen *ein anderes Herz schenkt*. Schenkt. Nicht verkauft, für den Ertrag Ihres Leidens, nicht leiht, auf die guten Werke, die Sie vielleicht einmal tun.«

»Man muß es doch verdienen«, widersprach der andere.

»Womit? Was wollen Sie geben, womit Sie Ihre Seele wieder lösen? Geld? Besitz, den Sie nicht mit in diese Welt gebracht haben und nicht wieder hinausnehmen werden? Ihre guten Werke? Was Sie Gott schuldig sind, wollen Sie ihm als Kaufpreis anbieten?«

Er hielt inne, als er sah, wie die Erregung wieder die schönen, bleichen Züge des anderen zu verzerren begann. So sanft und leise, als spreche er zu einem Kind, sagte er: »Sie müssen es niemandem mehr nehmen. Kommen Sie und lassen Sie es sich geben ... umsonst.«

»Was bekommt man schon umsonst!«

»Gnade. Liebe. Vergebung: ein fühlendes Herz.«

Der Hirte starrte ihn zweifelnd und verwirrt an, und dann war es plötzlich, als hätte ein Blitzstrahl seine Gedanken getroffen – die Hand auf der Brust, stierte er an seinem Gegenüber vorbei die Wand an, mit offenem Mund atmend, zitternd, als hätte er Fieber. Er stand langsam auf und ging wie ein Schlafwandler ein paar Schritte weit, wandte sich um, kehrte zurück. Sein Blick war immer noch leer, als er sagte: »Das habe ich nie begriffen, verstehen Sie … ich habe oft darüber nachgedacht, in all diesen endlos langen Jahren, die ich da draußen umhergeirrt bin … Ich hatte keine Macht mehr über sie, ich konnte ihnen nichts geben und nichts nehmen – sie hätten mich in die tiefste Hölle verfluchen können. Aber sie beteten für mich.« Mit einem jähen Ruck ballte er beide Fäuste. Sein Blick nahm einen so entrückten Ausdruck an, als hätte er sich mitten aus dem öden, halbdunklen Gartenzimmer hinausversetzt in eine völlig andere Szenerie. Er stammelte heiser: »Ich hatte nichts mehr, verstehen Sie – nichts mehr –, kein Geld, keine Macht, nicht einmal mehr einen Honigkuchen, den ich ihnen hätte schenken können, und eine Schuld auf der Seele, die ich nicht schleppen konnte … Sie hatten alles. Sie waren reich. Ich hatte sie um ihre Verzeihung gebeten wie ein Bettler um Brot, und sie hatten sie mir mit vollen Händen geschenkt. Warum nur? Um Gottes willen, warum?« Zum erstenmal schien er sein Gegenüber wieder zu sehen, als er diese Frage herausschrie.

Der sagte leise: »Sie geben sich selbst die Antwort. Um Gottes willen.«

Er stand auf und streckte die Hand aus, und der andere kroch herbei und legte zögernd seine zitternden Finger hinein. Eine Weile blickten sie einander an.

Dann sagte Onkel Abelard: »Diese beiden Kinder haben gegeben, wie Gott gibt … Sie sagten es mit Ihren eigenen Worten. Sie können ihm nichts geben und nichts nehmen, er hat alles. Er ist reich. Bitten Sie ihn – wie ein Bettler um Brot. Und Sie werden seine Gabe erhalten … hier.« Er legte die Finger sanft auf die Brust des Hirten, auf die Stelle, wo das Herz schlug. »Ein reines Herz.«

Einen Augenblick ließ er die Hand dort liegen, dann zog er sie zurück und fügte sanft hinzu: »Und nun gehen Sie mit Ihren armen Kindern in Frieden.«

Zweimal Heimkehr

Der Hirt und seine Herde waren verschwunden; Onkel Abelard, Herr Marnion und ich waren ganz allein im vereinsamten Gartenzimmer, und ich dachte schon, nun käme ich dran – da passierte etwas Wunderliches.

Die beiden Herren hatten dem Hirten nachgeblickt. Herr Marnion sagte: »Nun, viel klüger ist er in all der langen Zeit auch nicht geworden«, und Onkel Abelard seufzte traurig. Da gab es ein Geräusch, als pfiffe ein Mäuschen – leise, aber ganz deutlich hörbar.

»Was ist das?« riefen sie beide zugleich.

Es pfiff wieder.

»Unter dem Tisch!« rief Herr Marnion, setzte mich ziemlich unsanft ab und fing an, mit seinen langen knochigen Händen unter dem Tisch herumzufahren wie jemand, der im seichten Wasser fischt. Onkel Abelard tat dasselbe auf der anderen Seite. Beide riefen mehrmals: »Ich hab's, glaube ich!« Aber das pfeifende Ding entwischte ihnen wieder und wieder, bis sie zuletzt ganz in der Mitte zusammenkamen. Da rief Onkel Abelard: »Ich hab's!« Und diesmal hatte er es wirklich.

Er stand ächzend und schnaubend auf und stellte das Gefangene auf den Tisch. Da war es eines von den grauen Kindern, nämlich das Kind in dem viel zu langen Hemd, das den Hirten in die Hand gebissen hatte. Es stand x-beinig und vor Aufregung zitternd auf dem Tisch, hielt sein Hemdchen um sich herum fest und rief: »Fortgelaufen, hier gebleibt!« – womit es vermutlich sagen wollte, daß es dem Hirten fortgelaufen und hier im Haus geblieben war.

»Sieh an«, sagte Onkel Abelard und streckte die Hand nach dem Kindchen aus. Er tat es ganz langsam und vorsichtig, wie man Katzen die Hand hinhält, damit sie daran riechen können, aber das arme Kind war durch die schlechte Behandlung so ängstlich geworden, daß es vor Schreck ein Pfützchen machte, als er es anfaßte.

»Nein, wirklich«, sagte Onkel Abelard.

»Seien Sie achtsam, es sieht recht bissig aus«, warnte Herr Marnion. Als wollte das Kleine seine Worte bestätigen, bleckte es all seine spitzen Fischzähnchen und rief drohend: »Angegriffen, Hand gebeißt!«

»Es ist wirklich recht wehrhaft«, bemerkte mein Onkel. Zögernd fügte er hinzu: »Man könnte es ja vielleicht mit einem Netz versuchen.«

»Kinder nehmen Netze sehr übel«, widersprach Herr Marnion. Ich stimmte ihm insgeheim zu. Nachdem ich stundenlang in einem Sack herumgeschleppt worden war, hatte ich auch einen starken Widerwillen gegen Netze. »Versuchen wir zuerst eine sanftere Methode …« Laut und deutlich fügte er dann hinzu: »Ich werde noch etwas Milch holen für dieses arme Kind, es sieht so hungrig aus, als hätte es nicht genug davon abbekommen … die anderen waren so gierig.«

»Alles weggetrinkt«, bestätigte das Gespensterkind. »Nichts gehabt.«

Herr Marnion ging und kam sehr rasch wieder, eine hübsche blaue Schüssel in Händen, aus der es überaus köstlich duftete – nach heißer Milch und Vanillezucker und noch nach etwas anderem. Wäre das Kindchen weniger gefräßig gewesen, hätte dieser dritte Duft es wohl mißtrauisch gemacht, aber es hielt sich nicht lange mit Riechen auf, sondern stürzte sich auf die Schüssel, fuhr hinein und schlabberte und schleckte, bis kein Tropfen mehr drin war. Dann setzte es sich (schon merklich sanfter geworden) auf den Tisch, hielt beide

Hände auf dem Bauch und blickte aus verglasten Augen um sich. Die Augen wurden immer glasiger, und plötzlich murmelte es: »Gut geschmeckt … gu gemeckt …« und fiel seitlich um. Als Onkel Abelard es sanft auf seine Arme hob, war es ganz friedlich, und als er mit ihm zur Tür schritt, schnarchte es bereits leise.

Ich erhaschte gerade noch einen letzten Blick (er hatte es in seinen purpurroten Mantel gewickelt) und sah erstaunt, daß das Kind sich verändert hatte: Es war stofflicher geworden. Ich hätte sein Gesicht nun leicht unter anderen Kindergesichtern erkannt. Man sah auch deutlich, daß es einmal flachsblondes Haar und auseinanderstehende Schneidezähne gehabt hatte und daß die Bänder auf seinem Häubchen nicht grau, sondern blau waren.

Als wir aus dem Gartenzimmer traten, sah ich, daß es schon Morgen war, ein grauer, blasser Morgen, den silberne Regenfäden durchzogen.

Mein Zimmer gebärdete sich wie toll, als ich durch die Tür trat. Es wollte sich förmlich um mich wickeln (es ist schwer zu erklären, wie es das tat, aber ich fühlte es), und es sandte Wellen von wohligen und willkommenheißenden Schauern über mich hin – den Apfelkuchenduft der Tapete und den Wachsgeruch des Holzbodens und den kostbaren Samt- und Seidenduft des Bettes. Alles tat sein Bestes, mich als verlorene Tochter in die Arme zu schließen: Das Wasser, in dem ich mir die Hände wusch, hatte die genau richtige Temperatur; die Seife (Mandelseife) flutschte mir kein einziges Mal aus der Hand, das Handtuch war richtig kratzig und richtig weich zugleich.

Ich wusch mir sehr lange und sorgfältig die Hände. Als ich sie nicht länger waschen konnte, trocknete ich sie ab. Als ich auch das nicht länger hinausziehen konnte, drehte ich mich um.

Herr Marnion saß auf einem Stuhl an der Wand, hatte die Ärmel seines schwarzen Hemdes bis über die Ellbogen aufgeschürzt und hielt die Rute auf den Knien.

»Kommen wir zum Geschäftlichen«, sagte er.

Ich machte fest die Augen zu.

Es tat recht weh und war sehr peinlich, und außerdem tat mir noch genug weh von den Bissen und Hieben und Tritten des Hirten, aber ich sagte nichts, bis Herr Marnion das Geschäftliche beendet hatte. Dann zog er mich an sich und stellte mich zwischen seine Knie.

»Bist du zufrieden?« fragte er.

»Ja«, sagte ich.

»Hast du nicht das Gefühl, zu Unrecht bestraft worden zu sein? Hegst du keinen Groll gegen mich – oder, was das angeht, deinen Onkel?«

»Nein«, sagte ich. »Ich bin zufrieden, danke.«

»Gut«, sagte er. Er faßte mein Kinn mit einer Hand und streichelte mir mit den Fingern der anderen über die Wange. »Die Hiebe waren für den Ungehorsam, das hier ist für die Einsicht. – Merle, mein liebes Kind, komm her.«

Ich fiel ihm um den Hals und weinte seine Haare naß.

Er war es nicht gewohnt, daß man ihn so umarmte und anweinte, er drehte und schüttelte sich und wußte nicht, wie er mich halten sollte. Schließlich sog er ein paarmal scharf die Luft ein und bemerkte: »Du stinkst dermaßen nach Werwolf, daß es einem alle Haare aufstellt; es muß unbedingt ein Bad her, bevor ich dich ertragen kann.«

Ich nahm an, wir würden ins Bad gehen, aber er rief zwei Diener, die einen großen Holzzuber brachten und viele Eimer heißes Wasser, und Herr Marnion kramte in seinem Apothekenbeutel und suchte eine Tinktur hervor, von der er meinte, sie würde den Werwolfgeruch neutralisieren. Sie roch nach schwarzer Lakritze.

»Andernfalls«, sagte er, »würden alle Hunde dich beißen und alle Gänse dich ankreischen und die Kinder vor dir zu ihren Müttern fliehen, und das wäre dir ja wohl nicht recht, oder?«

»Aber schwarze Lakritze riecht komisch«, wandte ich ein.

Er brummte, aber dann gab er Muskat- und Orangentropfen zu der Werwolftinktur, und jetzt roch es wirklich gut.

Ich mußte mich ganz ausziehen und wurde mit Seife gewaschen und gebürstet, bis ich ziegelrot war. Auch mein Haar wurde gewaschen und mit der Tinktur eingerieben. Dann saß ich bis zum Hals in der duftenden heißen Brühe (es mußte ziemlich lange einwirken) und sah Herrn Marnion zu, wie er hin und her eilte und meine Kleider und Schuhe in einen Beutel packte, weil sie geschwefelt und desinfiziert werden mußten. Das Granathalsband aber blieb an meinem Hals. Ich sagte nichts davon, daß der Werwolf es mit der Zunge berührt hatte; ich fürchtete, es würde mir dann weggenommen und desinfiziert oder vielleicht sogar ganz weggeworfen. Ganz geheuer war mir allerdings nicht dabei.

»Was kann man von Werwölfen kriegen?« fragte ich vorsichtig. »Würmer?« Von Hunden konnte man welche kriegen, das wußte ich, wenn man sich nicht gleich die Hände wusch. Ich versuchte mich besorgt zu erinnern, ob ich die Hände vielleicht in den Mund gesteckt hatte, nachdem ich ihn angefaßt hatte. Das war der schnellste Weg, verseucht zu werden.

»Weiter nichts, wenn man nicht gerade allergisch ist«, sagte Herr Marnion. »Aber von einem Werwolf angefaßt zu werden ist das letzte, was ich mir wünschen möchte. Sie stinken ent-setz-lich. Ich kann noch Tage nachher riechen, wo einer nur vorbeigelaufen ist, und es dreht mir den Magen um.«

Ich wurde traurig bei dem Gedanken, daß die Tinktur

vielleicht nicht scharf genug war und ich so unheilbar nach Werwolf stinken mußte, daß er mich nie wieder richtig gernhaben würde. »Vielleicht sollten Sie noch ein paar Tropfen ins Wasser tun«, sagte ich leise.

»Die Dosierung überlaß nur mir«, wies er mich zurecht. »Hinter jeder meiner Anordnungen stehen großes Wissen und reiche Erfahrung, also belehr mich nicht.« Er drehte die Sanduhr auf der Kommode um. »Noch fünf Minuten«, sagte er.

»Genügt das wirklich?« Ich versuchte herauszufinden, ob ich noch roch, aber praktisch alles von mir war unter Wasser.

Er sah mich mit einem langen, dunklen Blick an. »Das kommt vor allem darauf an«, antwortete er, »wie nahe man den Werwolf an sich heranläßt. Kontakt mit einer Pfote ist nicht schlimm. Aber nehmen wir an, jemand würde mit mehreren Pfoten oder gar mit der Schnauze berührt – von der Zunge gar nicht zu reden –, nun, dann möchte ich keine Verantwortung für die Folgen übernehmen. Solche Leute sind schon mit dem Gestank begraben worden.«

Ich brach in Tränen aus.

»Was ist denn?« fragte mein Erzieher.

»Er hat mich mit allem angefaßt«, weinte ich. »Mehrere Pfoten und Schnauze und Zunge und ... ach, alles. Ich glaube, ich bin völlig verseucht. Ich fühle mich schon richtig infiziert.«

»Wo?«

»Hier«, sagte ich.

»Dummkopf«, sagte Herr Marnion. »Das ist Hunger, was du da spürst.« Er nahm ein großes weißes Wickeltuch aus der Kommode. »Komm her.«

Ich wurde eingewickelt und mußte im Bett dunsten, während die Diener den Holzzuber, die Eimer und den Beutel mit meinen Kleidern wegschafften.

Herr Marnion klang recht zufrieden, als er sagte: »Es

riecht schon viel weniger. – Halt einmal still.« Er kam zum Bett, goß ein öliges Tröpfchen aus einem Flakon auf die Fingerspitze und tupfte es mir hinter die Ohren. Es roch so, wie Tokaier schmeckt und Bernstein aussieht. Es war herrlich. Ich fühlte mich sofort belebt und erfrischt.

»Wir werden später einen Spaziergang machen«, sagte er, »um dich etwas auszulüften und auch um zu testen, ob die Hunde dich beißen und die Kinder vor dir davonlaufen. Wenn sie es nicht tun, riechst du nicht mehr nach Werwolf.«

»Und wenn doch?«

»Tja dann«, sagte Herr Marnion und hob bedauernd die Achseln.

Nachdem ich ausgedunstet hatte, sagte er aber, es sei kaum noch ein Hauch von Geruch zu entdecken.

Ich hatte großen Hunger, denn außer zweimal Wasser hatte ich ja bei dem Kinderhirten nichts zu essen bekommen. Herr Marnion bestellte Essen für mich, das aufs Zimmer gebracht wurde, denn ich sollte noch eine Weile im Bett bleiben – bis man sähe, ob noch etwas herauskäme, meinte er. Als ich ihn fragte, was herauskommen könnte, sagte er nur: »Ach, dies oder das« – was mich nicht gerade ermutigte. Wahrscheinlich war es etwas so Gräßliches, daß er es mir lieber nicht sagen wollte.

Ich aß mit sehr wenig Appetit. Ich mußte an zwei Dinge denken, zum einen an die unbekannte Werwolfkrankheit, die vielleicht in mir steckte, zum anderen an das Abendessen im Haus des Hirten.

»Jetzt wollen wir uns einmal um deine Verletzungen kümmern«, sagte Herr Marnion.

Er schlug die Bettdecke zurück und prüfte mit seinen langen Spinnenfingern sorgfältig all die blauen und braunen Flecken und die Bißspuren und Kratzer und die Striemen auf den Waden. Aus seinem Apothekenbeutel holte er mehrere verschiedene Salben hervor und strich mich sanft und sorgfältig damit ein (ich spürte richtig, wie alles sofort zu heilen anfing), und auf die Stelle, wo der Werwolf mich in den Oberschenkel gebissen hatte, kam ein Pflaster. Es war mit etwas Scharfem getränkt, denn der Biß dort war tiefer als die anderen, und es bestand Infektionsgefahr. Auch die anderen Bisse wurden mit einer fürchterlich übelriechenden, brennenden schwarzen Salbe bestrichen, die das Werwolfgift herausziehen sollte. Zuletzt mußte ich mich in ein altes Leintuch wickeln lassen (die schwarze Salbe machte Flecken) und still liegen, bis die Salben eingezogen waren.

Beim Stilliegen hatte ich eine Menge Gelegenheit zum Nachdenken. Schließlich sagte ich: »Es war schrecklich bei ihm.«

Herr Marnion drehte sich um. »Aha«, sagte er, »nun fängt's an, herauszukommen. Erzähl nur weiter.«

Er setzte sich auf den Bettrand und hörte mir zu, während er seine Mäusefellhandschuhe stopfte – er gab sie nicht gern aus der Hand, deshalb machte er es selbst. Draußen hing der graue Regenhimmel tief über dem Schloß, und es troff und platschte aus allen Dachrinnen. Im Zimmer war es so dunkel, daß eine Lampe brennen mußte. Ich hatte noch den Rest meiner Mittagsmahlzeit auf dem Nachttischchen stehen, Kaffee und Nachtisch. Es war eigentlich sehr gemütlich, da zwischen den rosigen und purpurnen Kissen und Decken im Bett zu liegen – wie bei den Krankheiten, wo man gerade krank genug ist, um sich im Bett am wohlsten zu fühlen, aber nicht so krank, daß einem das Leben verleidet ist.

Ich erzählte Herrn Marnion das meiste von allem, sogar, daß der Werwolf mein Halsband abgeleckt hatte, aber ich erzählte ihm nichts davon, daß er mich gefragt hatte, was das Schlimmste sei, das ich jemals gedacht hätte. Während ich das alles erzählte, kam es heraus wie Nesselausschlag und brannte und juckte und machte mich heiß und rot, aber dann heilte es ab, und ich fühlte mich viel gesünder als vorher.

Er stopfte wortlos seine zerschlissenen Handschuhe, während er mir zuhörte. Dann machte er, wie es seine Art war, eine lange Pause, um sicherzugehen, daß nicht noch etwas nachkam, und schließlich sagte er: »Ich will dir nachher etwas zeigen. Jetzt werde ich dir einmal einen Trank zubereiten, der innerlich reinigend wirkt, und dann schläfst du ein Stündchen.«

Der Trank, den er mir brachte, war das Seltsamste, das ich je getrunken hatte. Aus der Schale, in der er ihn servierte, stieg es wie Nebelschwaden auf, und der Trank selbst war in der Hauptfarbe kirschrot, aber dazwischen fuchsienrot und orangerot, und die drei Farben mischten sich unablässig, ohne sich je zu verlieren. Es sah aus wie die Farben in einer Glasmurmel, die man schnell dreht. Es schmeckte ungefähr wie Apfelcidre – aber wie Apfelcidre, den man an einem glühenden Augustabend in einem Rosengarten trinkt, in Gesellschaft seiner besten Freunde und mit der Hauskatze auf dem Schoß. Ich ließ kein Tröpfchen übrig.

Herr Marnion breitete die schwere rostrote Überdecke über mich. »Und jetzt schlaf«, sagte er.

Als ich wieder erwachte, war der verregnete Tag bereits in eine frühe Dämmerung übergegangen. Im Schloß brannten die Lampen. Als ich aufstand und ans Fenster trat, konnte ich ihren viereckigen gelben Lichtschein überall auf den Bäumen und Büschen des Gartens sehen.

»Zieh dich schon einmal an und warte draußen an der Treppe zum oberen Stockwerk auf mich«, sagte Herr Marnion. Ich erriet, daß er sich ungesehen umziehen wollte, und gehorchte.

Mir kam es so vor, daß der Aufenthalt bei dem Kinderhirten meine Sinne für die feinen Wohlgerüche von Carnanoth geschärft hatte. Ich roch deutlich die vergilbten Gobelins mit den Seidenfransen an der Wand, die von vielen Schritten abgeschliffenen und polierten schwarzen Dielen, das rötlich schimmernde Schnitzwerk der Treppe. Irgendwo in der Nähe wurde Kaffee gekocht, dessen intensives Aroma sich den Korridor entlang schlängelte. Ein Fenster stand ein Stück weit offen und ließ den Duft des regennassen Gartens herein, der unter dem blauen Schleier der Dämmerung lag.

Ich mußte an den Hirten und seine Herde denken und wurde traurig bei dem Gedanken, daß sie jetzt wohl in der schwarzen Höhle beisammen saßen und ihre melancholische Unterhaltung darin bestand, daß die Kinder ihm wieder und wieder erzählten, wie er sie ins Verderben gelockt und gequält und erschlagen hatte. Plötzlich hatte ich beide Augen voll Tränen.

Ein Schritt schreckte mich auf, ein schwerer Männerschritt, der die Dielen knarren ließ. Ich blickte mich um und sah den Profos den Korridor entlangkommen. Offenbar hatte er Feierabend, denn er war in Zivil – das heißt, er trug nicht seine scharlachrote Uniform, sondern ein langes Hemd und weißwollene Strümpfe. In der einen Hand hielt er eine große, mit Goldschrift verzierte Kaffeetasse und in der anderen ein Beutelchen mit Gebäck.

Als ich ihn sah, kam mir ein Einfall, und ich sagte rasch: »Verzeihung …«

»Ja bitte?« fragte er.

Ich trat auf ihn zu. »Könnten Sie mir wohl einen Gefallen tun – einmal rasch an mir riechen und mir sagen, wonach ich rieche?«

Er betrachtete mich mit schiefgelegtem Kopf, dann zuckte er die Achseln, stellte seinen Kaffee ab, beugte sich herunter und schnupperte.

»Hm«, machte er. »Du riechst schon etwas eigenartig.« Ich erschrak, aber er fuhr fort: »Bist du vielleicht mit schwarzer Salbe eingeschmiert worden?«

»Ja.« Mir fiel ein Stein vom Herzen.

Er war ein gründlicher Mann, denn er beschnupperte mich noch einmal und sagte: »Orangenblütenparfüm.« Und dann: »Toast mit Schinken und Käse.« (Das war mein Essen gewesen.) Ganz zuletzt zog er die Nase kraus und fragte: »Hast du vielleicht in letzter Zeit einmal einen Salamander angefaßt?«

»Kann schon sein«, sagte ich. »Sagen Sie mir nur ... ist vielleicht irgend etwas von Werwolf an mir zu riechen?«

»Nein«, sagte er. »Also ich jedenfalls rieche nichts. Aber wenn du ein unangenehmes Gefühl hast, kann ich dir einen guten Tip geben. Du mußt viel Brunnenkresse essen, dann geht der Gestank weg. Wenn ich einen Werwolf anfassen muß, ist immer das erste danach viel Brunnenkresse.«

Er war so liebenswürdig, daß ich es wagte, ihn ganz zutraulich zu fragen: »Warum müssen Sie denn Werwölfe anfassen?«

»Nun – um ihnen den Kopf abzuschlagen, natürlich«, sagte er. Dann nahm er seine Kaffeetasse wieder auf. »Aber wenn du weiter nichts von mir brauchst, entschuldige mich jetzt bitte, sonst wird mein Kaffee kalt. Auf Wiedersehen.«

Er ging mit langen Schritten die Treppe hinunter.

Noch einmal die Ahnengalerie

»Er sagte, er schlägt Werwölfen die Köpfe ab«, teilte ich Herrn Marnion mit, während wir nebeneinander die schattenverhangene Treppe zum oberen Stockwerk hinaufstiegen. Mein Erzieher trug das Licht, das springende Schatten an die Wand warf. Die geschnitzten Tiere auf dem Geländer sahen in diesem unruhigen Licht aus, als lebten sie.

»Jaja – das stimmt schon«, bestätigte er. »Es gibt leider gewisse halsstarrige, unbelehrbare Werwölfe, die ihr trauriges Ende selbst verschulden.« Er schwieg einige Atemzüge lang, dann setzte er hinzu: »Du machst dir wohl Sorgen um den deinen?«

»Hm.« Ich fand, wenn ich ja sagte, dann hätte das gerade so geklungen, als wäre ich gern bei ihm gewesen, und das wiederum hätte bedeutet, daß ich um nichts besser war als er selbst. Ich wollte aber kein Werwolf sein.

Jedenfalls kein stinkender Werwolf.

Wir wurden vom Thema abgelenkt, als mein Erzieher eine Tür mit einem kunstvoll verschlungenen Knauf öffnete und wir einen langen, düsteren Raum betraten, in dem ich die Ahnengalerie wiedererkannte. Im Abenddunkel wirkte sie besonders düster.

»Warum müssen wir sie ansehen?« fragte ich leise. Mir war unheimlich in dem hohen, schmalen Raum mit den vielen schwarzen Bildern, und ich fürchtete mich, das Bildnis des häßlichen kleinen Mädchens wiederzusehen.

»Es gehört zur Allgemeinbildung«, erwiderte Herr Marnion. »Betrachte zum Beispiel dieses Gemälde hier.«

Er hob unvermutet die Kerze hoch, und ich hätte beinahe aufgeschrien vor Schreck, denn da stand der Kinderhirt vor mir, so lebendig gemalt, als könnte er mit einem Schritt aus dem Rahmen treten. Er war nicht in seine zerschlissenen Kleider gehüllt, sondern in etwas, das seine Gala-Uniform sein mußte – ein weißes Gewand mit goldenen Bändern und Schnüren und breiten gestickten Einsätzen. Um seine schmale Taille hing ein dreifach geschlungener Gürtel, in Rot und Gold gestickt wie ein Klingelzug und mit Quasten daran, und auf dem Kopf trug er einen großen, unglaublich extravaganten Hut, so goldgeschnürt und goldgestickt wie seine Kleider und mit langen farbigen Bändern und einem Schleier daran. Auf sein langes Schwert gestützt, stand er da – den Kopf hochmütig erhoben und halb zur Seite gedreht, so daß sein Blick über den Beschauer hinwegglitt. Während ich ihn betrachtete, fiel mir plötzlich auf, daß ich zum erstenmal seiner Gesichtszüge gewahr wurde: Es waren die eines Mannes von derber Schönheit, mit einem breiten Mund, arroganten Brauen und tückischen, lüsternen Augen.

»Er hat sich sehr verändert«, sagte ich.

Herr Marnion nickte nur stumm und ging weiter, an einer Reihe von dunklen Gemälden vorbei, auf denen ich nur glänzende Schemen erkannte. Dann blieb er wieder stehen und hob seine Kerze.

Das Gemälde, das er diesmal beleuchtete, war viel kleiner als das lebensgroße Bildnis des Kinderhirten – nur etwa so lang wie mein Arm – und quadratisch. Es war in einen schlichten schwarzen Rahmen gefaßt, der mich an den Trauerrand einer Parte erinnerte. Innerhalb dieses Rahmens war eine geheimnisvolle, überaus öde Landschaft zu sehen, flach, düster und nebelig, in der sich vereinzelt hohe monolithische Steine erhoben. Im Vordergrund stand, so finster und trostlos wie die Szenerie hinter seinem Rücken, ein höchst absonderliches Geschöpf.

Ich fühlte, wie Herr Marnion mir die Hand auf die Schulter legte. »Nun«, sagte er (und bildete ich mir nur ein, daß seine Stimme ein wenig unsicher war?), »jetzt kennst du mein Geheimnis.«

»Ich habe es mir schon gedacht«, antwortete ich. »Es war nicht so schwer zu erraten.«

Er schien überrascht. Diesmal war ich ganz sicher, daß seine Stimme schwankte, als er sagte: »Da mußtest du wohl deinen ganzen Mut zusammennehmen, um mit mir ... äh ... so auf Tuchfühlung zusammenzuleben?«

»Nein, gar nicht«, sagte ich. »Ich meine ... ich wußte ziemlich bald, daß Sie ein Mann des Königs sind.« (Ich hatte keine wirklich eindeutige Vorstellung davon, was das hieß, aber seit ich es den Kinderhirten zu Onkel Abelard sagen gehört hatte, nahm ich an, daß man damit die Leute bezeichnete, die man sonst ›die Guten‹ nennt.) »Und von da an war es mir egal, ob Sie Vogelfüße haben ... oder lange schwarze Flügel oder so was. Man darf nichts auf Äußerlichkeiten geben.«

»Nein«, sagte Herr Marnion und zupfte ganz unnötig an seinem Haar herum – wahrscheinlich weil ihm dies Gelegenheit gab, den Blick abzuwenden. »Du bist ein kluges Kind.«

Ich dachte daran, daß der Kinderhirt dasselbe gesagt hatte, behielt es aber für mich. Vermutlich war ich in verschiedenster Hinsicht klug und geschickt. Um Herrn Marnion (der meine Gedanken so gut lesen konnte) abzulenken, fragte ich hastig: »Wie ist es Ihnen denn passiert ... daß Sie verwunschen waren? Oder sollte ich das nicht fragen?«

Er zeigte den Rand seiner weißen Zähne auf eine Weise, die wohl ein Lächeln darstellen sollte. »Die Sache ist die, kleine Merle«, erwiderte er. »Ich wurde nicht ver-wunschen, sondern ent-wunschen … sozusagen. Was du hier auf dem Bild siehst, das ist … also, das ist meine natürliche Gestalt.«

»Oh«, sagte ich. »Das tut mir leid für Sie.« Und weil ich spürte, daß das nicht die richtigen Worte waren, ergriff ich seine Hand und drückte sie von Herzen.

Diesmal war sein Zähnezeigen schon viel deutlicher als Lächeln zu erkennen – als würde es mit jedem Üben besser. Er stellte die Kerze ab, setzte sich auf das Sims eines der tiefen Fenster und zog mich auf seinen Schoß. Das Licht auf dem Boden hob unzusammenhängende bunte Bahnen aus den rundum aufgehängten Gemälden hervor.

»Ich bin sehr alt«, begann Herr Marnion seine Geschichte. »Ich lebte sehr lange Zeit hier im Schloß … nicht hier heroben in den Gemächern und auf den Türmen, sondern unten in der Krypta, am Ufer der Kloakenseen. Ich – nun, man kann es so nennen – ich trieb mein Unwesen. Ich sorgte dafür, daß das Schloß unbewohnt blieb. Zumeist wagte sich ohnehin niemand herein, aber wenn einmal jemand einzog, dann schlurfte ich durch die Gänge und machte die Tapeten schimmlig und das Bettzeug klamm, und wenn sie nachts schliefen, dann hockte ich mich auf ihre Brust und machte ihnen angst, bis die Leute wieder auszogen.«

»Ich verstehe«, sagte ich. Ich hätte gern gefragt, ob er mir das nicht lieber unten im warmen und erleuchteten Zimmer erzählen wollte, aber ich hatte Angst, wenn ich ihn mittendrin unterbrach, würde er es mir vielleicht gar nicht erzählen. »Aber warum denn?« fragte ich. »Wollten Sie ungestört bleiben, oder …«

Seine knochige Hand strich über mein Haar, und obwohl ich wußte, daß die Nägel an den Fingern dieser Hand Rabenkrallen waren, war es eine süße, wohltuende Berührung. »Ich haßte sie – diese Leute, die in mein Schloß einziehen wollten«, fuhr er fort. »Haßte sie, weil ich Angst vor ihnen hatte. Und Angst hatte ich, weil ich mich schämte. Siehst du … ich kroch da unten im Finstern herum, ein Ghul wie mein Vater und mein Großvater und alle vor mir; lebte von den blinden Fischen in den Kloakenseen und dem leprösen weißen Moos, das auf den Mauern wucherte, wusch meine Kleider und lauerte auf unvorsichtige Fremde, die in meinen Keller herabstiegen. Es war ein elendes und schändliches Leben, aber ich kannte kein anderes. Meine Familie hatte längst das Wesen der Verliese angenommen, in denen wir lebten; ich war blind und hellhörig wie sie alle, fürchtete das Licht und haßte Lachen und Gesang. Wie konnte ich es ertragen, daß sich das Schloß über mir mit Licht und Lärm, mit Musik und Gelagen erfüllte? Nein, es mußte unbewohnt bleiben, frostig, finster und leer … dann konnte ich mir sagen, was sich alle vor mir gesagt hatten: das sei nun einmal die Welt, wie sie wirklich sei, und alles andere ein wirrer Traum …«

»Und wie wurden Sie ent-wunschen?« fragte ich.

»Der Spiegel«, sagte er. »Du kennst doch den Spiegel unten in dem kleinen Zimmer neben der Halle?«

Ich nickte eifrig.

»Eines Tages«, sagte er, »war ich in diesem Teil des Schlosses unterwegs und kam in das Spiegelzimmer. Es war damals leer … allein diese riesige Glasfläche hing an der Wand. Ich blieb stehen und fühlte in meiner blinden Dunkelheit, daß etwas um mich war, etwas Fremdes und Ungeahntes. Ich streckte zögernd die Hand aus. Sie berührte Glas. Ich witterte den Spiegel, ich fühlte ihn, ich ertastete ihn. Mir wurde mit einemmal klar, daß ich zu sehen vermochte, wenn ich sehen wollte. Aber ich war nicht sicher, ob ich es wollte. Denn wenn meine Augen erst einmal offen waren, dann gab es kein Zurück mehr in die vertraute Finsternis.«

»Und?« fragte ich.

»Ich rang mit mir. Dann öffnete ich die Augen, und seither sind sie offen geblieben.«

»Und was war in dem Spiegel zu sehen?« fragte ich begierig.

Er seufzte leise. »Das Schlimmste, das ich je gedacht hatte, kleine Merle.«

Ich saß schweigend da. Ein Sturm von Gefühlen brauste in mir und rüttelte an meiner Seele. Das Ding, das im Haus des Hirten aus dem schwarzen Ei gekrochen war, kreischte in mir und schlug mit seinen Fledermausflügeln. Der goldene Sphinx sang.

»Und?« flüsterte ich und drehte das Gesicht zu seiner Schulter, weil ich jetzt nichts sehen wollte. Mir stand zu viel vor Augen.

Seine krähenhafte Stimme schien von weither zu kommen. »Du mußt bedenken, ich hatte mich selbst noch nie gesehen. Ich hatte nur vage, verworrene Vorstellungen von meiner eigenen Gestalt gehabt, die ich nun völlig unerwartet in dem hohen Spiegel vor mir erblickte. Mein Herz bebte, mir wurde schwach in den Knien. Wie ungeheuerlich dieses Wesen aussah, das doch ich selbst war! Und ich begriff sofort, daß sich diese Ungeheuerlichkeit nicht auf mein Äußeres beschränkte. Das, meine ich, hätte ich noch ertragen können … ich war immer ein Einzelgänger gewesen und hatte selten einen Gedanken daran verschwendet, ob andere mich wohl hübsch oder häßlich fanden. Mein Inneres war es, dessen Häßlichkeit mich erschreckte. – Merle, mein Kind, mute ich dir zuviel zu, wenn ich so rede?«

»Nein«, sagte ich.

Er fuhr fort: »Ich hatte mich zeitlebens als ein Wesen höherer Ordnung gesehen – einen Hüter tiefer Geheimnisse … und nun sah ich mich plötzlich ganz anders, als eine finstere Kellerassel …«

»Ach nein!« stieß ich gepreßt hervor. »So dürfen Sie nicht von sich denken.«

Er strich mir übers Haar, ohne weiter auf den Einwurf einzugehen. »Weißt du, was sehr seltsam war? Ich stand dort vor dem Spiegel, und von einem unerklärlichen inneren Drang erfaßt, sagte ich laut: ›Ich bin häßlich – innen und außen.‹ Und plötzlich fühlte ich mich frei. Ich war überhaupt nicht mehr deprimiert. Es war, als hätte ich mit diesem Wort all meine Häßlichkeit in Päckchen gepackt und beiseite gelegt. Da lagen sie, aber sie gingen mich nichts mehr an. Ich ließ sie liegen und tappte vorsichtig durchs Haus … zum ersten Mal sehend. Es waren die ersten Schritte auf einem langen Weg.«

Als ich nichts darauf sagte, fuhr er fort: »Bald darauf bekam ich einen Brief des Königs. Du kannst dir nicht vorstellen, wie überrascht ich war … ich hatte in all der endlos langen Zeit, die ich in den Katakomben gewohnt hatte, nie einen Brief bekommen – und nun gleich einen mit dem königlichen Siegel! Aber noch mehr überraschte mich der Inhalt, denn da stand ziemlich kurz und bündig, der König lasse mir mitteilen, daß er alte Herzen umtausche; für jedes alte, fühllose Herz, das rechtzeitig zurückgegeben würde, sollte dem Besitzer ein neues Herz ausgehändigt werden … Nun, es hätte kaum eine Botschaft kommen können, die mich mehr erfreut hätte; ich setzte mich augenblicklich hin und schrieb postwendend meine Antwort – und umgehend erhielt ich ein neues, fühlendes Herz …«

»War das nicht sehr ungewohnt?« fragte ich und versuchte mir vorzustellen, wie es wohl sein mochte, wenn man plötzlich ein so völlig neues Herz in sich hatte.

»Nun ja – das schon«, gab Herr Marnion zu. »Anfangs war es wie brandneue Schuhe, es knirschte sozusagen bei jeder Bewegung, und es paßte nicht zur alten Garderobe … den alten Gewohnheiten und Gedankengängen. Es machte mir ziemlich zu schaffen.

Zum Beispiel begann ich mich plötzlich vor den blinden Fischen und den Schimmelpilzen zu ekeln, die doch jahrhundertelang meine Nahrung gewesen waren – und mir nicht übel geschmeckt hatten. Ich wußte eine Zeitlang gar nicht, wovon ich leben sollte; ich sah mich schon elendig verhungern. Siehst du – ich hatte nicht gewußt, daß es auch noch andere eßbare Dinge gibt außer Schimmelpilzen.«

»Aber dann kamen Sie besser zurecht?«

»Im allgemeinen, ja. Allerdings überraschte es mich wieder und wieder … es ist und bleibt etwas Fremdes. Es gehört dem König, und das spürt man.« Er schwieg eine Weile, dann sagte er: »Dir ist viel Seltsames begegnet, Merle, und du weißt nicht, ob es gut oder böse war, daß es dir begegnet ist. Ich kann es dir auch nicht mit Sicherheit sagen. Ich kann dir nur den einen Rat geben: Warte darauf, daß der Spiegel dir etwas zeigt, und wenn es soweit ist, dann nimm es an, auch wenn es dir schwerfällt.«

»Meinen Sie«, fragte ich scheu, »er wird mir je etwas zeigen?«

»Oh – ganz gewiß. Aber er läßt sich nicht vorschreiben, was er dir zeigt, und wann. Du mußt darauf warten. Und wenn du es siehst, mußt du rasch ja dazu sagen, sonst verschwimmt das Bild wieder und ist für dich verloren … Du zitterst ja.«

»Ich muß Ihnen etwas sagen«, flüsterte ich.

Herrn Siebenschöns Mission

Es war schon Zeit zum Abendessen, als wir endlich wieder aus der düsteren Galerie in die hellen und freundlichen Regionen von Carnanoth hinabstiegen. Seit ich Herrn Marnion auch den letzten Teil meiner Unterredung mit dem Hirten erzählt hatte, waren wir sehr vertraut miteinander. Seine Hand lag auf meiner Schulter, und ich hielt mich hinten an seinem Hemd fest und lehnte den Kopf an seine Taille.

Seit er mir seine Geschichte erzählt hatte, hatte ich mir den Kopf zerbrochen, wie ich ihm durchschlagend beweisen konnte, daß ich ihn liebte, und auf dem zweiten Treppenabsatz fiel mir etwas ein – etwas Großartiges.

»Herr Marnion?« wandte ich mich an ihn.

»Was ist?«

»Könnten Sie zwanzig Minuten lang nicht ins Zimmer kommen? Ich muß etwas vorbereiten.«

»Du wirst doch nichts aushecken?« fragte er. »Wenn du mir wieder mit irgendwelchem Wolfsgesindel durchgehst …«

»Sicher nicht. Bitte kommen Sie erst in zwanzig Minuten wieder.«

Er versprach es.

Kaum war er die Treppe hinunter verschwunden, stürzte ich mich in die Vorbereitungen. Ich rannte in die Küche, wo alles durcheinanderlief, weil gerade überall das Abendessen verlangt wurde, und kämpfte mich zu einem Koch durch, der nicht ganz so beschäftigt war und meine Bestellung ausführte. Dann jagte ich wieder hinauf.

Als ich am Treppengeländer vorbeieilte, hörte ich plötzlich zwei vertraute Stimmen in der Halle unten, und wie von einer Schnur gezogen blieb ich stehen. Die eine Stimme gehörte Onkel Abelard; er sagte: »Ich weiß Ihren Einsatzwillen wirklich außerordentlich zu schätzen, aber ...«

»Nichts da«, erwiderte die andere Stimme. »Trotz meiner zahlreichen – leider muß ich sagen, sehr zahlreichen – Unzulänglichkeiten darf ich mich doch als einen Mann des Königs betrachten, und diese Situation schreit geradezu nach meinem Einsatz.«

Ich legte mich auf den Bauch und spähte zwischen den Säulen des Geländers nach unten.

Ich hatte die Stimme ganz richtig wiedererkannt. Es war der schöne alte weiße Wolf, der soeben die Halle betrat. Onkel Abelard war bei ihm, und ich rutschte ein Stück weiter zurück, so daß sie mich mit Sicherheit nicht sehen konnten.

»Sie begeben sich möglicherweise in Lebensgefahr«, sagte mein Onkel. »Sie wissen, er ist bösartig, unberechenbar und gewalttätig.«

»Mag sein«, räumte der weiße Wolf ein. »Aber irgend jemand muß jetzt einmal ein ernstes Wort mit ihm reden, und Sie werden zugeben, daß niemand geeigneter ist, einen verstockten Werwolf zu überzeugen, als ein – ähem – geläuterter Werwolf. Übrigens bin ich durchaus noch rüstig, und was er mir an Kraft und Jugend voraus hat, gleiche ich mühelos durch List und Erfahrung aus.«

»Tja«, meinte Onkel Abelard.

»Nichts ›tja‹«, rief der alte Herr energisch. »Lassen Sie mir nur einen Sessel und ein Kissen bringen, daß ich bequem warten kann – und etwas Kaffee und Kuchen, um wachzubleiben ...«

Mein Onkel seufzte tief und schwer und sagte: »Ich hoffe nur, daß dieses Gartenzimmer morgen früh nicht Ihr Grab ist«, worauf der Alte ein Lachen von sich gab, das wie Gebell klang, und rief: »Ach, seien Sie nicht überängstlich – was ich jungen Wölfen schon an Ohren abgebissen habe, damit könnten Sie eine Wand vollnageln.«

Ich hätte sehr gern weiter zugehört, aber die Frist, die ich gesetzt hatte, lief rasend schnell ab, und ich mußte mich beeilen.

Herr Marnion war sehr pünktlich. Ich konnte gerade noch die Kerzen anzünden, als er auch schon durch die Tür trat.

Er blieb überrascht stehen. »Was denn ...«

»Ich«, brachte ich – wegen der Hetzerei etwas atemlos – hervor, »ich wollte Sie fragen, ob Sie mir die Ehre erweisen, mit mir zu Abend zu essen.«

Er stand in der Tür, groß, schwarz, hager und gespenstisch, die Augen tief und dunkel in dem schmalen elfenbeinbleichen Gesicht. »Ach, Merle«, sagte er leise, »das hat mich in Hunderten Jahren noch niemand gefragt.« Seine Stimme klang, als sei sie plötzlich voller Sprünge.

»Bitte nehmen Sie doch Platz«, stotterte ich und schluckte Tränen der Rührung hinunter.

Er setzte sich.

Der Tisch sah wunderbar aus mit den beiden hohen Kerzen, dem hübschen Gedeck und dem großen Strauß aus gelben Teerosen, die ich in aller Eile abgeschnitten hatte.

»Etwas Suppe gefällig?« fragte ich.

»Bitte.«

Glücklicherweise hatte Hühnersuppe auf der Speisekarte gestanden, die er gern mochte – das heißt, er pickte das Huhn heraus, trank die Brühe und ließ die

Nudeln und das Gemüse auf dem Teller liegen. Der nächste Gang war etwas von dem, was er gern aß, aus den braunen Töpfchen, auf denen ›NUR für Herrn Marnion‹ stand. Ich brachte es nicht fertig (obwohl ich es mir fest vorgenommen hatte), davon zu essen, sondern stocherte nur darin herum und klapperte eifrig mit Messer und Gabel, so daß es aussehen sollte, als äße ich. Beim Braten war es dann wieder leichter: Es gab Steaks mit Beilagen, und da mir vor dem halbrohen Fleisch grauste und ihm vor den Kartoffeln, dem Apfelmus und dem Brunnenkresse-Salat, teilten wir brüderlich und wurden beide satt. Dann gab es noch ein Rabengericht – es sah aus wie Chop Suey –, bei dem ich wieder nur mit Messer und Gabel klapperte, und zuletzt Käse und Gebäck, woran er interessiert herumpickte.

Herr Marnion trank einen Schluck Mineralwasser, schmatzte ein wenig, wie es Likörkenner tun, wenn sie etwas besonders Feines bekommen, und sagte dann: »Es war exquisit, liebe Merle, du hast mich aufs angenehmste überrascht. Aber beantworte mir eine neugierige Frage.«

»Bitte, gern«, sagte ich.

Er sah mich schräg an. »Seit wann hast du derartigen Appetit auf Brunnenkresse, daß du eine ganze Schüssel davon verzehrst?«

Wir gingen sehr früh schlafen. Zum einen, weil Herr Marnion sagte, ich sei noch rekonvaleszent und müßte mich gründlich ausruhen, zum anderen, weil es nichts Behaglicheres gibt, als an einem feuchten kühlen Tag früh zu Bett zu gehen. Wir wärmten alle Decken einzeln am Kaminfeuer an und breiteten sie auf dem Bett aus, dann stopften wir sämtliche Kissen hintereinander und setzten uns so ins Bett und tranken im Kerzenschein Kaffee und ein Getränk, das Herr Marnion sich selbst gemischt hatte. Es war rötlich-braun-schwarz und voll goldener Tupfen, und es roch nach Apotheke.

Dann legten wir uns nieder, und es war keine Rede mehr davon, daß ich ihn nicht anfassen durfte. Ich glitt so nahe an ihn heran, wie es nur ging, und legte die Wange an seinen Rücken und faßte seine Hand. Ehe ich einschlief, spürte ich noch, wie die beiden hölzernen Tiere von ihren Knäufen herabsprangen und sich weich und zärtlich an mich schmiegten.

Ich war so glücklich, zu Hause zu sein.

Bis Mitternacht schliefen wir friedlich. Dann fuhren wir mit einem Schlag alle vier aus dem Schlaf und saßen aufrecht im Bett. Das Kätzchen hatte sich vor Schreck zu einer borstigen Kugel aufgebläht, das Äffchen stellte alle Haare auf und fletschte die Zähne, ich zitterte am ganzen Körper, und Herr Marnion, der mich ganz automatisch an sich gepreßt hatte, war weiß wie die Wand.

Es gibt nicht Gräßlicheres als das Gebell eines wütenden Werwolfs.

Es gellte aus dem Gartenzimmer herauf, als seien papierene Wände dazwischen; ich hörte jeden Japser und jedes Schnappen. Dann war es eine Weile still, bis sich das Geheul erneut erhob, leiser jetzt, kaum mehr als ein rauhes, kehliges Gewinsel. Ich hoffte schon, es bliebe so ruhig, da gerieten sie sich wieder in die Haare: dem Schnappen und Knurren und Fluchen und Bellen folgte ein wüstes Gepolter, als hätte einer den anderen am Nacken gepackt und schleifte den Widerstrebenden rund um das Gartenzimmer. Wieder legte sich der Lärm, sank ab zu einem bösen Knurren, als sie einander umkreisten, dann biß wohl einer zu, denn der andere gab einen Schwall von Schimpfwörtern von sich und dann ein schmerzerfülltes Gewinsel, das mir alle Haare aufstellte.

Was das Gebell von Werwölfen so abscheulich macht,

ist der Umstand, daß es niemals ganz das Gebell eines Raubtiers ist – es trägt immer ein menschliches Element in sich, ein Fluchen und Jammern, ein Zetern und Weinen. Und wie wir da im Dunkeln saßen und atemlos horchten, hörten wir die ganze Skala: Wut, Aufruhr, Schreck, Verzweiflung und einmal ein rasendes Geheul, das sich auf seinem Höhepunkt völlig unvermutet in den Aufschrei: »Mein Gott! Barmherzigkeit!« wandelte.

Danach blieb es still.

Herr Marnion stieg steifbeinig aus dem Bett und machte sich am Waschtisch zu schaffen. Als er zurückkam, hielt er ein Gläschen mit einer nußbraunen Flüssigkeit in der Hand. »Da, trink das«, befahl er. »Das ist gut für die Nerven.«

Ich trank gehorsam. Es schmeckte bittersüß. Bald darauf war mir zumute, als kämmte mir jemand ein unsichtbares gesträubtes Fell glatt. Als ich den letzten Schluck getrunken hatte, wurde ich wieder schläfrig.

Ich schlief, aber mit der Ruhe war es vorbei. Grausame Träume peinigten mich. Einmal sah ich einen großen, völlig abgehäuteten rotblutigen Wolf im Gartenzimmer liegen, der noch sterbend die Augen verdrehte, dann wieder prügelten sich der Kinderhirt und Herr Siebenschön vor meinem Bett, trampelten alles in Scherben und fluchten wie die Bürstenbinder, und ganz zuletzt sah ich das Gartenzimmer in gelben Flammen stehen, und vom Lüsterhaken an der Decke hing der Kinderhirt und war halb Wolf und halb Mann.

Der Morgen eines seltsamen Tages

Nachdem ich so früh schlafengegangen war, wachte ich auch sehr früh auf. Der Morgen war immer noch grau, aber von einem zarten Perlgrau, das einen schönen, bleichen Tag erwarten läßt. Meine Verletzungen waren sehr gut verheilt; mich schmerzten eigentlich nur noch die Stellen, auf denen Herr Marnion das Geschäftliche exekutiert hatte – aber das tat nur außen weh, nicht innen.

Ich ließ Herrn Marnion weiterschlafen, zog mich leise an und schlüpfte hinunter. Dabei war mir einen Augenblick lang recht ängstlich zumute, denn wenn der alte Wolf die Nacht im Gartenzimmer verbracht hatte, kam er jetzt vielleicht gerade dort heraus (und war fürchterlich hungrig). Schon auf der Treppe verrieten mir allerdings Kerzenschimmer und Stimmengemurmel in der Halle, daß sich eine ganze Gesellschaft unten versammelt hatte.

Die Tür des Gartenzimmers stand offen. Im schwachen Morgenlicht sah ich, daß drinnen eine noch viel schlimmere Unordnung herrschte als gewöhnlich: Der lederbezogene Stuhl war zerbrochen, der Teppich aufgerollt und umgeschlagen, überall lagen Kleiderfetzen und ausgerissene Haarbüschel herum, und da und dort war Blut auf den Boden getropft. Der alte Wolf war verschwunden.

Onkel Abelard stand inmitten seiner Männer. Er sagte laut: »Ich hätte es nicht zulassen dürfen … aber wer kann schon alles vorhersehen und bedenken! – Was meinen Sie?« wandte er sich an den Profos, der an seine Seite trat.

Der machte ein bedenkliches Gesicht. »Exzellenz, wenn zwei Werwölfe unterwegs sind, ist es schwer, den einen zu vertilgen, ohne zugleich den anderen zu erwischen.«

Ich schluckte. Vertilgen!

»Dasselbe«, fuhr der Profos fort, »gilt natürlich für das Einfangen mit Fallen. – Ich würde den Vorschlag machen …«

»Ja?« drängte Onkel Abelard.

Der junge Mann nahm die Handflächen auseinander und schlug sie wieder zusammen. »Man sollte einfach der Natur vertrauen. Herr Siebenschön ist nicht mehr der Jüngste, das stimmt, aber Sie müssen bedenken, er ist gut genährt und ausgeruht, während den anderen seine Kinder ziemlich auf Trab halten … übrigens ist er auch nervlich in keinem guten Zustand. Der alte Herr hat eine faire Chance. – Sehen Sie da.« Er bückte sich und hob ein dunkles Haarbüschel vom Boden auf. »Er hat ihn ganz ordentlich erwischt. Nein, ich glaube, wir brauchen uns vorerst keine Sorgen um sein Leben zu machen. Vielleicht vollbringt er sogar, was er sich vorgenommen hat.«

Onkel Abelard sah nur halb so hoffnungsvoll aus, aber er nickte und stimmte ihm zu. Dann wandte er sich an einen seiner Freunde. »Ich bitte dich, kümmere dich ein wenig um seinen Kammerdiener … der Mann ist verständlicherweise nervös und besorgt. Geh spazieren mit ihm, lenk ihn ein wenig ab. – Frederic?«

Der Page tauchte aus der Menge auf wie ein rotes Fischlein, das im Wasser springt. »Hier!«

»Hol Merle und bitte sie, mit mir zu frühstücken.«

Der Page traf mich auf halber Höhe der Treppe an, und das erste, was er hören ließ, war: »Pah! Hier stinkt's nach Wolf!«

»Na, wenn schon«, sagte ich. »Ein bißchen Wolfsgeruch ist gar nichts gegen einen Haufen Wolfsgeheimnisse. Für das, was er mir gezeigt hat, rieche ich gern.«

Frederic Flitzchen blieb stehen und starrte mich an. »Was hat er dir gezeigt?«

Der Augenblick war süß.

»Glaubst du im Ernst, was mir ein Werwolf gezeigt hat, erzähl' ich einem dummen kleinen Jungen? – Führ mich zu meinem Onkel.«

Wir frühstückten am Kaminfeuer in der Bibliothek.

»Du mußt entschuldigen, mein Kind, wenn ich heute morgen kein guter Gesellschafter bin«, sagte mein Onkel Abelard. »Aber ich mache mir große Sorgen um Herrn Siebenschön ... er hatte eine Unterredung mit dem Kinderhirten und ist seither verschwunden.«

»Wahrscheinlich reden sie irgendwo weiter. Du weißt doch, wenn Werwölfe einmal zu diskutieren anfangen, finden sie kein Ende.« Ich hatte keine Ahnung, ob das so war – ich sagte es einfach, um meinen Onkel, der so bekümmert aussah, zu trösten.

Er lächelte schwach. »Naja, du magst recht haben. Aber nun zu dir. Geht es dir wieder gut? Herr Marnion hat dich doch nicht allzu hart bestraft, oder?«

»Ach wo«, sagte ich und fühlte vorsichtig nach hinten. Ich war froh, daß mein Sessel ein weiches Sitzkissen hatte, sonst hätte es Schwierigkeiten gegeben. »Bist du mir böse?«

»Ich war sehr besorgt und bedrückt«, antwortete er.

Ich mußte daran denken, daß er eine hohe Belohnung ausgesetzt hatte. »Das tut mir leid«, sagte ich traurig.

»Wäre es dir lieber, du wärst dem Kinderhirten nie begegnet?« fragte Onkel Abelard nach einer Weile.

»Ja«, stimmte ich eifrig zu. »Das wäre mir lieber. Ehrlich.«

»Ich glaube, da kann ich dir helfen«, sagte er. Er schob

die Hand in die Falten seiner auberginefarbenen Soutane und zog einen kleinen flachen Gegenstand heraus – ein Pillendöschen, wie es alte Leute haben, die vielerlei Tabletten einnehmen müssen. Es sprang klickend auf, als er die Schließe drückte. Eine Menge Pillen und pastellfarbene Papierbriefchen mit Pulver waren darin. Er suchte mit der Fingerspitze herum, zog dann ein weißes Briefchen heraus und zeigte mir, was darauf geschrieben stand: UM ZU VERGESSEN.

Onkel Abelard öffnete das Briefchen und schüttelte den Inhalt – feines, silbrig glitzerndes Pulver – in meinen Kakao. »Trink das nur aus – es schmeckt nicht garstig –, und du vergißt alles, was den Kinderhirten betrifft: daß du ihm jemals begegnet bist, daß er dich verführt und betrogen hat, daß du in seinem Haus warst ... nun, einfach alles, was du mit ihm erlebt und geredet hast.« Er nahm den Silberlöffel und rührte um. Ein wenig Schaum stieg an die Oberfläche, sonst geschah nichts. Der Kakao sah aus wie immer.

Onkel Abelard lächelte. »Trink.«

Ich starrte die Schale an.

»Hast du Angst, daß es widerlich schmeckt?« fragte er.

»Nein.« Ich hatte eine ganz andere Angst.

»Ich dachte, ich hätte dir einen Wunsch erfüllt«, sagte mein Onkel.

»Ich weiß nicht.« Es fiel mir schwer zu sprechen. »Ich glaube, ich möchte lieber nichts vergessen.«

»Nein?« fragte er freundlich. »Nun sag mir aber auch, warum nicht.«

Ich konnte nicht gleich antworten. Meine Gedanken kehrten zurück zu dem großen, zugigen Haus meiner Kindheit, in dem ich nie einem Werwolf begegnet war; ich war keiner der Gefahren dieser Welt dort begegnet. Und doch hatte ich ihre Schatten an den Mauern gesehen und ihr Scharren an den Fensterläden gehört, wenn sie nachts an das Haus heran krochen und es belagerten. Und nun, als ich da vor meinem Trank des Vergessens saß, wußte ich mit einemmal, daß es nur zwei Möglichkeiten gab. Ich konnte für immer in diesem Haus bleiben, in das kein Werwolf Eingang fand (aber auch kein Rabe), und das Leben draußen vorbeifließen lassen, bis es für mich verflossen war … oder ich konnte hinauslaufen und riskieren, daß ich einem Werwolf in die Arme rannte und von seinem Gestank angesteckt wurde, so daß mich die Hunde bissen und die Gänse ankreischten.

»Ich weiß nicht, wie ich es sagen soll, Onkel Abelard«, antwortete ich. »Er war nicht gut zu mir, und ich habe auch nicht viel Gutes von ihm gelernt, aber ich möchte ihn doch nicht vergessen. Ich möchte nichts von dem vergessen, was ich gelernt habe. Ich will nicht ewig ein Kind bleiben.«

Er nickte langsam und bedächtig, dann sagte er: »Ich verstehe … aber ich muß dich warnen. Das war die letzte Dosis von dem Pulver, die ich hatte. Wenn du den Kakao jetzt wegschüttest, kannst du niemals wieder vergessen.«

Es war eine schwere Entscheidung. Ich wußte, daß ich, wenn ich meine Wahl traf, den Rest meines Lebens daran denken müßte, was ich Schreckliches erlebt und gesehen hatte; ich würde den Kinderhirten vor Augen haben, wie die Flammen aus seinen Kleidern schlugen und der Rauch ihn umwölkte; ich würde oft und oft die Salamander sehen, wie sie kochende Suppe servierten und mit den Kerzen auf dem Kopf auf den Bettpfosten hockten … Und ich würde in meinen Träumen die Kinder schreien und winseln hören und oft und oft aus dem Schlaf fahren, weil ich fürchtete, eines verloren zu haben …

Ich machte die Augen ganz fest zu, als ich die Kakaotasse nahm und den Inhalt ins Kaminfeuer schüttete.

Onkel Abelards Lächeln hielt mich fest, wie mich seine Hände an dem Tag festgehalten hatten, an dem er mir das Granathalsband umgelegt hatte.

Er bestellte frischen Kakao für mich, und dann plauderten wir, als sei gar nichts Besonderes gewesen. Ich fragte ihn nach dem Gespensterkind, und er sagte: »Gut, daß du mich erinnerst … wir bringen es heute mittag heim, und es würde mich freuen, dich dabeizuhaben. Bitte Herrn Marnion, dich um zwölf zum Wintergarten zu begleiten.«

»Du bringst es heim?« fragte ich. »Weißt du denn, wo es wohnt?«

»Ich weiß, wo seine Heimat ist«, sagte mein Onkel leise.

Die Halle lag leer und verlassen in einer breiten Bahn silbergoldenen Lichts, als ich nach dem Frühstück zu meinem Zimmer zurückkehren wollte. Das Gartenzimmer war noch nicht aufgeräumt worden. Ich tat einen vorsichtigen Schritt hinein. Eine seltsame Atmosphäre herrschte darin, trotz des hellen Morgens – fast als blickten mich Augen hinter den Medaillonfenstern in der Kuppel an. Ich bückte mich rasch und hob eine lange schwarze Locke auf, die auf den Boden gefallen war. Zwei Schritte weiter lag, bei einem wütenden Handgemenge vom Ärmel gerissen, ein braunes goldgesticktes Band. Das knüpfte ich um die Locke.

Als ich zu meinem Zimmer kam, stand Frederic Flitzchen vor der Tür. In der Hand trug er ein buntes Spielzeug – einen Kreisel, auf den eine Jagdgesellschaft gemalt war, Jäger auf braunen Pferden und Treiber in buntgewürfelten Kleidern und hechelnde Hunde. Wenn man den Kreisel drehte, begannen die Jäger zu reiten und die Treiber zu laufen und die Hunde zu springen.

»Hör mal …«, begann der Page.

»Nicht jetzt, Frederic«, sagte ich hoheitsvoll. »Ich bin in Eile.«

»Eine Minute wirst du doch Zeit haben! Hör mal – ich geb dir den Kreisel. Aber du sagst mir, was dir der Werwolf gezeigt hat.«

Ich betrachtete meine Fingernägel. »Ich weiß nicht, ob ich das tun kann. Was er mir gezeigt hat, war schließlich vertraulich. Und ich weiß auch gar nicht, ob es für dich geeignet ist. Du bist schließlich noch sehr jung.«

»Ich bin ein Jahr älter als du!«

»Ja, aber Jungen haben einen Entwicklungsrückstand. Das heißt, du bist eigentlich ein Jahr jünger. – Aber laß mich überlegen … nun ja, ich könnte dir für den Kreisel ein ganz kleines Geheimnis verraten. Gib her.«

Er hielt den Kreisel mit den Armen fest. »Erst sagst du es mir.«

»Erst gibst du ihn her.«

»Nein.«

Wir einigten uns darauf, den Kreisel genau zwischen uns auf die Treppe zu stellen und beide die Hände auf den Rücken zu legen. Sobald ich das Wolfsgeheimnis erzählt hatte, sollte er mir gehören.

»Also?« Frederics Wangen waren so rot wie sein Mützchen. »Was sagte er?«

Ich holte tief Atem. »Er sagte: ›Niemand mag kleine Jungen. Sie haben einen Beigeschmack.‹«

Der Page starrte mich an.

»Ja!« bekräftigte ich. »Das sagte er … ›Sie schmecken

nach Fisch. Und es nützt gar nichts, wenn man sie beizt und pökelt und in Milch legt. Sie schmecken trotzdem nach. Kleine Mädchen dagegen haben einen sehr angenehmen, mild-pikanten Geschmack. Ausgesprochen delikat.‹«

Ich schnappte den Kreisel und stürmte die Treppe hinunter.

Als ich auf halber Höhe war, kam der Page oben aus seiner Erstarrung zu sich. Puterrot vor Wut, beugte er sich übers Geländer.

»Ich hoffe«, schrie er, »der Profos schlägt ihm den Kopf ab! Ich hoffe, er wird aufgehängt! Aufgespießt! Verbrannt! Lebendig begraben!«

Ich setzte mich in meinem Zimmer an den Tisch und begann den Kreisel zu drehen, erst langsam, dann schneller. Die Jäger fingen an zu reiten, erst Schritt, dann Trab, dann Galopp. Die Bäume flogen vorbei. Die Hunde sprangen bellend neben den Pferden dahin.

Ich starrte den Kreisel an, und mir wurde kalt.

Da war ein Bild, auf dem die Jagdhunde am Stamm einer Buche hinaufkläfften, auf die ein Kind sich geflüchtet hatte, und die ganze bunte Jagdgesellschaft ritt hörnerblasend und sporenklirrend auf das verängstigte kleine Wild zu.

Ich schrie so laut auf, daß Herr Marnion aus dem Schlaf schreckte.

Ich deutete in stummem Entsetzen auf den Kreisel.

Er kroch umständlich aus dem Bett, dehnte und reckte sich – es hörte sich an wie ein hoher dürrer Baum, der im Winterwind knarrt –, warf sein langes Oberhemd über und kam zum Tisch geschlurft, wobei er sich das verfilzte Haar aus dem Gesicht strich.

Ich erzählte ihm, was passiert war. Er sah mich schräg an und machte: »Hm … hm …« Dann sagte er: »Weißt du, Merle … man hat üblicherweise keine rechte Freude an Dingen, die man sich ergaunert hat. Gib diesen Kreisel lieber zurück.«

»Nein.«

»Und warum ›nein‹?« fragte er.

»Jetzt gehört er mir.« Aber der tatsächliche Grund war natürlich der: Wenn ich Frederic Flitzchen den Kreisel zurückgab, dann mußte ich zugeben, daß ich ihn angelogen hatte.

»So ist das also … mhm-hm!« machte Herr Marnion.

Ich hatte nicht bedacht, wie gut er meine Gedanken lesen konnte.

»Was soll ich tun?« fragte ich kläglich. »Wenn ich ihm die Wahrheit sage, lacht er mich Tag und Nacht aus.«

»Ich werde die Sache überdenken«, sagte Herr Marnion. »Aber nicht vor dem Frühstück. Wenn du mir in der Küche eine Kleinigkeit besorgst, denke ich inzwischen nach.«

Ich rannte hinunter und stellte ihm ein möglichst leckeres Frühstück zusammen, damit er gut nachdenken konnte. Es kam mir zugute, daß es am Vortag so heftig geregnet hatte; so brauchte ich nur einen Schritt aus der Hintertür zu tun, um inmitten eines ganzen Heerlagers von Schnecken zu stehen. Aus der Küche holte ich Bratenreste und Hühnerklein. Ich mußte mich selbst bedienen, denn die ganze Küche war in Aufruhr. Die Dienerschaft hatte natürlich genausowenig schlafen können wie wir, alle hatten das mitternächtliche Geheul und Gebell gehört und die Bettdecken über die Köpfe gezogen. Auf der Ofenbank saß der Diener des alten weißen Wolfs, hielt eine Kaffeetasse auf den Knien, aus der er hin und wieder kleine Schlucke trank, und tupfte sich die Augen mit dem Taschentuch, wie es alte Leute bei einem Begräbnis tun. Ich dachte daran, daß er es gewesen war, der Herrn Siebenschön zur Vernunft gebracht hatte, und daß er ihn wohl sehr gern hatte.

Ich blieb einen Augenblick bei ihm stehen und legte ihm die Hand auf die Schulter. »Er kommt gewiß zurück«, sagte ich.

Er sah mit feuchten roten Augen auf. »Wollen's hoffen, mein Kind, wollen's hoffen … Er war ein guter Herr. Was man auch sagen mag, zu mir war er immer gut. Höchstens ein kleiner Biß hier und da … da gibt's Schlimmere, was man so hört.«

»Ich verstehe«, sagte ich und dachte, daß Herr Siebenschön ihn wahrscheinlich genauso schlecht behandelt hatte, wie der Kinderhirt mich behandelt hatte. Um ihn zu trösten, sagte ich: »Er kommt gewiß zurück, der Profos ist da ganz zuversichtlich.«

»Gutes Kind«, sagte der Diener und schneuzte sich in sein nasses Taschentuch.

Herr Marnion frühstückte, und danach hatte er wirklich eine Lösung gefunden. Auf seine Anweisung hin schrieb ich folgenden Brief:

»Lieber Frederic,

hier ist Dein Kreisel zurück. Was ich Dir von dem Werwolf erzählt habe, hat nicht gestimmt. Er hat etwas anderes gesagt, aber was, ist einerlei, weil es ohnehin erlogen war.

Deine Dich liebende Merle.«

»Wieso schreibst du ›Deine Dich liebende Merle‹«? fragte Herr Marnion, als er den Brief durchlas.

»Ich weiß nicht«, sagte ich. »Ich dachte, das gehört so.«

»Schreib lieber ›hochachtungsvoll‹«, riet er mir.

Dann nahm er den Kreisel und den Brief und überbrachte beides dem Pagen.

Als er zurückkam, fragte ich ihn: »Herr Marnion – angenommen, jemand hätte ein Geheimnis, wie könnte man es am besten aufbewahren?«

Er zwirbelte seine langen, immer noch unfrisierten Locken. »Mhm … du willst allerhand wissen heute morgen.« Dann fragte er, wie groß das Geheimnis ungefähr sei und wie schwer. Plötzlich funkelten seine Augen auf, und er sagte: »Hör einmal zu … ich denke darüber nach, und du machst mir inzwischen dieses … nun, dieses Zeug, das die Konzentrationsfähigkeit verbessert. Dann fällt mir wahrscheinlich etwas Gescheiteres ein.«

»Oh, gerne!« rief ich. »Setzen Sie sich nur gleich hin.«

Er setzte sich auf einen Hocker, legte die Hände in den Schoß, schloß feierlich die Augen und sagte: »Stör mich jetzt ja nicht, ich meditiere, und ich hasse es, wenn meine Gedanken durcheinandergeraten.«

Also sprach ich kein Wort. Ich nahm den grobzinkigen Kamm und entfernte mit äußerster Vorsicht alle Elfenknoten aus seinen Haaren, dann spreizte ich die Finger und fuhr durch, ganz langsam, aber mit Gefühl, bis alles weich und leicht zu kämmen war. Ich preßte die Fingerkuppen an seine beinernen Schläfen, und von dort ausgehend, massierte ich ihn warm, und drückte und kratzte und kraulte. Es tat ihm anscheinend sehr gut – er atmete ganz tief und langsam.

Nach einer halben Stunde (mir taten schon die Finger weh) sagte er: »Du kannst allmählich zu einem Ende kommen, mir ist etwas eingefallen.«

Danach klingelte er nach einem Diener und sagte: »Wir brauchen

– Seidenpapier
– ein kleines Kuvert
– Siegellack
– einen halben Meter dünne Schnur
– Briefpapier
– Feder und Tinte

– ein großes Kuvert
– eine kleine flache Schachtel
– etwas Watte
– einen halben Meter Band
– Siegelwachs

und außerdem eine Flasche Mineralwasser; mir klebt die Zunge am Gaumen von all dem Nachdenken in aller Frühe.«

Während der Diener unterwegs war, fragte mich Herr Marnion: »Möchtest du mich in dein Geheimnis einweihen?«

Ich zögerte. Ich hatte ihn sehr gern und wußte, daß ich ihm vertrauen konnte, aber …

»Nein«, sagte ich und fühlte mich ein wenig traurig dabei, »ich vertraue Ihnen sehr, aber ich glaube, ich muß auch ein paar ganz eigene Geheimnisse haben.«

Er sah mich lange an, und dann kniff er eines seiner dunklen Augen zu.

Als der Diener mit allem Gewünschten kam, gab er mir Anweisungen, wie das Geheimnis zu verbergen sei.

»Hülle es in Seidenpapier.« (Er stand am Fenster, blickte in den Garten hinaus und sprach über die Schulter zurück, damit ich es ungesehen tun konnte.) »Stecke es in das kleinere Kuvert. – Kann ich mich umdrehen?«

»Bitte«, sagte ich. Die Locke des Kinderhirten lag jetzt geborgen in apricotfarbenem Seidenpapier und einem steingrauen Kuvert, und niemand konnte mehr erkennen, was es war.

Jetzt machte Herr Marnion den Siegellack über der Kerze warm. Dann spann er die Hälfte der dünnen Schnur so kunstvoll über das Kuvert, daß sie über alle vier Ecken und kreuzweise über die Mitte lief, fast wie ein Spinnennetz, und machte sie mit sieben Tupfern roten Siegellack fest.

»Nun«, fuhr er fort, »schreibe einen Brief, den wir dann in das zweite Kuvert stecken:

›Wer dieses Kuvert unbefugt öffnet, bricht das Vertrauen von Merle und verliert ihre Zuneigung.‹«

Ich schrieb. Es war gar nicht leicht, mit Feder und Tinte zu schreiben, aber er meinte, feierliche Dinge müßte man so schreiben. Ich fragte: »Sollten wir nicht vielleicht einen Fluch hinzufügen – für den Fall, daß jemand das Siegel aufbricht?«

»Nein«, widersprach er. »Mit Flüchen hat man nur Ärger. Eine Warnung genügt. Jetzt steck das kleinere Kuvert in das größere, und gib beides in die Schachtel. Fülle sie mit Watte und zerknülltem Seidenpapier. – Fertig?«

Ich schob den Deckel zurecht. Es war eine wunderschöne Schachtel, die der Diener gebracht hatte, mitternachtsblau, mit kleinen silbernen Monden und Sternen.

Herr Marnion legte das Band darauf, und indem er seine knochigen Finger sehr schnell und geschickt bewegte, spann und wickelte er es um die Schachtel, daß es sich mehrmals kreuzte und zwei lange Schweife herabhingen. Er klebte es mit kleinen Punkten von Siegelwachs fest, und dann machte er an die beiden losen Enden des Bandes zwei große Kleckse und siegelte den einen davon mit seinem eigenen Siegelring. Es sah prachtvoll aus, denn sein Siegel zeigte einen Raben, der auf einem Buch saß, und hatte einen kunstvoll geflochtenen Rand.

Ich hatte keinen Siegelring, also drückte ich meinen Daumen in das warme Siegelwachs.

»Glaubst du, daß es nun sicher genug ist?« fragte mein Erzieher, als ich die Schachtel vorsichtig in die Hände nahm. Sie kam mir vor wie ein winziger Sarg, in dem in apricotfarbenen und steingrauen Leichentüchern die Locke des Schloßherrn begraben lag. Mein Herz pochte bei dem Gedanken, daß ich etwas von ihm besaß. Es war, als besitze ich ihn selbst.

»Ich glaube schon«, beantwortete ich Herrn Marnions Frage. Ich setzte großes Vertrauen in sein Siegel; ich hoffte, daß es stark genug war, sogar der Neugier meiner Eltern zu widerstehen, die sich sonst nicht um Warnungen und Verschlußsachen scherten. Zweifellos war es ein Zaubersiegel, und wer mein Geheimnis zu enthüllen versuchte, würde rote Schuppenflechte auf den Händen bekommen, und die Haare würden ihm ausfallen.

»Ich danke Ihnen vielmals«, sagte ich zu Herrn Marnion und gab ihm einen Kuß.

Er machte ›eek‹ und wischte sich mit dem Handrücken über die Wange, aber so unangenehm, wie er tat, war es ihm gar nicht gewesen. »Jetzt komm«, sagte er. »Wir sollen um zwölf Uhr deinen Onkel treffen.«

Der Wintergarten

Ich wunderte mich ein wenig, als Herr Marnion mit mir in den Garten hinausging, denn meines Wissens verstand man unter einem Wintergarten eine Art Treibhaus im Inneren des Hauses, aber ich dachte nicht weiter darüber nach. Meine Gedanken waren bei anderen Dingen.

Ich fragte meinen Erzieher nun ganz unbefangen nach allem möglichen, was den Kinderhirten und seine Herde betraf, und er gab mir Antwort. Abgesehen von seiner heftigen Abneigung gegen den Werwolfsgeruch schien er den Hirten ohne besonderen Abscheu zu betrachten, vielmehr mit einer Art ernsten und tiefen Mitgefühls, und ich mußte wieder und wieder daran denken, wie er von seinem eigenen ›elenden und schändlichen Leben‹ gesprochen hatte. Ich spürte, daß er sich dem anderen irgendwie verwandt fühlte, obwohl er natürlich längst nicht so grausame Dinge getan hatte.

»Warum hatte er eine Stunde Ruhe?« war eine der Fragen, die ich stellte.

»Alle Verdammten haben Ruhestunden«, erwiderte Herr Marnion. »Siehst du … wenn sie niemals Ruhe hätten, so könnten sie auch niemals zur Besinnung kommen, sie würden stumpf und gefühllos in ihrem Jammer und hätten noch weniger Interesse daran, jemals umzukehren, als sie ohnehin haben. Die Stunde wurde ihm gegeben, um sich zu bedenken und so Gnade zu finden. – Was hat er übrigens damit gemacht? Nachdem du deine Zeit schon mit ihm vertan hast, kannst du mir wenigstens nützliche Informationen geben.«

Ich erzählte ihm von der Krypta und den Knochen

und den Flammen, und Herr Marnion wurde so zornig, wie ich ihn nie zuvor gesehen hatte.

»Unseliger Narr, der er ist!« rief er aus. »Eine Stunde hat der König ihm gegeben, eine kostbare Stunde, die ihm den Himmel öffnen könnte, und er verschwendet sie damit, alte Knochen auszuscharren wie ein hungriger Hund!« Gefühlsausbrüche schienen ein sehr seltenes Ereignis bei ihm zu sein, und als er sich wieder beruhigt hatte, schüttelte er den Kopf, gab sein raschelndes Lachen von sich und sagte: »Sieh ihn dir gut an, kleine Merle, und wie er's macht, so mach's grad nicht.«

Wir waren eine Allee entlanggegangen, zwischen schlanken Bäumen, deren Laubwerk von purem hellem Gold an den Seiten des Weges zu immer satterem und geheimnisträchtigerem Orange und Purpur und Braun dunkelte, je tiefer der Wald wurde. Am Ende der Allee stießen wir auf eine ziemlich hohe weißgetünchte Mauer mit einer Krone aus farbig glasierten Ziegeln. Herr Marnion sperrte eine hölzerne Pforte auf, so schmal, daß wir uns gerade durchzwängen konnten (ich fragte mich insgeheim, wie der gewaltige Onkel Abelard durchkommen sollte) – und wir standen im Wintergarten.

Nie im Leben hatte ich etwas dergleichen gesehen.

Dieser Teil des Gartens erhob sich zu einem sanften kegelförmigen Hügel, der schneeweiß beschneit vor uns lag – schneeweiß wie im Dezember! Und nicht nur der Boden war voller Schnee, der ganze Garten lag im tiefsten Winter!

Der Himmel hatte einen völlig anderen Ton angenommen als außerhalb, eine zarte, leere Farbe, ein staubiges Gelb oder Grünlichgrau, in dem scharf abgezirkelt und blutrot die Sonnenscheibe stand. Die Bäume waren alle nackt und im winterlichen Licht schwarz wie Chinatusche, und auch wenn ich da und dort ein leuchtendes Braun und Rot entdeckte, waren solche Farbflecken selten. Abgestorbene Rosen hingen, braun und zerknittert, an dornigen Zweigen. Ich bemerkte viele Misteln (und fragte mich, ob Herr Marnion seinen grünen Kranz hier geschnitten hatte) und erstaunlich viele, sehr große und langstielige Christrosen, die überall mitten im Schnee wuchsen.

Im übrigen war der Wintergarten dem anderen Teil des Gartens recht ähnlich: Es gab jede Menge Steinstufen und Steinterrassen mit Amphoren und Kugeln und Vasen – und einen Teich in der Nähe, unter dessen hauchdünner Eisschicht ich die rötlichen Schemen von Seerosenblättern sah. Eine zierlich geschwungene Brücke führte, schneebedeckt, darüber.

»Oh«, stieß ich hervor, »das habe ich nicht erwartet.«

»Nicht erwartet, daß die Dinge genau das sind, was sie zu sein behaupten?« sagte Herr Marnion. »Aber sieh dort hinüber, dort kommen sie schon.«

Ich entdeckte in der Richtung, in die er seine lange blasse Hand streckte, Onkel Abelards überdimensionierte Gestalt und daneben etwas so Schmächtiges und Zierliches, daß ich dachte, jeder Windhauch könnte es davonblasen. Aber hier im Wintergarten ging kein Wind – nur eine leichte Bewegung war in der Luft, ein hauchfeines Wispern und Knistern, das verriet, daß den verschneiten Garten Leben erfüllte. Er war keineswegs tot, er hatte sich nur zur Ruhe gesetzt und in sich zurückgezogen. An seiner Kühle war nichts Bedrohliches. Kühle – denn kalt war es nicht darin. Ich merkte mit einemmal, daß ich in meinen zierlichen halboffenen Schuhen im Schnee stand und keine kalten Zehen bekam.

Onkel Abelard kam gewaltig und schwer durch den Schnee gestapft, den er vor sich her aufschaufelte und in pulvrig feinen Wolken aufstöberte. Das kleine Ding an seiner Seite entpuppte sich nun als das bissige Gespensterkind – das heißt als etwas, das einmal das Gespensterkind gewesen war. Jetzt schien es ein ganz gewöhnliches Kind zu sein, etwa sieben Jahre alt, blond und mit einer Lücke zwischen den Schneidezähnen. Vom Hals abwärts war es in eine schwarze Pelerine gehüllt, aber statt einer Mütze trug es einen Kranz Schneerosen auf dem Kopf. Es wirkte ein bißchen benommen, aber ich wußte nicht, ob das mit der sanften Schläfrigkeit des Gartens zu tun hatte oder ob es die letzte Nachwirkung von Herrn Marnions heimtückischer Vanillemilch war.

Es blickte uns an – mit einem Ausdruck in den blaßblauen Augen, als hätte unser Erscheinen es aus dem süßesten Schlaf geschreckt – und sagte: »Heimgegangt.«

»Noch nicht, aber sehr bald«, verbesserte Onkel Abelard freundlich. »Komm, mein Kleines, das letzte Stück sollst du es bequem haben.« Er hob das Kind auf und schlug seinen Mantel darüber. Diesmal war sein Mantel rostbraun und grün und paßte so gut zu den Farben des Gartens, als sei er mit Absicht ausgewählt worden – oder hätte sich seiner Umgebung angepaßt wie die Haut eines Chamäleons.

Wir schritten über das Brückchen und einen schmalen Weg hinauf, der, von niedrigen grünen Ziergeländern und sorgsam aufgelegten Steinen gesäumt, die Höhe des Hügels erklomm. Oben auf der Kuppe – die völlig kahl war – erkannte ich ein Ding, aus dessen Erscheinung im nebligen Zwielicht ich nicht ganz klug wurde: So hoch wie eine hohe Tür, schien es eine Wand oder Tafel aus dunklem Metall zu sein. Am ehesten erinnerte es mich an die großen Wegweisertafeln auf verschnörkelten Füßen, die man zuweilen entlang von Kurpromenaden sieht. Es stand ganz frei, und soweit ich sehen konnte, war nichts auf seiner anderen Seite. Überhaupt nichts.

Dann kamen wir näher (ich merkte, daß ich mich in

dem gedämpften Licht und der kühlen Ruhe des Gartens immer wieder in der Entfernung verschätzte), und nun sah ich einen hellen Streifen in der Mitte der Wand, als würde eine zweiflügelige Tür langsam und lautlos geöffnet.

Und so war es auch, denn je näher wir kamen, desto breiter wurde der Streifen; ganz deutlich waren die beiden Flügel einer Tür erkennbar, die immer weiter aufschwangen, so unmerklich in ihrer fließenden Bewegung und zugleich so rasch wie das Aufgehen des Mondes und die Veränderung, mit der ein Stern seine Bahn zieht. Ich blickte Herrn Marnion fragend an, aber er legte den Finger auf die Lippen.

Wir blieben alle vier stehen.

Die geheimnisvolle Tür befand sich in der Mitte einer niedrigen Steinterrasse – nur etwa vier oder fünf Stufen hoch –, die von einem Steingeländer umschlossen wurde; nur an der Seite, wo der Weg endete, führte eine niedrige Treppe hinauf. Am Fuß dieser Treppe setzte Onkel Abelard das Kindchen im Schnee ab und schüttelte es sanft, damit es wach wurde. Es wandte uns seinen verschlafenen Blick zu und äußerte hoffnungsvoll: »Heimgegangt.«

»Gleich, mein Kind, gleich ist es soweit«, sagte Onkel Abelard. »Ein paar Schrittchen noch.« Er sank auf ein Knie nieder, umfaßte das Kleine mit seinen Löwenhänden und küßte es auf die Wange, dann stand er auf, schubste es ein wenig und rief: »Und nun laß dich nicht mehr aufhalten – hinüber mit dir!«

Das Kleine sah uns an, wandte sich um, stieg zwei Stufen hoch, blickte sich noch einmal um und winkte – wahrscheinlich aus Erinnerungen und Gewohnheit heraus –, dann stolperte es eifrig auf die Tür zu, deren metallene Schwingen jetzt weit ausgebreitet waren. Sie sah aus wie ein gewaltiger Vogel, der sich, das Kind auf seinem Rücken, erheben und fortfliegen würde.

Das Kind lief schwerfällig, die Händchen ausgebreitet, sprang über die Schwelle und war verschwunden.

War verschwunden.

Ganz und völlig.

Herr Marnion zog mahnend an meinem Kleid, und als ich mich umwandte, sah ich, daß er im Schnee kniete und mir bedeutete, es ihm gleichzutun. Onkel Abelard kniete ebenfalls, also tat ich es ihnen hastig nach und stellte mich dabei so ungeschickt an, daß ich vornüber fiel und mich mit beiden Händen abstützen mußte, um nicht mit der Nase im Schnee zu landen. Ich rappelte mich rasch auf, doch mein Blick war auf die Schneefläche geheftet.

Es war keine Spur meiner Hände darin zu sehen.

Er war glatt wie Zuckerschnee auf einem frischgebackenen Kuchen.

Ich lugte zu der kleinen Treppe hinauf. Das Kind hatte keine Spuren darauf hinterlassen.

Mein Blick ging höher, und nun sah ich, daß die Türflügel sich allmählich wieder schlossen. Der Vogel faltete seine Schwingen. Der breite helle Spalt wurde schmäler und schmäler, wurde zur bloßen Ritze, verschwand schließlich ganz. Die beiden Flügel rasteten mit einem schweren, dunkel melodischen Ton wie einem Glockenschlag ein.

Ich sah, daß etwas in großen, abgezirkelten metallenen Buchstaben darauf geschrieben stand, quer über die beiden mächtigen Flügel hinweg, konnte es aber nicht lesen.

»Komm«, hörte ich Herrn Marnion sagen. Er und mein Onkel standen bereits wieder und klopften sich den pulverigen Schnee von den langen Kleidern.

Wir wandten uns um und gingen den Weg zurück.

Das Porträt in der Halle

Es war ein wunderliches Gefühl, aus dem Wintergarten wieder in einen Sommernachmittag hinauszutreten, in dem der Himmel und die Erde ganz anders waren, so daß ich mich fast ein wenig benommen fühlte, und außerdem beschäftigte mich sehr, was ich erlebt hatte. Ich wagte aber nicht so recht, sogleich Fragen zu stellen: Was mir begegnet war, war so zart wie gesponnenes Glas, und auch wenn ich Herrn Marnions Feingefühl kannte und schätzte, war ich zu scheu, das Erlebte in Worte zu fassen.

Wir traten in das weiche Halbdunkel der Halle, wo tief im Schlund des Drachenkamins ein trübrotes Feuerchen glomm. Es war ein Willkommensfeuer, das dort brannte, um den Eintretenden anzusagen, daß das Haus lebte und Besuchern freundlich gesonnen war. Ich hörte die kleinen Scheite knacken und roch ihren würzigen Geruch. Gelbe Sonnenflecken tanzten hoch oben an den Mauern, wo das Licht durch Oberlichter und verborgene Luken hereingeschlüpft kam. Ein paar solcher Flecken tüpfelten das häßliche Porträt an der Wand, und weil mir so nach Fragen zumute war (ich aber die Fragen, die mir am meisten auf dem Herzen lagen, nicht stellen konnte), erkundigte ich mich: »Wen stellt es dar?«

Onkel Abelard seufzte und blickte Herrn Marnion an, der wiederum mich anblickte und dann in gewissermaßen entschuldigendem Ton sagte: »Ich habe ihr angeraten, möglichst viele Fragen zu stellen.«

»Schon recht, schon recht«, erwiderte mein Onkel. »Es

kam nur etwas aus heiterem Himmel ... Merle«, wandte er sich an mich, »es fällt mir nicht leicht, dir diese Frage zu beantworten, vor allem würde ich es nicht gern hier zwischen Tür und Angel tun. Laß uns zuerst Kaffee bestellen.« Dann sagte er mit großer Feierlichkeit zu Herrn Marnion: »Bitte erweisen Sie mir die Ehre, mit mir Kaffee zu trinken.«

»Es ist mir ein Vergnügen, Exzellenz«, antwortete der Schwarze mit einer zeremoniellen Verbeugung.

Dann klingelte Onkel Abelard nach einem Diener und bestellte den Nachmittagskaffee für drei Personen, die im Spiegelzimmer serviert werden sollte.

Wir saßen dort an dem langen, dunkel geäderten Tisch und tranken Kaffee (das heißt, Onkel Abelard und ich, denn Herr Marnion mochte ihn nicht und trank Mineralwasser), und ich fragte mich, ob bei dem Gespräch wohl genau das herauskommen würde, was ich insgeheim erwartete. Ich spürte plötzlich, daß ich klug geworden war. Ich war nicht umsonst bei einem Werwolf zur Schule gegangen.

»Es ist dein Porträt, nicht wahr?« sagte ich.

Onkel Abelards große goldbraune Löwenpfote stockte auf halbem Weg zwischen Tisch und Mund. Seine dunkle Stimme klang filzig belegt, als er antwortete: »Du hast recht.« Dann fügte er hinzu – rasch, als wollte er das alles so schnell wie möglich hinter sich bringen: »Ich war Herr Rabschake.«

Nun mußte ich doch schlucken. »Und wurdest du auch ent-wunschen?« fragte ich, mehr aus Höflichkeit, denn natürlich wußte ich, daß er ent-wunschen worden war, sonst wäre er ja nicht so lieb und verständnisvoll.

»Ja«, antwortete Onkel Abelard.

»Und hast du auch ein neues Herz bekommen?«

»Wie du siehst«, sagte er. Dann fügte er besorgt hinzu: »Ich hoffe, mein Liebes, du hast jetzt keine Angst vor mir.«

»O nein«, sagte ich. Und weil ich Herrn Marnion loben wollte (und wußte, daß er Schmeicheleien gern hörte), sagte ich: »Ich hatte auch keine Angst vor Herrn Marnion, obwohl ich längst wußte, daß er der Nachtwandler war, weil ich auch wußte, daß er ein Mann des Königs ist. Und bei dir wußte ich's auch.« Und um dies zu bekräftigen, stand ich auf, legte die Arme um Onkel Abelards Hals und küßte seine weiche dunkle Wange. Es war, als küßte man einen Zimtkuchen.

»Ach komm, Schleckschnäuzchen«, murmelte er gerührt.

Wir saßen noch lange zusammen und redeten über viele Dinge, bis es draußen dämmerte und dann dunkelte, aber das meiste davon vergaß ich später.

Als wir uns schließlich von Onkel Abelard verabschiedet hatten und die Treppe hinaufstiegen, sagte Herr Marnion zu mir: »Das tut man nicht, daß man Leute so überfallsartig küßt.«

»Er mochte es aber gern«, wandte ich ein.

»Es gehört sich trotzdem nicht«, wies er mich streng zurecht. Ich begriff, daß er damit vor allem meinte, er selbst wollte nicht überfallsartig geküßt werden.

»Mögen Sie Küsse überhaupt nicht?« fragte ich, und als ich es sagte, fiel mir jählings die Frau ein, die so schön war wie Schneewittchens Stiefmutter und der er die herrlichen Haare gekämmt hatte. Nach allem, was der Profos gesagt hatte, hatte er sie ganz sicher geküßt. Mir wurde heiß in den Wangen.

»Ich mag es nicht, wenn sie mir ins Gesicht springen wie kalte Frösche«, erwiderte er. »Und was wirst du denn plötzlich rot wie ein Paradiesäpfelchen? Hast du vielleicht an eine gewisse Werwolfschnauze gedacht?«

Ich begann zu schwitzen. »Er hat mich gar nicht

geküßt«, verteidigte ich mich. »Bloß so – so abgeleckt. Und nur hier herum.« Ich fuhr demonstrativ mit der Hand zum Hals, damit er nicht auf unrechte Gedanken kam. Nachdenklich setzte ich hinzu: »Ich glaube, er war überhaupt nur an dem Halsband interessiert.«

»Und was meinst du wohl, warum?« fragte Herr Marnion ernst, während er die Tür des Tränentropfenzimmers öffnete und drinnen die Kerze unter dem Spiegel entzündete. Ein bräunlich-goldenes Flimmern erwachte in den Tiefen des geschliffenen Glases und breitete sich dann zu einem geheimnisvoll leuchtenden Weiher aus.

»Ich weiß nicht«, flüsterte ich.

Er streckte seine lange dürre Hand aus und zog mich an sich heran. Mit einer raschen Drehung stellte er mich vor den Spiegel hin. Ich erschrak, als ich das Granathalsband im Kerzenschein sah: Die dunkelroten Steine glommen wie Blutstropfen, von einem schwülen und düsteren Feuer durchglüht. Dann schienen sie plötzlich heller zu werden und brannten in einer klaren, lebendigen Glut wie winzige Stückchen rotglühender Kohlen. Es durchschauerte mich kühl, als mein Erzieher einen langen, elfenbeinernen Finger nach den Steinen ausstreckte und sie liebkoste. Ich sah, wie ihr Feuer seine Fingerspitzen färbte, als sie darüber hinweg tasteten.

»Du hast das Feuer entdeckt, Merle«, sagte er leise. Seine Finger glitten mit sanften, rhythmischen Bewegungen über das bläßliche sommersprossengetüpfelte Fleisch meiner Schultern. Seine schwarzen Augen schienen ausdruckslos. Die Finger bewegten sich mit leisem Druck auf und ab, hinter den Ohrläppchen unter das Haar, wieder zurück auf die Schultern, wieder aufwärts zum Hals. Ich seufzte wohlig. Mein Körper wand sich ganz von selbst, mit leisen Bewegungen, schmiegte einmal die Schulter, einmal den Nacken unter seine Hände.

»Du hast das Feuer entdeckt«, wiederholte er. »Nun liegt es bei dir, ob es dich wärmt und dir leuchtet oder ob es dein Selbst verbrennt. – Du bist kein Kind mehr, Merle.«

»Ich habe Angst.« Meine Stimme bebte.

»Jeder, der aus einer alten Haut herauskriecht, hat Angst«, antwortete er. »Aber denk daran, die Schlangen schaffen es auch, und die sind nicht halb so klug wie du.«

Er trug die Kerze zum Bett. Der Spiegel verwandelte sich in einen unergründlich obsidianschwarzen See.

Herr Marnion kam zurück, hob mich mit einem Ruck auf, drehte sich so energisch herum, daß seine langen Kleider schwangen, und trug mich zum Bett. Es knackste in den Sparren, als er mich auf die Decken fallen ließ – längst nicht so grob wie der Kinderhirt, aber doch recht schwungvoll. Die Hände links und rechts von mir aufs Bett gestützt, beugte er sich so tief über mich, daß ich sein strähniges schwarzes Haar von mir wegstreichen mußte.

»Ach, Herr Marnion!« sagte ich, und mir war ganz eigentümlich zumute.

Er hatte es wohl bemerkt, denn er richtete sich auf und rief: »Marsch ins Bett, Nachteulchen – es ist spät genug!«

Eine weitgehend schlaflose Nacht

Ich träumte, ich sei den ganzen langen Weg zurückgefahren zu meinem Elternhaus und dort durch die Tür getreten. In diesem Traum betrat ich es in Angst. Ich war gekommen, um etwas aufzuräumen und wegzuräumen, bevor es entdeckt wurde, und ein würgendes Gefühl von Schuld und Bedrückung hielt mich umfangen. Alle Türen zu allen Zimmern waren verschlossen, und obwohl ich nicht genau wußte, was es war, das darin verborgen lag, empfand ich Furcht und Widerwillen, die Türen zu öffnen.

Schließlich sperrte ich einen der Räume auf. Es war dunkel darin, aber das Dunkel war nicht Nacht, sondern Rauch. Es war sehr warm. Die Atmosphäre war schwer und erdrückend. Ich fuhr zurück, ein Hustenkrampf würgte mich, und plötzlich glaubte ich, mich erbrechen zu müssen. Ich sah eine schwerfällige Bewegung in der von ersten Flammen erhellten Finsternis. Dann – als würde ein Film jählings ein ganzes Stück weitergespult – flackerte orangerotes Licht auf, die schweren, von der Decke bis zum Boden reichenden Vorhänge des Himmelbetts standen in Flammen, und auch die hölzernen Möbel brannten schon. Die Friese in der Kehlung der Decke begannen sich zu schwärzen. Und dann waren die Wände plötzlich wie von Tapeten aus Feuer gesäumt.

Ich stand reglos, stierte atemlos das Wesen an, das sich im Feuerschein schwerfällig pendelnd von links nach rechts und von rechts nach links drehte. Es wäre leichter zu ertragen gewesen, wäre es irgendwie deutlich zweigeteilt gewesen – oben ein Mann und unten ein Wolf, oder umgekehrt –, aber beides war unauflöslich ineinander verschmolzen, der bleiche, muskulöse schwarzhaarige Mann und der struppige, sehnige schwarzfellige Wolf; beides wuchs ineinander und hatte weder Hände noch Pfoten, weder Schnauze noch Mund, weder Haut noch Fell. Und beides zusammen starb.

Starb, denn tot war es noch nicht.

Das Bett brannte, Flammen und Rauch speiend. Der Rest der Vorhänge, der am anderen Ende bereits zu glosen begonnen hatte, glitt scharrend über die jetzt herunterhängende Stange, fiel in einem Haufen zu Boden, der sich träge in ein Feuerbündel wandelte.

Das Unding inmitten des Zimmers zappelte plötzlich, streckte die Beine durch, als wollte es in der Luft Fuß fassen, öffnete die verkrampften Hände. Es brannte jetzt unter ihm, und sein Schatten tanzte auf der weißgetünchten Decke, verkürzt und verzerrt.

Die Kissen des Bettes standen in Flammen. Ein heller Wollteppich bräunte sich und loderte dann ebenfalls auf.

Das Ding hing still, und ich hoffte schon, daß der Rauch es erstickt hätte, da bäumte es sich noch einmal in einer wilden Zuckung auf, schien nach oben zu fahren, wand sich; eine Sekunde lang sah es aus, als sei es ihm gelungen, den Hals aus der Schlinge zu recken. Dann erschlaffte es und hing wieder still.

Brennende Teile stürzten von den Friesen herab. Der Holzboden war jetzt ein See von Flammen, die nach den Füßen (Pfoten?) des Undings leckten. Was es an Kleidern trug, begann Feuer zu fangen, war plötzlich mit zahllosen winzigen Funken übersät. Samt begann träge zu brennen. Pelz schmorte. Ein schwerer Kleidersaum kohlte, flackerte, flammte auf. Eine Feuerzunge schoß aufwärts, einen Schenkel entlang, der nicht menschlich war.

Der Schmerz riß das Ding noch einmal, ein letztes Mal, ins Leben zurück. Es warf sich, im Kreis drehend, hin und her, seine Hände spreizten sich breit, formten sich zu bedrohlichen Klauen ... fielen dann herab.

Es war tot.

Ich wußte es sicher, denn jetzt verwandelte es sich. Als sein Körper zusammensackte (und in seiner völligen Schlaffheit seltsam anmutig wirkte), wurde es gleichzeitig glatter und schmäler und viel weißer als zuvor. Sein Herzschlag war noch kaum verstummt, als es wieder ein Mann war, der leichenblaß und mit blauen Lippen da hing. Seine Lider waren nur halb geschlossen, seine Zungenspitze steckte, hochgepreßt, zwischen den Zähnen. Aber es war nichts Schreckliches an diesem toten Gesicht, das sich leicht der Schulter zu neigte; es war leer und gleichgültig, wie viele Gesichter von Toten. Es war etwas fast Triumphierendes in der Art und Weise, wie er nun dem Schrecken um sich her entzogen war, in dieser Unbetroffenheit des Todes, während die Flammenzungen seine nackten Füße umhüllten und sich in sein Hemd fraßen.

Ein paar Augenblicke lang war er noch sichtbar über den lohenden Flammen, dann wurde es dunkel, und ich fiel ins Erwachen hinab wie in einen tiefen Schacht.

Was mich aufgeweckt hatte, war eine Berührung gewesen. Etwas kroch und krabbelte auf meinem Kissen. Ich streckte im Halbschlaf die Hand aus, in der Meinung, es sei das Kätzchen oder das Äffchen, und streichelte es. Es war aber kalt und haarlos, und als ich aufwachte, begriff ich, daß es ein klammes Händchen war, das an meiner Wange kratzte.

Mit einem Schlag war ich wach.

Durch das vielteilige Balkonfenster fiel, in zahllose

Splitter gebrochen, eine breite Bahn blauen Mondlichts, die den unteren Teil des Bettes und den Fußboden erhellte. Mitten in dieser fahlen Lichtbahn stand eines der Gespensterkinder und hielt mir mit beiden Händen einen Brief hin. Es sprach kein Wort, deutete aber aufgeregt darauf.

Instinktiv griff ich nach dem Brief, riß ihn auf und begann zu lesen – das heißt, ich versuchte zu lesen, aber die Schrift war so schwarz und schnörkelig und spitzzackig, daß ich keinen einzigen Buchstaben wiedererkannte.

Ich rüttelte Herrn Marnion wach.

Jetzt erst kam mir der Gedanke, die Kerze anzuzünden und ihm zu halten, während er sich aufrappelte und aus verschlafenen Augen den Brief anstarrte. Dann aber war er sehr geschwind wach.

»Gib mir das«, rief er, sprang aus dem Bett, und ohne sich auch nur das Oberhemd anzuziehen, warf er seinen Umhang um und lief hinaus. Ich stürzte (barfuß und im Nachthemd) hintennach. Das graue Kind – das wohl nicht recht wußte, was es jetzt tun sollte – folgte mir auf den Fersen.

Herr Marnion konnte laufen wie ein Hirsch, wenn es nötig war. Er sprang die steilen nußbraunen Stufen zu Onkel Abelards Zimmer so schnell empor, daß die Schatten über die Wand flogen wie ein Schwarm Wildvögel, und noch ehe ich den ersten Treppenabsatz erreicht hatte, hörte ich ihn oben schon pochen und rufen. Ich kam gerade recht, als der Page, der im Vorraum auf einem bunten Diwan zu schlafen pflegte, erschrocken die Tür aufriß.

»Weck deinen Herrn! Geschwind!« befahl Herr Marnion so streng, daß Frederic (in einem blauen Nachthemd mit seidenen Quasten) wie der Blitz hinter der nächsten Tür verschwand.

Dann kam Onkel Abelard heraus, in einem unglaublich prächtigen Schlafrock aus violettem Samt, und wir jagten alle die dunkle Treppe hinunter und konnten von Glück sagen, daß wir uns im unruhigen Kerzenschein nicht den Hals brachen. Das graue Kind flog uns voraus wie ein Nebelschwaden, dem Gartenzimmer zu.

Und dann standen wir vor einer sehr merkwürdigen Szene.

Das Gartenzimmer war voll Kinder, aber sie waren still. Sie saßen auf dem Tisch und dem Fußboden und kauerten an den Wänden entlang und starrten verträumt vor sich hin, wie sie es in der Ruhestunde des Hirten getan hatten. Herr Siebenschön war ebenfalls da. Er sah sehr blaß und überanstrengt aus. Sein elfenbeinfarbener Zopf hatte sich gelöst, so daß ihm das lange Haar wild auf die Schultern fiel. Sein schwarzer Damastanzug war an vielen Stellen zerrissen, und er hielt die linke Vorderpfote – den linken Arm – etwas erhoben und eng am Körper, wie es verwundete Hunde tun. Quer über sein Gesicht lief die Spur von fünf wütenden Krallen.

Aber so erstaunlich und aufregend dieser Anblick war, das Zentrum der Aufmerksamkeit war der Kinderhirt.

Er sah hinreißend aus.

Er mußte tief in seinen Kisten und Kasten gekramt haben, denn die wunderschöne Gala-Uniform, die er trug, war kaum vermodert; man merkte es gerade nur an der etwas blinden Gold- und Silberstickerei und dem Kellergeruch, den das kostbare Tuch ausströmte. Der Gürtel lag um seine Taille wie eine blühende Ranke. Den Hut hatte er wohl verloren, aber er war sauber gekämmt; über dem Ohr war sein Haar blutverklebt, und ich fragte mich, ob der alte Herr es ihm abgebissen hatte. Sein Bärtchen hatte er wohl hundertmal abgeleckt, so glatt und bläulich-schwarz glänzte es. Sein Gesicht war weiß wie Schnee und seine Augen wie Smaragde, von einem fremden Feuer erfüllt.

Als er Onkel Abelard sah, trat er einen Schritt vor, sank auf ein Knie und streckte mit nach oben gewandten Handflächen die Hände aus. Den Kopf beugte er so tief, daß sein langes schwarzes Haar das Knie bedeckte. Er tat es mit solcher Würde, daß ich ihn bewunderte (und merkte, daß es auch die anderen taten) und niemand den Eindruck hatte, daß er ein Verlierer war, obwohl er doch soeben die Waffen niedergelegt hatte.

»Mein Freund«, sagte Onkel Abelard leise und bewegt und legte ihm die Hand auf den Nacken. »So sind Sie doch noch gekommen.«

Er machte keine Anstalten, die Träne wegzutupfen, die seine Wange hinabrollte.

Das Spiegelzimmer

Eine ganze Weile verharrten sie so, stumm vor Ergriffenheit, aber dann rief der alte weiße Wolf: »Nun, rasch, rasch ins Spiegelzimmer mit ihm, sonst ist nichts gewonnen, und ich habe mir die Blessuren umsonst geholt … machen Sie nur schnell!« Und auch wenn ich nicht verstand, was er damit meinte, verstanden es alle anderen; ein Ruck ging durch Herrn Marnions hohe Gestalt, und auch mein Onkel fuhr auf.

Er bot dem Hirten die Hand, als er aufstand. Erstaunt und erschrocken sah ich, daß er diese Stütze nötig hatte: Sein kreidebleiches Gesicht wurde bei der Erwähnung des Spiegelzimmers fast grau vor Angst, er schluckte und keuchte und stammelte: »Machen Sie nur rasch; lange darauf zu warten halte ich nicht durch.«

»Es ist gleich hier«, sagte Onkel Abelard, und zu viert eilten sie im Kerzenschein durch die Halle. Ich sah mich nach Frederic Flitzchen um und stellte fest, daß er gar nicht dumm war: Er hockte hinter dem vorspringenden Kamin, wo er alles im Auge behalten, selbst aber nicht so leicht gesehen werden konnte. Ich folgte ihm blitzartig in dieses Versteck, bevor die vier Erwachsenen auf die Idee kamen, uns hinauf und zurück ins Bett zu jagen.

»Stinkwolf«, zischte der Page, als ich mich neben ihn in das enge Versteck quetschte, aber das war wohl nur Gewohnheit; er nahm es auch gar nicht wahr, daß ich keine Antwort darauf gab.

Es war sehr ungemütlich in dem Winkel, denn die Mauer hinter mir war rauh, und der Kamin starrte von spitzen Schnörkeln, und mit nichts als einem Nachthemd an war es sehr kühl … aber dann vergaß ich all diese Unbequemlichkeiten.

Onkel Abelard hatte schon die Hand auf der Klinke des Spiegelzimmers, als der Hirte plötzlich den Mut verlor; er vergrub das Gesicht in den Händen und stöhnte auf, und wahrscheinlich hätte er sich umgedreht und wäre fortgerannt – aber da drängten sich die drei Männer so eng an ihn, daß er halb mit, halb gegen seinen Willen über die Schwelle trat und im Spiegelzimmer stand, bevor er noch ein Wort sagen konnte. Und so schwieg er, senkte tief und ergeben den Kopf und schritt langsam an Onkel Abelards Seite weiter, in den Raum hinein, in dem das Kerzenlicht seltsame Schattenspiele trieb.

Die Tür fiel zu.

»Wird ihm jetzt der Kopf abgeschlagen?« flüsterte ich angstvoll. Der Profos war zwar nirgends zu sehen, aber es wäre nicht das erstemal gewesen, daß Carnanoth mich überraschte.

»Weiß ich doch nicht«, flüsterte Frederic.

»Du bist doch hier zu Hause.«

»Na und? Ist doch dein Wolf.«

»Bah«, machte ich und war froh, daß er im Halbdunkel nicht sehen konnte, wie ich rot wurde.

Er rutschte im Zwielicht des Kaminfeuers hautnah an mich heran und wisperte: »Ich glaube, ich weiß, was mit ihm geschieht. Ich sag's dir aber nur, wenn du mir was sagst.«

»Und was wäre das?« fragte ich mißtrauisch.

Sein seidiges Haar kitzelte meine Wange. Er stotterte ein bißchen, als er die Frage vorbrachte: »War er mit der Schnauze dran bei dir? Weißt schon wo.«

Ich wußte es, aber ich gab keine Antwort.

»Hah«, machte er, erregt von meinem Schweigen, »und du hast's wohl noch gern gemocht!«

Ich schwieg feindselig.

Er wartete eine gute Minute lang, ob ich es mir noch anders überlegte, dann sagte er: »Es kommt nämlich alles raus, weißt du. Alles, was ihr gemacht habt.«

»Wieso?« fragte ich, entsetzt, wie fadendünn meine Stimme klang.

Frederic schnaubte befriedigt. »Nun, weil er doch ein Geständnis ablegt. Über alles, was er gemacht hat. Auch was er mit dir gemacht hat.«

Der Gedanke gefiel mir gar nicht. »Warum sollte er ein Geständnis ablegen? Weiß doch ohnehin jeder, was für einer er ist ... warum er die Kinder alle hüten muß und so.« Als er nicht antwortete, fuhr ich beunruhigt fort: »Ich meine – der König weiß es, Onkel Abelard und Herr Marnion wissen es ...«

»Tja«, sagte er, »mag sein, aber das ist längst nicht dasselbe wie ein öffentliches Geständnis.«

»Öffentlich?!«

»Mhm-hm«, machte der Page. »Und dabei wird natürlich nach eventuellen Mittätern geforscht.«

»Mittäter?« fragte ich begriffsstutzig.

»Klar«, sagte er. »Du weißt schon – Leute, die freiwillig mitgemacht haben. Das kann man von dir ja wohl sagen, wie?«

»Wieso?«

»Na, hast du einen Fluchtversuch gemacht? Hast du dich ernsthaft zur Wehr gesetzt? Hast du ihn gebissen oder gekratzt oder mit einem Prügel nach ihm geschlagen? – Nein! Siehst du? Also hast du's wohl noch gern gemocht!«

Ich kochte innerlich vor Wut. Mit gedämpfter Stimme stieß ich hervor: »Ich habe mich nur einer einzigen Mittäterei schuldig gemacht.«

»Ja? Was?«

»Ich habe ihm gesagt, er kann dich schlachten und kochen, wenn er dich haben will!«

Das verschlug ihm die Sprache.

Gute zehn Minuten lang waren wir sehr böse aufeinander. Aber da wir beide kluge Kinder waren, sahen wir zuletzt ein, daß wir uns selbst nichts Gutes taten, wenn wir trotzten, weil wir nur eins vom anderen erfahren konnten, was wir wissen wollten.

Frederic sprach als erster. »Hör zu, Stinkwolf«, flüsterte er.

»Stinkfisch!« flüsterte ich zurück. Obwohl ich es formell zurückgenommen hatte, ärgerte ihn die Sache mit dem Fischgeschmack immer noch, das wußte ich. Er schnaubte, sagte aber nichts weiter darüber, sondern wisperte: »Was gibst du mir, wenn ich dir sage, was mit ihm geschieht?«

Ich besaß nicht viele Schätze, also schlug ich vor: »Wenn du es mir sagst, zeig ich dir, wo er mich reingebissen hat.«

Seine blauen Augen glänzten im Feuerschein. »Ehrlich?«

»Wenn ich's sage!«

»Und es war wirklich er, der dich gebissen hat? Nicht vielleicht irgendein streunender Köter?«

Ich fand es tief unter meiner Würde, auf eine solche Verdächtigung einzugehen. »Willst du's nun sehen oder nicht?«

»Ja, klar. Sei nicht gleich eingeschnappt.« Er richtete sich erregt auf die Knie auf, als ich mich erhob, mich umdrehte und mit einiger Feierlichkeit das Nachthemdchen hinten hochraffte. Frederic, sah ich über die Schulter hinweg, war tief beeindruckt vom Anblick der Stelle, obwohl im schwachen trübroten Dämmerlicht des sterbenden Kaminfeuers nicht viel zu sehen war.

»Wolfszähne!« flüsterte er mit stockendem Atem und streckte einen bebenden Zeigefinger aus, um hinzutappen, aber da drehte ich mich weg. Anfassen war nicht im Preis inbegriffen.

Ich ließ das Hemdchen fallen und setzte mich wieder. »Und jetzt sag schon ... was machen sie mit ihm?«

Seine Lippen waren dicht an meinem Ohr, als er Antwort gab. Die Stimme klang rauh, gar nicht wie eine Kinderstimme.

»Sie gehen in die Herzkammer mit ihm.«

Angesteckt von seiner Geheimnistuerei, wisperte ich ebenfalls. »Wo ist die? Und was ist die?«

»Ich weiß es auch nicht so genau. Ich glaube, sie gehen durch den Spiegel rein.«

»Durch den Spiegel? Kann man ihn drehen oder so was?«

»Nein. Man geht durch. Und dann eine Wendeltreppe hinunter und irgendwo runter in die Krypta, und dort ... dort ist sie irgendwo. Da liegen die alten Herzen drin. Die sie nicht mehr brauchen.«

»Erzählst du das nur so, oder stimmt's?«

»Freilich stimmt's.«

Die Herzkammer

So weit hörte ich Frederics Stimme noch, bevor etwas mit mir geschah. Eine kalte Dunkelheit senkte sich auf mich, ich fühlte mich vom Boden aufgehoben und weggetragen.

Eine sehr kurze Zeit lang hatte ich das Gefühl, daß ich fremde und geheimnisvolle Räume durchquerte. Sie gingen mich nichts an, und ich kümmerte mich nicht um sie. Sie waren alle dunkel oder halb dunkel, und ich ließ sie so rasch hinter mir, daß nur der unbestimmteste Schatten einer Erinnerung zurückblieb.

Jenseits dieser Räume gelangte ich (wie von unsichtbaren Armen getragen) in ein gewaltiges unterirdisches Gewölbe. Ich fröstelte und fühlte, wie mich bleierne Schwäche durchdrang, als ich diese Krypta erreichte, deren Bauweise von einem rätselhaften, vielleicht nichtmenschlichen Ursprung zeugte. Milchiges, schattenhaftes Zwielicht herrschte darin. Die Wände waren glatt, wie poliert, ohne irgendwelche in das dunkle Material geritzten Zeichen oder Ornamente. Der Boden war mit aschenähnlichem Staub und Sand bedeckt. Ich konnte Öffnungen erkennen, die aufwärts und abwärts führten. Ich erschrak, als ich mich über einem Schlund schweben sah, der sich schwarz und gähnend unter mir öffnete, und einen kaltfeuchten Luftstrom daraus hervor wehen fühlte. In welche unheilvollen Tiefen er führen mochte, daran wagte ich nicht zu denken.

In ebendiesen Schlund aber wurde ich hinuntergezogen, und wie man durch einen Kamin in ein Haus gelangt, gelangte ich in einen unterirdischen Saal. Ein bleiches, unbehagliches Zwielicht herrschte darin und eine kalte Atmosphäre, wie man sie in einem wenig besuchten Museum an einem kalten Regennachmittag vorfinden mag. Der Saal war achteckig wie das Gartenzimmer und hatte die gleichen Medaillonfenster in der hochgeschwungenen Kuppel, aber die Wände waren aus einem sehr glatten, spiegelnd polierten Stein, ebenso wie der onyxschwarze glänzende Fußboden. An allen Wänden entlang befanden sich vom Boden bis zum unteren Rand der Kuppel reichende Glasschränke. Es sah ein wenig aus wie die Mineraliensammlung in einem naturhistorischen Museum, denn in den hohen Vitrinen lagen dicht an dicht steinerne Herzen, jedes mit einem Zettel daran, auf dem stand, wem es gehört hatte. Manche waren aus weichem Speckstein, manche aus Granit, manche aus feenhaft schimmerndem Kristall (das waren die härtesten), aber eins wie das andere waren sie hart und kalt – und fühllos.

»Nun, wie gefällt es dir, Merle?« fragte eine angenehme, weiche Stimme hinter mir.

Ich drehte mich erschrocken um.

Auf einem steinernen Podest in der Mitte des Saales lag der Sphinx und hatte seinen prächtigen Kopf dekorativ auf die Pranken gelegt.

»Es ist sehr interessant, danke«, antwortete ich höflich, denn ich wußte (obwohl ich keine Ahnung hatte, woher ich es wußte), daß dieser prachtvolle Saal mit seiner Herzsammlung Eigentum des Sphinx war, und ich hatte viel zuviel Respekt vor dem schönen Ungeheuer, um nicht meine beste Höflichkeit an den Tag zu legen.

»Du wartest gewiß auf …?« fragte der Sphinx und nannte einen Namen, den ich nicht richtig verstand – den Vornamen des Hirten, wie es mir schien. Als ich nickte (welchen Sinn hätte es auch gehabt, dieses Geschöpf anzulügen?), sagte er: »Na, dann mach es dir bequem, du solltest dir die Szene nicht entgehen lassen …

du lernst etwas dabei, und du machst ihn glücklich. Je mehr Publikum, desto mehr Spaß hat er daran.«

»Woran?« fragte ich vorsichtig. Mir fiel ein, daß mich erst die hölzernen Tiere und dann Herr Marnion vor der Tücke und Schlauheit des Sphinx gewarnt hatten.

»Oh, an dieser albernen Herz-Tausch-Geschichte«, sagte der Sphinx, hob mit lässiger Eleganz eine Hinterpfote und kratzte sich hinter dem Ohr. »Ich glaube, er hat mit seiner Bekehrung nur deshalb so lang herumgetrödelt, damit er sich länger darauf freuen konnte – schließlich war es der einzige Spaß, den das arme Schwein zuletzt noch in Aussicht hatte. Als er am Grund des Brunnens angekommen war, sozusagen. Ich hätte ihm einen besseren Abgang gewünscht, aber – jedem Tierchen sein Pläsierchen.«

»Ich verstehe nicht ganz«, wandte ich vorsichtig ein und fragte mich gleichzeitig, ob es klug von mir war, verstehen zu wollen, was der Sphinx sagte.

»Wir waren die besten Freunde«, fuhr der Sphinx, ohne meinen Einwand zu beachten, in einer Art Monolog fort. »Eine Zeitlang jedenfalls. Ich hatte große Pläne mit ihm, und er ließ sich durchaus vielversprechend an ... aber er hatte schon damals seine Schwachstellen. Ja, Schwachstellen. Ich meine, er war immer ein Typ, der vorn die Zähne fletscht und hinten den Schwanz zwischen die Beine klemmt. Und jetzt ist er so weit, daß er vorne winselt und hinten den Schwanz einkneift. Schade. In seiner Glanzzeit war er einfach prächtig.«

Ich dachte an das lebensgroße Gemälde in der Ahnengalerie, an das bleiche Gesicht, das starke, aggressiv vorgeschobene Kinn, die heimtückisch funkelnden Augen. »Das glaube ich nicht«, sagte ich. »Er war ein böser Mann mit einem Herzen wie Stein.«

»Sieh es dir an«, sagte der Sphinx unvermittelt, und dabei rückte er seine Pfoten ein Stück auseinander. Ich schreckte zurück, so verblüffend war der Glanz, der dazwischen hervorstrahlte – ein dunkles Feuer, rot geädert, glomm zwischen den mächtigen Pranken; ein riesiges Juwel, schwarz wie Obsidian, aber von zitternden rötlichen Flammen durchzogen. »War es nicht ein prächtiges Herz?« flüsterte der Sphinx, und seine Stimme klang wie der dunkel schmelzende Ton einer Oboe. »Wie gewaltig er war, wie furchterregend, wie grausam! Caligula und Dschingis Khan hätten sich nicht geschämt, ihn an ihrer Seite stehen zu sehen. Sieh her! Das ist das Herz eines Tigers, mutig, grausam, Kraft in den Armen, Kraft in den Lenden. Er war ein Mann, mein Kind. Er hatte mehr Leben in den Hosen als mancher andere im Herzen.«

»Er war weder mutig noch gewaltig!« rief ich zornig. »Er war ein Lügner, der kleine Kinder mit Äpfeln lockte und ihnen mit dem Truhendeckel die Köpfe abhackte, und er prügelte uns alle rein zum Vergnügen.«

»Eijeijeijei«, machte der Sphinx. »Und wer hat ihm denn so brav dabei geholfen, kleine Merle, eh? Hat dir nicht sogar eine feine weiße Rute geschnitzt, damit du ihm besser prügeln helfen kannst?«

Darauf wußte ich nichts zu sagen.

Der Sphinx drehte sich auf seinem Podest um, als hätte er keine Lust mehr, die Unterhaltung mit mir fortzuführen. Er stellte ein Bein auf und begann sich wie eine Katze ausgiebig das Hinterteil zu putzen. Ich hörte die rauhe Zunge raspeln, als sie durch das schimmernde, im Zwielicht beinahe glimmende Fell glitt. Von dem hellen Leib ging ein grünliches, zugleich mildes und sengendes Licht aus, das ein wenig an Mondlicht erinnerte.

Ich wollte mich gerade aufraffen und eine Frage stellen, als sich eine Tür in einer der schwarzen Steinwände öffnete – eine sehr schmale Tür – und drei Personen heraustraten. Ich konnte mich eben noch zwischen den

Glasvitrinen verstecken, als sie auch schon in der Herzkammer standen.

Es waren Onkel Abelard, Herr Marnion und der Kinderhirt – aber wie sah er aus! Wie eine erloschene Kerze!

Ich wußte sofort, daß sein Herz tatsächlich ausgetauscht worden war.

Er ging ganz langsam, wie ein alter Mann, und sein langes schwarzes Haar war durchsetzt von grauen und weißen Strähnen. Als er den Kopf hob, erkannte ich, wie sehr sein Gesicht sich verändert hatte: Es sah aus, als sei er lange Zeit furchtbar krank gewesen und finge eben erst an zu genesen, so straff und pergamentblaß spannte sich die Haut über Schläfen und Wangenknochen, und seine grünen Augen waren so traurig still wie das grüne Wasser in einem Seerosenteich. Die Gala-Uniform, in der er erst einen so prächtigen Eindruck gemacht hatte, wirkte jetzt völlig unpassend, wie ein prunkvolles Ballkleid an einem kranken, ausgezehrten Mädchen, und offenbar wußte er es selbst, denn er knöpfte den gestickten Gürtel auf und ließ ihn fallen und zerrte an den goldenen Schnüren und Tressen, um sie abzureißen.

Sie gingen an dem Sphinx vorbei. Da sagte das Ungeheuer, das jetzt wieder eine königlichere Haltung eingenommen hatte:

»Lustig gelebt und selig gestorben,
hat dem Teufel die Rechnung verdorben.«

Der Kinderhirt blickte auf, ein wenig benommen – seine Gedanken waren offenbar weit weg gewesen. Der Sphinx breitete seine dekorativen Flügel aus, schüttelte sie, daß es knackte und rauschte, faltete sie zusammen und fragte: »Nun sag bloß – er hat dich tatsächlich genommen?«

»Ja«, antwortete der Kinderhirt und fuhr sich rasch mit der Hand an die Augen, um die Tränen wegzuwischen, die dort hervortraten – es wurden aber bald so viele, daß er sie nicht mehr trocknen konnte, und so stand er nur da und ließ sie laufen, und sie rannen rechts und links glitzernd die Wangen herunter. »Ja«, wiederholte er. »Ach, ich konnte es gar nicht glauben, daß er einfach sagen würde: Du bist mein.«

Der Sphinx räkelte sich. »Na«, sagte er, »du hängst dein Mäntelchen ja ganz schön nach dem Wind, mein Lieber. Wenn ich da an deine großkotzigen Sprüche denke, die du zuweilen zu fortgeschrittener Stunde zum besten gegeben hast … von wegen, lieber ein König in der Hölle als ein Diener im Himmel …«

»Barmherzigkeit!« stammelte der Kinderhirt unter Tränen. »Was war ich für ein elender Mensch!«

»Jaja, schon gut«, erwiderte der Sphinx. »Du hast wieder mal den Moralischen, das ist es. Ich erinnere mich da an einige Gelegenheiten, wo du in der Stimmung warst, dir den nackten Hintern mit frischen Brennesseln prügeln zu lassen, weil dir all deine scharlachroten Sünden zugleich in den Sinn kamen … Du hast wieder einmal zuviel getrunken oder dir an zuviel Fleisch den Magen verdorben, das macht trübsinnig. Ich wette, morgen um die Zeit denkst du schon wieder anders darüber.«

Der Kinderhirt sagte leise: »Morgen um die Zeit bin ich tot.«

Jäh senkte sich eine tiefe Stille über den Raum.

»Es ist also endgültig?« brachte schließlich der Sphinx hervor. Seine Stimme hatte ihren süßen Zauber verloren, sie klang rauh und böse.

»Ja«, antwortete der Kinderhirt. »Endgültig; Gott sei Lob und Dank.«

Das Ungeheuer tat einen tiefen Atemzug; ich spürte, wie es Zorn und Enttäuschung hinunterwürgte. »Nun«, stieß es schließlich mit dieser neuen harschen Stimme hervor, »wer dich nimmt, nimmt ja wohl alles. Aber ich behalte doch immer den besseren Teil: die schönen starken Herzen, die Juwelenherzen – das Herz, das du hattest, als du noch ein Tiger warst und kein räudiges, verlorenes Schaf, das sich von seinem Hirten huckepack heimschleppen läßt – sieh her!«

Er riß mit einem jähen Ruck die Pranken auseinander, und ich kniff die Augen zu in halber Erwartung des mineralischen Feuers, das mir entgegengefunkelt war, als ich das Obsidianherz zum erstenmal gesehen hatte ...

... aber da war kein Juwel, kein schwarzfeurig glühender Stein – etwas wie eine große faulende Frucht lag da, schwarzbraun und maischig, und die roten Würmer krochen an allen Ecken und Enden heraus ...

Der Kinderhirt fuhr aufschreiend zurück und barg das Gesicht in den gefalteten Händen. Der Sphinx knirschte hörbar, dann packte er das verrottete Ding mit den Zähnen und schlang es in einem Bissen hinunter. Dröhnend faltete er seine Drachenflügel auseinander, erhob sich in die Luft und fuhr durch eines der Fenster hinaus.

Die drei standen eine gute Minute lang reglos, dann faßte sich Herr Marnion und sagte mit etwas belegter Stimme: »Nun, den wären wir los ...« Er legte dem Hirten die Hand auf die Schulter und schüttelte ihn ein wenig, bis er die Hände vom Gesicht nahm. »Fassen Sie sich ... das Schwerste ist überstanden, und die Nacht, durch die Sie hindurch müssen, ist nicht mehr lang.«

Onkel Abelard sagte: »Wenn Sie noch einen Wunsch haben, werde ich mich bemühen, ihn zu erfüllen.«

Der Kinderhirt seufzte schwer. Er sann einen Augenblick nach, dann sagte er: »Zum einen möchte ich bitten, daß ich, was mir noch an Zeit bleibt, in meinem alten Zimmer verbringen darf.«

Onkel Abelard nickte gewährend, und er fuhr hastig fort: »Zum anderen bitte ich, daß das Kind in dieser Zeit meine Gefährtin sein darf, um mich zu trösten und Gott für mich zu bitten.«

Das gefiel meinem Onkel nun gar nicht; er bemerkte ziemlich verstimmt: »Sie langen wie immer recht kräftig zu ... aber – nun, es soll geschehen, wie Sie bitten. Aber seien Sie nur ganz ernstlich darauf bedacht, nicht noch einmal vom Weg abzuweichen.« Darauf brach der Kinderhirt in so stürmische Tränen aus, daß es Onkel Abelard gleich wieder leid tat; er klopfte ihm auf die Schulter und sagte: »Nun, nun ... so war es nicht gemeint. Ich habe ...«

Da verklangen seine Worte plötzlich, als würde ich von etwas Unsichtbarem hochgehoben und aus der Kammer getragen, und gleich darauf schlug ich die Augen im Schein der Morgensonne in meinem Zimmer auf.

Des Hirten letzter Tag auf Erden

Ich meinte fast, ich hätte alles nur geträumt, so süß und unschuldig war der Morgen. Es war noch sehr früh, ein breiter Streifen der ersten Sonne lag, orangerot leuchtend, quer über dem Fußende des Bettes, wo die hölzernen Tierchen auf ihren Knäufen hockten. Von draußen drang lebhaft der erste frische, kühle Duft der aufblühenden Blumen und des taufeuchten Rasens herein. Ich drehte mich zur linken Seite, um nach Herrn Marnion zu sehen, aber er war nicht da. Dann drehte ich mich nach rechts, und dort saß der Kinderhirt.

Er wußte nicht, daß ich schon wach war. Er kauerte, in ein langes, weißes rauhwollenes Hemd gekleidet, das bis auf seine nackten Füße herabfiel, auf einem Schemel neben dem Stück Mauer, auf das die Tränentropfen gemalt waren. Die Stirn hatte er dort an die Wand gestützt, seine tränennassen Augen waren geschlossen, seine Hände streichelten wie die eines Blinden über ein schön in weinrotes und altgoldenes Leder gebundenes Buch, das in seinem Schoß lag. Er sah jammervoll traurig aus, aber ich spürte auch, daß er nun zum erstenmal traurig sein konnte und daß die Trauer eine Gnade war.

Ich sah ihn weinen und weinte mit ihm, ich spürte, wie die Tränen meine Wangen hinabglitten und in den Kissen versickerten.

Dann fiel mir plötzlich ein, was er meinen Onkel gebeten hatte, als sie in der Herzkammer gestanden hatten, und bei dem Gedanken schlüpfte ich so rasch und lautlos, wie ich nur konnte, aus dem Bett und warf mein Kleid über. Zum Glück war es so warm und sommerlich, daß ich nicht viel anziehen mußte und fertig war, bevor der Hirte, von der Bewegung aufgeschreckt, den Kopf wandte.

Ich sagte eilig: »Ich hole Ihnen Frühstück« und stürzte zur Tür hinaus, denn der Blick aus seinen rotgeweinten Augen berührte mich so sehr, daß ich beinahe gleich wieder geweint hätte.

Ich lief in die Küche hinunter, wo die Aufregung noch viel größer war als am Vortag, denn inzwischen wußten alle, was geschehen war, und jeder hatte seine Meinung dazu – vor allem Herrn Siebenschöns Diener, der wieder auf der Ofenbank saß und diesmal viel größeren Appetit hatte als am Tag zuvor; der sagte, der Kinderhirt hätte seinen lieben armen Herrn zugerichtet, daß es nicht zum Ansehen sei, und er verstünde nicht, daß Gott solchen Ungeheuern und grausigen Bestien erlaube, frei in der Welt herumzulaufen, und er sei sehr fürs Schleifen und Hängen und Vierteilen. Einige stimmten ihm zu, aber da warf der Koch die Frage auf: »Vierteilen, Hängen, Verbrennen – alles schön und gut, aber habt ihr euch schon klargemacht, daß dann all die Kinder verwaist sind? Wer soll die dann hüten? Ihr vielleicht?«

»Ja, haben wir sie uns denn auf den Hals gepackt?« rief eine Stimme. »Wie kommen wir denn dazu, für das heimatlose Gesindel zu sorgen? Man kann sie doch wegjagen!«

Diese Bemerkungen gingen mir nicht aus dem Kopf, als ich – ein Tablett in Händen – die Stiegen wieder hinaufeilte. Was sollte wirklich aus den Kindern werden?

Ich hatte heiße Milch geholt und weißes Brot zum Einwecken, denn ich hatte daran gedacht, daß der Hirte einmal ein reicher und vornehmer Herr gewesen und an ein feines Frühstück gewöhnt war.

Obwohl ich ziemlichen Krach machte, als ich die Tür mit dem Ellbogen aufdrückte und mich hinein schlängelte, mußte ich ihm erst auf die Schulter tippen, bevor er so weit zu sich kam, daß er aufblickte. Ich stellte das Tablett ab. »Ihr Frühstück, Exzellenz«, sagte ich.

Er starrte mich an. »Wie? Was?« rief er, die langen Haarwellen aus der Stirn streichend. Dann begriff er, worum es ging, und plötzlich schenkte er mir ein Lächeln – ein kleines wehes Lächeln. »Meinst du, das lohnt sich noch – für den einen Tag?« fragte er.

»Ich weiß nicht«, antwortete ich wahrheitsgetreu. »Andererseits – warum nicht?«

»Ja, warum nicht«, stimmte er mir leise und wieder gedankenversunken zu, brockte ein Stück Brot ab und trank einen Schluck Milch. Den Rest schob er mir zu. Dann rief er plötzlich erschrocken: »Meine Kinder! Meine armen Kinder! Hat man ihnen zu essen gegeben? Hat man sie gut gehütet?« Er streckte scharf die Hand aus und packte mein Handgelenk mit seiner alten rohen Kraft. »Geh nachsehen! Frag! Sie müssen gut gehütet werden, damit keins verlorengeht!«

Ich stürzte ein zweites Mal aus dem Zimmer, rannte die Treppe hinunter in die Halle und zum Gartenzimmer, dessen Tür weit offenstand. Der Raum lag im Morgenlicht, das in goldenen Dunstschleiern unter der Kuppel schwebte. In dem hohen lederbezogenen Sessel saß Herr Marnion, und rund um ihn auf dem Boden hockten die Kinder, hatten die Hemdchen über die bloßen Füße gezogen und die Hände um die Knöchel geschlungen und hörten mit offenen Mündern zu, wie er ihnen die Geschichte vom guten Hirten erzählte.

Verständlicherweise ging ihnen das Thema sehr nahe. Sie schnieften und zischten vor Aufregung; eines, das an die Wand gelehnt saß, hatte sich fast den ganzen Hemdsaum in den Mund gestopft und kaute so heftig daran, daß er völlig durchnäßt war. Ein anderes konnte nicht mehr an sich halten, als der Erzähler zu der Stelle kam: »... und dann endlich fand er das Schäfchen, und was tat er?« Es brach, von bösen Erinnerungen überkommen, in Tränen aus und rief: »Stock genommen, geschlagt und geschlagt und geschlagt!«

»Meint ihr, er hat es geschlagen?« fragte Herr Marnion.

Die klügsten unter den Gespensterkindern wagten ein vorsichtiges Kopfschütteln. Die anderen kratzten sich hinter den Ohren und blickten andächtig den hageren schwarzen Mann an.

»Nun?« fragte er. »Jetzt sagt einmal: Was denkt ihr, daß er getan hat?«

Die Kinder waren es sichtlich nicht gewohnt, um ihre Meinung gefragt zu werden, sie zischelten und wisperten untereinander, rückten hin und her, kratzten sich, kauten an Haarsträhnen und Hemdsäumen und lutschten an Daumen – aber dann meldete sich plötzlich ein Stimmchen, so dünn wie ein Lichtstrahl: »Wasser gegebt?«

»Ja ... und?«

Jetzt wagte sich auch ein anderes hervor. Es hob eine Hand wie ein Kind, das sich in der Schule meldet, und wisperte: »Höhle gebracht?« Ich dachte, daß das die einzigen guten Erinnerungen waren, die sie an ihren Hirten hatten – er hatte ihnen Wasser und Milch beschafft, und er hatte sie in der Höhle in Sicherheit gebracht, wenn das unsichtbare heulende Ding in den Felsen sie bedrohte.

»Beschützt! Beschützt!« rief ein drittes schrill, außer Atem, weil ihm eine Antwort eingefallen war und weil es befürchtete, andere könnten ihm mit demselben Einfall zuvorkommen. In seiner Aufregung sprang es auf, stolperte dabei über seinen langen Hemdsaum und fiel auf alle viere nieder.

Ich wußte nicht, ob auch Kinder ihre Herzen umtauschen lassen müssen, aber sie sahen alle aus, als seien sie schon ein wenig getauscht worden – etwa so wie das

Kind, das Onkel Abelard schlafend aus dem Gartenzimmer getragen hatte. Sie waren stofflicher geworden. Ich konnte Gesichter unterscheiden. Es waren viele schöne Kinder darunter, manche mit vornehmen, feinen und klugen Gesichtern, und manche von einer bäuerischen, apfelwangigen Schönheit. Fast alle waren blond und hatten große, helle Augen, deren Farbe noch nicht recht zu erkennen war. Sie anzusehen war, wie den Anbruch des Tages zu beobachten, wenn aus der monochromen grauen Dämmerung langsam Farben und Formen hervortreten.

Dann fiel mir siedendheiß ein, daß der Hirte auf Antwort wartete, und ich rannte zurück.

»Sie werden alle gut gehütet«, sagte ich. »Es wird keins verlorengehen.«

Er seufzte schwer. »Das war immer meine größte Sorge, weißt du«, sagte er. »Eines zu verlieren … und doch, wie gern wäre ich sie losgeworden! – Komm her, Kind.« Er streckte die Hand aus und zog mich zu sich hinüber, in den Winkel des Raumes, wo die Tränentropfen aufgemalt waren. »Setz dich. – Nein, laß mir deine Hand. Oder hast du Angst?«

»Nein«, sagte ich.

»Du bist so bleich … Hast du noch Schmerzen?«

»Nein … Das kommt vom Licht.«

»Vergib mir«, sagte er leise.

»Sie haben mir nichts Böses getan.« Dann fiel mir ein, was Herr Marnion über das Lügen gesagt hatte, und ich verbesserte mich rasch: »Naja, nicht so besonders viel Böses.«

»Vergib mir, bitte«, murmelte er und strich über meine Hand, die er fest in seinen harten weißen Fingern hielt. »Komm näher, gutes Kind …« (dabei lehnte ich schon fast an ihm!), »ich muß dir etwas Wichtiges erzählen …«

Ich horchte aufmerksam, als er zu sprechen anfing, weil ich das Wichtige nicht überhören wollte, aber ich konnte seiner Rede nicht folgen. Er fing beim einen an und redete beim anderen weiter, und ich kannte auch niemand von den Menschen, von denen die Rede war. Er schien zu glauben, daß ich über alles auf seinem Schloß Bescheid wußte, denn immer wieder sagte er Dinge wie: »Erinnerst du dich – damals, beim Mittsommernachtsfest?« oder »Das war in jenem eisigen Winter, weißt du noch? Du meine Güte, am liebsten wären wir den ganzen Tag nicht aus dem Bett gekrochen ...«

So redete er von vielen Dingen, die ich nicht verstand. Dazwischen hielt er inne, starrte die Mauer an, fuhr mit dem Finger die Umrisse der Tränentropfen nach und sagte: »Ich habe viel geweint. Du mußt es mir glauben, Kind ... so ganz ohne Herz und Gefühl war ich nicht.« Manchmal war er ganz durcheinander, dann fragte er aufgestört: »Wer bist du denn? Du bist keins von meinen Kindern, wo kommst du her? Wir können dich nicht brauchen, wir sind schon viel zu viele.« Er faßte mein Kinn mit den Fingern und beugte sich so nah zu mir, als versuchte er im Dunkeln zu sehen. »Was willst du hier?« fragte er mit einem Anflug von Gereiztheit in der Stimme.

»Ich bin da, damit ich Sie trösten und Gott für Sie bitten kann«, sagte ich. So hatte er es verlangt, und so wollte ich es tun, obwohl ich nur hoffen konnte, er würde mir rechtzeitig erklären, wie ich es tun sollte.

»Ach ja!« sagte er, und mit einemmal sah er mich wieder mit erstaunlich klaren Augen an. »Gutes Kind«, wiederholte er gerührt, streichelte mein Haar und seufzte. Dann fragte er: »Aber wo kommst du bloß her? Ich habe doch alle gezählt und gezählt, hundert – nein, tausend – ach, so unendlich viele Male ...«

»Ich wohne hier im Schloß«, versuchte ich ihm in Erinnerung zu rufen.

Es nützte nicht viel; er nickte zwar, sagte aber gleich darauf: »Seltsam, damals warst du blond. Es sieht aber viel hübscher aus, so, wie du es jetzt hast. – Merle, bist du ein gutes und frommes Kind?«

»Ich weiß nicht«, erwiderte ich vorsichtig.

»Wirst du mich auf meinem letzten Weg begleiten und für mich beten?«

»Ja«, antwortete ich, obwohl es mir fast die Kehle zuschnürte. Ich schloß meine beiden kleinen Hände um seine Rechte. »Müssen Sie denn sterben?«

»Ich darf sterben, Kind«, sagte er mit einem kleinen Lächeln. Als ich ihn ratlos anblickte, fügte er hinzu: »Warst du schon einmal die ganze Nacht wach? So lange wach, daß dir alle Glieder weh tun und es dir den Magen umdreht und dir rote Funken vor den Augen tanzen … und dann endlich, endlich kannst du dich niederlegen, in einem weichen schneeweißen Bett, und jemand breitet die Decke über dich, und du kannst die Augen schließen und ruhen … so lange ruhen, bis du auferweckt wirst. – Verstehst du mich?«

Ich erinnerte mich daran, wie oft er fast im Stehen eingeschlafen war und wie qualvoll er jedesmal aufgeschreckt war. »Ja, ich verstehe«, sagte ich. »Aber sind Sie denn gewiß, daß Sie zu etwas Gutem auferweckt werden?«

»Ganz gewiß«, erwiderte er. »Siehst du – ich habe ein Pfand. Hier.« Er klopfte mit der geschlossenen Faust auf sein Herz. »Aber ich will dir ein Zeichen dalassen … du wirst es sehen, wenn ich nicht mehr bin. Dann wirst du wissen, ob ich in den Himmel gekommen bin.«

Gegen fünf Uhr war es dann soweit.

Herr Marnion betrat das Zimmer, ganz in Grün und Schwarz gekleidet und mit seinem bestickten goldgrünen Mantel um die Schultern, und ihm folgte auf den Fersen der Profos im scharlachroten Mantel, der leuchtete wie Blut und Feuer.

Die Prozession

Die beiden hohen Flügeltüren der Halle standen offen, so daß ich den Raum ganz von Licht erfüllt sah, als wir auf den Treppenabsatz hinaustraten – dem schräg einfallenden dunkelgoldenen Licht eines Sommernachmittags. Die warme Luft zitterte über der Schwelle. Es roch nach Rosen und der feuchten Erde der Beete, die der Gärtner eben gegossen hatte.

Der Kinderhirt ging, lautlos auf seinen nackten Füßen, die Treppe hinunter. Der Profos war an seiner Seite und hielt ihn am Ellbogen fest, aber mit einem sanften, losen Griff; er wußte, daß dieser Gefangene ihm nicht fortlaufen würde.

Unten in der Halle warteten die Kinder.

Sie standen zu beiden Seiten des Treppenaufgangs, viele Kinder in weißen Hemdchen, und alle hielten Blumen und Zweige in der Hand, die sie vor Aufregung in ihren nervösen Händchen beinahe zerdrückten, so daß der ganze Fußboden schon voll Blüten und Blättchen war. Sie waren so aufgeregt wie alle Kinder bei einem großen Ereignis, sie schnieften und traten von einem Fuß auf den anderen, und mehr als eines hatte den Finger im Mund, aber sie waren still, und ihre Augen waren mit einem Ausdruck von ernstem Erstaunen dem Hirten zugewandt, der oben an der Treppe stand.

Er ertrug den Anblick fast nicht. Er stöhnte lautlos auf und verbarg das Gesicht in der einen Hand, während er sich mit der anderen aufs Geländer stützte wie ein alter Mann. Herr Marnion trat rasch an seine Seite und flüsterte ihm etwas ins Ohr, worauf er die Hand vom Gesicht nahm, qualvoll seufzte und mit niedergeschlagenen Augen weiterging. Ich merkte, daß er nicht wagte, die Kleinen anzusehen; er hielt den Blick fest auf die walnußbraunen Stufen gerichtet, und als er unten ankam, zog er sein weites Hemd um sich zusammen, als hätte er Angst, von ihnen berührt zu werden. Dann wurde mir mit einemmal klar, daß sie alle mitgehen würden, denn als er die Türschwelle erreichte und der Profos ihn feierlich die niedrigen Stufen in den Garten hinabführte, rückten die Kinder auf und folgten ihm zwei und zwei.

Wir traten in den warmen Sonnenschein hinaus. Draußen auf dem blendendweißen Kiesweg warteten Onkel Abelard und seine Freunde, und links und rechts von der Auffahrt standen, in ihrem schwarzseidenen Sonntagsstaat und mit den Gebetbüchern in der Hand, alle Diener und Dienerinnen von Carnanoth und guckten sich die Augen aus dem Kopf, weil sie endlich Gelegenheit hatten, den Kinderhirten aus der Nähe zu sehen. Erst machten sie sehr unfreundliche Gesichter, aber als sie beobachteten, wie demütig und zerknirscht er mit tief gesenktem Kopf und gefalteten Händen den Weg entlang schritt, sahen sie schon etwas freundlicher drein.

Der einzige, der ihn anfauchte, war der dicke honigfarbene Kater, den Onkel Abelards Freund auch bei dieser Gelegenheit bei sich hatte. Der legte die Ohren zurück und fauchte und sträubte sein Fell … und für einen Augenblick hob der Kinderhirt den Kopf und zog, wohl aus purer Gewohnheit, die Oberlippe ein Stückchen zurück und machte ›chchch‹, aber dann blickte er rasch wieder zu Boden, und der Kater wurde weggetragen, bevor er Unheil anrichten konnte.

Ich ging neben Herrn Marnion, der hinter dem Profos und dem Hirten und vor den Kindern einherschritt, und dachte an die Fronleichnamsprozessionen meiner

Kindheit, bei denen ich Blumen aus einem Silberdrahtkörbchen gestreut hatte, und die wenigen Begräbnisse, an denen ich bislang teilgenommen hatte, und fand, daß dies etwas von beidem an sich hatte. Ich war traurig, weil es immer traurig ist, wenn jemand stirbt, aber sofort mußte ich wieder daran denken, wie sehr der Hirte sich danach sehnte. Ich bemerkte, daß der Profos ihn immer wieder am Arm faßte, um ihn zurückzuhalten, weil er zu schnell ging – so begierig war er darauf, ans Ziel zu kommen –, und wenn er einmal den Kopf hob und um sich sah, so waren seine Augen ganz leer, als sei die Welt für ihn durchsichtig geworden.

Ich hörte den Profos mit leiser Stimme mahnen: »Nicht gar so eilig, Euer Gnaden, die Kinder und die alten Leute können nicht Schritt halten.«

»Ach, die Kinder!« sagte der andere und schluchzte bitterlich auf. »So viele schöne Kinder! Was haben sie durch mich gelitten ...«

Ich drehte mich halb um und warf einen Blick auf die Kleinen, die hinter uns hertrippelten und im Licht der Sonne blinzelten. Dann gab Herr Marnion mir einen Stoß und deutete: Blick nach vorn!, weil es sich nicht gehört, sich in einer Prozession umzudrehen.

Die Leute vom Schloß, die die Nachhut bildeten, hielten ihre Gesangbücher in den schwarz behandschuhten Händen und sangen, und es klang schwer und traurig, aber zugleich sonderbar mutig und kühn, daß es mir über den Rücken lief wie beim Klang von Trompeten.

Dann kamen wir an die Mauer des Wintergartens und an die schmale Pforte. Onkel Abelard schloß sie auf, wir schritten einer nach dem anderen hinein. In der kühlen Stille des verschneiten Gartens klangen die Hymnen, die sie hinten sangen, viel lauter und eindringlicher als zuvor.

Der Kinderhirt schauderte. »Daß ich noch einmal hier

stehen würde!« sagte er und drückte die gefalteten Hände auf die Brust, als müßte er sein Herz festhalten, und dann fügte er hinzu: »Ich wollte, ich wäre jung gestorben und hätte mich nicht so maßlos mit Sünden beladen.«

Onkel Abelard, der die Bemerkung gehört hatte, trat zu ihm und legte ihm die Hand auf die Schulter. »Blicken Sie nicht zurück«, sagte er. »Richten Sie den Blick nur fest auf die Hoffnung, die Ihnen geschenkt ist, und vergessen Sie sich selbst.«

Der Kinderhirt nickte bereitwillig, aber er dachte wohl doch noch daran, denn er weinte laut, als er den schneebedeckten Weg entlangging, und immer wieder hob er die Hände und raufte sich die langen schwarzgrauen Haaren und warf wie in bösen Träumen den Kopf hin und her.

Als wir die Serpentinen zur Kuppe des Hügels hinaufstiegen, fiel mir allmählich eine Veränderung auf. Der kahle Wald links und rechts des Weges war dunkel, fast tuscheschwarz gewesen, und der Weg schimmernd weiß, aber nun glänzte es rötlich und golden auf dem Schnee, als fiele das Licht einer sinkenden winterlichen Sonne von irgendwoher darauf – obwohl die stumpfrote Sonnenscheibe am Himmel kein sichtbares Licht schenkte. Je weiter wir gingen, desto intensiver wurde der Lichtschein, so daß ich ein ums andere Mal zum Himmel aufblickte und dachte, es käme von dort, aber es wuchs aus der Erde heraus oder drang aus der Luft – es hatte keine sichtbare Quelle, und doch breitete es sich allmählich vom Weg her in den Wald aus. Zwischen den glatten schwarzen Stämmen, die wie Bäume auf einem Holzschnitt aussahen, spann es Fäden aus Licht, sickerte in den Wald hinein, dessen vorderste Stämme sich nun von einem altgoldenen und kupferroten Lichtschein abhoben, und erst viel tiefer drinnen dunkelte es langsam zu Bronze und Orange, dahinter zu Sepia und Purpur, und dann zu Violett und Schwarz.

Das Licht war mehr als nur hell – es hatte eine sonderbare, sichtbar lebendige Konsistenz, so daß es mir zuweilen eher wie Wasser statt Licht erschien. Ich sah, wie die nackten Füße des Hirten hineintraten und der Saum seines groben grauweißen Hemdes darin verschwand, wie die Bewegung seiner Schritte es aufwühlte, so daß es funkelte und Wellen schlug wie das Wasser in einem Bach. Es spritzte förmlich an seinem Hemd hoch, so daß es zuweilen voll flirrender Sonnenflecken war, und ebenso sprenkelte es das scharlachrote Gewand des Profoses mit wirbelnden Goldtupfern und sprühte wie Feuerfunken auf Herrn Marnions goldgrünem Mantel.

Der Hirte bemerkte es auch. Er blieb unvermittelt stehen, fiel im Schnee auf die Knie und tauchte die Hände in den feuergoldenen Glanz, wie ein Durstiger die Hände ins Wasser taucht. Er schöpfte mit beiden Händen und schlug sie vors Gesicht, und ich sah das Licht von seinen Wangen und seinem Haar abrinnen wie Wasser. Eine ganze Weile blieb er so knien, die Hände erhoben, einen ekstatischen Ausdruck auf dem Gesicht, das er mit geschlossenen Augen dem Himmel zuwandte. Es glänzte von dem Lichtwasser, dessen letzte Funkentropfen an seinen schwarzen Locken herabperlten.

Der Profos beugte sich nieder und ermahnte ihn sanft, aufzustehen und weiterzugehen, denn hinten war der ganze Zug ins Stocken gekommen.

Das Tor nach drüben

So kamen wir zuletzt auf die verschneite Hügelkuppe und zu dem eisernen Tor. Seine beiden gewaltigen Flügel standen weit offen, und davor warteten die beiden schneeweißen Kinder, links der schöne Knabe, rechts das schöne Mädchen. Als sie den Hirten erkannten – der die letzten Schritte durch den Schnee gestolpert war wie ein Schlafwandler –, sahen sie einander an, und dann sagten sie eines zum anderen: »Mach nur weit auf, daß er hereinkann, und die armen Kinder mit ihm.«

Der ganze Zug war inzwischen stehengeblieben und hatte sich zu einem Halbkreis formiert. Das Gesinde von Carnanoth bildete den äußeren schwarzen Rand, dann kamen die Kinder, und ganz vorne standen Onkel Abelard und seine Freunde und Herr Marnion und der Kinderhirt, der sich mit dem Hemdsärmel das verweinte Gesicht trocknete.

Onkel Abelard legte beide Hände auf seine Schultern, küßte ihn links und rechts auf die Wangen und sagte: »Sie gehen nun voraus; ich wünschte, wir könnten gemeinsam gehen… Aber das liegt nicht in meiner Macht.«

Er wandte sich ab, und ich sah, daß er traurig war.

Herr Marnion verabschiedete sich ebenfalls, sehr feierlich, wenn auch nicht so gefühlvoll, und mir wurde so traurig zumute, daß ich nach meinem Taschentuch fischte.

Plötzlich berührte jemand meine Schulter, und als ich aufblickte, war es der Kinderhirt. Er ließ sich auf ein Knie nieder, umarmte mich und zog mich an sich. »Gott segne dich, Kind«, sagte er, und dann, als er mich auf die Wange küßte, fügte er noch etwas hinzu, so leise, daß nur ich es hören konnte: »Ich schicke dir ein Zeichen, vergiß das nicht.«

Dann stand er auf, sah in die Runde und sagte zu den Umstehenden: »Ich habe kein Verdienst daran und kein Anrecht darauf, aber durch Gottes Gnade bin ich selig geworden, ein Sünder, wie es nicht viele auf dieser Welt gibt.«

Er winkte den Kindern, und als sie ihm alle den Blick zuwandten, klatschte er in die Hände und rief: »Husch! Schsch!« Da wirbelte der ganze Schwarm über den Schnee auf ihn zu, daß die Blüten und Blätter, die sie in Händen hielten, zu Boden fielen und die Stufen und die Schwelle bedeckten. Er trat an das eiserne Tor heran, und ein letztes Mal zählte er die Kinderherde. Jedes trat einzeln an ihn heran, und sobald er es angesehen und wiedererkannt und das, was er ihm angetan hatte, auf sich genommen hatte, faßte er es und schubste es über die Schwelle, bis er sie alle drin hatte. Als letzter schritt er selbst über die Schwelle. Nun traten die beiden schneeweißen Kinder von den Türflügeln zurück, die sich allmählich zu schließen begannen.

Ein paar Sekunden lang sah ich den Kinderhirten inmitten seiner weißen Herde noch jenseits der Schwelle stehen; dann schien es mir, daß sie gemeinsam fortgingen, in diese andere Welt hinein, und darauf fielen auch schon die Türflügel zu, nachdem der Knabe und das Mädchen noch rasch hineingeschlüpft waren.

Das rötlichgoldene Licht glänzte auf dem Wort, das quer über beide Flügel geschrieben stand.

Auf dem weißen Schnee lagen die Blüten und Blätter, die die Kinder fallen gelassen hatten.

Ich schluchzte.

Herr Marnion streichelte mein Haar und fragte nicht, warum ich weinte – wofür ich ihm sehr dankbar war.

Das Zeichen

Onkel Abelard hatte angeordnet, im Gartenzimmer einen großen Leichenschmaus auf seine Kosten abzuhalten, und dem Gesinde für den Rest des Tages freigegeben – was sie alle sehr freundlich dem Kinderhirten gegenüber stimmte, dem sie das letztendlich zu verdanken hatten. Der lange Tisch im Gartenzimmer war mit weißen Lilien und Chrysanthemen geschmückt und mit dem besten Porzellan gedeckt. Ich wurde neben Herrn Marnion gesetzt, der einen Ehrenplatz ganz oben bei Onkel Abelard und seinen Freunden hatte.

»Ich bringe keinen Bissen runter!« sagte ich leise zu ihm. »Ich bin noch so ergriffen.«

»Das Herz hat mit dem Magen nichts zu tun, liebe Merle«, erwiderte er. »Es mag noch so übervoll sein – dein Bauch ist leer seit heute früh.«

Das erinnerte mich daran, wie ich dem Hirten sein letztes Frühstück gebracht hatte, und wieder rannen mir die Tränen über die Wangen.

»Versuch die Suppe«, ermahnte mich Herr Marnion.

Es war eine köstliche Suppe, mit Schnittlauch und frisch gerösteten Croutons darin; obwohl ich reichlich hinein weinte, schmeckte sie gut. Obzwar auch die Suppe mich wieder an den Hirten erinnerte, mußte ich mit einemmal mitten unter meinen Tränen lachen, als mir die Salamander einfielen. Es hatte so komisch ausgesehen, wie sie auf ihren nassen schwarzen Hinterpratzen umhergewatschelt waren und die Lichter auf den Köpfen getragen hatten.

»Nun entscheide dich allmählich, ob du lachen oder

weinen willst«, sagte Herr Marnion. »Das ist ja nicht zum Aushalten, dieses Gekicher und Geschluchze. – Schaffst du etwas Braten?«

»Ja«, schniefte ich. »Kartoffeln auch, bitte. Und vom Apfelmus.«

»Ich sehe«, sagte mein Erzieher, »du bist auf dem Wege der Genesung.«

Onkel Abelard, der einen Sitz weiter am Kopfende der Tafel saß, erkundigte sich freundlich: »Finden Sie auch genug, was für Sie genießbar ist, lieber Herr Marnion? Ich denke, das Steak müßte passend sein, und etwas vom gekochten Huhn.«

»Ich esse nicht sehr viel«, wehrte der Schwarze ab, und ein wenig boshaft fügte er hinzu: »Ich war vielleicht sehr teuer in der Anschaffung, dafür bin ich sparsam im Verbrauch.«

»Mein Lieber«, erwiderte Onkel Abelard galant, »gäbe es nur mehr von Ihrer Art, ich würde bedenkenlos mein ganzes Vermögen in Marnions anlegen. Es lohnt sich.«

»Ach, sparen Sie sich die Schmeicheleien«, rief Herr Marnion, aber seine bleichen Wangen hatten eine ganz ungewöhnliche Farbe bekommen, und seine Augen glitzerten. Ich ergriff seine Hand und drückte sie. Ich war so stolz auf ihn.

Wir waren schon beim Kaffee und Kuchen, als Frederic Flitzchen – der neben meinem Onkel saß – plötzlich einen schrillen Schrei ausstieß und nach oben zeigte. Alle Augen folgten seinem Zeigefinger, und dann wurde im Chor ein langgezogenes ›Ohhh‹ laut. Die Diener und Dienerinnen in ihrem schwarzen Sonntagsstaat, die vier Herren und Herr Marnion: Alle waren aufgesprungen und starrten in die Kuppel des Gartenzimmers hinauf – die Kuppel, in der das Fresko sich vollendet zeigte.

Über dem Bild mit den Feuerflammen war die höchste Wölbung der Kuppel nun von einem Reif aus blauen Ornamenten umfaßt, und den Raum inmitten dieser zierlichen Schnörkel füllte ein einziges Zeichen, das in zartem Blau und Gold auf die helle Tünche gemalt war: ein hohes Kreuz vor einem Himmel, der rechts Tag und links Nacht war.

Es war ein gutes Zeichen, aber ich wußte, daß es noch nicht dasjenige war, das der Hirte mir schicken wollte.

Als ich nach dem Essen in das Tränentropfenzimmer hinaufging, fand ich es.

Herr Marnion blieb noch unten, wie die anderen Herren auch, damit die Dienerschaft gemütlich zu Ende essen konnte, denn wären die Herren vom Tisch aufgestanden, hätten sie auch aufstehen müssen. So ging ich allein hinauf, müde und schwer von zuviel Braten und zuviel Aufregung.

Über dem Zimmer lag eine ganz eigenartige, nachdenkliche Stille, als ich die Tür öffnete. Ich fühlte seine warme, wohlmeinende Gegenwart, aber es rührte sich nicht, als sinne es über etwas nach. Im honiggelben Zwielicht hörte ich die Tapete knistern und das alte Holz der Dielen knacken.

Ich starrte die Stelle an, wo die Tränentropfen auf der Mauer gewesen waren.

Dort war nichts mehr – keine Malerei und keine Mauer.

Ein paar Bröckchen Mörtel und ein Häufchen grauweißer Staub lagen auf dem Fußboden vor einer Öffnung, die in einen winzigen, völlig leeren Raum führte – einen kleinen Erker, der unbemerkt aus den wuchtigen, efeubewachsenen Mauern von Carnanoth vorsprang. Das Licht der untergehenden Sonne stahl sich durch die Efeuranken, die das kleine Fenster verhängten, so daß die Wände gescheckt von Sonnenflecken und Blätterschatten waren.

Ich schlich auf Zehenspitzen hin und spähte hinein. Der Raum war leer und hell und schien nach nichts zu riechen. Als ich einen Schritt hineinwagte, füllte er sich plötzlich mit einem Geruch, einem süßen, fruchtigen Duft, als sei unmittelbar unter meiner Nase ein Körbchen Erdbeeren aufgedeckt worden. Es dauerte nur einen Augenblick lang, dann verwehte der Duft und verlor sich in den Düften des Gartens.

Ich drehte mich um und sagte zu den beiden Tieren auf den Holzknäufen: »Seht ihr? Er ist wirklich in den Himmel gekommen.«

Sie blickten mich stumm und hölzern an.

Das Spiegelbild

»Wirst du schlafen können?« fragte Herr Marnion zärtlich besorgt.

Ich war nicht sicher – einerseits war ich so aufgeregt, daß mir geradezu schwindlig war, andererseits mußte ich daran denken, wie tief und ruhig der Kinderhirt und seine Herde in dieser Nacht schliefen, und bei dem Gedanken glaubte ich, daß ich selbst auch schlafen könnte. Ich schnüffelte eine kleine Träne auf und sagte: »Wollen sehen, was sich machen läßt.«

Er schenkte mir ein Gläschen von dem Beruhigungstrank ein. »Zur moralischen Unterstützung«, sagte er. Dann warf er sich seinen Umhang um (den für alle Tage mit den rotäugigen Mäusen daran). »Wir werden noch einen kleinen Spaziergang an der frischen Luft machen, bis die Wirkung einsetzt«, fügte er hinzu.

Ich war etwas überrascht, daß er noch spazierengehen wollte, obwohl in allen anderen Zimmern bereits die Lampen gelöscht wurden, aber ich wußte inzwischen schon, daß er ein eigenwilliger Mann war und für alles, was er anordnete, gute Gründe hatte. Also warf ich meine Jacke über und folgte ihm die Treppe hinunter.

In der Halle, die nur das schwache Willkommensfeuer erhellte, blieb er stehen. Die unruhigen Schatten verwandelten sein Gesicht in eine bizarre Maske, als er sich vor mir auf ein Knie niederließ, meine Rechte mit einer Hand faßte und mit der anderen auf die Tür des Spiegelzimmers deutete, die halb offen stand. Er sagte leise: »Der Spiegel will dir etwas zeigen.«

Ich blickte hin und her. »Woher wissen Sie das?« fragte ich – vor allem, um Zeit zu gewinnen.

»Ich spüre es. Geh rasch hinein – die Gelegenheit kommt nicht oft.« Er schob mich auf die Tür zu.

»Kommen Sie nicht mit?« fragte ich ängstlich.

Er schüttelte den Kopf. »Nein. Das sind Dinge, die man besser allein betrachtet. – Rasch!«

Mir blieb nichts anderes übrig, als zum Spiegelzimmer hinüberzulaufen. Natürlich wollte ich wissen, was im Spiegel zu sehen wäre, aber ich hatte auch Angst davor; ich wußte, es würde etwas Wichtiges (und nicht unbedingt Erfreuliches) sein. Ich schob die Tür ein Stück weiter auf – um nicht ganz so weit von Herrn Marnion getrennt zu sein – und trat mit laut klopfendem Herzen ein.

Das Zimmer lag dunkel und still, nur von einem schwachen mondlichtähnlichen Schein erfüllt, der unmittelbar aus dem Spiegel zu dringen schien. Seine Fläche war nicht länger blind, sondern klar wie Wasser und von silbernem Dämmer erfüllt. Sie faszinierte mich so sehr, daß ich näher trat, obwohl mir das Blut in den Ohren brauste.

Im Spiegelglas erschien ein kleines Mädchen. Ein so abstoßend häßliches kleines Mädchen, daß ich dachte, es müßte ein Wechselbalg sein, denn es war so dick und steif, als wäre es mit Stroh ausgestopft. Es hatte einen Kopf wie ein Halloween-Kürbis, rund und orangerot, zwei winzigkleine Schlitzaugen und Zähne, die wie Stacheln aus dem Mund standen. Es glotzte so böse aus dem geschnitzten Rahmen heraus, daß ich erstarrte, als mein Blick darauf fiel. Und dann sah ich, was es in der Hand hielt: eine geschmeidige weiße Rute, mit der es durch die Luft hieb …

Ich schluckte, würgte, preßte die Hand auf die Kehle. Dann drehte ich mich um und lief, so rasch ich konnte, aus dem unheimlichen Raum hinaus.

Herr Marnion fing mich auf, als ich wie eine verstörte Fledermaus fast an ihm vorbeirannte. »Nun, nun!« machte er und klopfte mir auf die Schulter, als ich stumm vor Schrecken auf die Tür deutete – überzeugt, das kleine Scheusal werde jeden Augenblick aus dem Spiegelglas springen und sich auf mich stürzen. »Laß uns hinausgehen, draußen wirst du dich gleich wohler fühlen.«

Die junge Nacht lag kobaltblau um das Schloß. Große einzelne Sterne glänzten am Himmel. Über den Rasenflächen schwebte ein zarter Nebel, aus dem die dunklen Boskette wie Inseln auftauchten. Ich hörte Zikaden schrillen. Herr Marnion hielt meine Hand, und wir schritten schweigend nebeneinander über die feuchten Kieswege. Der Mond war so hell, daß wir Schatten warfen.

»Willst du mir sagen, was du gesehen hast?« fragte mein Erzieher.

Ich schüttelte den Kopf. Nach einem Augenblick des Schweigens sagte ich: »Es war etwas ... etwas, das ich mir schon fast gedacht hatte. Ich meine ... gedacht, daß es sehr häßlich von mir war.«

»Mhm hm«, machte er.

»Es war«, stotterte ich, »es war – ich war – ein Scheusal.«

»Sagte ich dir nicht, daß in Carnanoth jeder zum Scheusal wird? Ich glaube, ich sagte es dir bei unserer ersten Begegnung.«

»Ja, ich erinnere mich. Hatten Sie wirklich das Spiegelbild damit gemeint?«

»Freilich. Oder dachtest du, ich würde zu einem so liebenswerten Kind wie dir aus purer Laune ›kleines Scheusal‹ sagen?«

Ich schluckte und seufzte. Ich fand es wunderbar, daß er das gesagt hatte. Gerade er, der doch so viel von Frauen verstand, wenn er sich in eine so wunderschöne

Frau verliebt hatte … »Ach, Herr Marnion«, flüsterte ich und wünschte mir dringlich, groß und majestätisch zu sein, mit langem blauschwarzem Haar und smaragdgrünen Augen. Wie gut hätte ich zu ihm gepaßt!

»Ich meinte«, fuhr er leise fort, »daß keiner, der auf Carnanoth lebt, sich diesem Spiegel entziehen kann. Ich habe hineingeblickt, dein Onkel, der Kinderhirt, und nun du … und jeder hat darin gesehen, was in den Tiefen seiner Seele wohnt.«

»Das Schlimmste, das du je gedacht hast«, flüsterte ich.

»Es muß sein, weißt du«, sagte er. »Sonst versteht man nie, wozu ein neues Herz gut sein soll. Ich glaube, nicht einmal der Kinderhirt hat es so richtig verstanden, bevor er in diesen Spiegel blickte. – Armer Kerl«, fügte er weich hinzu. »Er war völlig am Boden zerstört. Dabei hätte man meinen sollen, er hätte lange genug Zeit gehabt, sich an das Schattenbild seiner Seele zu gewöhnen … aber er brach zusammen wie vom Blitz getroffen, und eine ganze Weile war er kaum imstande, Trost anzunehmen; er weinte nur und rang die Hände und schlug uns eine Unzahl wirklich abscheulicher und unmenschlicher Strafen vor, mit denen er seine Sünden abbüßen wollte …«

Herr Marnion strich mir übers Haar. »Laß uns zurückgehen«, sagte er. »Mein Schlaftrunk fängt zu wirken an, und du hast schon Augen wie Pünktchen.«

Der Wechselbalg im Spiegel hatte mir einen häßlichen Schock versetzt, und ich mußte daran denken, was ich selbst dem Kinderhirten gesagt hatte: daß es doch besser sei, erlöst zu werden, was immer es kosten mochte, als mit einem solchen Herzen weiterzuleben.

Wir waren die letzten, die noch wach waren, so daß Herr Marnion das Tor abschließen mußte. Während er den riesigen Schlüssel vom Haken nahm und sorgsam alle Schlösser versperrte und die Ketten vorlegte, blickte ich zum Gartenzimmer hinüber. Die Türen standen offen, es war dunkel und ruhig darin. Keine Milch mehr für späte hungrige Gäste, dachte ich.

Dann hörte ich über dem Scharren und Klirren der Türschlösser drinnen ein Geräusch.

Ich spähte mit äußerster Vorsicht hinein. Der lange Tisch und der Sessel standen, wie sie zuletzt hingestellt worden waren, aber mitten im Zimmer lag auf dem Teppich ausgestreckt das bluthungrige Wesen und kaute an einem von Herrn Marnions Pantoffeln. Als es mich erspähte, knurrte es warnend, entblößte einen blitzenden Eckzahn und hielt den zernagten Pantoffel mit einer weißen Pfote fest.

»Ist schon gut«, flüsterte ich. »Ich brauche ihn nicht.«

Es äugte mich mißtrauisch an und kroch mitsamt seiner Beute unter den Tisch.

Carnanoth, begriff ich, würde immer ein Haus voller Geheimnisse bleiben.

Nachwort

Da stand mitten im Raum ein großes Becken, das war voller Blut, und darin schwammen die zerstückelten Leiber von Blaubarts Frauen …

Schaurige Begebenheiten in der Vergangenheit, eine ungezügelte Phantasie und der Schlüssel zum Speicher des Unbewußten verleihen der Sprache des Märchens ihre oftmals bizarren Bilder und ihre reiche Palette an Farben. Ihr Spektrum vermag das Grau in Grau des menschlichen Schattens zu buntem Leben zu erwecken und spart dabei nicht mit Blutrot und Abgrundtiefschwarz: Aus den verborgensten Bereichen der Psyche treten Teilpersönlichkeiten ans Licht, erlöste und unerlöste Aspekte, lichte Seelenführer und düstere Schrekkensgestalten, Bewahrer und Zerstörer.

Während die alten Hausmärchen sich noch leicht damit taten, in Kategorien von Gut und Böse einzuordnen (und damit einer gesellschaftspolitischen Forderung entsprachen), neigen die modernen Märchen eher dazu, zu hinterfragen, ein umfassenderes Bild der Figuren zu entwerfen und Opfer- und Täterprofil ineinanderfließen zu lassen.

So begegnen wir in ›Blaubarts Schloß‹ einer Schicksalsgemeinschaft alternierender Persönlichkeiten, die durchaus als *ein* menschliches Wesen mit all seinen verdrängten – und abgespaltenen – Anteilen gedeutet werden kann.

Abelard, Schloßherr und Merles Onkel, ist gut und ein wenig fad. Aber: Wäre er nicht so chronisch überbeschäftigt, würde er dann nicht vielleicht doch hin und wieder Werwolfszähne zeigen? Sicherheitshalber hat er sich Marnion ins Schloß geholt, den geläuterten Nachtwandler als Über-Ich mit mehr oder weniger notdürftig gekitteten Sprüngen. Der Dritte im Bunde, Siebenschön, verkörperte einst das ›Wölfische im Mann‹ und ist nun zum lüsternen, sich umständehalber zurückhaltenden Onkel gealtert.

Häusliche Harmonie will sich unter den Schloßbewohnern nicht so recht einstellen – zu brüchig sind Gemäuer und Psyche. Während das Konzept der Verdrängung noch ein Wiederzusammenfügen in sich birgt, lauert echte Gefahr – für innen und außen – dort, wo nicht verdrängt, sondern abgespalten wird: Etwas wirkt so bedrohlich auf die Psyche, daß es abgetrennt, getötet werden soll. Doch dies kann und wird nicht funktionieren. So wie auch der Freitod des alten Schloßherrn ihn nicht befreit und er weiterhin dem Zwang folgt, als Kinderhirt in dem wüsten Land um das Schloß sein Unwesen zu treiben, lauern die abgespaltenen Persönlichkeitsanteile in der Krypta des menschlichen Seins und wollen an die Oberfläche drängen. So thront der Sphinx als Wächter auf der innerseelischen Schnittstelle der Schloßherrn-Persönlichkeit – und labt sich am Bösen.

Das Märchen sucht nach einem Ausweg, nach Erlösung – und ruft Merle auf den Plan. In erster Linie bietet sie eine Leinwand für Projektionen der Märchenfiguren wie des Lesers. Noch ist sie ein Kind, doch ihre häusliche Umgebung hat sie mit Gefühlsarmut vertraut gemacht, mit Unter-den-Tisch-Kehren … Und so trägt sie den Schlüssel zur (Er-)Lösung in ihrer Persönlichkeit: Sie hat Mut, geboren aus der kindlichen Neugier; sie sehnt sich zu fühlen, und sie ist bereit, sich in ihrer Ganzheit mit ihren Schattenseiten vor dem ›Spiegel der Wahrheit‹ zu betrachten. Merle wird einen Weg finden, all ihre Aspekte in sich zu integrieren.

In der Begegnung mit Merle folgt der Kinderhirt zwar zuerst seinem gewohnten Muster und spinnt sein grauenvolles Netz um sie. Doch seine zwanghaften Handlungen entpuppen sich als Sehnsucht nach Verschmelzung, eben Integration, seiner selbst, mit der Essenz von Merles Seinskraft, nach Heilung der Vergangenheit – symbolisiert durch das blutrote Granathalsband.

Und so heißen die Zauberworte zur Erlösung denn ›Integration‹ und ›Mitgefühl‹. Der Kinderhirt betritt gemeinsam mit Abelard und Marnion das Spiegelzimmer – und erkennt sich selbst. Er löst sich aus der Ich-Zentrierung und vermag das Du, den Mitmenschen mit seinen Gefühlen, wahrzunehmen. Das Morden büßt seinen Unterhaltungswert ein, sobald das Leid der Opfer und ihrer Angehörigen nachvollzogen werden kann. Wenn der Kinderhirt ein ›neues Herz‹ bekommt, ist er zum ersten Mal in der Lage zu fühlen, was seinen Opfern durch ihn angetan wurde, und so wird (beiderseitige) Heilung möglich.

Zuweilen holt die Realität die Welt des Märchens mit seinen erschreckenden Details ein und läßt uns verstört allein mit der blutigen Wahrheit des menschlichen Erbes. Das Böse wird dann seine Zauberkraft verlieren, wenn es sich einem fühlenden Herzen gegenübersieht.

Angela Kuepper